Des ronds dans l'eau

Morgane Alvès

Des ronds dans l'eau

roman

Flammarion

ISBN : 978-2-0802-9378-7

Joséphine

Ce matin-là avait été de ceux d'une extraordinaire banalité et qui définissent pourtant un avant et un après.

Elle était descendue chercher son croissant au beurre dans la boulangerie qui faisait face à son immeuble. Elle avait allumé la cafetière puis regardé le liquide brûlant glisser dans une tasse marquée par les années avant de s'installer sur le canapé dont les ressorts mordaient les fesses. C'était samedi, et le samedi, elle ajoutait du lait à son café.

Joséphine appréciait ses journées qui s'alanguissaient et n'était jamais contrariée d'avoir une existence tranquille. Elle se satisfaisait des petites choses, comme du son étouffé de la cuillère qui remue le café au lait ou de l'odeur d'une bougie tout justement éteinte. Vincent lui disait qu'il aimait la voir s'émerveiller des banalités du quotidien. Lui avait longtemps eu besoin de journées qui s'échappent rapidement vers le soir. Quand il rêvait de samedis jamais muets, Joséphine pouvait décliner une invitation chez des amis si l'envie lui prenait de passer la soirée à lire. C'était cette différence qui les avait séduits l'un et l'autre et qui avait nourri leur relation sans jamais les opposer. Elle avait pris goût aux festivités à l'occasion. Il n'avait plus culpabilisé de rester immobile. Leur couple s'était épanoui de cette façon. Ils se savaient différents et cela n'avait jamais été une source de dispute, plutôt un plaisir renouvelé de la découverte pour finalement aboutir au mariage. Un mariage « administratif », avaient dit leurs parents respectifs. Ils avaient tous deux assisté à des cérémonies payées à grand renfort de portefeuilles des parents, de crédits à la consommation, de livrets A épargnés durant des années. Ils n'en avaient pas eu envie. La fête, ils la feraient plus tard, s'étaient-ils dit. Le mariage, c'était pour eux, juste pour eux. Ils s'étaient unis devant le maire, avec leurs témoins, la famille et quelques proches. Joséphine avait tout de suite aimé voir son annulaire cerclé d'or, se sentant comme possession de Vincent tout comme lui était sa possession. Un peu suranné mais réconfortant de considérer le mariage comme une espèce de pacte d'appartenance. Certains parlent d'âme sœur, d'autres de destin. Eux s'étaient trouvés et c'était tout. Elle lui donnait quelques leçons de pragmatisme et d'organisation. Il lui apprenait la spontanéité et le plaisir de l'imprévu. Et lorsqu'elle se laissait aller à l'oisiveté plutôt que d'arranger l'appartement, elle passait son dimanche après-midi à ronronner dans les bras de Vincent. Peut-être était-ce cela, le sentiment amoureux. Laisser filer le temps, sans remarquer que la journée s'éteint de l'autre côté des rideaux, avec pour seul rappel au réel un souffle dans la nuque, un effleurement des lèvres sur l'épaule et des peaux qui frémissent au diapason.

Ce matin-là, si calme, Joséphine le savait déjà pourtant extraordinaire. Le croissant gorgé de café au lait tremblait dans sa main. Assise en tailleur sur le canapé, elle bougeait à peine, en symbiose avec le silence de l'appartement, déserté par Vincent parti pour le week-end. Il s'offrait deux jours avec des amis pour sillonner la côte normande à vélo, avec nuit d'hôtel à Deauville. L'aventure pourquoi pas, mais pas d'impasse sur un matelas confortable et un oreiller à mémoire de forme.

Elle observait le chat fouiner dans son bol de croquettes comme un chien truffier. À le voir ainsi chaque matin, elle le soupçonnait de chercher la saveur bœuf, en évitant les croquettes au poulet. Les chats sont exigeants, se disait-elle. Son mari n'avait pas le même avis, mais lui aussi aimait ce gros chat borgne qui se faufilait dans leur lit au milieu de la nuit. Vincent avait d'abord grogné lorsque Georges avait entamé cette routine puis s'était mis à aimer la présence du visiteur nocturne, qu'il fallait éviter d'écraser. Comme un enfant.

Elle se demandait parfois ce que penserait Vincent d'un enfant. Cela n'avait jamais été un réel sujet dans leur couple. Au détour d'une conversation, l'idée surgissait quelquefois : « nos enfants à nous seront bien élevés » face à des gamins insolents, « si nous avons des enfants, ce ne sera pas possible, ça » lorsqu'il se cognait la rotule contre le coin saillant de la table basse. C'était toujours très vague. Ni l'un ni l'autre n'en avaient exprimé le manque. Et pourtant. Quelques semaines avant ce matin-là, alors qu'ils se baladaient au jardin du Luxembourg, le ballon que se lançaient des enfants dans l'allée centrale était venu cogner contre le mollet de Vincent, qui en avait profité pour faire quelques passes avec les jeunes garçons. Joséphine s'était surprise à l'observer du coin de l'œil, à tenter de déceler dans l'attitude de son mari un quelconque signe d'aptitude à la paternité. Était-ce le début d'un désir, un frémissement sous le ventre, des étincelles souterraines ? Elle s'était mise à penser que son corps se rappelait à elle. Une sorte de tintement primitif qui disait que finalement, elle vieillissait. Elle avait trente-quatre ans, lui allait sur ses quarante et un. Elle ne s'était jamais alarmée de l'amollissement de sa muqueuse utérine, de l'altération de sa glaire cervicale. Elle le savait, elle était médecin. L'horloge biologique toussote passé trente ans, disait-on. Alors, dans les allées sablonneuses du jardin du Luxembourg, elle s'était demandé si ses ovaires lui dictaient d'imaginer Vincent en père.

Ce matin-là, elle termina son croissant et son café les gestes chevrotants mais sereine. Dans la salle de bains, elle se tint immobile durant trois minutes, qui lui parurent durer trois heures, alors que ses yeux suivaient les secondes qui avançaient. L'attente scellait ses pieds au sol, elle ne bougeait plus, les orteils enfouis dans la serviette encore humide qu'elle n'avait pas ramassée. En cet instant-là, elle avait mieux à faire que de se soucier de la serviette qui ne sécherait pas.

Elle attendait, studieuse. Pourtant, elle savait déjà.

En fait, cela faisait plusieurs jours, plus d'une semaine, qu'elle savait déjà. Cette sensation d'être toujours échauffée. Plusieurs nuits aussi à suer comme un mauvais joueur de poker avant de faire tapis. Et puis ses seins, si lourds, sensibles au toucher comme s'ils avaient été boxés avec force.

Elle savait déjà mais elle patienta pendant trois minutes, en respirant à peine. Georges, qui pantouflait à ses pieds, lui jeta un regard las de son œil rond. Son gros chat borgne savait lui aussi que la réponse était là, éclatante sur le rebord du lavabo blanc. Deux traits qui fendaient la fenêtre d'un bâtonnet de plastique couvert d'urine. Et en les voyant, ces deux traits, son ventre se pinça d'une angoisse délicieuse.

Que va penser Vincent ? C'est ce à quoi elle songea plus tard, dans son cabinet situé au deuxième étage d'un immeuble étroit de la rue Lecourbe, alors qu'elle posait son stéthoscope sur la frêle poitrine de Mme Gauthier. La vieille dame ne semblait pas se rendre compte de l'humeur distraite de son médecin et bavardait. Il était question de vacances en Sardaigne, celles que la fille de Mme Gauthier avait imposées à son mari, de météo clémente pour un mois d'avril, de la pharmacienne irascible du bout de la rue. Joséphine écoutait, avec politesse et sans intérêt aucun. D'ordinaire, elle aimait retrouver cette patiente, qui portait son tailleur comme un pyjama. Elle ne voyait jamais Mme Gauthier autrement que dans une jupe qui s'arrêtait aux genoux assortie à un blazer cintré. Et puis ces petits talons. La patiente flirtait gentiment avec le ringard tout en dégageant une impression de charme classieux hérité d'une lignée bourgeoise sans ostentation.

Joséphine l'invita à se rhabiller, la rassura sur l'emballement de son cœur puis pianota sur le clavier pour noter ses observations. Mme Gauthier prit des nouvelles, ce qu'elle faisait toujours lorsqu'elle venait au cabinet. La patiente s'enquérait de l'état de son médecin. Délestée de ses fils et fille, partis bâtir une vie remplie d'enfants qui demandaient rarement après leur grand-mère, elle aimait s'enivrer de l'existence des autres pour combler la solitude qui tricotait son manteau autour d'elle. Son mari, Jean, avait été foudroyé par un myocarde balbutiant, et elle, terrassée par l'arrachement de ce deuxième cœur, celui qu'elle avait épousé soixante-trois ans plus tôt. Joséphine en avait été attristée pour Mme Gauthier, qu'elle ne concevait pas sans M. Gauthier. Elle se disait, chaque fois qu'elle les recevait au cabinet encore un an auparavant, qu'elle aurait aimé former un tel duo avec Vincent. Ressentait-il la même chose ? Certes, il l'avait épousée, mais la réciprocité de l'attachement ne pourrait jamais être prouvée scientifiquement.

À la fin de la consultation, Joséphine serra la main que lui tendait Mme Gauthier, qui gardait la seconde crispée sur son sac à la manière d'une serre de rapace sur la gorge d'un rongeur. Sans son mari, elle s'affolait du vent qui effeuille les arbres, d'une porte qui miaule, d'un pas qui cale son rythme sur le sien dans la rue. Ces petites angoisses pinçaient le cœur de Mme Gauthier, au point de lui faire rater quelques battements et de l'amener au cabinet tous les mois. Joséphine écoutait chaque fois les petits maux et grandes craintes de sa patiente. Sa préférée, alors qu'elle n'aurait pas dû en avoir.

Dans la salle d'attente, des gorges irritées par le cocktail pollution parisienne-pollen, des maux d'estomac alimentés par le regard autoritaire d'un manager insatisfait, des infections urinaires grimpant dangereusement vers les reins. C'était comme ça, le samedi. La semaine déversait sur le week-end son lot de douleurs. Que le mal eût été visible ou à peine perceptible, chacun s'octroyait un moment d'écoute. Elle notait les symptômes, les plaintes, les signaux faibles, les indices, associait les données, jouait au puzzle de la souffrance. Et face à elle, les patients, alertes, guettaient. Le diagnostic, tant attendu, jouit d'un pouvoir curatif qui devance finalement celui de l'ordonnance. Quand il sait, le patient respire déjà mieux.

Ce samedi-là, elle dut rassurer des esprits et contenir le feu qui ravageait le sien. Moins consciencieuse que d'ordinaire ?

Sans doute que non mais quelques instants, elle oublia où elle se trouvait et ce qu'elle faisait.

Elle quitta le cabinet en fin d'après-midi, après être passée par le bureau d'Olivier, second médecin des lieux. Il raccompagnait à la porte son dernier patient. Ils prirent ensemble un café en bavardant. Tout semblait si habituel. Elle se sentait pourtant loin à ce moment-là, rêvant d'un ailleurs à peine tangible.

Olivier lui trouvait une mine rayonnante et lui demanda si c'était l'absence de Vincent pour le week-end qui la rendait si guillerette. Cela fit rire Joséphine. Il employait souvent des mots plutôt rares. Elle répéta : « Guillerette ? » et Olivier lui donna la définition de l'adjectif, comme il le faisait frequemment (il aurait dû embrasser une carrière littéraire pour cet amour des mots) : gaie, insouciante. Elle rétorqua qu'elle savait ce que cela signifiait, qu'elle n'avait pas besoin d'une leçon de français et qu'elle s'était tout simplement levée du bon pied.

Elle avait envie de lui dire, de partager cette nouvelle avec celui qui était devenu l'un de ses meilleurs amis. Le lot d'émotions qui l'envahissaient depuis qu'elle avait uriné sur un test de supermarché était indéfinissable. Olivier, lui, aurait su décrire avec les mots justes cette cacophonie sensorielle. C'était sans doute cela qui faisait de lui un bon médecin. Il était apprécié des patients pour sa rigueur, et sans aucun doute pour son style suranné. Il faisait penser à ces vieux médecins de famille, engoncés dans une veste de tweed qui prenait les années avec élégance. Pourtant, il n'avait pas trente-cinq ans. Ses manières, son discours précieux lui donnaient cette stature que l'on associait facilement aux fils de bonne famille assis sur les bancs de l'église le dimanche matin, un peu coincés mais très fiables. Et c'était le cas d'Olivier. Mocassins à glands aux pieds, pull repassé sur chemise blanche et cheveux coupés ras. Sourire bienveillant et poignée de main efficace. Il avait un certain charme (elle avait une fois entendu dans la salle d'attente deux patientes âgées évoquer « le beau médecin »), mais n'en jouait jamais. Avant la fin de ses études, il avait épousé Alexandra, son amour de lycée, et ils avaient eu trois beaux garçons. Joséphine n'aurait pas parié un centime sur une amitié avec Olivier, à l'époque où ils s'étaient rencontrés en fac de médecine. Elle le trouvait un brin austère, il la considérait légèrement provinciale. Un coup de foudre amical, un alignement des planètes, impossible de dire ce qui les avait rapprochés, au point qu'il lui était aujourd'hui indispensable.

Tandis qu'elle trottinait jusqu'à la porte du cabinet, Joséphine le vit échanger un regard avec Claudine, leur secrétaire médicale, laquelle haussa les épaules. L'indifférence de celle-ci était surprenante. Ils étaient habitués à davantage d'investigations lorsque quelque chose sortait de l'ordinaire au cabinet. Claudine avait la manie de donner à des faits anodins un caractère insolite et s'échinait ensuite à percer le mystère là où il n'y en avait pas. Lorsqu'elle avait été embauchée, Olivier avait été un peu perplexe. Le premier jour surtout. Elle s'était présentée engoncée dans une robe de laine bleu ciel, les bras glissés dans un gilet bordé de fausse fourrure. La rétine brûlée par tant d'audace vestimentaire, il avait glissé à Joséphine qu'il n'était peut-être pas judicieux d'avoir un tel avant-poste du cabinet. Elle avait répondu que Claudine compenserait son style quasi monacal, à lui. Il n'avait plus moufeté et s'était finalement bien adapté à l'arc-en-ciel qui accueillait les patients. Il avait même développé une affection pour la quinquagénaire flamboyante. Et puis, elle leur achetait des chouquettes. Comme le matin même. Claudine avait d'ailleurs fait remarquer à Joséphine qu'elle allait finir boulotte si elle continuait de gober les chouquettes, *une vraie gloutonne*. Ils avaient ri ensemble et Olivier avait intercepté un éclat dans l'œil de Joséphine. Il connaissait assez bien son amie pour savoir qu'elle dissimulait une joie toute nouvelle. De là à en imaginer la raison…

Hors du cabinet, Joséphine s'élança avec une idée précise en tête. Elle qui se croyait mesurée, pragmatique, était terrassée par l'excitation. Elle aurait voulu repousser ces jolies pensées, ces images d'un ventre rond, d'une poussette qui hoquette sur les pavés, de petites jambes potelées qui s'échappent d'un berceau. Déjà, elle imaginait la tête du bébé. Déjà, elle pensait « le bébé ». Elle aurait pourtant voulu attendre d'être certaine de son état avant de se sentir comme ça : enceinte. Prématuré sans doute, et un peu niais, mais elle le savait, il était là. Elle entra dans un magasin de vêtements, en quête de son obsession : une salopette. Seules les femmes enceintes peuvent porter des salopettes, a-t-elle toujours pensé. Et peut-être les plombiers. Dans la cabine d'essayage de la boutique, elle tourna sur elle-même et trouva que le rendu était laid. Le vêtement bâillait devant mais dans quelques mois, se dit-elle, son gros ventre viendrait combler l'espace. « Si vous surtaillez, vous pourrez la porter jusqu'à vos six-sept mois de grossesse, faites-moi confiance », intervint la vendeuse. La salopette, était-ce un élément de langage propre aux femmes enceintes que savent décrypter les vendeuses de prêt-à-porter ? Ou bien ses seins pleins sur une taille fine avaient-ils mis la puce à l'oreille de l'employée de la boutique ?

De retour chez elle, elle lâcha le sac contenant le vêtement sur le canapé. Georges, dérangé dans sa sieste, s'étira en plantant ses griffes sur l'assise. Elle s'installa à côté de lui et lui tapota gentiment les pattes pour lui faire comprendre que ce n'était pas l'endroit. Elle pensa à Vincent, à ses tentatives pour convaincre Georges d'utiliser l'arbre à chat, acheté en conséquence. Rien à faire. Le canapé, complètement balafré, ressemblait à ceux que l'on trouvait au fond d'un squat d'étudiants musiciens à leurs heures. Vincent excluait d'en changer. « Il a un style vintage sympathique », lui répétait-il. Joséphine s'enfonça un peu plus dans les coussins dégonflés. Si je te donne un bébé, tu me donnes un nouveau canapé, claironna-t-elle dans le silence de l'appartement.

Vincent

Tu avais ri lorsque j'avais dit que mon canapé au style vintage sympathique allait m'accompagner dans notre premier appartement. Tu avais donné ton accord, avec un léger haussement d'épaules et ce sourire qui dit qu'on se fiche de tout, et surtout des détails quand on a le cœur débordant d'amour. Et puis, mon canapé fatigué ne détonnait pas franchement dans le salon. La pièce était décorée de différentes trouvailles. Un assemblage d'objets à l'orientation esthétique hétéroclite. Un peu à notre image. Mes cheveux aussi bruns que les tiens étaient blonds, mon tempérament que l'on disait extraverti, ton attitude que l'on trouvait modérée. Un peu guindée finalement, comme je te l'exprimais en utilisant des guillemets de mes doigts pareils à de gros insectes. Une façon de dire avec la tendresse des gens qui s'aiment que tu semblais coincée au premier abord. Tu imposais involontairement une certaine distance, mais dès lors que ta froideur accidentelle s'étiolait après les premiers échanges ou à la faveur d'une conversation aboutie, tu devenais cette personne à laquelle je concédais un humour ravageur. Je te trouvais drôle, justement parce que ce n'était pas fréquent. Tes blagues étaient toujours inattendues, elles pouvaient éclore sans préambule et c'était pour ça que tes traits d'humour étaient irrésistibles. Tout comme tes yeux, Joséphine. Des yeux gris, merveilleux et parfois effrayants. Lorsque nous nous étions rencontrés, j'avais d'abord trouvé que tu avais une beauté reptilienne, puis une beauté délicate, une douceur qui m'avait séduit et qui faisait que chaque matin, avant que tu ne partes au cabinet, je voulais te préparer ton café, simplement heureux à l'idée de découvrir le sourire que tu m'adresserais lorsque tu saisirais la tasse. Je n'avais qu'une seule tâche quotidienne à laquelle je ne dérogeais jamais : préparer le café un peu brûlant adouci d'un sucre que tu boirais à petite gorgée devant moi. Quand tu étais pressée et que tu allais le prendre au cabinet, je me contentais d'admirer la courbure de ta nuque sous ton chignon. Elle était si fine, tout comme tes poignets, tes chevilles. Tu étais ainsi constituée : des membres ravissants reliés par des os délicats. J'étais heureux d'être chaque jour spectateur de l'harmonie de ton corps, ma Joséphine. Joséphine… N'est-ce pas un prénom qui glisse sur les lèvres, qui caresse la peau, que l'on a envie d'épouser ? Et il y avait aussi le bruit de tes talons qui claquaient au rythme de tes petits pas énergiques quand tu étais en retard et dont je pensais ne jamais pouvoir m'ennuyer. Je ne m'ennuierais jamais de rien avec toi, me disais-je, même pas des petits riens. Je voulais te cueillir des fleurs à même le pré, t'emmener en voyage, t'acheter une maison dans le Perche et des pulls en cachemire pour dorloter ta peau laiteuse, te faire un enfant, deux enfants, autant d'enfants que tu le souhaitais. Je voulais tout tant je t'aimais. Je t'aimais tant que je peinais parfois à te le dire avec les mots justes. Alors je te serrais contre moi, quelquefois tellement fort que tu finissais par en rire. Et toi, tu essayais ensuite de me serrer encore plus, avec tes petits bras maigrichons et tes épaules que j'aimais couvrir de baisers avant de nous endormir. C'était si facile avec toi, je le pensais souvent.

Elle se doucha à la hâte, mit sur son visage un peu de maquillage. Elle était attendue dans trente minutes à Boulogne-Billancourt pour dîner avec ses amis. Elle allait être en retard et pourtant, avant d'enfiler la robe qu'elle avait choisie, elle s'arrêta devant le miroir. En culotte, elle gonfla son ventre pour lui donner la rondeur qu'elle espérait voir bientôt apparaître. C'était beau parce qu'elle posait sur un corps encore fin et galbé un gros ballon. Qu'en serait-il dans quelques mois avec des chevilles gonflées et peut-être des pieds boursouflés, dont elle ne pourrait même plus vernir les ongles ? Elle ne pouvait pas savoir comment Vincent réagirait face au changement. Il avait toujours été un amant romanesque et indécent, qui dévorait son corps dès que l'occasion se présentait. Mais elle se demanda si elle en viendrait à fouiller Internet pour chercher comment relancer le désir assoupi d'un homme devant sa femme ronde comme un tonneau.

Elle chassa l'angoisse, précoce. Elle se sentait pleine, rassasiée d'un bonheur qui n'avait pas vocation à être dit tout haut. Tout se passait au fond d'elle. Dans son cœur, dans ses entrailles, au creux de ses coudes, derrière ses genoux, à l'orée de ses fesses. Il dévalait les veines et brûlait la peau, ce bonheur cinglant, jusqu'à la plonger dans une béatitude infinie.

Son téléphone vibra. Sans doute Vincent, dont elle n'avait pas de nouvelles depuis la veille (ivre mort sur les planches de Deauville, peut-être ?). Elle était impatiente qu'il rentre, pour pouvoir enfin partager le trop-plein d'émotions avec lui. Elle se pinça les lèvres. Ce n'était que l'alerte pour lui rappeler la prise de sa pilule. Elle attrapa son téléphone, annula la récurrence et fit aussitôt tomber la plaquette de comprimés au fond de la poubelle de la salle de bains. La probabilité était minime et pourtant, elle se situait exactement là, dans le pourcentage de femmes qui tombent enceintes sous pilule. Une probabilité minime, une chance infinie, même si Vincent n'avait pas encore donné son avis sur la question. Elle espérait tant qu'il considérerait la nouvelle comme un bonheur imprévu, et non comme un signe de déveine ou pire encore, comme une fatalité à laquelle il aurait bien fallu se résoudre puisque de toute façon, ils en seraient arrivés là, à vouloir un enfant un beau jour, non ?

Dans le métro en direction de Boulogne-Billancourt, elle prit la décision de mentir par omission durant le dîner. En serait-elle capable ? C'était chez Marie qu'elle se rendait, Marie avec laquelle elle partageait beaucoup et davantage encore depuis le premier cours d'anglais en première S du lycée public de Sarlat. Sa meilleure amie s'autorisait à la sermonner ou à l'encourager, à lui dire que cette paire de bottes « vraiment, t'as passé l'âge », à pleurer sans retenue devant elle parce que ses enfants, elle les aime mais elle aimerait juste une minute à elle, est-ce trop demander ? Et puis aussi, c'était à Joséphine et uniquement à elle que Marie confiait ses fantasmes extraconjugaux. Les fantasmes en restaient là. Jamais elle n'envisageait de tromper Nicolas, son mari. Simplement, elle ne s'empêchait pas de lorgner sur les bras massifs du prof de sa salle de sport ou les cheveux poivre et sel de ce nouveau collègue alléchant. Mais elle n'aimait rien davantage que tomber sur son mari en train de donner le bain aux petits quand elle rentrait chez elle. Nicolas avait toujours été un homme doux, timide repenti qui continuait de préférer écouter que se prononcer. Et lorsqu'il s'énervait, il avait cette manie adorable de nettoyer et nettoyer encore ses lunettes jusqu'à trouver les mots justes. Joséphine les imaginait se disputer tous les deux, dans le salon, lui, de son 1,95 mètre, d'un calme à toute épreuve, cherchant la bonne repartie en astiquant ses verres et Marie, petite tornade furieuse, s'agitant dans tous les sens pour faire parler son mari. Elle les trouvait parfaitement assortis, tout comme elle-même l'était avec Vincent.

Ils avaient d'abord formé un quatuor solide, complété ensuite par Caroline et Jean-François. Ils se retrouvaient souvent tous les six, pour des sorties, pour des dîners chez les uns et les autres, comme cela était prévu le soir même. C'était assez inédit que le groupe soit amputé de l'un de ses membres et dans le métro, Joséphine se demanda ce que dirait Jean-François. Cet ami, qui en était devenu un après avoir été dans le giron professionnel de Nicolas, était de taille moyenne mais imposait sa présence de son égocentrisme attendrissant. Il avait toujours fière allure, une allure sophistiquée, soulignée de pièces de costume italien et d'un passage hebdomadaire chez le barbier. Il avait un avis sur tout, des discours pétris de généralités (*tous des cons, les Américains*) mais jamais dans la vindicte, il parvenait à se faire pardonner son incorrigible manque de tact. Joséphine l'aimait bien pour sa franchise constante parce qu'il était finalement inoffensif, et presque émouvant lorsqu'il acceptait d'avoir tort, comme pour les enfants. Après des années à expliquer qu'en avoir ne faisait que prendre du temps que l'on avait auparavant pour soi et juste pour soi, il crevait maintenant d'amour pour ceux qu'il avait eus avec Caroline et ne ratait jamais une occasion de crier ce besoin continuel d'abandonner le travail pour aller s'occuper d'eux.

Arrivée à destination, elle enlaça Marie, qui la complimenta. Pour qui s'était-elle faite aussi belle, étant donné que Vincent n'était pas là ? Elles ricanèrent. Joséphine demanda si les jumeaux étaient couchés. « Quelque chose comme ça », répondit Marie avant de la faire entrer. La maison exhalait une odeur d'épices qui la prit au nez mais elle n'eut pas le temps de demander le menu. Deux paires de bras s'agrippèrent à ses jambes. Les jumeaux de Marie gesticulaient comme des singes à cymbales à ses pieds, excités par son arrivée. Joséphine, en les embrassant, remarqua derrière eux qu'un dessin animé tournait sur la télévision du salon. Les parents avaient semble-t-il baissé les armes, troquant un coucher tardif contre le retour au calme et au silence dans la maison.

— Tu crois que ça fait de moi une mauvaise mère, le fait de ne pas réussir à m'imposer face à des petits êtres qui savent à peine se moucher tout seuls ? demanda Marie.

Joséphine salua leur père, Nicolas, la taille cisaillée par un tablier taché. Il était aux fourneaux ce soir-là. Ce n'était pas toujours un succès lorsqu'il cuisinait, mais il adorait ça. Les autres aussi adoraient. Tout du moins, ils relevaient toujours l'effort, la recherche du plat adéquat, le temps passé dans la cuisine, et parfois même, on le taquinait sur le port du tablier qui le rendait franchement séduisant. Ses plats n'avaient rien d'exceptionnel, quoique réussis, mais entraînaient toujours ces félicitations, ces petits couinements de contentement tant c'était bon, ce clin d'œil à Marie, il assure ton mec, t'en as de la chance toi. Joséphine avait vu une fois sa meilleure amie, blasée par ce type de commentaire, répliquer sèchement à son père : « Ben oui, chez nous, c'est 50/50, c'est pas moi qui fais et lui qui aide de temps en temps, faut évoluer, Papa, et puis Nicolas nous sort un poulet rôti et une purée de patates, ça va, c'est pas de la haute gastronomie. » Mouché, le père de Marie avait acquiescé discrètement, jugeant plus judicieux de ne pas offrir à sa fille une chance de rappeler que lui n'avait jamais fait cuire ne serait-ce qu'un bifteck.

Joséphine soupçonnait que les envies de Vincent en matière de gastronomie venaient de là : voir son ami élaborer des plats plus ou moins réussis mais qui forçaient toujours l'admiration de la tablée réveillait en lui des élans culinaires. Finalement, il n'avait pas le temps ou se décourageait lorsque la recette était trop longue, et il avait déjà faim avant de terminer la préparation. Joséphine et lui finissaient par déguster des bribes de plats : joues de porc sans les carottes ou sauté de veau à l'orange pas vraiment sauté.

Au salon, elle retrouva Caroline et Jean-François, lequel avait réitéré sa question favorite :

— Je ne te comprends pas, Jo, pourquoi tu ne viens pas en Uber ? Je trouve que le métro est vraiment sale, il y a toujours cette odeur absolument infecte. Ça pue franchement, hein ça pue ? Et il y a des mecs bizarres. T'as pas peur de te faire tripoter ? Avec tous ces frotteurs dont on entend parler là… Tu as les moyens et pourtant, tu t'obstines, ça me dépasse.

Jean-François n'était jamais avare de clichés lorsqu'il s'agissait d'évoquer ce qui ne le concernait pas et elle aimait entrer dans son jeu :

— Si je prends un Uber, ce serait dommage, je me priverais de mon hobby : lécher la barre du métro.

Durant l'apéritif, l'alcool scintilla dans les verres, sauf dans celui de Joséphine qui porta à sa bouche un jus d'ananas. Elle refusa aussi le coteaux-du-layon pendant le dîner.

— Ben alors, tu ne te sens pas bien ce soir ? Petite forme ? lui dit Nicolas à un moment.

Elle haussa simplement les épaules et déjà, Caroline chassait la remarque de Nicolas en balayant l'air de la main. Joggeuse aguerrie, elle se tenait à un régime sans sulfites et bourré de protéines, avec pour conséquence ce corps athlétique qu'elle affichait sans crainte l'été, sur les plages des Landes. Une sorte de réflexe pavlovien amenait n'importe qui, tant homme que femme, à poser les yeux sur les fesses de la sportive. Joséphine en admirait souvent la rondeur et le rebondi, sans jalouser son amie. Pour cela, il aurait fallu qu'un minimum d'efforts physiques soit fourni dans le but d'obtenir la même chute de reins. Son regard, ce soir-là, s'accrocha différemment à Caroline et à son corps racé, duquel étaient sortis trois beaux bébés à une cadence tayloriste. « Ils ont des âges rapprochés donc ils pourront s'amuser ensemble, et nous, on aura la paix plus rapidement », disait Jean-François. Caroline était l'exception à la règle, pensa Joséphine en avalant les lasagnes préparées par Nicolas. Son corps à elle n'en sortirait pas indemne, elle en était déjà persuadée.

— Les enfants sont chez vous avec la nounou ? demanda-t-elle pour se soustraire aux questionnements incessants.

— Oui, mais avec une nouvelle, répondit Caroline. Anna nous a quittés. Maintenant, c'est Anaïs.

— C'est fait exprès, les prénoms qui commencent par un A ? Je me souviens d'une Andréa.

— On est un peu obsessionnels de manière involontaire, plaisanta Jean-François.

— De toute façon, que ça commence par un A ou non, on n'arrive pas à les garder, nos nounous. Elles jettent toutes l'éponge, déplora Caroline.

— Nos enfants sont terribles, paraît-il, continua son mari. On pourrait les prêter à des amis qui seraient tentés de faire des gosses, histoire qu'ils aient un aperçu de ce qui les attendrait. Chute des naissances à la clé dans notre entourage !

Joséphine rattrapa un rire puis Caroline expliqua qu'ils avaient opté pour un séjour en club de vacances, avec service nurserie. Pour le prochain été, ce serait la Corse et des parents libérés de toute obligation d'organiser les journées selon les besoins des petits. Amen aux animateurs de vacances.

Marie demanda ce qu'ils avaient prévu avec Vincent :

— Vous pensez partir quelque part ou passer l'ensemble de vos congés à retaper la maison bretonne ?

Très bonne question, songea Joséphine. S'il s'avérait qu'elle était enceinte, où en serait-elle lorsque l'été viendrait ? Elle fit rapidement le calcul. À cinq mois de grossesse, elle serait en mesure de poncer les murs, les peindre (était-ce bien raisonnable d'avoir le nez fourré dans des pots remplis d'amas chimiques ?), vernir la boiserie, clipser du parquet. Son esprit s'emballait, elle tenta de calmer ses calculs précoces en confirmant à ses amis que les travaux étaient au programme des vacances et ajouta que tout le monde était invité à venir passer quelques jours en Bretagne.

— Pour respirer l'air marin ou pour vous aider à refaire les peintures ? dit Nicolas d'un ton taquin.

— Si tu as envie de venir bricoler, libre à toi. Tu auras carte blanche. On sait que tu aimes manier le tournevis.

— Joséphine... Tu sais que je suis friand de tes allusions salaces, mais peux-tu attendre que les enfants soient couchés, je te prie ?

À rire avec ses amis, Joséphine en oublia presque que quelque chose se tramait au fond d'elle jusqu'à la fin de la soirée, l'esprit à même de se concentrer sur autre chose que son nombril. Mais, à certains moments, alors qu'elle enfonçait sa fourchette dans les lasagnes ou qu'elle replaçait une mèche de cheveux derrière son oreille, elle se souvenait et pensait alors « peut-être que je suis enceinte, oui, je suis enceinte », comme si elle venait de se rappeler qu'elle avait oublié de fermer une fenêtre. Marie lui avait jeté quelques regards entendus pendant le dîner. La tentation de tout dire déferla lorsque arriva le moment de partir. Joséphine sentit ses entrailles s'enflammer mais ne dit rien et Marie, qui la connaissait si bien, ne demanda rien. Il n'y avait pas d'impératif à la confidence.

Rentrée à l'appartement après le dîner, elle ouvrit la fenêtre qui donnait sur le balcon. Elle observa la ville. Les carreaux de lumière de l'immeuble d'en face qui s'éteignaient un à un, les familles qui terminaient le dîner un peu tardivement, les vieux couples qui s'endormaient devant le poste de télévision. Il était à peine minuit. La rumeur de la rue faiblissait. Elle répondit à un message de Vincent, très bref. Il lui disait qu'il l'aimait. Elle était impatiente de le retrouver, lui confia-t-elle. Si impatiente.

Elle eut l'envie furtive mais violente d'une cigarette. L'excitation du retour de Vincent faisait monter le désir d'une bouffée de nicotine. D'ordinaire, c'était ce qu'elle faisait le soir. Elle s'accordait une cigarette, souvent accompagnée de Vincent, qui était le fumeur du couple. Il mettait ça sur le compte du stress et culpabilisait parfois de son addiction alors qu'il avait pour épouse un médecin. Finalement, l'envie passa quand Georges vint se coller à elle, poussant avec sa tête contre sa cuisse. Pourrait-elle garder Georges ? Elle serra le chat contre elle et murmura qu'évidemment. Avec eux. Elle, le bébé et Vincent.

Dans son lit, elle se tourna vers la place vide à côté d'elle et caressa l'oreiller de Vincent, humant l'odeur de son homme, cette odeur qui lui avait plu tout de suite. Une odeur boisée, qui colle très bien à cette carrure, avait-elle pensé la première fois qu'elle avait senti ce parfum. Le jour de leur rencontre, la sueur perlait sur le front de Vincent. Il avait couru pour être à l'heure au rendez-vous. Leur premier rendez-vous, aimait-elle dire. Même s'il n'avait rien de galant. Essoufflé, il attendait dans la salle d'attente. Elle avait ouvert la porte, laissé sortir ce patient qui couvait une gastro, et s'était tournée vers le suivant, Louis Blanchet, accompagné de son petit-fils. Visite médicale de routine pour le vieil homme de quatre-vingt-neuf ans. Vincent avait souhaité y assister. Peut-être avait-il senti que le corps de son grand-père avait su cacher jusque-là un mal discret mais invasif. Joséphine avait accompagné le vieil homme jusqu'à la fin, et était restée en contact avec l'oncologue pour connaître la progression de la maladie. Et bien sûr, en contact avec Vincent. Ils savaient tous deux que c'était contraire à tout principe déontologique. Mais impossible de se défaire de ces échanges qui remplissaient la vie de chacun. L'attente, l'excitation de recevoir un message, d'en écrire un nouveau, de ne pas se souhaiter une bonne nuit pour ne pas arrêter la conversation qui reprenait à l'aube.

Elle était présente à l'enterrement de Louis Blanchet. Elle avait vu la tristesse sur le visage de Vincent, dans le cimetière, mais n'avait pas osé s'en approcher par décence. Pourtant, le soir même, ils mêlaient leurs corps. Vincent n'était pas rentré chez lui, il était venu la voir après les funérailles. Il avait découvert son appartement, sa bouche, le creux de son cou, la blancheur de ses seins, la chaleur de son sexe. Après l'amour, elle s'était demandé si l'homme endormi à côté d'elle était venu la trouver pour oublier cette journée qui lui avait cisaillé le cœur. Sans aucun doute, avait-elle admis. Quand bien même, elle avait fantasmé l'étreinte durant des semaines. Au milieu des messages qu'ils s'envoyaient en continu, Vincent avait évoqué l'idée d'un café, « pour se croiser en dehors d'une salle d'attente ». Ils s'étaient retrouvés à mi-chemin entre son cabinet d'architecture à lui et son cabinet médical à elle. Métro Sèvres-Babylone, un jeudi soir de décembre, devant des vitrines de magasins qui clignotaient rouge et blanc, au milieu des sacs estampillés du visage du Père Noël et des sapins odorants enserrés dans des filets, sous la lumière éblouissante des réverbères jaunes dans la nuit déjà noire. Un peu gênés parce qu'autour d'eux, la rue fourmillait. Joséphine avait remarqué le nez rougi de Vincent, ses yeux luisants, ses lèvres desséchées. Il s'était excusé presque aussitôt, tirant sur les manches de sa grosse doudoune bleu marine. « Pour le coup, il aurait mieux valu que l'on se voie dans ta salle d'attente. » Mais tout autant qu'il était malade, suant et frissonnant, il voulait la voir, avait-il dit en détachant chaque mot. Joséphine en avait été instantanément heureuse parce qu'ils étaient là, ensemble, dans la ferveur de fin d'année. Elle lui avait proposé de se mettre au chaud, dans un café, mais ils avaient finalement continué à déambuler sans destination. Joséphine avait étudié le profil de Vincent, sa démarche, la couleur de ses chaussures, celle de ses cheveux. Elle avait emprisonné les images, le grain de beauté juste avant l'oreille, le sourcil droit plus arrondi que le gauche, l'ongle un peu jauni par la nicotine de son index, les quelques poils blancs dans sa barbe si sombre. Elle avait tressailli quand leurs mains s'étaient, non pas effleurées, mais suffisamment rapprochées pour qu'elle en imagine le contact. Vincent n'avait cessé de se moucher, d'éternuer, il parlait du nez et se raclait la gorge. Une vraie publicité pour la grippe hivernale. Et pourtant, ils avaient marché deux heures, dans le froid tendre de ce mois de décembre. Quand ils s'étaient quittés, elle avait espéré que lui aussi ressente ce même frémissement qui la faisait sourire niaisement. Plus tard, il lui avait envoyé un message, lui disant qu'il avait aimé leur balade et qu'il ne lui avait manqué qu'une chose : un baiser. Il n'avait pas osé. Peu attirant, le goût de lèvres malades. Et elle, elle avait aimé cette pudeur et ce désir combinés. Elle avait passé les jours suivants à regarder des films avec Louise Bourgoin parce qu'il lui avait dit qu'elle avait un air, à se vernir les ongles d'un beige rosé parce qu'il avait évoqué ses mains fines, pareilles à celles des pubs pour crème hydratante, à boire du chocolat chaud avec une pointe de cannelle parce que lui adorait ça, elle non mais elle voulait garder chaque bout de leur conversation, en faire des images réelles. Elle s'était précipitée à chaque nouveau message, avait rougi en les découvrant. Finalement, ils n'avaient pas eu d'autre occasion de se revoir avant l'enterrement du grand-père de Vincent et la raison pour laquelle il lui avait fait l'amour le soir même lui importait peu. Il était là.

Au petit matin, ils étaient allés acheter ensemble des croissants, et déjà, elle le savait, ce serait lui.

La journée du lendemain, elle la passa à tromper l'attente. D'abord, en allant s'installer à la table d'un café près de la place du Commerce. Avec Vincent, ils s'y rendaient certains dimanches matin ensoleillés. La dernière fois qu'ils avaient eu cette occasion, il avait dû faire un saut au cabinet alors qu'ils étaient déjà attablés et que les viennoiseries avaient été servies. La faute à ce chantier qui accusait un retard de plus d'un mois. Les ouvriers peinaient à tenir les délais. Le client le harcelait, week-end compris. Malgré tout, même avec le regard mangé par des cernes, il gardait le sourire. Et il avait souri ce matin-là lorsqu'il avait dû quitter Joséphine. Il l'avait pressée contre lui. Elle adorait sentir le corps fin de Vincent, et l'éclat de son sourire. C'est suffisant pour l'aimer, s'était-elle dit dans les premiers mois qui avaient suivi leur rencontre.

Ce dimanche matin, seule, elle commanda un jus d'orange, un café au lait et un croissant et observa la rue. Une femme enceinte traversa au passage piéton devant elle. Joséphine, subitement, jalousait la rondeur du ventre, le pas lent et claudicant. Elle crut voir sur le visage de cette femme un sourire qui disait à quel point elle était heureuse. Bientôt, peut-être, tout le monde verrait les grandes dents blanches de Joséphine pendant qu'elle se pavanerait avec sa protubérance adorable.

Son téléphone sonna. À contrecœur, elle refusa l'appel de sa mère. Joséphine adorait l'avoir au bout du fil une à deux fois par semaine. Tout était prétexte à discussion, raison pour laquelle elle ne répondit pas. Elle avait peur de ne pas savoir tenir sa langue. Catherine attendrait, comme tous les autres. Ces autres qui n'étaient pas acceptés dans le monde pourtant vaste qu'elle construisait en attendant Vincent.

Elle aurait pu rester dehors, à ce café, mais incapable de demeurer en place, elle eut l'idée de faire un fondant au chocolat, le gâteau qu'ils préféraient tous les deux. Vincent lui disait qu'il aimait quand elle le ratait un peu, quand le chocolat avait trop cuit dans la casserole surtout. « Ça fait des morceaux et ça donne un petit goût de brûlé. Tu me trouves bizarre ? » Il appréciait les gâteaux ratés, ne finissait jamais une recette de cuisine. Pourquoi s'obstinait-il à se mettre aux fourneaux ?

L'odeur rance l'alerta. Elle courut jusqu'au four. Vincent allait être servi, en matière de gâteau un peu raté. Elle sortit un carré noir calciné. Comment lui annoncerait-elle alors ? Elle avait prévu un scénario : servir trois parts du fondant au chocolat dont une minuscule, pour lui faire comprendre qu'ils n'étaient pas deux à table mais deux et demi. Le scénario tomba à l'eau. Qu'importe, elle partirait sur la même idée mais avec deux tranches de pain et un croûton entre leurs assiettes. Le croûton habituellement, ils en faisaient des miettes, qu'ils mettaient dans la jardinière du balcon. Ils avaient maintenant des oiseaux qui revenaient. Et voir Georges observer longuement les volatiles sans bouger ne serait-ce qu'une moustache les rendait hilares.

Elle jeta un coup d'œil à son téléphone un peu après 18 heures. Pas de nouvelles de Vincent, qui aurait déjà dû être là. D'ordinaire, il lui envoyait un message lorsqu'il quittait un lieu ou qu'il était coincé dans une réunion sans fin. Peut-être n'y avait-il pas pensé cette fois-ci. Après tout, il terminait un week-end entre amis.

Elle s'installa dans le canapé, Georges en grosse boule ronflante contre sa cuisse. Sa présence s'entendait plus qu'elle ne se voyait. Elle le gratta entre les deux oreilles, ce minuscule espace qui faisait redoubler ses ronronnements. Puis son index traça des cercles autour de son nombril : « Promis, j'apprendrai à faire des gâteaux avant que tu aies l'âge d'en manger, petite crevette. » À ce stade, ce n'était pas une crevette mais un grain de sable. C'était complètement là, niché au fond d'elle, imperceptible, et quelques heures plus tard, elle l'espérait, cela deviendrait un tout immense, parce qu'ils seraient trois.

Elle chercha un film, quelque chose de bon à faire passer le temps, pour finalement lancer le premier épisode d'une série. Rien à faire. Son portable, immobile et silencieux sur la table basse, l'obsédait. Elle crut entendre deux, trois fois, cinq fois un trousseau de clés tinter de l'autre côté de la porte d'entrée. Elle n'avait pas essayé de l'appeler ou d'appeler ses amis. Habituellement, ce n'était pas son genre de courir après les messages. Pas de comptes à rendre entre eux, pas de fusion des quotidiens. Mais son impatience commença à la démanger. Un petit rien, une espèce de gêne, coincée entre ses entrailles et sa trachée.

Son téléphone vibra sur la table basse. Elle fit un bond en avant, se cogna contre le meuble, renversa un peu du décaféiné qu'elle avait à la main sur le canapé. Elle rejeta l'appel de sa mère avec contrariété. Elle ne voulait pas lui parler, elle voulait Vincent.

Elle se frotta le genou, pesta contre la table basse, contre l'appartement car subitement, elle le trouvait trop petit. Impossible d'y mettre un bébé. Le logement ne ferait pas l'affaire mais il était bien trop tôt pour réfléchir à ce problème. Pourquoi y pensait-elle déjà ? Parce que Vincent lui manquait, parce qu'elle avait hâte de lui montrer sa salopette, de parler de cette table basse qui rencontrait leurs rotules plusieurs fois par semaine.

Elle tentait d'évacuer les scénarios rocambolesques qui émergeaient l'un après l'autre dans sa tête. Plus probable qu'un attentat ou qu'une rencontre avec une autre femme, ils étaient coincés dans les bouchons, ils avaient eu une panne sur la route, ils s'étaient arrêtés pour manger un morceau.

Le téléphone vibra de nouveau. Le prénom qu'elle attendait s'afficha sur l'écran. Joséphine sentit son cœur se serrer d'excitation. Vincent allait arriver, il allait lui dire qu'il serait là dans dix minutes, peut-être même cinq.

— Bonsoir, mon amour, tu t'es perdu en route ? interrogea-t-elle.

Aucune réponse. Enfin si. Une légère vibration, un demi-souffle. Un peu comme un parasite.

Et puis une voix, mais pas celle de Vincent. Maxime, qui s'éclaircissait la gorge. Elle n'eut pas le temps de demander pourquoi il avait le téléphone de son époux, pas le temps de demander où il était. Maxime parlait en onomatopées. Elle ne comprenait pas bien parce que son cœur tambourinait si fort dans ses oreilles que le son du téléphone était brouillé.

En fait, si, elle comprenait. Elle avait compris trois mots. Alors elle reposa son téléphone sur le plan de travail de la cuisine. De l'autre côté, Maxime l'appelait : « Joséphine ? Joséphine, tu es toujours là ? » Elle raccrocha et soudain, le silence. Elle était vidée de tout. L'appel avait été si bref qu'elle aurait pu l'avoir rêvé. Peut-être était-ce cela. Elle tenta de faire le lien dans sa tête entre tous ces mots que Maxime avait prononcés dans l'appareil. Furtivement, elle comprenait. L'instant d'après, c'était trop abstrait, trop loin. Irréel, oui. La seule chose qui lui disait qu'elle était encore là, dans sa cuisine, c'était le contact de sa main sur le plan de travail froid. Mais partout ailleurs, le néant.

C'était impossible, elle n'y croyait pas.

Elle observa son reflet trouble dans la vitre du four qu'ils avaient choisi ensemble. Vincent voulait un four dernier cri, un four qui lui permettrait de cuisiner de « vrais plats, comme un chef ». Il n'avait fait cuire qu'un seul et unique poulet depuis que le four avait été installé. Le poulet était sec. C'est le chat qui les avait aidés à le manger.

Elle s'accrochait au plan de travail.

Ils avaient tout prévu. Cette vie ensemble, tout était prévu. Leur monde à eux était là, encore là. Elle était dans l'entre-deux, dans ce moment où il y a l'avant toujours tangible, si réel, si habituel, et déjà l'après, qui déchire tout, qui annule chaque construction de leur existence. Pendant les deux derniers jours, tout avait été encore plus grand. Deux jours qu'elle dessinait les contours d'un nouvel univers, deux jours qu'elle imaginait qu'il serait là à chaque instant.

Il fallait qu'elle reste dans cet entre-deux, cette suspension du temps avant la laideur, le gâchis, le cœur disloqué.

Elle fixa son téléphone.

Il allait rappeler. Elle en était certaine.

C'est un beau 1er mai, avec un soleil haut dans le ciel, des courants d'air dans les rues. Le muguet va bien se vendre aujourd'hui. Les stocks seront écoulés sans trop de négociations. C'est ce qu'elle se dit. Elle n'ira pas vérifier. Elle n'ira pas dehors, elle n'ira pas flâner comme tous ceux qui profitent du jour férié, elle n'ira pas acheter son brin de muguet. Elle adore l'odeur du muguet.

Elle ferme la fenêtre. Trop bruyant. Elle voudrait se fourrer du coton au fond des oreilles et qu'on lui fiche la paix. Son téléphone ne lui laisse aucun répit, s'agite à cadence répétée. Elle a cessé de le consulter. Il y a dix jours, elle avait les yeux vissés dessus, persuadée d'y voir apparaître le visage de Vincent qui la rappellerait. L'objet lui semble abject à présent. L'objet du commencement et de la fin de tout.

Allongée sur le canapé, elle laisse défiler la série en entendant, par bribes, les dialogues des personnages. Parmi tous les programmes que propose la plateforme, elle a choisi celui dont l'image de présentation était la plus colorée. Une explosion de rose bonbon et de bleu layette pour illustrer une histoire d'ados bêtifiés par le balbutiement des cœurs. Le doublage en français est terrible mais les conversations la bercent, jusqu'à l'endormir. Et quand elle se réveille, elle comprend que le garçon a laissé passer sa chance avec la fille.

Ses aisselles dégagent un parfum infect. Manque d'hygiène corporelle et sueur séchée après une nouvelle nuit à tremper ses draps. À croire qu'elle court le 100 mètres quand elle dort. Elle n'a jamais autant transpiré de sa vie.

La douche ne dure que le temps d'un aller-retour, car c'est sous la douche, quand son esprit se relâche sous l'effet de l'eau chaude, que Vincent apparaît. C'est sous la douche que les larmes viennent avec lui, et parfois, c'est incontrôlable. Des sanglots, des spasmes qui fracassent sa poitrine. Elle se retrouve sur le carrelage, recroquevillée comme une bête blessée ; elle a envie de crier mais elle ne sait pas quoi crier. Et ça ne veut pas sortir, de toute façon, tout est bloqué dans la gorge. Une boule énorme qui compresse sa trachée. Elle se rince à la va-vite, pressée de plonger à nouveau dans les histoires fictives d'autres personnages moins piteux. Partout ailleurs, dans les séries et les films, la légèreté la rassure. Elle a la sensation que si elle fait quoi que ce soit, tenter une recette de cuisine, trier les magazines périmés accumulés dans un coin du salon, s'épiler les sourcils, le réel va lui sauter à la gorge.

Alors, elle se laisse là, à se faire dicter chaque geste par les besoins élémentaires de son corps. Et parfois, quand elle donne ses croquettes à Georges ou qu'elle ouvre le réfrigérateur, quelques débris d'une réalité parallèle font une percée. Comme les chaussures de Vincent immobiles et trop bien rangées dans l'entrée. C'est furtif et atroce, hideux.

Vincent

Je pensais qu'un départ n'avait pas besoin d'être préparé. Avant notre rencontre, il m'arrivait de quitter Paris sur un coup de tête, parce que j'avais vu un reportage sur un village du Luberon qui ne demandait qu'à être découvert ou parce qu'un ami de toujours me proposait d'aller skier le temps d'un week-end sur les pistes des Alpes. Je pouvais partir sans étudier les horaires des trains, sans me soucier de la météo, sans anticiper les bouchons sur la route du retour vers Paris. J'avais une idée, je n'en démordais pas et alors, je la suivais. Je me trouvais un côté aventurier, mes parents me trouvaient prétentieux, toi tu me trouvais peu économe. « Tu as vu le tarif des billets ? » Tu me disais que c'était n'importe quoi de les prendre à la dernière minute, tout ça parce que me venait l'envie urgente d'aller manger une glace dans les rues de Rome encore chaudes de l'été. J'étais têtu, tu étais terre à terre. Trop à mon goût parfois. Toujours ce besoin d'organiser les choses, tout aussi tenace qu'était mon besoin d'inverser le programme au dernier moment. Peut-être était-ce simplement la vie de couple. Parce qu'en définitive, je ne t'en voulais jamais et nous étions tout aussi bien dans notre canapé bousillé par Georges, ce gros chat borgne que j'aimais parce que toi tu l'aimais et que je finissais toujours par me laisser avoir par tes émotions.

Je pensais qu'un départ n'avait pas besoin d'être préparé, c'est ce que je faisais presque toujours, parfois sans avoir le choix, sans laisser le choix.

— Claudine te passe le bonjour, elle est derrière moi. Tu n'as pas à te soucier de tes patients, tu sais, je gère. Tu prends évidemment le temps qu'il te faut. On va continuer à faire tourner la boutique en attendant. En parlant de boutique, il y en a une qui vient d'ouvrir en bas de l'immeuble d'à côté. Tu sais, le local à louer depuis l'année dernière. Un antiquaire ou un vendeur de tableaux, quelque chose comme ça. Un peu vieillot mais ce n'est pas pour me déplaire. J'avais peur qu'un énième café hipster colonise notre quartier, avec une belle bande de trentenaires en Stan Smith. Bref, tu vois ce que je veux dire.

Elle voit bien ce qu'Olivier veut dire et à quelle catégorie de population il fait référence. Il n'est pas franchement adepte de la tendance du gobelet en carton contenant un café noyé dans un demi-litre d'eau et couvert d'une feuille dessinée dans la mousse blanche. Il apprécie davantage la compagnie des noms de famille à particule. À l'exception de Joséphine. Elle a accepté de prendre son appel parce qu'elle savait qu'il ne se répandrait pas en tournures de phrase compatissantes. Lui préfère dévier l'esprit vers les aspects du quotidien, la routine réconfortante. Elle a le sentiment que cela date d'une autre époque, mais elle préfère acquiescer de temps à autre aux anecdotes d'Olivier. Il donne et prend des nouvelles sans exiger de réaction bien définie. Avant de raccrocher, il lui dit de ne pas hésiter à l'appeler, quand ça va bien, quand ça ne va pas bien, et que, si elle accepte, dans quelques jours ou quelques semaines, il viendra lui déposer un paquet de chouquettes. Elle répond : « D'accord » et « Embrasse Alexandra et les enfants de ma part ». Entendre sa propre voix après avoir été aphone pendant un temps est étrange. Elle ne fume plus mais sa gorge est si sèche qu'elle a dû toussoter un peu pour en faire sortir quelque chose. Même Georges n'a plus droit à un mot de sa part. Pauvre bête. Il paraît que les animaux sentent le mal-être de leur maître. Lui se contente de venir se blottir contre Joséphine toute la journée sur le canapé, pas loin de la tache laissée par le déca qu'elle buvait il y a dix jours, en attendant Vincent. Chaque fois que son regard tombe dessus, la peine lui fait fermer les yeux un instant, puis elle se tourne vers la porte, comme si celle-ci allait enfin s'ouvrir. Il ne peut pas s'en aller comme ça, c'est beaucoup trop imprévu, même pour lui.

Les céréales en bouillie flottent à la surface de l'eau dans la cuvette. Les nausées étaient si fortes qu'elle a dû se ruer aux toilettes, à peine la dernière bouchée avalée. Quand elle relève la tête, elle peine à se reconnaître face au miroir. Yeux bouffis, joues rouges, lèvres nappées de bave, cheveux désordonnés. Ces derniers jours, son ventre a tout rejeté, même quand elle ne mangeait pas. La première fois qu'elle a vomi, ses parents étaient là. Ils sont venus quelques jours dans l'appartement. Catherine l'a accompagnée aux toilettes, lui a tenu les cheveux, lui a caressé le dos alors qu'elle expulsait par la bouche, par le nez, le peu de nourriture qu'elle avait accepté d'avaler la veille au soir. Puis sa mère l'a menée vers la douche et comme une enfant, elle l'a nettoyée et lui a lavé les cheveux avant de la sécher en la frottant doucement. « Il faut que tu reprennes des forces, ma chérie, tu vas en avoir besoin », lui a-t-elle dit. Joséphine a répondu qu'elle n'y arriverait pas. Peut-être a-t-elle même ajouté qu'elle voulait disparaître parce qu'elle ne savait pas comment vivre sans lui. Mais elle ne se souvient plus très bien.

Elle repense aux mots de sa mère. « Tu vas en avoir besoin. » Catherine faisait-elle seulement référence à Vincent ? Ou avait-elle senti autre chose ? Joséphine s'accroche au lavabo, comme prise à la gorge, comme si, soudainement, elle se rappelait son état. Enceinte.

Elle pourrait l'avoir oublié, le cœur trop chagriné pour être conscient. Le pilote automatique sur lequel s'est mis son corps lui fait occulter ce qu'il y abrite et le reste du monde.

Sa main passe sur son ventre. C'est injuste, tellement injuste que son esprit tente de faire obstruction à la réalité.

Dans le salon, elle attrape le sac en plastique contenant la salopette et le jette contre le mur. Tout cela n'a aucun sens. Et elle supplie Vincent de revenir.

La pluie tape sur les vitres. Le ciel chargé écrase les rues, plonge le quartier dans une pénombre automnale. La nuit semble déjà avaler le jour mais il n'est pas si tard. Elle n'a aucune idée de l'heure qu'il est. Posté à côté d'elle, face à la fenêtre, Georges observe lui aussi l'averse fouetter l'immeuble. Elle n'a pas allumé la lumière du salon, sinistre, obscur. Elle a toujours détesté le manque de luminosité. Partout où elle arrive, il faut qu'elle éclaire mais aujourd'hui, elle n'en fait rien. Cette journée est d'une opacité qui distend le temps. Le ciel sombre, le silence de l'appartement, les gouttes qui dégoulinent lentement sur la vitre. L'horloge s'arrête, elle ne bouge pas, prolonge le flou du moment, l'imprécision de son corps qu'elle ne nourrit plus vraiment, qu'elle lave rarement. Serait-ce possible ? Elle ferme les yeux, rien n'est réel, elle peut rester là. Tout peut s'effacer, Vincent revient. Il est déjà là, il lui dit qu'il est désolé, elle voudrait l'insulter ou lui répéter qu'elle l'aime pour qu'il ne reparte pas. Leurs deux index suivent ensemble les tracées d'eau sur la vitre. Elle sent contre sa joue la barbe un peu drue, contre ses omoplates la poitrine et le cœur qui bat. Il lui dit combien il aime cette météo. La pluie à Paris lui rappelle la pluie en Bretagne. Et cette maison qui les attend là-bas.

Il a osé partir sans penser à cette bâtisse crasseuse. Incroyable, et finalement, tout lui. Il n'a rien anticipé de toute la pseudo-aventure dans laquelle il les a embarqués. Elle s'approche de l'étagère près du coin télé et saisit l'une des photos où ils posent tous les deux. C'était l'un de leurs premiers week-ends en Bretagne. Vincent est tellement fier de lui montrer cette région qu'il aime tant ; elle, elle sourit parce qu'en vérité, il faisait beau ce jour-là. Elle s'attendait à de la pluie. Elle en était presque déçue, d'avoir ce soleil qui faisait rougir ses joues. Vincent l'avait emmenée voir la maison. C'est à ce moment-là qu'avait commencé ce projet qu'elle trouvait improbable. Tout cet argent dépensé, ce temps consacré… Et lui qui disparaît, fait le mort, sans plus se préoccuper de rien.

« Espèce de dégonflé », souffle-t-elle à la photo dont elle ne perçoit plus que le flou des traits derrière ses yeux embués.

Vincent

Le trou.

Un trou financier, un trou perdu au milieu de nulle part dans cette région que tu ne connaissais pas. C'était comme ça que tu appelais parfois la maison de mon grand-père, cette maison dont j'avais hérité, où j'avais passé toutes les vacances scolaires et les suivantes. Cette maison qui m'avait rendu fou d'excitation, enfant, alors que j'étais à Paris-Montparnasse pour monter dans le train en direction de la Bretagne. Je commençais le voyage vers le lieu de l'inédit, des aventures, chez celui qui parlait toujours d'une voix très basse, comme s'il me confiait un secret. Je pensais être le seul enfant à aller pêcher à la ligne, à regarder des films d'adultes comme un *James Bond* ou *Les Tontons flingueurs*, manger des choses incroyables, des huîtres, les Niniches de Carnac. Mon grand-père m'offrait tout ce à quoi je n'avais pas accès à Paris. Je rentrais chez mes parents plein de fierté, impatient de lire cette BD glissée dans mon sac avant mon départ ou de me mettre à installer le bateau de pirates Playmobil qu'il m'avait offert. Impatient aussi de retourner là-bas, dans ce petit village dont je ne savais pas écrire correctement le nom. Cette maison, qui te faisait ouvrir de grands yeux chaque fois que nous l'évoquions, je l'avais longtemps vue comme un endroit fabuleux. Et puis, plus tard, comme un refuge. Prendre l'air, c'était ce qu'elle me permettait de faire. Il m'était arrivé de m'y calfeutrer. Je l'avais fait juste avant de te demander ta main, je le faisais aussi quand j'étouffais dans notre appartement. Qui pouvait venir m'y débusquer ? Certainement pas toi. Cette maison te semblait trop lointaine alors que pour moi, c'était le lieu qui m'abritait lorsque j'en avais besoin, là où je pouvais me dérober, là où je pouvais disparaître aux yeux du monde, complètement.

Combien de temps peut-on fermer la porte au monde ? Se retirer, se cacher, fuir, combien de temps est-ce admis ?

Certains enfants tiennent beaucoup de leurs parents, un nez épaté, une expression du visage quand vient la colère, la tendance à être bavard. Vincent, lui, tenait de sa mère la persévérance, jusqu'à frôler l'obstination. Lorsqu'elle avait rencontré pour la première fois ses beaux-parents, Joséphine s'était dit que son mari avait été élevé dans le culte des bonnes idées à suivre, de la ténacité. Vincent s'entêtait, comme le fait aujourd'hui sa mère, Anne. Le téléphone de Joséphine déborde de messages de sa belle-mère, un peu moins de son beau-père. *S'il te plaît Joséphine, réponds, nous avons besoin de te parler.* Et elle, de quoi a-t-elle besoin ? Qu'ils lui fichent la paix. Elle ne veut pas leur parler, ne comprend pas ces incessantes tentatives. Elle se sent agressée par le clignotement au bas de son téléphone, qui lui rappelle qu'on attend un signe de sa part. Elle, c'est de Vincent qu'elle attend un signe. Ils n'ont qu'à aller le questionner sur son envie de partir en week-end avec ses amis pour ne jamais revenir. Elle ne gêne personne, pourquoi veut-on à tout prix l'arracher au silence de son appartement ?

Elle finit par accepter de répondre à Marie. Une seule fois pour que joue ensuite la transmission d'informations : Joséphine va presque bien, en tout cas, elle est encore capable d'appuyer sur la touche verte de son smartphone.

— Jo, tu m'as fait tellement peur, lui dit Marie. J'essaye de te joindre depuis des jours, j'ai même glissé un mot dans ta boîte aux lettres la semaine dernière parce que tu ne m'as pas ouvert, tu l'as vu au moins, mon mot ?

Bien sûr que non, elle n'a pas vu le mot, elle n'a même pas entendu Marie sonner à l'interphone. Elle n'a pas ouvert la boîte aux lettres depuis le départ de Vincent, elle n'a pas enfilé de chaussures, elle n'a pas cherché son trousseau de clés, elle n'a pas regardé son reflet dans le miroir de l'entrée comme elle le faisait chaque matin, elle n'a pas hésité à prendre son parapluie, elle n'a pas attrapé son sac au vol et n'y a pas fouillé pour voir si son passe Navigo y était bien. Rien de tout ça, rien qui vient de l'avant, de ce quotidien dont le souvenir même est brouillardeux. Elle n'est pas sortie de l'appartement depuis des jours, elle n'a croisé personne, excepté le livreur venu la ravitailler en céréales pleines de glucides, en lait et en croquettes pour Georges.

— Je suis contente de t'avoir, vraiment. Dis-moi comment tu vas... Bon, continue Marie face au manque de réaction, je suis là, tu le sais, tu peux compter sur moi, hein ? Je suis désolée pour toi, Jo, je sais que tu souffres.

Joséphine ferme les yeux, incapable d'ouvrir la bouche. Pourtant, elle en aurait des choses à dire. Mille choses qui poussent sur sa poitrine, qui trébuchent sur ses lèvres avant qu'elle n'ait pu les faire sortir. Elle veut dire « pourquoi nous ? », « peut-être qu'il va revenir » ou « je ne pourrai pas sans lui ». Tout reste là, à l'arrière de sa gorge. Elle doit supporter les interminables interrogations qui fatiguent sa tête, brûlent sa peau. Les prononcer à voix haute est impossible, trop incisif.

Elle préfère dévier la peine, feindre de s'intéresser à autre chose. Comment vont les enfants, Nathan et Julia ? Et Nicolas ? Marie hésite dans un premier temps, Joséphine le sent. Difficile sans doute de trouver les mots pour dire que ça va, que pour elle, tout est normal, que les jumeaux turbulents retournent la maison, que Nicolas ronfle devant la télé, qu'elle a pu s'épiler les jambes ce matin.

— Avec les enfants, on va passer le week-end prochain en Vendée, à la Roche-sur-Yon. On a pris notre lundi. Si tu venais avec nous ? Peut-être que ça te ferait du bien l'air marin, suggère Marie.

— C'est gentil de proposer mais je ne crois pas que Nicolas et les jumeaux aient envie de me traîner avec eux pour leur week-end au bord de la mer.

— Au contraire, ils seraient contents de te voir. Tu sais bien que les jumeaux t'adorent.

— On verra.

— Promets-moi d'y réfléchir.

— D'accord.

Elle pense au fait qu'elle devra se lever, s'habiller, préparer un sac, sortir de l'appartement, s'installer dans une voiture entre deux enfants qui demanderont à bavarder, et qui parleront encore davantage durant tout un week-end. Il faudra faire des jeux, manger à table, dire oui à une balade. Ce serait rompre avec l'inertie de ses journées. Elle est trop fatiguée. Elle y réfléchira plus tard. C'est si lointain, en termes de date, d'organisation. Elle lui parvient d'un autre monde, cette invitation à la mer. Avec bien trop de choses à penser pour elle, qui n'a voulu penser à rien. C'est trop d'efforts, trop de tout, d'un coup.

Elle ne promet rien, excepté de rappeler aussi sa mère. Marie insiste, Catherine se fait un sang d'encre depuis qu'elle est repartie de Paris.

Ouvrir les yeux, tourner mécaniquement la tête vers le deuxième oreiller, imaginer très fort qu'il est là, sentir son souffle et même l'haleine amère qu'il a au lever, sentir son corps chaud et sa main lui remettre une mèche de cheveux derrière l'oreille et descendre sur sa nuque, le croire là, sur ses lèvres, repousser la réalité et prolonger l'entre-deux en refermant les yeux, puis finalement, se lever du lit, enfiler le pantalon de jogging et son sweat à lui, mettre les céréales dans un bol, les croquettes pour Georges dans un autre, s'installer sur le canapé, chercher un film de deux heures minimum, dormir, lancer une série, dormir encore, vomir parfois, fermer les rideaux parce que l'été n'est pas si loin, caresser un peu Georges entre les deux oreilles, passer la première moitié de la nuit sur le canapé, la seconde dans le lit sans la couette.

Recommencer. Ne surtout pas brusquer la journée. Ne surtout pas effleurer tout ce qu'il y a au-dehors de l'appartement. Elle veut continuer à perpétuer l'impression que rien ne change, tout peut être figé si elle le décide.

Sauf qu'il y a cette invitation pour un week-end en Vendée. Elle se force à penser à la proposition de Marie. Contrecarrer ses journées ankylosées peut-être. Elle s'oblige à imaginer. Aller en Vendée, la mer, la plage et le vent, entendre les rires des jumeaux de Marie, sentir le soleil sur sa peau, le sable entre ses doigts. Elle a peur d'aimer ça alors que Vincent n'est plus là. Elle a peur que cela lui fasse du bien. Elle voudrait qu'on la laisse tranquille, dormir encore et encore. Attendre que Vincent revienne.

Tu vas revenir, je sais que tu vas revenir, tu vas me dire que tu t'es trompé, bien sûr que tu t'es trompé. Je peux t'attendre, le temps qu'il faudra.

Attendre, en tournant la tête vers la porte d'entrée, qui va forcément s'ouvrir parce que rien n'a changé dans l'appartement depuis que Vincent est parti. Elle évolue dans un univers qui stagne. Même ses larmes restent sur la bordure de ses yeux plutôt que de couler, elles se balancent au bout de ses cils fins.

Mais son ventre s'agite. Un frémissement grippe le mécanisme des heures statiques, comme une pièce qui ne colle pas dans le puzzle. Alors, elle se rappelle. Ce quelque chose qui importune aujourd'hui son immobilité la comblait il y a quelques semaines. Un monde parallèle, une autre vie qu'elle a vécue avant. Aurait-elle été trop heureuse ce week-end-là, en découvrant le résultat du test de grossesse ? Elle n'arrive plus à se souvenir de ces deux journées durant lesquelles elle s'est sentie enceinte, et parfaitement bien de l'être. Vincent décide de partir à ce moment-là, la laisse seule face à son ventre. Elle ne décèle pas de changement sous son nombril. Un gonflement peut-être mais elle ne veut pas y prêter attention. Ses seins, eux, ont enflé. Vincent les appelait les noisettes. Il disait ne pas aimer les grosses poitrines et préférait la taille réduite de la sienne. Aurait-il aimé la voir pleine, ronde, orgueilleuse ? Elle passe ses doigts sur ses tétons tendus et s'imagine ceux de Vincent. Oui, il les aurait aimés ses seins, couverts de baisers, saisis à pleine main, à pleine bouche. Elle en est certaine. Ou alors peut-être. Aurait-il aimé la voir enceinte ? Avait-il seulement envie de la voir enceinte ? Elle n'est plus sûre finalement. Elle ne sait pas s'il aurait voulu un enfant, s'il aurait préféré continuer à pouvoir s'échapper le temps d'un week-end sans rien anticiper. Il est parti alors qu'elle pensait qu'ils seraient un jour comme M. et Mme Gauthier, âgés et amoureux. Il lui avait promis, quand ils se sont mariés, qu'il serait toujours là, qu'il l'aimerait même quand elle serait fripée sur chaque centimètre de peau. Ne jamais faire de promesse que l'on ne peut pas tenir. C'est Frank Martin qui le dit, dans ce film dont il ne disait jamais trop fort qu'il était fan. *Le Transporteur*, il le regardait régulièrement avec un plaisir coupable mais véritable. « Tu ne fais pas honneur à Jason Statham mon amour, tu ne fais honneur à personne en disparaissant comme ça. » Peut-être qu'il n'avait pas l'intention de tenir sa promesse.

Vincent

J'aimais Paris, pour ses lumières surtout, et parce que je pouvais me mêler aux autres, les rencontrer. J'aimais Paris parce que je t'y avais rencontrée, parce que nous y avions commencé notre vie ensemble. Nous avions acheté un appartement dans le 15e arrondissement, non loin du marché où tu avais déjà tes habitudes. Quand tu y traînais ton caddie à roulettes, je te trouvais un air de vieille rombière du 16e et je te disais que nous étions, ainsi affublés à déambuler dans les allées, les stéréotypes de citadins à la recherche de bribes de nature. Mais j'adorais flâner, ton bras calé sous le mien, à te voir t'approcher des étals, à réfléchir à un poulet rôti pour le déjeuner, à sentir les odeurs de fromage avant même d'arriver devant le stand. Nous étions bien dans cette routine calquée sur celle de nombreux autres couples. Je n'avais jamais rien connu d'autre. J'étais un Parisien de la première heure et tu en riais. Tu t'étais moquée de moi lorsque j'avais dit que c'était très mignon « finalement » Boulogne-Billancourt lorsque nous étions allés pour la première fois chez Marie et Nicolas. Tu me disais que j'étais vraiment snob à considérer la petite couronne comme une excroissance fadasse de la Ville lumière, un peu comme le serait un chat de gouttière à côté d'un persan, que c'était tout juste si je n'empruntais pas le mot campagne pour parler de Boulogne-Billancourt. Peut-être que je m'imaginais que des vaches y paissaient, entre deux immeubles ? Tu trouvais que c'était un comble alors que j'étais devenu propriétaire d'un pied-à-terre breton pour lequel je ne rechignais jamais à enfiler des bottes en caoutchouc, en bon Parisien qui creuse son trou dans l'herbe verte de la plaine régionale. Je savais les loyers plus abordables en proche banlieue, la possibilité d'avoir une place de parking mais je ne voulais pas de l'entre-deux, même s'il m'était arrivé d'y réfléchir parce que l'appartement était assez spacieux pour deux et demi en comptant Georges mais pas plus. Et si un jour… ? Ce jour-là n'arrivait pas. Nous étions trop occupés à nous aimer et à aimer la vie que nous avions, nous soustrayant à cette chronologie ordinaire du temps qui passe. À quel moment doit-on faire des enfants ? C'était un sujet latent entre nous et je ne m'étais pas vu vieillir, oubliant que peut-être, toi, tu aurais aimé avoir un appartement plus grand pour une famille plus grande. Je pensais que l'envie d'avoir un enfant jaillissait un jour, et en l'attendant, cette envie, nous étions bien, à deux et demi.

Elle se décide à appeler sa mère. Catherine est si heureuse mais ne dit rien en ce sens, Joséphine le sent, simplement. Elle sent aussi qu'elle n'aurait pas dû attendre si longtemps avant d'entendre la voix de sa mère. Catherine a toujours été douce avec elle, sans être envahissante. Une complicité mère fille ordinaire, ou un peu plus qu'ordinaire. Peut-être parce que Joséphine est la petite dernière, après deux garçons.

Catherine, aujourd'hui, n'évoque pas le silence de sa fille depuis des semaines, elle ne dit rien de l'angoisse de ne pas savoir ce qu'elle fait de ses journées, de ne pas savoir comment elle envisage l'avenir. L'avenir pour Joséphine, ce sont les prochaines minutes. La suite, ça n'existe pas.

Catherine, aujourd'hui, ne parle pas non plus de Vincent mais de son jardin. Joséphine l'imagine les mains fourrées dans de longs gants de caoutchouc vert et ses cheveux cendrés, qu'elle a toujours refusé de teindre, sous une casquette griffée d'un logo à peine visible maintenant. La casquette a le même âge que le jardin et la maison, installés dans la campagne de Sarlat. Plusieurs fois par an, Catherine abandonne ses bottes et ses arbustes pour « monter sur Paris », comme elle aime à dire. Elles passent quelques jours ensemble, des journées de touristes, avec des activités de touristes. Elles s'assoient sur la banquette ou en terrasse d'un café très parisien pour se faire servir cafés et croissants au beurre accompagnés du sourire las du serveur. Elles vont se perdre dans les allées du musée d'Orsay, pour découvrir les collections temporaires ou redécouvrir les peintures qu'elles connaissent, à l'affût du détail qu'elles n'avaient pas encore remarqué sur l'une de leurs œuvres préférées. Et puis une séance de shopping, dans des boutiques intimistes ou dans les grands magasins, parfois aussi chez les antiquaires, mais Joséphine n'a pas l'œil. C'est Vincent qui fouinait et qui trouvait, chez les antiquaires.

Catherine termine leur conversation en lui proposant de venir à la maison, en Dordogne. Pour se reposer. Ou pour se changer les idées. Si elle acceptait chacune des invitations qui lui sont faites, Joséphine aurait la même vie sociale que lorsque Vincent était là. Et cela lui paraît absurde, indécent. Elle explique que le week-end prochain, elle ira peut-être en Vendée avec Marie et sa famille. L'idée est encouragée par sa mère (« l'air marin, c'est source de bonne fatigue »), laquelle répète toutefois que ça n'empêche pas de venir quelques jours à Sarlat.

Après avoir raccroché, elle essaye de réfléchir. Mobiliser son cerveau, se concentrer. Se mettre à penser, c'est s'ouvrir à l'absence de Vincent. Accepter. Elle ne veut pas accepter. Le manque est là, sans qu'elle l'ait accepté.

Elle se réveille en milieu de journée. Son corps lui semble si lourd, sa tête comme prise dans un étau. Elle a mal au cœur, c'est autre chose que le chagrin. Tout s'accumule sur elle, tout l'écrase. La douleur, le mal-être physique. Elle ne sait plus ce qu'elle fait, ce qu'elle doit faire. Une envie de vomir la saisit, mais son estomac n'a rien à rejeter. Son corps chancelle, ses yeux ne veulent plus s'ouvrir. Elle est sur le point de téléphoner à Marie, ou Olivier qui a tenté de la joindre dans la matinée, mais elle ne veut pas parler, elle ne veut voir personne. Si elle appelle à l'aide, il faudra répondre à des questions, être là, exister. Son lit l'accueille. Elle y reste toute la journée, et celle d'après, jusqu'à ce que le brouillard se dissipe. Elle n'a fait que dormir, dans ses draps poisseux. Elle ne les a pas changés depuis le départ de Vincent, paniquée à l'idée que disparaisse son odeur. Ne rien toucher, ne rien bouger. Elle serre souvent l'oreiller de son mari contre elle, elle y enfouit sa tête pour le sentir, mais le parfum n'est plus là. Les draps doivent être changés, elle le sait, mais pas encore.

Ce matin-là, son corps consent à s'échapper du lit. Et elle pense à sa mère, qui lui parlait de l'air marin et d'une bonne fatigue. Elle prend une décision, la première depuis des semaines. Elle ira en Vendée.

Marie est ravie qu'elle se joigne à eux. Le départ est prévu le soir même. Il y a de la place dans cette maison qu'ils ont louée pour le week-end. Ils iront à la plage, même s'il ne fait pas encore assez chaud pour se baigner ; ils emmèneront les jumeaux manger des gaufres, une balade à vélo aussi. Joséphine écoute Marie lui communiquer la liste des activités. Deux jours chargés. Un planning établi pour profiter pleinement de la virée loin de Paris. Elle sait déjà qu'elle ne pourra pas, qu'elle ne voudra pas faire tout ça. Elle n'en attend rien, n'espère rien. Partir avec Marie et sa famille, elle ne sait même pas pourquoi. La vie ne s'est pas arrêtée, il y a toute cette activité qui rôde. Le week-end en Vendée est un risque. Le risque de toucher le réel. Tu vois, je peux aller voir la mer sans toi, toi qui n'as rien trouvé de mieux à faire que de me laisser toute seule.

En boucle, dans son esprit, un mélange de tristesse et finalement, de colère. Vincent qui fait le mort, le temps qui s'écoule mais qui n'explique rien, les journées qui passent avec ce silence tonitruant.

Elle prépare un sac avec des culottes, des chaussettes, un gros pull supplémentaire et réalise qu'elle va devoir s'habiller avec autre chose qu'un sweat-shirt sale. Elle doit aussi faire sa trousse de toilette. Dans la salle de bains, elle saisit sa brosse à cheveux ; depuis combien de temps ne l'a-t-elle pas utilisée ? Et puis, son regard interroge le reste de la pièce. Quelques poils qui traînent encore dans le lavabo, son déodorant, le gel douche posé à l'envers parce qu'il voulait avoir les dernières gouttes, sa brosse à dents, à côté de la sienne. C'est soudain, et si violent. Le vertige lui fait perdre l'équilibre. Elle descend au sol, agrippe la serviette de bain et la serre contre sa poitrine. Elle n'arrive pas à croire qu'elle est encore là. *Comment je fais sans toi ?*

Elle s'est endormie sur le carrelage de la salle de bains et quand elle se réveille, elle envoie un message à Marie. Son amie comprend et ne demande aucune explication supplémentaire. C'est au-dessus de ses forces. Elle n'a pas le courage, ni l'envie, ni le besoin de respirer l'air marin. Elle veut oublier, s'oublier.

La cigarette qu'il ne finissait jamais tout à fait, ses yeux qu'il frottait de ses poings à la manière d'un enfant fatigué, le caleçon avec le trou entre les jambes dont il ne voulait pas se débarrasser, les tartares de saumon Picard qu'il adorait, sa manie de remplir les verres jusqu'à quasi-débordement, les manches de ses chemises bleues qu'il remontait jusqu'aux coudes avant de se mettre à son ordinateur, les bêtisiers de Noël qui le faisaient rire aux éclats, l'odeur de sa peau après une journée à la plage, ses commentaires chaque année devant les feuilles qui rougissent à l'automne, son ton solennel quand Georges griffait le canapé, son humeur maussade dès qu'il ratait la première sonnerie du réveil, sa colère quand il se faisait bousculer par un homme pressé en cravate et qu'il lui disait qu'il ne serait pas si pressé s'il n'avait pas pris autant de temps pour nouer sa cravate, les films du dimanche soir dont il ne voulait pas rater le début, le bruit de sa bouche quand il mangeait un bonbon gluant, le baiser qu'il déposait dans le creux de son coude, ses lacets qu'il nouait de deux tours, Amazon qu'il exécrait et qu'il utilisait parce que juste pour cette fois c'est quand même pratique, ses coups de klaxon contre les piétons qui traversaient en dehors des clous, son habitude de traverser en dehors des clous, ses yeux qu'il plantait dans les siens quand il jouissait, le sel qu'il ajoutait avant de goûter un plat, la glace à la noisette qui dégoulinait sur son menton, ses cheveux qu'il respirait juste après qu'elle les avait lavés, sa main qu'il prenait toujours dans la sienne quand ils arrivaient quelque part.

Et cette chanson, cette chanson qu'il a si souvent écoutée, qu'il chantonnait à l'envi, sur différents tempos, sur différents styles, sur laquelle il lui a fait danser des slows dans le salon.

Pourquoi il l'aimait tant cette chanson ? Cette mélancolie, ces paroles.

Joséphine l'entend chantonner de nouveau, elle entend sa voix. « Je suis venu te dire que je m'en vais. Tes sanglots longs n'y pourront rien changer », ose-t-il.

Elle se demande pourquoi la Normandie ? Pourquoi pas la Corrèze ou la Côte basque ? Elle ne l'a pas questionné quand il lui a annoncé une semaine avant la date qu'il avait organisé une escapade sur le littoral normand. Elle se demande pourquoi le vélo et pas un van, une voiture ancienne, ses pieds même. Elle se demande pourquoi ces amis-là et pas Jean-François et Nicolas. Ou même ses grands frères à elle, puisqu'il lui avait dit un jour qu'il était très heureux, étant fils unique, de découvrir ce qu'était une famille plus élargie. Il s'entendait bien avec Julien et Christophe. Il avait même développé une complicité solide avec ses beaux-frères au fil des années. Peut-être davantage que celle qu'elle a avec eux. Joséphine et ses frères se retrouvent aux fêtes de famille, pendant les vacances d'été chez les parents, ils s'appellent de temps en temps. Elle est aussi marraine de l'une de ses nièces.

Elle décide de téléphoner à Christophe, l'aîné. Lui aura peut-être des réponses parce que c'est à se taper la tête contre les murs. En allumant son téléphone, elle voit dans ses messages que lui et Julien lui avaient proposé un week-end entre frères et sœur, sur l'un des ponts de mai. Les jours fériés sont passés inaperçus. Le mois de mai, qui touche à sa fin, a coulé sur elle.

Il décroche à la deuxième sonnerie. Sa voix vient de loin. Il est en voiture et s'excuse, il se rend à un rendez-vous important, il arrive d'ailleurs, il ne pourra pas rester très longtemps au téléphone. Elle lui dit qu'elle comprend et qu'ils se parleront un autre jour. Lui promet qu'ils se verront très vite, on est tous là pour toi Jo, puis demande pardon de nouveau, il doit raccrocher.

C'est vrai, elle a oublié, les gens ont des rendez-vous et une existence à faire tourner. Les gens sortent de chez eux, se rendent au travail, vont chercher les enfants à l'école, font du sport, mangent attablés en famille, se couchent en se disant je t'aime. Elle y pense et vite, elle veut retourner sur le canapé parce que dehors, le monde s'active, elle le sent. Le soleil traverse chaque jour les rideaux avec toujours plus d'assurance. Le mois de juin débute et avec lui, s'intensifie la rumeur de la rue. Elle ouvre parfois la fenêtre. Elle y fume et culpabilise un peu, puis recommence. Comme un défi. Il n'y a rien, je ne vois rien, je ne sens rien.

Les gens préparent leurs vacances, font le marché pour goûter les premiers fruits de saison, prennent des verres en terrasse. Elle leur en veut à tous, de parler fort, de marcher avec précipitation, de rire, de profiter. Elle en veut aux journées qui s'allongent, preuve que le temps avance. Elle souhaiterait contrer les aiguilles de l'horloge, comme dans les films de science-fiction. Les jours qui passent ne sont déjà que science-fiction. Elle n'a pas envie de remonter le temps pour connaître les chiffres du Loto, avoir les réponses pour l'examen qu'elle a complètement raté en deuxième année de médecine ou éviter d'acheter cette robe hors de prix qu'elle n'a jamais mise. Juste un retour en arrière, pour comprendre ce qu'il s'est passé, pourquoi Vincent ne franchit pas la porte d'entrée.

Un lundi, elle se décide à la franchir, cette porte. Une promenade hasardeuse au-delà de son quartier. Elle marche, lentement, longtemps en levant la tête vers les balcons fleuris, en regardant au travers des vitrines des boutiques, en détaillant les passants. En bord de Seine, les quais sont déserts. Elle longe le fleuve jusqu'à atteindre l'entrée du jardin des Tuileries. Dans les allées, quelques nounous portent sur leurs hanches des bébés au visage couvert de miettes de gâteaux. Des personnes âgées avancent d'une démarche paresseuse, les mains croisées dans le dos. C'est calme pour un lundi. Les klaxons des voitures lui parviennent à peine. Au-dessus d'elle, le frémissement des feuilles des tilleuls. Ou peut-être des marronniers. Elle ne connaît pas grand-chose à la flore, au grand dam de sa mère. Lorsqu'elle était adolescente, Catherine s'agaçait de la voir s'enfermer dans sa chambre pour lire, alors que le soleil brillait haut dans le ciel. « Même si tu n'as pas la main verte, ça ne te ferait pas de mal de sortir prendre un peu l'air », disait-elle, certaine que Joséphine prendrait goût au jardinage si elle essayait. Christophe et Julien, eux, passaient leur temps dehors. Si ses frères l'avaient conviée à leurs jeux d'aventuriers plutôt que de faire front commun contre leur petite sœur, ils seraient peut-être plus proches tous les trois. Elle ne participait pas, ils ne la réclamaient pas et puis, Christophe et Julien avaient tous deux quitté la maison alors qu'elle n'avait pas treize ans. Elle était restée la chouchoute, le dernier enfant qui autorise encore les câlins quand les deux premiers repoussent avec une certaine indélicatesse toute démonstration d'affection maternelle.

Christophe et Julien ont essayé de l'appeler durant le week-end. Deux fois, elle a rejeté l'appel. La seule personne dont elle a accepté l'effraction dans son palais du silence est sa mère. Catherine a proposé de revenir sur Paris, après avoir appris qu'elle n'était finalement pas allée en Vendée. Joséphine lui a dit qu'elle préférait rester seule mais que peut-être, bientôt, elle viendrait les voir, à la maison. Sa mère a décrit le jardin, l'étendue d'herbe qui pourrait accueillir ses siestes, les roses ouvertes dont elle pourrait sentir le parfum, la glycine alourdie par ses généreuses fleurs, l'ombre immense des arbres. Joséphine a demandé si le cerisier était en fleur.

Non, a répondu sa mère. Il était trop tard pour ça. La floraison est passée. Sa vie est entre parenthèses, en suspens, alors que dehors, tout continue, se dit-elle, assise sur une chaise du jardin des Tuileries. Les barreaux métalliques scient son dos mais elle n'y prête pas attention. Elle lève la tête vers le ciel, vers les arbres, la tourne vers les enfants qui jouent, vers les joggeurs. Ils donnent l'impression d'une existence qui coule sans heurts. Pour elle aussi, c'était facile. Si ordinaire qu'elle en avait oublié la justesse. C'est donc cela, la définition du bonheur, de la vie parfaite, celle que l'on vit sans rien questionner. Elle est privée injustement de cette simplicité qui gâte et remplit le cœur.

Est-il possible de se faire dépouiller intégralement du bonheur pour une pièce manquante ? Est-ce parce que Vincent était tout pour elle, trop pour elle, qu'elle titube chaque jour ?

Quand elle repart du jardin des Tuileries, son téléphone claironne. C'est une application qui la félicite parce qu'elle a fait 10 000 pas aujourd'hui. Elle avait oublié l'existence de cette application podomètre. L'historique doit être affligeant de vide. Ses jambes étaient comme cristallisées quand elle a commencé sa balade dans Paris. En arrivant à l'appartement, elle sent déjà pointer cette fatigue justifiée, de celle qui fait chercher le lit pour reposer les muscles et pas la tête. Ce n'était pas l'air marin, mais l'air du dehors semble faire l'affaire.

Ce soir-là, elle se couche en écrasant son nez dans l'oreiller de Vincent jusqu'à s'en faire mal. Elle a changé les draps, l'odeur n'y est plus, mais elle se persuade que lui est là. Son visage face à elle, ses bras qui l'entourent, sa bouche qui lui dit que ça ira mieux, pour elle et pour le bébé. Le bébé. Comment a-t-il pu s'accrocher, faire son nid ? Elle ne sait pas s'il est encore là. Elle y pense si peu, elle s'en fiche même, comme elle se fiche de tout dans cette réalité insensée.

Un matin, des coups francs à la porte d'entrée la font sortir du lit, le corps et le regard encore pleins de sommeil. Georges se frotte à ses jambes et elle manque de trébucher. Elle marche sur la pointe des pieds et tente d'entendre une voix avant d'ouvrir. Elle n'est pas habillée mais ses cheveux sont propres. Grâce à Olivier. Son associé l'a appelée cette semaine parce qu'il voulait lui apporter des chouquettes, il l'a entendue gémir dans le téléphone, a dit qu'il venait tout de suite, dans un jet de voix lancé avant même d'avoir raccroché. En arrivant, Olivier a dit ne pas la reconnaître. Je vais m'occuper de toi, viens, et alors Joséphine l'a suivi dans la salle de bains, l'a autorisé à lui ôter son sweat qu'elle porte comme une seconde peau. Elle a laissé Olivier lui laver les cheveux puis les peigner, la rhabiller, lui faire un thé et ensuite, inspecter l'appartement. Il semblait comme soulagé de constater qu'il n'y avait pas une montagne de vaisselle sale dans l'évier ou un amoncellement de détritus au milieu du salon. Sans doute ne savait-il pas à quoi s'attendre. Il a fait le tour des placards et a dit qu'il s'absentait. Une demi-heure plus tard, il repassait la porte d'entrée avec des sacs du supermarché le plus proche. Peut-être avait-il peur qu'elle s'oublie un peu trop pour penser à manger. Il lui a fait remarquer ses clavicules creusées comme des gouttières, sa mâchoire saillante et ses mains tremblantes aux phalanges à vif. La cuisine sentait le chaud pour la première fois depuis des semaines ; il a préparé de la purée, l'a obligée à manger devant lui avant de repartir en lui laissant un papier sur lequel il avait dressé une fausse ordonnance avec une seule prescription : *ne pas laisser une seule chouquette partir à la poubelle*. Il n'a posé aucune question, elle ne l'a toujours pas remercié.

Elle ouvre et tombe sur deux murs de chair humaine. Christophe et Julien. Étaient-ils aussi imposants dans son souvenir ? Elle se sent toute petite, friable, encore plus lorsqu'ils la prennent dans leurs bras tour à tour.

« Ma petite Jo », lui dit Julien en caressant sa joue. Elle n'a plus trente-quatre ans, elle n'est plus le médecin assuré. Elle redevient une gamine, la petite dernière. Ses frères la consolent comme si elle s'était fait piquer son paquet de bonbons par ses camarades de classe.

La suite va trop vite pour qu'elle ait le temps d'objecter. Ils ont pris le temps de l'enlacer, de lui caresser les cheveux mais passent rapidement à la raison de leur venue. Julien parti dans la chambre, Christophe saisit ses mains et lui explique d'un ton calme et sans autorité :

— Tu viens avec nous, on t'emmène chez les parents. Avec Julien, on a posé des congés, on restera là-bas avec toi quelques jours. Stéphanie, Émilie et les enfants ne viennent pas. Tu seras au calme. Et avec nous.

Il se tait, plante ses yeux dans ceux de Joséphine, dans l'attente d'une réaction, ajoute qu'il s'agit d'une proposition qui n'inclut pas l'éventualité d'un refus. « Ton sac est prêt, Jo », dit Julien en ressortant de la chambre. Elle n'a aucune idée de ce qu'il a bien pu y mettre. Elle dit simplement d'accord. Ils partagent un café puis les portières de la voiture de Christophe claquent.

Au moment où le moteur démarre, elle crie « attends » dans l'habitacle. Ses frères sursautent, elle-même est surprise par le ton de sa voix. Déjà, elle n'écoute plus Julien qui lui dit qu'elle n'a pas le choix, qu'ils l'emmènent un point c'est tout. Elle court vers son immeuble, monte quatre à quatre les marches de l'escalier jusqu'au troisième étage, tourne avec frénésie la clé dans la serrure puis se rue vers la table basse, dont elle dégage toutes les piles de magazines. Elle fouille sans trouver, pleure de colère de ne pas trouver. Elle retourne les tiroirs de la bibliothèque, celui de la commode de l'entrée. Les larmes roulent sur ses joues tandis qu'elle vide au sol le contenu de la sacoche en cuir avec laquelle il partait au travail. Et puis, finalement, elle en rit presque parce que le carnet est là, à sa place, dans leur chambre, sur la table de chevet. Exactement là où il a toujours été, exactement là où Vincent l'a laissé avant de partir.

Vincent

Mon grand-père m'avait dit un jour qu'il n'existait pas de meilleure tarte aux pommes que celle de ma grand-mère. Son dessert préféré, il l'avait commandé à de nombreuses reprises dans des restaurants et chaque fois qu'il se rendait en boulangerie ou presque, il en achetait une part. Mais aucune tarte aux pommes n'était aussi savoureuse que celle d'Annie, sa femme. *Tu sais pourquoi, mon chéri ? Parce que c'est elle qui la fait de ses propres mains, elle y met toute son envie et moi, je le sens. Toutes les choses que l'on fait par nous-mêmes ont toujours un goût particulier.* J'avais retenu, j'aimais l'idée. C'était ce que je pensais faire avec sa maison. Un peu à l'image de la cabane que nous avions construite au fond de son jardin un été. Une cabane faite de vieilles lattes de parquet récupérées à la déchetterie du coin, qui ne ressemblait en rien à celles que j'avais pu voir dans *Copain des bois*. On aurait dit une très grande niche pour chiens, et pourtant, comme me l'avait dit mon grand-père, je ne trouvais rien à lui reprocher parce que nous l'avions faite de nos propres mains.

Toi, ça t'avait effrayée. Cette maison dans laquelle j'avais passé mes plus belles vacances et que je m'étais promis de restaurer autant que possible par mes propres moyens n'avait pas fière allure. Mon grand-père n'avait pas voulu faire les travaux d'entretien que j'avais recommandés au fil de mes visites. Il y était réfractaire, il disait que je m'en chargerais bien assez tôt. Alors je notais tout. Mon carnet était bleu, banal avec ses pages fines et ses lignes noires, et je l'emportais avec moi à chaque voyage vers la Bretagne. Je te montrais ce que je voulais faire, tu hochais la tête, les yeux un peu plissés. Je voyais que tu te concentrais pour essayer d'imaginer le rendu. L'étendue des travaux t'intimidait, tu détestais avancer sans filet, tu détestais ne pas savoir quand et comment cette histoire allait se finir, tu détestais le flou de ce projet lointain, là-bas, en Bretagne, à… c'est quoi le nom du village déjà ? Mais tu m'aimais assez pour me laisser vaquer à ma dernière aventure avec mon grand-père.

Ils ne font qu'un seul arrêt, un peu après Vierzon. C'est à ce moment-là qu'elle se réveille. L'aire d'autoroute et son espace jeux sont déserts, les sandwichs infects. Elle fait l'effort de manger le pain de mie coupé en triangle. Le jambon et le fromage font grise mine mais finalement, c'est assez sec pour éviter la nausée. Julien fait une remarque, quelque chose qui dit qu'elle n'a que la peau sur les os. Mais il ajoute qu'elle est toujours aussi jolie, le sourire un peu bancal. Christophe sort un paquet de cigarettes et leur en propose une, pour la route, dit-il. Il a longtemps fumé, a arrêté à plusieurs reprises. À quarante-cinq ans passés, il s'autorise, à l'occasion, le plaisir du tabac. Julien, lui, a exclu la demi-mesure depuis qu'il a des enfants. La cigarette, c'est terminé. Et elle, elle hésite, alors que Christophe tend le paquet. Pourquoi refuser un plaisir éphémère pour un futur imprécis ?

Quand la fumée traverse sa gorge, investit ses poumons, le doute s'installe. Elle n'a pas le temps de regretter son geste, la nausée est si forte que la cigarette est écrasée, à peine entamée, dans le cendrier. Christophe hausse les épaules, sans poser de questions.

Ils repartent et les paysages se floutent de nouveau derrière la vitre. Sur la banquette arrière, elle somnole, bercée par le ronronnement des conversations de ses frères à l'avant. Ils ne parlent pas très fort, jettent des coups d'œil vers elle à certains moments. Georges, dans son sac de transport, ne dit pas un mot. Il pourrait miauler, pleurer, uriner, s'arracher les griffes sur le tissu, mais il reste calme et ses yeux traversent le filet pour trouver ceux de Joséphine, qui caresse sa truffe. Son chat comme un vestige de sa vie d'avant.

Tout comme l'est le carnet bleu de Vincent.

Elle le sort de son sac, hésite à l'ouvrir. Ses doigts passent sur la couverture abîmée, sur les coins cornés. Elle tourne et retourne l'objet, hésite encore puis le repose. L'ouvrir, c'est ouvrir le souvenir. Elle sait ce qu'elle y trouvera. Vincent y a dessiné des croquis, noté les travaux essentiels à réaliser pour que la maison de son grand-père ne s'effondre pas sous le poids des années, collé des images de magazines déco. Tout était consigné, jusqu'à la plus minime des restaurations (un jour qu'elle lorgnait sur le carnet, elle avait aperçu « crochets entrée : pourquoi pas branches de bois ? »). À la mort de son grand-père, il avait rapidement lancé le gros œuvre et ensuite commencé à rayer quelques lignes avec l'excitation d'un gamin le matin de Noël.

Dans quoi s'était-il encore embarqué ? Dans quoi l'avait-il embarquée ?

Puisque maintenant, c'était aussi elle. Finalement, rien qu'elle.

Elle ferme les yeux, elle n'a fait que ça depuis quarante jours et les parents de Vincent lui ont chapardé le droit à la nuit qui n'en finit pas. Ils l'ont privée de cette suspension du temps. Elle leur en veut, ils n'auraient pas dû venir hier.

— Nous sommes désolés de passer à l'improviste mais tu ne réponds pas à nos messages, nous étions très inquiets pour toi, tu sais, a commencé Anne, le visage, qui avait pris dix ans, entouré de cheveux qui n'avaient pas leur éclat habituel.

— Je sais mais je n'y arrive pas. Chaque fois que je veux prendre mon téléphone… Je ne peux pas, c'est tout, je n'ai pas d'autre excuse.

— Tu n'as pas besoin d'excuse, Joséphine. On ne peut que te comprendre, tu sais. On a simplement peur pour toi, on ne sait pas comment tu le vis.

Joséphine

Comment tu le vis.

C'est Yves, le père de Vincent, qui a osé dire ça, les épaules tombantes, le regard éteint entre deux sourcils resserrés qui marquaient une ride du lion entourée de petites sœurs.

Comment tu le vis.

Comment tu le vis.
Comment tu le vis.
Comment tu le vis.

Les quatre mots n'en finissent plus de l'assommer. Quatre mots vers la réalité. Yves n'a même pas osé prononcer l'imprononçable.

Comment vivre la mort ? En ne bougeant plus pour éviter de croire que c'est possible.

Et finalement, quatre mots qui la percutent, qui lui rappellent qu'il s'est passé quelque chose, tandis qu'elle tente de reboucher ses oreilles et de refermer ses yeux. Lui revient ce coup de téléphone presque irréel mais qui a déclenché une vague dévastatrice de journées insensées. Elle se revoit, en robe noire, les yeux secs alors, à chercher dans le détail du bois du cercueil de quoi comprendre ce qu'il se passe, sans y parvenir. Autour d'elle, ses parents, ses frères, Marie, Olivier, tous les autres. Ceux dont regorge sa boîte vocale. Son téléphone témoin de l'altération de son univers. Elle sait ce qu'elle y trouvera si elle remonte les jours passés dans la pénombre. Des appels en absence, des messages vocaux, des messages de condoléances de proches ou de vagues connaissances, des messages demandant si elle est toujours en vie, elle. La décence n'est plus, on s'inquiète, on s'énerve de ne pas avoir de nouvelles. Elle a été docile pour l'enterrement, elle a fait tout ce qu'on attendait d'elle. Choisir les fleurs pour la gerbe. Serrer contre elle tout un tas de gens venus moucher leur nez sur son épaule et lui caresser la joue. Tout était mécanique. Parce que son corps répondait à des directives concrètes. Elle a suivi le projet global : mettre six pieds sous terre celui qui a toujours eu le don de surprendre.

Une telle surprise cette fois. Des sanglots jusqu'à la nausée. Elle sait qu'il n'y a pas que le chagrin qui la fait régurgiter. La tristesse camoufle sans évincer totalement. Son corps s'active et expulse pour lui faire comprendre qu'il abrite autre chose que le deuil. Elle n'est pas prête, elle ne veut pas penser à son état. Il faut d'abord encaisser le reste, ou plutôt l'essentiel. Des instantanés de l'enterrement surgissent, l'entrée du cercueil dans l'église, le discours de son beau-père effondré, la main de sa mère qui presse la sienne au cimetière.

Dans la voiture, sur l'autoroute, ça la pénètre. Elle réalise, Vincent ne passera plus la porte d'entrée. Son cœur fait une sortie de route. Écran de fumée, l'impression de ne plus être là, le corps à la fois vide et lourd. Le chagrin est d'une insolente persévérance, avec l'art du renouvellement. Elle ressent chaque jour une déchirure immense et inédite. La douleur qui l'envahit partout, qui mord sa chair à des endroits dont elle ne connaissait pas l'existence. Elle ne savait pas qu'il était possible de souffrir autant de l'intérieur sans lésion externe.

Les parents de Vincent n'auraient pas dû. Ils n'auraient pas dû venir chez eux, chez elle, elle ne sait plus. Ils n'auraient pas dû dire qu'ils partageaient son chagrin parce que la même tristesse bousillait leurs corps.

Pourquoi ces mots terribles, pourquoi « testament » ? C'était beaucoup trop tôt, elle ne voulait pas l'entendre. Ils auraient pu continuer à parler de la météo particulièrement estivale pour un mois de mai, le quartier assez calme même s'il avait été difficile de garer la voiture, le café qui était vraiment bon.

— Tu as acheté une nouvelle machine expresso ?

— Non, c'est toujours la même depuis deux ans.

— D'accord, elle est vraiment bien, elle fait de bons cafés.

Une conversation anodine, et puis Anne s'est permis :

— Vincent avait fait rédiger un testament. À son âge… Il pensait vraiment à tout.

C'est faux, s'est dit Joséphine. Vincent était du genre à oublier de renouveler sa carte d'identité arrivée à expiration, à laisser son manteau un mois au pressing, à laisser s'empiler les lettres administratives sur la table basse du salon. Anne est revenue sur tout ce que son fils avait de qualités. Joséphine voulait lui dire de la fermer, elle n'acceptait pas toutes ces phrases conjuguées au passé.

— Tu es la seule propriétaire de la maison de Locmariaquer à présent. C'est comme ça que Vincent souhaitait que les choses se passent, a ensuite dit Yves. C'est une maison de famille mais tu étais sa famille. Maintenant, tu en fais ce que tu veux. Avec Anne, a-t-il ajouté en saisissant la main de sa femme, on souhaiterait évidemment que tu gardes la maison, que tu ne la vendes pas, mais nous sommes aussi d'accord sur le fait que c'est à toi de décider. Nous ne t'imposerons rien.

Yves a dit qu'ils ne lui imposeraient rien.

Ils lui ont déjà imposé beaucoup trop, ils ont acté, mis des mots sur ce qu'elle n'arrive pas à comprendre. Vincent ne passera plus la porte d'entrée.

Il lui disait souvent : « Fais-moi confiance, Jo. Détends-toi. » Elle l'écoutait, parce qu'il avait raison. Elle imaginait le pire quand lui prévoyait le meilleur, et alors il répondait à ses préoccupations, petites ou grandes, avec une phrase qui était cruelle d'efficacité : si ça se passe mal, qu'est-ce qui nous arriverait dans le pire des cas, dans la pire des situations ? Vincent avait le pouvoir extraordinaire de rendre à toute chose possiblement effroyable son caractère relatif.

Elle est dans la pire des situations et il n'est pas là.

Alors son corps s'abat contre celui de sa mère lorsqu'ils arrivent. Elle n'avait pas serré quelqu'un avec une telle intensité depuis des semaines, depuis Vincent. Elle ne s'était pas autorisée à une étreinte. On l'a prise dans les bras, on lui a tapé dans le dos, on l'a enlacée si fort qu'elle en a eu mal à la nuque. Mais jamais, avant ce jour-là, même avec ses frères, elle n'avait rendu le geste. Son corps endormi ne réagissait pas, se laissait faire car trop occupé à vouloir rejeter toute évocation du réel.

Sur les marches en pierre du perron de sa maison d'enfance, elle s'abandonne, son corps demande, désire le retour au contact. Elle regarde ses frères, avec lesquels la relation est plus ou moins existante selon les saisons, elle sait qu'ils ont fait quelque chose de vital pour elle.

— Ma grande fille, je suis tellement heureux de t'avoir à la maison, lui dit son père.

Henri lui aussi la réceptionne, elle vient se caler contre sa poitrine. Christophe et Julien sont aussi grands que leur père. Ils ont tous les trois la même carrure, des colosses avec des épaules larges, des têtes couvertes de cheveux couleur soleil posées sur un cou épais. La première fois qu'il les avait vus, Vincent avait demandé si la famille avait des origines vikings. Il ne s'imaginait pas une telle fratrie, avec Joséphine, petite, menue. Les fils tenaient du père, la fille de la mère.

La maison fleure le sucre et la farine. Un gâteau dort dans le four. Elle reconnaît immédiatement l'odeur, ce qui lui fait penser que sa mère attendait leur arrivée, son arrivée à elle. Au parfum de chocolat qui infiltre ses narines, elle sait que Catherine a préparé un brownie ou un marbré, comme elle le faisait déjà lors de ses visites, toujours plus espacées, durant ses études de médecine.

Elle avance dans la maison, entourée de sa famille. Il y a soudainement beaucoup de monde dans son monde. Elle cherche l'air et le trouve en s'éloignant de ses parents qui discutent avec Christophe et Julien. Dans la véranda, ses mains effleurent le bois de la table chauffée par le soleil. La porte qui donne sur le jardin est ouverte. Elle inspire. L'odeur de l'herbe fraîchement tondue, celle du chèvrefeuille qui tombe en cascade d'un côté de la véranda. Un peu partout, des fleurs. De toutes les couleurs. C'est plus fourni que dans son souvenir, comme si elle n'avait pas mis les pieds ici depuis des années. Sa mère a fait de son jardin une mosaïque végétale.

— Viens, je vais te montrer ce qui sent si bon.

Catherine place son bras sous le sien et décrit, avec les gestes d'un galeriste et la voix d'un conteur pour enfants, le patchwork floral. Les iris qui se rabougrissent déjà, les rosiers qui dévoilent leurs plus beaux atours, l'agapanthe encore timide qui vient d'être plantée. Elle admire l'opulence colorée, respire le parfum de la glycine, caresse le velouté des oreilles de lapin. Son regard est attiré par de petites fleurs violettes.

— Des pensées sauvages, lui dit sa mère. Tu t'en souviens peut-être, je les utilisais pour aider à soigner ton eczéma. Je m'en sers toujours d'ailleurs. Avec Olivia, on s'essaye à la phytothérapie. Elle a un très beau jardin. Tu te souviens d'Olivia, quand même ?

Bien sûr qu'elle se souvient de l'amie de sa mère. Son amie la plus proche. Étrange, cette question.

— Je suis malheureuse, Maman, pas amnésique, répond-elle sans agressivité. Ton jardin est magnifique. Montre-moi le potager.

Catherine prend sa main et lui fait les présentations : courgettes, aubergines, rhubarbe. Elle lui explique que ce n'est pas la période la plus propice pour la récolte potagère. Les fraises cachent leur menton à fossette sous de grosses feuilles et quelques tomates vertes alourdissent les branches.

— Tiens, regarde, il y en a une qui est mûre. Elle est pressée, celle-là, plaisante sa mère en se penchant vers le plant pour soulever les feuilles. Tu veux récolter la première tomate de la saison ?

Joséphine acquiesce et se penche aussi.

— Pour la cueillir, tu reçois la tomate dans la main, comme si tu voulais la soupeser. Voilà, oui, comme ça. Et maintenant, tu fais une rotation avec ton poignet. À présent, tu dégustes, mais un seul croc. Il fait chaud et je n'ai pas envie que tu passes une mauvaise nuit à cause de ma tomate pas assez fraîche. Demain, il faudra venir le matin.

La tomate se fissure et éclate dans sa bouche. Ses papilles pétillent de tant de saveurs. Le jus dégouline sur un coin de sa bouche. Sa mère rit et dit qu'elle s'en met partout.

Le rire, c'est un son qu'elle avait oublié.

Dans la chaleur de la maison, devant les plats cuisinés par sa mère, à écouter les voix qu'elle connaît, sa mâchoire qui a tant charrié la douleur se détend. Le dîner, c'est redécouvrir cette chose que l'on appelle la conversation, même s'ils n'exigent pas qu'elle y participe. Ils ne lui demandent même pas de manger. Elle n'a pas faim parce que le gâteau marbré en fin d'après-midi a eu raison de son appétit. Comme pour la tomate, le goût du sucre, du chocolat, a été une déflagration dans sa bouche.

Georges grimpe sur ses genoux. Christophe râle un peu, pas d'animaux à table, ce n'est pas hygiénique, mais Henri lui fait remarquer que le chat est plus sage que ses petits-enfants face à une assiette, avec un rire franc et une tape dans le dos de son fils. S'ensuit un débat sur ce qui est le plus écœurant : changer la litière du chat ou changer la couche d'un bébé qui a déjeuné d'une purée d'épinards. Joséphine se joint à eux lorsqu'ils rient. Le moment est doux, remarquable, elle se surprend à sourire, parler, échanger des regards, tout en caressant son chat endormi. Elle a du mal à y croire. Même si c'est un relâchement de surface, son corps et son esprit tressautent, s'animent. Le repas comme une réminiscence de son enfance. À table avec ses parents et ses frères, sans pièces rapportées, elle remonte le temps d'une vingtaine d'années.

Il est 21 heures quand son père l'accompagne à l'étage pour la mener vers son ancienne chambre. Henri y entre, elle le suit, Georges sur ses talons. La pièce n'a pas beaucoup changé depuis qu'elle l'a quittée. Le lit simple a été remplacé par un deux-places il y a des années déjà. Elle s'y est couchée de nombreuses fois avec Vincent. Elle tente de ne pas penser au fait que la dernière fois qu'elle a dormi dans cette chambre, elle était contre lui. Ils avaient fait l'amour avec douceur, non parce qu'ils avaient peur de réveiller les parents mais parce que les séjours à Sarlat appelaient à la lenteur. Vincent avait joui si rapidement qu'ils avaient ri et s'étaient dit que l'air de la campagne avait des effets radicaux sur la sexualité.

— Je vais fermer tes volets. Les draps sont propres, tu vas être bien, lui dit son père en tapotant le lit, comme pour confirmer que c'est effectivement confortable.

Avant de la laisser avec Georges, il l'attire contre lui. Elle pose sa tête contre sa poitrine, ferme les yeux.

— Ma Jo, lui chuchote-t-il. Ça va être dur pendant très longtemps, tu verras, la douleur sera toujours présente mais tu t'en accommoderas. Nous, on sera là, à chaque moment.

Elle a le cœur au bord des lèvres quand elle descend à la cuisine, inondée de soleil, envahie par les odeurs mêlées de café et de pain grillé. Son père lit le journal en bout de table et rapporte à voix haute les informations du jour à sa femme. Catherine, les lunettes posées sur le bout du nez, tente de rester concentrée sur son magazine puis lève la tête quand elle franchit la porte.

— Bien dormi, ma chérie ? Assieds-toi et prends ce qui te fait envie. Tes frères sont partis courir.

Elle ajoute de la confiture d'abricot sur sa tranche déjà beurrée, effarée par sa voracité soudaine. Depuis qu'elle est chez ses parents, son corps crie famine. Elle ne sait pas si c'est dû au changement d'environnement ou à son état. La seconde hypothèse la fait frémir. Une décision, voilà ce qu'elle devrait prendre en étant ici. Ce bébé, elle le désirait tant. Sa présence la terrorise à présent.

La deuxième tranche de pain grillé, noyée dans le café, semble vouloir faire le chemin inverse. Elle écoute ses parents lui parler de la journée, de ce qu'ils pourraient faire, une balade, un tour au marché, une sieste dans le jardin, ce qu'elle veut. Mais la nausée est trop forte, ses oreilles bourdonnent. Les lèvres de ses parents bougent mais elle ne perçoit plus les sons. Elle court aux toilettes et libère son estomac qui déborde.

Quand elle s'essuie la bouche devant le lavabo, sa mère apparaît sur le seuil de la salle de bains. Catherine demande si tout va bien. Tout va bien, oui, elle a eu les yeux plus gros que le ventre, voilà tout. Sa mère est dubitative, hésite avant de se lancer :

— Jo, tu sais que tu peux m'en parler.

— Te parler de quoi ?

— Tu le sais bien. Je n'ai pas envie de te forcer la main, ma chérie, mais tout ce qu'il se passe en ce moment..., dit Catherine avec un sourire. Écoute, je ne te demande pas de me parler si tu ne veux pas mais sache que je suis là.

— Je suis perdue, Maman.

Elle s'assoit sur le rebord de la baignoire, cache ses yeux de ses mains. Elle n'a pas pleuré depuis des jours. Catherine la rejoint pour la serrer contre elle, essuyer son visage baigné de larmes, déposer un baiser sur son front.

— Tu n'y arriveras pas toute seule, Jo. Laisse-nous t'aider, peu importe la façon. Si c'est juste pour t'apporter une tasse de café, on t'apportera une tasse de café.

Elle se sent à bout de forces, le corps tremblant, scarifié de l'intérieur par un démon qu'on ne définit pas mais qui lui impose cette réalité dans laquelle Vincent n'est plus là et où quelqu'un d'autre s'est installé. Elle n'a pas prononcé son prénom à voix haute depuis sa mort, n'a jamais évoqué son décès avec quiconque. C'était toujours des allusions à sa propre tristesse, à son statut fraîchement acquis de veuve ou à son état de santé. Personne n'a parlé de Vincent. Même à table, avec ses parents et ses frères, il est évincé, non sans mal. Sa présence plane sur les esprits et les conversations mais reste une ombre que l'on n'a pas envie de saisir, par pudeur, par gêne, par respect. Elle, elle souhaite rester en suspens et en retrait de ce monde qu'elle n'imagine pas sans Vincent. Cette chose qui évolue au fond d'elle fait obstacle.

— Je suis enceinte, dit-elle à sa mère dans un souffle. Je n'ai même pas eu le temps de le dire à Vincent.

— Ma Jo, je suis désolée… Je ne savais pas que vous aviez un projet d'enfant.

— On en parlait comme ça, de temps à autre. Mais quand j'ai découvert que j'étais enceinte, j'étais heureuse. Et maintenant… Je ne veux même pas y penser.

Catherine ne lui demande pas ce qu'elle envisage, lui propose de l'emmener voir un gynécologue. Elle refuse d'emblée, mais sa mère lui dit que cela n'engage à rien. Il s'agit simplement de savoir si elle est en bonne santé.

— Tu en sauras plus sur ton état, cela t'aidera peut-être à y voir plus clair. D'accord ?

Elle contacte un ami de la famille, gynécologue à Périgueux, pour un rendez-vous en urgence. Michel Hanguin peut la voir le lendemain en fin de journée. Elles prétexteront une course pour se rendre là-bas ; Joséphine a baissé les armes mais lui a demandé de ne pas en parler avec le reste de la famille, même pas avec son père.

Puis l'heure du déjeuner arrive, comme un semblant de normalité, avec un temps pour tout, manger, dormir, se réveiller. La journée est si belle qu'ils prennent le déjeuner sur la terrasse. Elle aide à mettre la table, elle découpe le pain, mélange la salade. Chaque action occupe un peu de place dans son esprit et pousse les idées noires dans un coin. Christophe a encore les joues rouges, il porte les stigmates du jogging. Julien le charrie sur son manque d'endurance. « Tu te fais vieux, Chris. Regarde-moi, je tiens la route, avec ma jeunesse et mes poumons propres », dit-il en se tapant le torse comme un gorille. Toute la tablée rit et se met à manger. Elle, elle s'en tient à mâchouiller des feuilles de salade et à grignoter des bouts de pain, inquiète de devoir courir aux toilettes si elle cède face à son envie de dévorer tout ce qu'il y a sur la table. Sa mère lui adresse un sourire complice mais Julien, lui, n'hésite pas :

— Jo, franchement, il faut te nourrir. Tu n'as plus de forces, ça se voit. Et tu as vu ton visage ? On dirait un squel…

— On a compris, Julien, l'interrompt Henri. Laisse-la manger ce qu'elle veut.

— Il a raison, Papa, intervient Christophe. Il faut que tu reprennes des forces, Jo, sinon tu n'arriveras pas à aller mieux, à reprendre ta vie. D'ailleurs, tu penses retourner quand au cabinet ?

— Aucune idée. Olivier me donne des nouvelles de temps en temps, il s'en sort.

— Il ne pourra pas continuer seul bien longtemps et tu vas finir par perdre ta patientèle.

— C'est le cadet de mes soucis, Christophe.

— Mais ça le sera bientôt. Comment tu vas faire pour vivre sans travail ?

Les questions de Christophe commencent à lui tordre l'esprit. Le bon père de famille pare au plus urgent, pense à la logistique, à ce qui fait une vie. Elle, elle n'a aucune idée de ce qu'est sa vie maintenant. Son frère ne pense pas à mal, il s'inquiète mais c'est trop agressif. Ça la force à réfléchir plus loin que la journée, à une existence qui doit s'aménager sans Vincent.

Elle tente de le rassurer, même si elle n'a pas toutes les réponses à ses questions. Ses économies, les économies du couple, l'assurance-vie de Vincent sur laquelle elle avait été listée au premier rang des bénéficiaires. Et puis, cette maison en Bretagne, elle ne s'attendait pas à en hériter.

— Celle du Finistère ?

— Morbihan, Christophe, corrige Henri.

— Qu'est-ce que tu comptes faire de cette maison ? Vous avez fait des gros travaux dedans, mais elle ne semblait pas en très grande forme. Ça vaut vraiment le coup de la garder ?

— Vincent avait supervisé le gros œuvre et on en voyait le bout, explique Joséphine. Les ouvriers doivent s'inquiéter de ne pas avoir de ses nouvelles. Ou alors ils ont terminé. Je ne sais pas, je m'en fiche.

Tous affichent un sourire pincé. Sans doute qu'eux non plus ne savent quoi penser de cet héritage. Même Christophe s'abstient de commenter.

Est-ce que ça vaut le coup de la garder ?

Cette maison, dans ce lointain département que Christophe ne sait même pas situer sur une carte de Bretagne. Vincent a assez œuvré pour qu'elle s'approprie cette partie de la région qu'il aimait tant, le Morbihan. Elle n'y avait jamais mis les pieds avant de le rencontrer mais elle en avait une image globale : des petites maisons de pêcheurs en pierre, avec du bleu un peu partout et des gros hortensias dans les jardins. « Tu as vu trop de cartes postales, Jo », lui avait-il dit. Et pourtant, lorsqu'il l'y avait emmenée, la carte postale s'était animée sous ses yeux. Vincent lui avait fait visiter les environs, avec l'habileté d'un guide touristique. Peut-être s'était-il dit qu'en faisant tous les incontournables de la région, il parviendrait à lui transmettre son attachement au lieu. Ils avaient pris un bateau jusqu'à l'île aux Moines, mangé des huîtres à la terrasse d'un restaurant de Larmor-Baden, s'étaient fait des courbatures sur le chemin côtier de la presqu'île de Rhuys. Elle qui avait grandi dans la campagne périgourdine, découvrait une nature qui ne lui était pas familière. Les eaux azur qui s'éclaircissent quand vient l'été et la pluie qui frappe la mer l'instant d'après, les cheveux emmêlés de sel, la côte aspergée d'embruns marins. Elle s'était prise au jeu. Elle avait compris et lui avait dit que oui, c'était beau la Bretagne.

— Rien à voir, ce n'est pas la Bretagne, c'est le golfe du Morbihan. Retiens ça, Jo : le plus bel endroit de France, c'est le golfe du Morbihan, ironisait Vincent, le regard étincelant.

Le plus bel endroit de France parce que tu y étais, j'en fais quoi maintenant du golfe du Morbihan, et de cette maison du bout du monde ?

Il n'y a plus rien à découvrir ou à trouver là-bas parce qu'elle a perdu une partie d'elle-même. Elle l'a perdue à cause d'une voiture qui n'a pas vu son vélo. Il allait trop vite, paraît-il, et son casque était mal attaché. Il a pris la tête de l'escadron. Ses copains lui ont dit de ralentir, mais il faisait le malin. Elle n'a pas voulu en entendre plus. Elle sait seulement que la voiture était bleue et le crâne de Vincent, défoncé.

Est-ce que ça vaut le coup de garder un lieu qui n'existe qu'avec le souvenir de Vincent ?

Est-ce que ça vaut le coup de garder cette autre chose qu'il a laissée au fond d'elle ?

Vincent

« Là-bas », tu me disais qu'on n'allait rien faire d'autre que se remplir les poumons de la moisissure qui grignotaient les murs, que tu ne voyais pas comment on allait pouvoir rafistoler une maison détrempée comme un vieux torchon de cuisine. Tu n'avais pas tort. La pluie et les embruns marins trouvaient leur chemin à travers la toiture percée, imbibant les poutres comme des éponges. L'eau accumulée dans le grenier dégringolait discrètement à travers les murs. Je l'admettais, il y avait du pain sur la planche mais rien d'insurmontable. En tout cas pour moi. Je m'étais dit qu'en m'attaquant directement à ce problème fondamental, tu serais ensuite plus enthousiaste, alors j'avais investi nos économies. Ça me semblait normal, ça te paraissait hasardeux. J'avais tout prévu, je savais que cette maison, tu finirais par l'aimer, d'une façon ou d'une autre, et que l'on y passerait des moments aussi bons que ceux que j'y avais vécus.

Dans cette journée, il y a d'abord son père qui lui propose de l'accompagner à la fromagerie dans laquelle il a ses habitudes, faire un tour dans la campagne et pousser pourquoi pas jusqu'à Tamniès. Puis son refus poli à elle, qui dit qu'elle aime la nature du jardin, que c'est suffisant, qu'elle veut faire une sieste aussi, Henri qui ne cherche pas à la convaincre, d'accord, ma chérie, repose-toi, alors qu'elle sait bien que la sieste ne se fera pas parce que le rendez-vous avec le gynécologue fait dégringoler des perles de sueur le long de son échine, cette chose au fond d'elle va devenir concrète. Et si elle n'était plus dans les temps ? Si le gynécologue lui annonçait qu'elle était à plus de trois mois de grossesse ? La perspective de ne plus avoir le choix la tétanise davantage que celle d'avoir à faire un choix.

Il y a aussi la clôture du fond du jardin parce que Julien et Christophe se sont mis en tête de la remettre à neuf alors que Catherine leur a répété qu'ils étaient là pour se reposer.

Il y a l'herbe dans son dos, son regard qui suit les nuages dans le ciel d'un bleu layette, Georges qui part à la découverte du monde sauvage, qui apprivoise un nouvel environnement et s'effraye des oiseaux qui piaillent comme pour se moquer de lui, qui tapote prudemment de la patte les pieds de rhubarbe.

Il y a la casquette de sa mère au milieu des arbustes, sa mère qui est agenouillée devant ses plants de tomate, qui place parfois la main sur le bas de son dos, qui va finir par abîmer ses vertèbres, pense Joséphine, même si elle ne s'est jamais plainte. Sous une apparente fragilité physique, c'est une force de la nature, une force du jardin.

Puis soudainement, la casquette qui s'élève, Catherine qui la regarde, qui tapote sa montre de sa main. Il est temps d'y aller.

Ensuite, c'est trop rapide, la sensation que l'heure de route jusqu'à Périgueux n'a duré que le temps d'un clignement d'œil, lorsqu'elles franchissent les portes du centre hospitalier, sa mère qui lui prend la main, comme une petite fille que l'on tente de rassurer avant une vaccination et pourtant, les hôpitaux, ce n'est pas le genre d'environnement à l'effrayer, elle le trouve rassurant habituellement, sauf ce jour-là, alors qu'elle tressaille sur la chaise de la salle d'attente, comme sa mère, qui triture ses doigts, une mère doit assumer ça aussi, voir sa petite dans cet état, se sentir impuissante, comment consoler lorsque l'on n'a pas connu l'inconcevable ? Une mère voudrait sans doute se saisir de la peine de son enfant, souffrir à sa place. Elle, elle aurait préféré ne jamais avoir eu la possibilité de réfléchir à ce qu'une mère doit et peut faire.

Puis son cœur rate un battement lorsque le gynécologue appelle son nom.

Sa mère l'a couchée dans son lit et est redescendue. Des conversations lui parviennent du rez-de-chaussée. Elle ne peut pas distinguer ce qu'il se dit, sans doute Catherine qui explique à son père qu'elles ont fait une course ou une balade en ville tardive. De toute façon, elle ne veut plus rien entendre. Les mots du gynécologue tambourinent dans ses oreilles. Il était au courant de sa situation, comme il disait, mais il n'a pas usé de compassion. On voit bien un petit sac, a-t-il annoncé d'un ton neutre, la sonde enfoncée dans son vagin tandis que son utérus s'affichait sur l'écran. Un petit sac, voilà ce que son corps abrite. Elle doit décider si elle veut continuer à l'abriter. Elle a le choix. « L'IVG médicamenteuse n'est plus possible mais vous avez encore deux semaines si vous optez pour la deuxième solution. » Il lui a expliqué l'IVG chirurgicale. Elle connaissait le protocole, elle l'a laissé parler, utiliser des mots médicaux adoucis. Elle avait besoin d'entendre comment cela se passerait si elle faisait ce choix-là.

Quand le gynécologue a évoqué la date de la conception en disant « aux environs », elle a tout de suite su à quel moment elle était tombée enceinte. Au début du mois d'avril, Vincent est parti sur un chantier pendant trois jours. Quand il est rentré, ils ont à peine eu le temps de se croiser. Elle s'envolait avec Marie pour quelques jours à Florence. C'est un rituel qui revient tous les ans : elles s'offrent une escapade en Europe, rien que toutes les deux. Marie laisse les jumeaux à Nicolas, et ses contraintes de mère à Paris. Cette fois-ci, elles ont passé quatre jours à flâner dans la ville, ébahies par ce qu'elles découvraient, elles ont pris le soleil sur la place Santo Spirito, dégusté des pizzas et des glaces, alors que la température ne s'y prêtait pas vraiment. C'est le matin même du départ pour Florence que Vincent lui a fait l'amour, quand ils se réveillaient et qu'elle était pressée. Étreinte rapide mais efficace, pense-t-elle au fond de son lit.

Sa mère lui disait que le rendez-vous médical pourrait l'aider à y voir plus clair. Son esprit reste embué. Pire encore, il y a maintenant l'échéance. Dans deux semaines, il lui faudra avoir décidé.

Avorter pour ne pas avoir à élever un enfant seule au moment où elle fait face à la plus grande épreuve de sa vie ou garder le bébé, comme elle l'aurait certainement fait si Vincent avait été là et accéder à ce nouveau bonheur, celui d'être une maman. C'est sa mère qui lui présente les deux options et essaye de rendre les choses plus factuelles, mais les yeux de Joséphine restent plantés dans un horizon invisible ; alors Catherine lui demande de l'aider à remuer le bac du compost, à planter les oignons, à cueillir les fleurs de ciboulette. Le jardinage a la capacité de la plonger dans un flou psychologique agréable. Et elle en redemande. Sa mère est ravie de l'avoir à ses côtés, les genoux enfoncés dans la terre. La météo est si douce qu'elle marche nu-pieds sur la terrasse, s'installe sans couverture à l'ombre d'un arbre, s'endort sur la pelouse tiède. Ses frères l'invitent à jouer aux cartes ou aux dames. Les jeux de société, les siestes, le jardinage, tout pour éviter de voir que les jours passent.

Henri a fini par la convaincre de sortir de la maison. Il l'emmène à Beynac et elle se laisse guider dans le petit village. Les toits de lauze et les façades des maisons aux couleurs chaleureuses lui rappellent son enfance dans ce Périgord qu'elle a quitté à regret quinze ans plus tôt. Elle hésitait à s'orienter vers la chirurgie à l'époque et se disait qu'elle aurait peut-être davantage de chances d'intégrer un grand hôpital si elle faisait ses études à Paris. Maintenant qu'elle est un médecin de ville épanoui plutôt qu'une chirurgienne accomplie dans un établissement de renom, elle se dit que sa vision du monde médical d'alors était erronée. Elle aurait été tout aussi heureuse de rester dans le Sud-Ouest.

Après un café en terrasse, ils s'éloignent du centre-ville pour une balade à pied le long de la Dordogne, près du port du village. Elle pose la tête contre l'épaule solide, se laisse bercer par le mouvement de balancier de leurs corps. Henri lui demande ce qu'elle compte faire après. Il reprend les questions de Christophe, avec délicatesse. Et puis, il ajoute qu'elle peut rester chez eux aussi longtemps qu'il le faudra. Avec sa mère, ils aiment l'avoir à la maison, même s'il aurait préféré que les circonstances soient différentes. Elle lui dit qu'elle avisera. À ce moment-là, il lui caresse la main et sa voix perd une tonalité :

— Ta mère s'est confiée à moi. Je sais que tu attends un enfant. Elle ne pensait pas à mal mais elle s'inquiète et elle ne pouvait pas garder ça pour elle. Ta situation est déjà assez compliquée. Et maintenant, ça…

Joséphine n'est pas fâchée, elle comprend. Mais elle corrige son père : elle n'attend pas un enfant, elle est enceinte.

— Je ne sais pas quoi faire, Papa. J'essaye de penser à ce que Vincent aurait voulu, mais je crois que ça fait encore plus mal.

— Ne pense pas à ce que Vincent aurait voulu. C'est ta décision, ta vie maintenant. Peu importe ton choix, il faut que tu sentes que c'est le bon, sans te soucier de qui que ce soit d'autre, même pas de Vincent.

Julien et Christophe annoncent qu'ils partiront le samedi. Ils ne peuvent pas rester plus longtemps. Joséphine hésite à rentrer avec eux. Olivier lui a demandé de passer au cabinet, prétendument pour de la gestion administrative. Elle a des papiers à signer pour l'assureur aussi. Quand Vincent est mort, c'est sa mère qui s'est chargée de lancer les procédures, de rassembler les documents. Elle n'avait qu'à lever la main pour apposer sa signature à certains endroits. Mais il reste des choses à faire. Toujours un nombre invraisemblable de documents à remplir, signer, parafer. Comme si la perte ne suffisait pas.

Elle décide de repartir avec ses frères. Ses parents n'en finissent plus de la tenir contre eux quand vient le moment de quitter la maison familiale. Catherine est si heureuse de les avoir eus tous les trois pour quelques jours... Sa mère glisse à l'oreille de Joséphine qu'elle voudrait qu'elle l'appelle vite, qu'elle lui dise aussi ce qu'elle a décidé concernant le bébé.

— Reviens quand tu veux, répète-t-elle avant de claquer la portière.

Ses parents font des signes jusqu'à ce que la voiture soit hors de leur vue. Joséphine les regarde, tous les deux débordant de tendresse, aux lèvres pincées par l'impuissance. Il n'y a rien à faire de plus que ce qu'ils ont fait et grâce à ce peu, juste derrière ses paupières, aux coins de sa bouche, dans le bas de sa nuque, elle a senti la caresse du relâchement, pour la première fois depuis que Vincent est parti.

— Merci de m'avoir emmenée chez les parents, dit-elle à ses frères.

— C'est normal, Jo. On est là pour ça, tu sais. Dans les moments où ça ne va pas, tu peux compter sur nous, répond Julien.

— Et n'hésite jamais à nous appeler à l'aide, continue Christophe.

Sur l'aire d'autoroute, elle refuse la cigarette que Christophe lui tend, en disant qu'elle ne peut pas. Ses frères ne réagissent pas instantanément, jusqu'à ce que Julien relève les sourcils :

— C'est pas vrai, tu es enceinte...

Christophe est comme figé, Joséphine décrypte son raisonnement accéléré : un bébé, c'est une bonne nouvelle. Mais dans ces conditions ? D'un homme qui vient de mourir ?

Ils lui demandent ce qu'elle compte faire et comprennent alors que son avenir est un brouillard.

— Jo, commence Christophe, je ne veux pas paraître insensible mais tu as trente-quatre ans, tu viens de perdre ton mari. Est-ce que tu auras une autre chance d'avoir un bébé ?

Elle ne s'attendait pas à cette cruelle démonstration de pragmatisme et le regarde, muette, circonspecte. Christophe est fidèle à lui-même. Il rationalise des faits qu'elle n'est pas prête à entendre. Elle a envie de le gifler, de l'insulter pour ce qu'il vient de dire.

Julien fait signe à Christophe d'adoucir ses propos et use de généralités :

— Toutes les femmes ne font pas nécessairement des enfants au cours de leur vie, et elles n'en sont pas moins malheureuses pour autant.

— Oui, d'accord Julien. Mais toi tu en voulais des enfants, Jo, n'est-ce pas ? C'était dans vos plans ? interroge Christophe.

— Dans le plan, il y avait Vincent. Il n'y a plus Vincent. Alors j'en sais rien.

Choisir, même sans lui. Les deux scénarios prennent forme et l'étourdissent. Aucun des deux ne lui convient, et elle reste interdite. Elle ne sait pas ce qu'elle fera, elle ne sait pas ce qu'elle veut, excepté une chose, et répète à l'envi une prière inaudible, dans l'habitacle silencieux de la voiture. *Reviens, reviens, reviens*, comme une comptine, comme une histoire pour enfants que l'on se raconte tout en sachant que rien n'est vrai, ni les princesses, ni les dragons, ni les sorcières. Il ne reviendra pas, et elle a un morceau de lui coincé entre ses entrailles.

En arrivant à Paris, ses frères l'aident à monter ses bagages, même si elle n'a qu'un sac de voyage. Ils font un peu de ménage dans l'appartement, préparent du riz et ils s'installent pour dîner.

Joséphine est épuisée mais elle n'a pas osé leur faire comprendre qu'elle voulait dormir tout de suite. Elle apprécie finalement de les avoir encore un peu avec elle. Cela faisait si longtemps qu'ils n'avaient pas passé autant de temps ensemble. Il aura fallu la mort de Vincent pour resserrer les liens de la fratrie. Elle demande des nouvelles de la famille de chacun, du travail de Christophe, des randonnées de Julien en Ardèche. Ils racontent leurs vies, leurs vacances, leur quotidien, ce qui les agace dans la société, les légumes qu'ils achètent au marché, les programmes télé qu'ils adorent, le dernier livre qu'ils ont lu.

Elle les écoute, elle voudrait qu'ils ne s'arrêtent plus. Elle veut défier le compte à rebours et continuer à sourire, parce que brusquement, avec ses frères qui racontent encore et encore, après ces jours passés à Sarlat, en voyant Georges la truffe au fond des croquettes, elle sourit. Un sourire timide et éphémère, qu'elle ne peut retenir.

Quinze jours.

C'est le temps d'un voyage pour descendre la côte ouest des États-Unis, c'est le temps d'un fruit qui pourrit dans la corbeille, c'est le temps de repousse des poils après le passage de l'esthéticienne, c'est le temps entre deux tours de l'élection présidentielle.

Quinze jours, c'est le temps qu'elle a pour décider si son ventre va continuer à gonfler, si elle va ensuite le sentir bouger, si elle va s'imaginer le sexe, la couleur des cheveux, celle des yeux, si elle va pousser seule jusqu'à l'épuisement sur une table d'accouchement, si elle va serrer le petit corps contre le sien pour le réchauffer, si elle va le bercer, le nettoyer, le changer, si elle va l'installer dans une chambre dont elle aura choisi la décoration seule, si elle va l'habiller de vêtements qu'elle aura choisis seule, si elle va le mettre dans une poussette qu'elle aura choisie seule.

Quinze jours pour décider sans Vincent.

Lui aurait su, avec son agaçante capacité à se mouvoir dans toutes les possibilités.

Être avec ses parents, ses frères a avivé quelque chose, elle ne sait pas encore quoi. L'envie, déjà, de voir des gens qui lui parlent de ce qui fait un quotidien, qui lui content autre chose que l'âpreté du sien. Un pas vers la normalité et plus encore, enclencher quelque chose d'inédit, menaçant même sa capacité à tromper le compte à rebours.

Marie lui propose de venir la voir chez elle, et pourquoi pas avec Caroline, mais Joséphine ne veut pas rester dans son appartement. Elle sent la surprise de son amie au bout du fil quand elle lui dit qu'elle a besoin d'air, qu'elle préférerait prendre un café ou aller dans un parc.

— C'est une très bonne idée, Jo. Je demande à Caroline si elle est dispo et on se fait un déjeuner sur l'herbe entre filles.

Ses deux amies, tout comme l'avaient fait ses frères, n'ont pas hésité à se délester de leurs maris et enfants pour la retrouver deux heures plus tard, sur la pelouse de Bagatelle, au cœur du bois de Boulogne. C'est un dimanche caressé d'un air tiède. Il ne fait pas froid, mais le ciel bleu est troué de gros nuages. Le parc est clairsemé, ce n'est pas la foule des week-ends à laquelle elles s'attendaient.

Caroline a la mine fatiguée. Une blessure en faisant son jogging lui interdit toute pratique sportive pendant un mois. La perte de sa routine lui plombe le moral et les enfants la rendent folle. Joséphine comprend aussi que le couple qu'elle forme avec Jean-François est traversé d'un grand frais. Elle ne peut s'empêcher de jalouser leurs querelles d'amoureux, leurs petits tracas du quotidien. Ton mari te tape sur les nerfs mais au moins, il est vivant. Elle tente de compatir et elle n'y parvient pas, elle laisse Marie consoler leur amie. Elle les envie et les déteste. La colère lui fait serrer la mâchoire. Elle en vient à penser qu'une fois le choc de la nouvelle puis la tristesse passés, ses amies ont dû remercier le ciel. Dieu merci, c'est Vincent qui est mort et pas Nicolas ou Jean-François. Vincent qui ne prendra plus Joséphine dans ses bras, qui n'étendra plus le linge avec elle, qui ne rentrera plus tard le soir parce qu'il est resté boire un verre entre amis. Marie et Caroline doivent être bouffies de gratitude. Envers qui ? Aucune idée mais Joséphine, elle, insulte la terre entière silencieusement tandis que tout à côté d'elle, dans l'inconscience de l'injustice qui l'a frappée, on parle vacances estivales. Plus que quelques semaines et ils partiront tous loin de Paris. Caroline et Marie bavardent sur les pour et les contre du club de vacances, de l'hôtel, du séjour chez papy-mamie. Elles finissent par lui demander ce qu'elle compte faire de son été. Elle répond qu'elle n'en sait rien, de manière un peu trop sèche mais ses amies n'y prêtent pas attention, on pardonne aisément à celle qui se morfond. Peut-être qu'elle retournera chez ses parents. C'est imprécis, son avenir est brouillé. Encore plus depuis quelques jours.

— Pourquoi encore plus depuis quelques jours ? la questionne Marie.

— Parce que j'ai un choix à faire et que ça pourrait changer, ou non, les semaines qui viennent… Je suis enceinte.

Ses amies se regardent, puis la regardent elle et lui demandent comment elle se sent, si physiquement, tout va bien.

— Tout va bien, oui. J'ai des nausées et je sue tout le temps. Je l'ai appris ce week-end-là, quand Vincent était en Normandie. Il aurait dû rentrer le soir, et je le lui aurais dit.

Caroline couvre ses lèvres de sa main puis lui serre le bras. Marie, elle, baisse d'un ton, la questionne avec un sourire triste :

— Et tu ne sais pas quoi faire, c'est ça ? Le garder ou pas ?

Joséphine hausse les épaules. Elle leur explique qu'elle n'a pas voulu y penser jusqu'à ce qu'un gynécologue lui dise qu'il lui restait deux semaines, moins maintenant, pour décider. Avant le rendez-vous, sa grossesse était une sensation, un petit rien au fond d'elle. Elle savait que c'était là mais elle a rejeté tout signe d'un bébé. Le chagrin était trop fort pour penser à quoi que ce soit d'autre.

— Je suis désolée, Jo, susurre Caroline. Ça aurait pu être si beau, et tout est gâché.

— Tout n'est pas gâché, conteste Marie. Ce bébé, c'est peut-être aussi un nouveau départ.

— Toute seule ? Tu vois Joséphine assumer un enfant alors que Vincent vient de mourir ? Pour avoir eu trois enfants, je peux te dire que j'aurais eu du mal à m'en sortir sans Jean-François.

— J'ai aussi des enfants, je te rappelle. Et en plus, il y a plein de mères célibataires, c'est très commun de nos jours.

— Là, on parle d'une mère en deuil. Joséphine doit déjà surmonter la mort de Vincent, alors un enfant... Elle pourra en faire plus tard, avec un homme qui pourra l'aider, avec qui former un foyer stable...

— Franchement, tu t'entends, Caro ? Tu as un discours qui date du siècle dernier.

Elle les écoute s'écharper poliment sur sa situation, comme si elle n'était pas là. Entendre Caroline répéter que Vincent est mort broie tous ses organes. C'est donc à ce moment-là que les gens cessent d'user de pudeur, qu'ils parlent sans crainte, qu'ils cristallisent en paroles crues un fait déjà passé pour eux.

Elle s'allonge sur le plaid, sur lequel elles ont disposé le panier garni de leur déjeuner. La discussion cesse au-dessus d'elle, Marie et Caroline la rejoignent au sol. Joséphine suit la course paresseuse des nuages. Le vent léger caresse ses cuisses et fait onduler le bas de sa robe. C'est une petite robe d'été verte. Vincent l'adorait. Pour la première fois, elle a eu envie d'un souvenir. Une robe comme l'évocation de jours qui ont été doux et qui la berce de l'illusion d'un passé heureux sans futur défiguré.

La discussion entre Caroline et Marie l'a ramenée à cet avenir. Dans un geste hésitant, sa main se pose sur son ventre. Fébrile et étonnée, elle la retire comme si elle avait été brûlée.

À quel âge devient-on trop vieille ? Trop vieille pour dormir avec son doudou, trop vieille pour réclamer un goûter, puis pour porter des jeans taille basse, dormir jusqu'à pas d'heure, se liquéfier devant un garçon au visage picoré d'acné, appeler son père quand la machine à laver lâche, ou sa mère pour ce papier administratif qu'elle doit sûrement avoir dans un dossier étiqueté parmi d'autres, rentrer le dimanche matin au petit jour l'haleine lourde d'alcool et de tabac, porter un parfum trop fruité, repousser le frottis et l'examen ophtalmologique, manger deux tiers de glucides pour un tiers de légumes, partir en vacances sans crème solaire, laisser une ampoule cassée pendre au plafond pendant un mois, rire trop fort à un dîner, préférer un chocolat chaud à un expresso ?

Des règles pour chaque chose, des lignes de conduite établies par la société pour avancer comme il faut, il y a un âge pour tout, après, ça devient incohérent, ridicule même ; alors à quel âge devient-on trop vieille pour avoir un bébé ?

Christophe lui a dit qu'elle tenait peut-être sa dernière chance. Parce qu'après, quoi ? Elle serait trop vieille ? Si elle n'a pas le bébé qu'elle porte, les années s'étaleront sur elle et sur son horloge biologique. Quand bien même, envisager d'avoir un enfant d'un autre que Vincent un jour lui paraît insensé. Et pourtant, Caroline le pense. Ce serait beaucoup mieux, d'attendre un nouveau prince charmant afin qu'il lui fasse de beaux bébés, qui naîtront dans une famille complète cette fois-ci, parquée dans un pavillon de banlieue avec clôture blanche et week-ends à la campagne.

En fait, c'est vrai qu'elle est déjà trop vieille. Elle a la nuque qui craque, le visage fripé d'avoir été trop inondé de larmes, les yeux enfoncés de fatigue, le dos courbé en coquille desséchée. Ils ont trop attendu, pourquoi n'en avaient-ils pas parlé ? S'ils l'avaient fait, le bébé aurait peut-être deux, trois ans, ils se chamailleraient sur celui qui doit se lever la nuit, ils organiseraient des sorties au parc.

Ou alors, peut-être que non, rien de tout ça. Peut-être que Vincent n'en voulait pas, n'en aurait jamais voulu. Il ne lui a rien laissé d'autre que cette maison du bout du monde, des incertitudes et une décision à prendre.

Elle est seule pour tout, dans le fracas des avis des autres.

Olivier et Joséphine s'agrippent l'un à l'autre lorsqu'ils se retrouvent. Elle réalise à quel point le contact d'un autre corps rassure le sien. Claudine vient aussi la saluer. La secrétaire médicale renifle et a les yeux embués de larmes lorsqu'elle la serre contre sa grosse poitrine jusqu'à la faire suffoquer. « Ma pauvre petite », répète Claudine, dont émane un mélange d'odeurs de tabac froid et de parfum de supermarché. Elle s'écarte rapidement, les entrailles retournées. Elle ne se rappelle pas avoir été une seule fois dérangée par le parfum de Claudine durant toutes ces années.

Plusieurs personnes sont installées dans la salle d'attente et lorsqu'ils passent devant, elle n'ose pas regarder dans cette direction, de peur de tomber sur un patient qui lui aurait demandé des nouvelles. C'est au-dessus de ses forces que de devoir dire, dans son propre cabinet, que c'est elle qui est en mauvais état à présent.

Un sac de chouquettes est posé sur le bureau d'Olivier, qui lui confie avoir caché les viennoiseries à Claudine. « C'est juste pour nous », lui dit-il avec un sourire complice. Elle est bouleversée de se retrouver là, devant le bureau très ordonné de son associé, qui lui fait un état des lieux rapide du cabinet. Il ne s'éternise pas puisque finalement, ce n'était qu'un prétexte pour qu'elle vienne. Elle signe des papiers, il lui a expliqué en une phrase ce à quoi les documents faisaient référence et elle a assez confiance en lui pour ne pas poser de questions.

L'associé s'efface pour que s'avance l'ami. Il veut savoir comment elle va. Un peu comme sa mère, il lui demande si elle se nourrit bien et si elle nourrit bien Georges, ce qui fait rire Joséphine. « Ai-je bien entendu un rire ? » Il dit qu'il est heureux de pouvoir entendre ce son. Il avait peur de ne plus jamais l'entendre, et il ne lui en aurait pas voulu pour ça, bien sûr. Mais Joséphine lui manque, et en prononçant cette phrase, il sépare chaque mot et saisit sa main. Il veut s'assurer qu'elle comprend.

— Tu me manques aussi, lui dit-elle, le cœur assiégé par l'émotion.

— Tu sais à quel point tu comptes pour moi, Joséphine. Je ne parle pas du cabinet. Je parle de toi, en tant qu'amie avec qui je peux discuter chemise en popeline ou café américain dégueulasse, en tant que personne que j'adore voir avaler des chouquettes sans prendre un gramme. D'ailleurs, mange une chouquette. Tu es maigre comme un hareng saur.

Celle-là, elle ne l'avait pas encore entendue sortir de la bouche d'Olivier, amateur d'expressions désuètes.

— Je vais essayer, oui.

— Fais-le, prends soin de toi. Et puis, un conseil, commence par ça, dit-il en soulevant la main de Joséphine comme s'il présentait à un public un animal mort. Tes mains sont sèches, on dirait des gants de crin. Depuis combien de temps n'ont-elles pas vu une crème hydratante ?

Elle sourit de nouveau. Ses mains n'ont pas été hydratées depuis des semaines, tout comme son visage. Sans parler de ses sourcils en jachère. Cela lui semble futile mais peut-être qu'Olivier a raison. Elle pourrait prendre le temps d'un soin, faire quelque chose pour ses cheveux aussi. La fatigue la saisit avant même qu'elle ait commencé. Et puis ce n'est pas de circonstance, complètement incorrect même de porter attention à son physique en période de deuil. De toute façon, son physique est en proie à un autre changement.

Joséphine

Les retrouvailles avec Olivier font comme brouiller sa douleur. Ses sensations sont confuses. Le poids au fond de son estomac pèse lourd et pourtant, elle sourit. Peine et relâchement se juxtaposent sans qu'elle sache comment. Et pour éviter de briser ce fragile équilibre des sentiments, elle ne parle pas à Olivier de ce dilemme qui la ronge. Lui, elle n'en doute pas, saurait l'écouter et lui dire quoi faire. Mais elle n'a pas envie de réceptionner à nouveau une solution, qui, de toute façon, ne conviendrait pas.

La surprise immobilise Joséphine au bout du couloir qui mène à son appartement. Les parents de Vincent se tiennent sur le palier de sa porte. Ils frappent quelques coups puis attendent et échangent quelques mots à voix basse. Elle s'apprête à faire demi-tour, ils ne l'ont pas encore vue. Elle dira qu'elle était partie faire une balade ou des courses, ils finiront bien par se lasser. Elle jette un coup d'œil à son téléphone en parallèle. Anne et Yves ne l'ont pas contactée pour la prévenir de leur visite.

Elle voit son beau-père poser la main sur l'épaule de sa femme comme pour lui dire que ça ne sert à rien de s'obstiner. Peut-être qu'elle n'est pas là ou qu'elle ne veut pas les voir. Ils se retournent et la découvrent, là, plantée au bout du couloir. Elle finit par approcher. Anne l'enlace, Yves l'embrasse. Ils ont apporté de la nourriture, des plats préparés par sa belle-mère, dans des boîtes sur lesquelles sont collées des étiquettes. Son beau-père lui a rapporté des romans et il décrit l'intrigue de chacun d'entre eux. Elle réalise qu'ils font preuve d'une gentillesse à son égard qu'elle n'avait pas jugé bon d'apprécier jusque-là. Ils prennent soin d'elle alors que leur propre fils est mort. Peut-être est-ce parce qu'il était leur unique enfant qu'ils s'inquiètent de l'état de son épouse, qu'ils cherchent à conserver le lien qui les rattache à lui.

Elle leur propose de déjeuner avec elle, comme pour se rattraper de toutes ces fois où elle les a détestés de venir frapper à sa porte.

Les couteaux et fourchettes tintent dans les assiettes tandis qu'ils évoquent des souvenirs de la vie d'avant qui ramènent Vincent avec eux. Anne et Yves ont besoin de prononcer son prénom, de parler de lui. Ils n'ont pas peur de fouiller la mémoire. Entre elle et ses beaux-parents, il n'y a pas de censure de l'existence d'un avant et Vincent peut être convoqué pour reprendre sa place au cœur de l'histoire. Elle en ressent un certain soulagement. Elle ne le voulait plus que pour elle, le garder au fond d'elle. L'évoquer relevait de l'intime broyé. Avec Anne et Yves, c'est plus facile.

Quand ils se dirigent vers le salon pour boire le café, elle ne prend pas la peine de cacher la grosse tache qui enlaidit le sofa. Elle évite simplement que son regard ne s'attarde sur cette partie du canapé, qui a cristallisé le moment de bascule vers des matins sans oxygène.

Dans la cuisine, elle a le dos tourné lorsqu'elle entend la voix étouffée de sa belle-mère :

— Mon Dieu... Joséphine, tu es enceinte.

Le silence s'installe dans la pièce. Sans se retourner, Joséphine enclenche pour la troisième fois la machine à café. Le bruit de bouillonnement et les vibrations ne lui donnent qu'un court moment pour se préparer à la discussion qui va suivre.

Elle apporte le plateau avec les cafés au salon et s'assoit sur le canapé sans un mot. Les regards sont fixés sur elle, puis Yves demande à sa femme ce qui la pousse à dire une telle chose.

— Là, c'est écrit, dit Anne en brandissant un papier.

Elle ferme les yeux. Sa belle-mère tient à la main le document que lui a fourni le gynécologue, après avoir confirmé sa grossesse. En rentrant de Sarlat, elle l'a simplement posé sur la table basse. L'avoir sous les yeux pour s'obliger à prendre une décision.

— C'est vrai, Joséphine ? demande Yves.

Comment pourrait-elle nier ce qui est écrit noir sur blanc ? Elle n'arrive pas à le dire, par peur d'enclencher un mécanisme de négociation auquel elle n'est pas prête. Elle pourrait dire qu'elle a avorté. Mais le mensonge la rongerait de l'intérieur et les désolerait davantage encore.

— Je suis enceinte, oui.

Anne émet un petit bruit et porte la main à sa poitrine en inspirant bruyamment. Yves, muet, se redresse dans le canapé et plonge les yeux dans sa tasse. C'est comme un arrêt sur image. Même le chat n'ose pas déranger la scène.

Elle avale à petites gorgées le café qui lui brûle la langue et la trachée. Les yeux mouillés, sa belle-mère passe un bras autour de ses épaules :

— C'est merveilleux.

— Anne… je ne sais pas encore ce que je vais faire.

Yves se racle la gorge. Peut-être s'attendait-il à ce que la conversation prenne cette tournure car déjà, ses mains saisissent celles de sa femme pour l'attirer à lui. L'atmosphère se densifie autour de Joséphine, qui voit les traits du visage de sa belle-mère se durcir.

— Je ne comprends pas, commence Anne. Comment ça tu ne sais pas ce que tu vas faire ? Tu es enceinte de Vincent. Tu te poses une question qui n'en est pas une. S'il avait été encore là, vous l'auriez eu ce bébé, non ?

— Anne, Joséphine n'est pas encore sûre, intervient Yves.

— Et nous ? s'exclame-t-elle soudainement en se levant du canapé tandis que ses yeux se voilent ; mais ce n'est plus la joie qui trace des sillons de larmes sur ses joues.

Joséphine échange un regard avec son beau-père, qui frotte ses cuisses, incapable de faire quoi que ce soit. Il est désemparé, tout autant qu'elle l'est. Elle savait qu'un avis serait émis, mais la réaction est plus virulente que ce qu'elle imaginait. Sa belle-mère est face à la fenêtre, son corps tressaute un peu, sans doute traversé par un mélange de colère, d'incompréhension et de tristesse.

— Anne, pour le moment, je ne sais pas ce que je veux faire. Le décès de Vincent, ça fait déjà beaucoup, je ne sais pas si je pourrais m'en remettre un jour. Votre fils, c'est l'amour de ma vie…

— Justement, Joséphine, écoute-toi, c'était l'amour de ta vie, lui répond Anne en se retournant. Avoir un enfant de lui, c'est l'assurance que Vincent sera toujours dans ta vie. Et dans notre vie.

— S'il te plaît, Anne, ma chérie.

— Yves, ce sera notre seule chance d'être grands-parents et tu t'en fiches.

— Ça suffit maintenant !

Yves a haussé le ton, ce qui fait sursauter Joséphine. Elle ne l'avait jamais entendu élever la voix. Le silence qui s'installe est détestable. Elle n'ose plus ouvrir la bouche, de peur de nourrir l'exaspération de sa belle-mère.

Lorsqu'ils décident finalement de quitter l'appartement, elle assure à ses beaux-parents qu'elle les tiendra au courant. Ses excuses ne parviennent pas à apaiser Anne mais Yves, en la prenant dans ses bras, lui dit qu'ils comprendront, peu importe son choix. Joséphine ne répond plus, mue par une tristesse enragée.

Son regard furieux qui glisse sur les murs de l'appartement, sur les magazines en équilibre au bord de la table basse, sur la commode de l'entrée, sur Georges qui ronronne contre son ventre, qui attend des caresses qui ne viennent pas parce qu'elle veut hurler.

Sa poitrine est incandescente. La venue impromptue de ses beaux-parents, la détresse d'Anne qui éclate et foudroie les autres, c'est le jeu des souffrances qui se percutent.

Son esprit est enfiévré par la confusion, par une décision qui la rend tout à fait interdite.

La voix d'Anne qui l'appelle, l'implore, la supplie de garder l'enfant, son petit-enfant, une voix qui geint dans le téléphone mais c'est une plainte presque inaudible, chuchotée et elle comprend que sa belle-mère s'est isolée pour passer son appel, qu'elle cache à Yves sa tentative désespérée de faire basculer le verdict en sa faveur, à grand renfort de reniflements, de sanglots, une voix qui déverse tout ce qu'elle peut de tristesse pour lui faire entendre qu'il n'y a pas de choix à faire, que c'est évident. *Tu le regretteras si tu ne le gardes pas.*

C'est la peine mêlée de colère, c'est un feu qui brûle ses entrailles d'indignation, qui la cloue sur le canapé, une, deux heures peut-être, dans le silence, avant d'entrer dans la chambre.

Au milieu de la nuit noire, elle refait le sac de voyage, encore plein des affaires choisies par ses frères pour l'emmener à Sarlat. Elle ajoute la salopette, et ensuite chaussettes, culottes, jean, robes, sa brosse à dents, sa brosse à cheveux, un gel douche presque vide. Le carnet bleu de Vincent aussi, après l'avoir serré si fort entre ses mains, prête à le tordre. Puis elle descend les poubelles dans le local en bas de l'immeuble, récupère le courrier dans la boîte aux lettres. Il y a des papiers de l'assurance, de la banque, des entrepreneurs du chantier de la maison en Bretagne. Elle fourre le tout dans son sac.

Ses yeux se perdent dans le vide de l'appartement. Elle imaginait dormir un peu mais elle pense trop au matin et l'attend. Dans quelques heures, elle sera dans un train. Elle a pris le premier TGV de la journée qui était direct jusqu'à Auray. Un billet pour elle et un billet pour Georges. Elle espère qu'il ne chouinera pas trop. Elle s'en fiche en fait. Hors de question qu'ils restent là tous les deux.

Partir, c'est la seule chose qui lui semble raisonnable en cet instant. Elle en veut à Anne d'avoir dit de telles choses, de lui avoir parlé de regret à venir, d'un lien avec Vincent qui n'était pas à refuser. Elle en veut aux autres d'avoir parlé de son âge et de l'âge auquel on ne peut plus avoir d'enfants, d'avoir évoqué la difficulté d'être une mère célibataire, d'avoir dit que ça ferait trop parce qu'elle était déjà en deuil.

Et dans le fracas des possibilités et leur réalité, elle décide de s'en détourner. La Bretagne, c'est loin. Et ça la rapprochera de Vincent. Les murs de la maison transpirent son héritage, l'amour qu'il portait à son grand-père, l'envie qu'il avait d'y construire sa propre histoire. Peut-être sera-t-elle anéantie d'arriver là-bas, seule, parce que la maison, c'est Vincent. Elle est terrifiée, soulagée aussi par cette urgence soudaine qui l'anime.

Vincent

Quand je t'ai rencontrée, dans la salle d'attente de ton cabinet, le cancer de mon grand-père avait déjà grignoté un peu de ses poumons, un peu trop même. Moi aussi, ça me rongeait de l'intérieur, même si je ne renonçais pas à l'idée qu'il n'y avait rien d'inéluctable. Et quand est arrivé le moment de le laisser partir, je te tenais déjà dans mes bras, je connaissais déjà l'odeur de coton dans tes cheveux et tes yeux qui brillent quand tu as froid. J'avais perdu mon grand-père au moment où tu étais entrée dans ma vie, comme pour contrer la peine parce qu'il n'y a pas meilleur remède que de se mettre à farfouiller le visage, le corps, les expressions, les petites manies, toute l'existence d'un être pour en aimer chaque détail. Mon cœur ondulait d'allégresse, tu étais une incorrigible et ravissante découverte quotidienne, qui offrait de me détourner de la tristesse, tout comme la maison de mon grand-père. Tout cet amour que j'avais à donner, j'allais aussi le mettre dans les quatre murs posés près de cette mer qui me semblait immense quand j'étais petit. Et surtout, maintenant, tu étais là, et je savais que tu serais là plus tard, toujours plus tard. Je savais en te rencontrant que j'allais davantage encore aimer cette maison parce que ce n'était plus seulement moi, mais nous.

Parce qu'elle aimait l'homme, elle aimerait la maison. Il avait sans doute parié là-dessus.

Elle ne sait pas encore s'il avait raison mais elle, elle parie qu'il ne pensait pas qu'elle y serait finalement toute seule, dans cette maison. Car contre toute attente, elle est exactement là où lui voulait être. Dans un décor étrange parce qu'elle n'arrive pas à l'assimiler au passé, encore moins au futur. Il n'y a pas assez de souvenirs ensemble ici, il n'y a plus Vincent pour y construire un avenir. Mais peut-être est-ce cela qu'elle recherchait. Elle y passe des journées qui se ressemblent assez pour oublier qu'il y a un monde qui continue sans elle.

Depuis deux semaines, un balai, des éponges, des lingettes, une serpillière. Chaque matin, un objectif est établi : nettoyer la salle de bains, monter au grenier les cartons de bibelots, effacer les traces du passage des ouvriers. Son esprit devient mécanique, s'oublie dans de la logistique, de l'utilitaire, du matériel. Elle a un planning, des créneaux définis pour les tâches de la journée qui vient. Elle nettoie et range pièce par pièce, avec rigueur et organisation. Son corps s'active et se fatigue assez pour que le soir, elle sombre sans résistance quand les derniers rayons du soleil lèchent les murs.

Ce matin, sa journée débute avec la routine qui s'est installée sans effort depuis qu'elle est arrivée à Locmariaquer. Elle donne à Georges un bol de lait et des croquettes, enfile un jean, un pull, ses baskets et sort pour se rendre dans le petit bourg, qui n'est qu'à 800 mètres. Même quand les matins ont été pluvieux, elle a marché jusqu'à l'une des boulangeries pour y acheter un croissant au beurre. Parfois, elle s'arrête à l'épicerie pour se ravitailler. Et quand le ciel est assez bleu, que l'air n'est pas trop frais, elle revient à la maison à pas lents.

Elle dénude le croissant encore chaud de son emballage et y enfonce les dents. Son regard s'aventure sur les maisons alignées. Les façades blanches aux fenêtres entourées de granit alternent avec des habitations construites en pierre. Elle aime le bleu des volets, même quand parfois la couleur est un peu passée.

Locmariaquer est calme. Elle reprend la route vers la sortie du village. La maison du grand-père de Vincent est un peu à l'écart, sans être isolée. Il y a quelques habitations aux alentours mais peu de voisins à même de voir ce qu'il se passe dans le jardin.

Elle rentre par le petit portail peint en blanc, remonte l'allée de gravillons lardée de mauvaises herbes et pénètre dans cette maison qui l'accueille depuis deux semaines. Le lieu lui permet de respirer tout autant que de s'enfermer. Elle a de nouveau cessé de répondre aux appels, aux messages, à toute tentative d'intrusion dans son espace. Le repli sur soi, elle l'expérimente d'une nouvelle façon. À l'air libre, à l'air marin, sa poitrine se dessert, elle n'a plus besoin de feindre son existence. Elle ne fait que nettoyer et ranger, et la redondance de ses activités rassure son esprit froissé par le manque et le dilemme.

Quand elle est arrivée à Locmariaquer, la maison avait été désertée par les ouvriers depuis plusieurs semaines. Leur travail était terminé, elle l'avait appris en ouvrant les lettres du maître d'œuvre adressées à Vincent. Il avait tout réglé pour que le chantier s'étale jusqu'à début juin. Il le lui avait promis : l'été serait consacré à la décoration et à l'aménagement. Elle avait donc posé ses valises dans une maison qui tiendrait la route, qui ne s'effondrerait pas à cause de l'humidité. Mais la bâtisse était défigurée de l'intérieur. Des trous, des morceaux de plâtre, et même des petites boules de ciment par endroits. Elle a aussi retrouvé des restes de casse-croûte. Le rez-de-chaussée et le premier étage ont été désencombrés de leurs meubles, accumulés dans le garage et au grenier. En s'installant, elle a ressorti un ancien lit de camp qu'elle a placé dans le salon et récupéré quelques ustensiles de cuisine. La vieille maison, vidée de ce qui avait fait sa chaleur autrefois, inspirait tristesse et abandon. Elle a d'abord pensé replacer au plus vite tous les meubles mais finalement, elle préférait les pièces dans cet état-là, vierges et propres. Et puis, toucher aux affaires de Louis Blanchet entassées dans des cartons, c'était trop tôt. Elle a décidé de tout laisser tel quel, comme si le grand-père, ou même Vincent, pouvaient surgir à tout instant et donner leur avis.

La maison sent le propre, les produits ménagers et l'absence. Allongée sur son lit de camp, elle regarde le plafond. Il n'aura fallu que deux semaines pour venir à bout du ménage. C'est pourtant grand ici : salle de bains au rez-de-chaussée et à l'étage, deux chambres, salon spacieux, cuisine avec un plan de travail filant sur plusieurs mètres. Vincent lui avait expliqué que son grand-père avait de sacrées économies pour pouvoir la lui léguer plutôt qu'à son propre fils, Henri, lequel avait hérité d'un appartement en banlieue parisienne et de tout le reste. Elle ne connaît pas la valeur exacte de la maison mais elle se doute que dans la région, ce type de bien est recherché. Dans un hameau à 800 mètres du centre du village, à un kilomètre seulement de la première plage, un étage aménagé sous les toits avec ses poutres apparentes, dotée d'un jardin de taille raisonnable. Beau potentiel, dirait un agent immobilier. Vincent ne l'aurait jamais revendue, elle le sait. Ce qu'elle ne sait pas, c'est ce qu'elle va en faire, elle. Pour le moment, cette maison l'accueille, lui offre de pouvoir se cacher, personne n'y viendra la débusquer. Et les souvenirs ici sont différents de ceux à Paris. À Locmariaquer, ils étaient dans une autre réalité, celle d'un avenir commun, avec Vincent émerveillé. Dans la maison de Louis Blanchet, elle peut accepter les souvenirs, ils tempèrent son chagrin plutôt que de l'attiser. Elle se demande jusqu'à quand. Et ensuite, comment ? Comment saura-t-elle si cette maison est faite pour elle toute seule et pas uniquement pour eux ensemble ? Parce que c'était Vincent qui visualisait tout ici, qui savait exactement ce qu'il voulait en faire.

Elle essaye, alors, de comprendre son mari. Le carnet à la main, elle fait le tour pour inspecter chaque pièce. Georges la suit et pose son postérieur sur le seuil des portes, attentif à ce que fait sa maîtresse, puis il avance derrière elle dans la chambre, dans la salle de bains, dans le salon, à pas prudents. À Locmariaquer, le chat apprivoise la nouveauté. Elle aussi.

Et puis, le jardin. Une grande étendue d'herbe qui mériterait une tonte, avec quelques bosquets trop peu entretenus pour ravir le regard. Trois arbres atténuent l'homogénéité de l'espace, dont sa mère saurait lui dire le nom, pense-t-elle sans envisager de le lui demander pour l'instant.

Assise sur les marches en pierre qui descendent de la terrasse vers le jardin, elle rouvre le carnet de Vincent. Des phrases sont écrites au stylo-bille, d'autres au crayon de papier. Certaines sont raturées, d'autres renvoient à des pages plus loin. Elle feuillette le carnet, lit rapidement. Il avait tant d'idées. Parfois, elle sourit. Creuser une ouverture en arc dans le mur donnant sur le jardin pour avoir une grande baie vitrée arrondie lui semble surréaliste. « Ça, mon amour, tu vas devoir t'en passer », chuchote-t-elle. Elle s'arrête plus longuement sur le bas d'une page : *aménager reste du grenier pour chambre d'enfant ?* Les mots de Vincent empoignent son cœur, en font des miettes. C'est injuste. Elle, ici, sur ces marches, dans la maison de Louis Blanchet, à tenter de trouver comment rénover les murs d'un lieu qui revient à Vincent. Tout est ridicule. Elle jette le carnet dans l'herbe et retourne à l'intérieur de la maison. Il n'est que 16 heures, mais elle ferme les volets du salon pour que le noir envahisse la pièce. Sur le lit de camp, elle se recroqueville en espérant que le sommeil la gagne avant qu'elle n'ait le temps de se laisser submerger par le manque insupportable. Mais ses yeux ne se ferment pas. Alors elle les laisse rebondir sur chaque tache, chaque accroc du plafond. Elle appelle Georges, qui accourt sans qu'elle ait besoin de répéter, qui vient se lover contre son ventre, comme pour le couver. Il fait ça souvent ces derniers temps. Elle a lu quelque part, il y a longtemps, que les chats étaient sensibles aux hormones des femmes enceintes. Elle a aussi lu que les animaux pouvaient ressentir de l'empathie face à la détresse de leur maître. Georges, qui la colle comme il ne l'a jamais fait, se montrerait-il compatissant ? N'importe quoi, pense-t-elle. Le chat n'a même pas dû remarquer que le deuxième être humain qui le nourrissait quotidiennement n'était plus là.

Elle ravale la colère qui voudrait jaillir, tente de calmer les soubresauts en caressant Georges jusqu'à ce qu'un son de tapotement étouffé la fasse sauter hors du lit. La pluie. Et ça s'intensifie. Elle se rue sur la terrasse, frappée par des trombes d'eau. Elle court pieds nus dans l'herbe et saisit le carnet. Trempée, elle rentre et s'immobilise derrière la porte-fenêtre pour regarder le spectacle. Il y a quelques heures, des nuages blancs parsemaient le ciel, elle n'aurait jamais cru qu'un tel déluge inaugurerait la soirée. La pluie torrentielle l'hypnotise. Elle aimerait voir ce que ça donne sur la côte, sur la plage, sur l'eau salée. Mais elle n'a ni voiture ni vélo. Étrangement, la tempête à l'extérieur fait comme laver les dernières heures d'errance. À l'abri dans le salon, avec la pluie qui claque contre la baie vitrée, elle rouvre le carnet de Vincent dont la couverture est détrempée. Les premières pages aussi ont pris l'eau mais elle parvient à lire la toute première note. Il voulait repeindre les volets en bleu gris. Bleu gris ? Elle ne sait pas très bien ce qu'il avait en tête, mais pourquoi pas. La couleur actuelle est un bleu fané. Peut-être les volets ont-ils été azur il y a longtemps, et brillants.

Et si elle faisait ça ? Se donner une mission, aussi anodine soit-elle ? La perspective d'avoir à repeindre les volets picore son ventre, l'aide à mettre de côté cette page du carnet qui lui rappelle que sans doute, ce bébé, Vincent aurait été heureux de le voir entrer dans leur vie.

Elle se réveille tôt, elle a un projet. C'en est presque enthousiasmant. Ou alors ridicule. Tout ça tient à la couleur des volets. Parce qu'elle y réfléchit, le sentiment d'inutilité d'être dans cette vie sans Vincent s'atténue. En allant à la boulangerie du village pour récupérer son croissant quotidien, elle étudie le camaïeu de bleu sur les différentes façades. Lui viennent des idées et le souffle, celui qui s'était affaibli ces dernières semaines.

Sur le chemin du retour, alors qu'elle n'est qu'à une centaine de mètres de la maison, un homme aux cheveux blancs lui fait signe. Posté devant sa boîte aux lettres, il a du courrier à la main. C'est le voisin. Pierre, se présente-t-il.

— C'est vous la nouvelle habitante de la maison de Louis ?

— Oui, en quelque sorte.

— Je me disais bien que quelqu'un avait emménagé il y a deux-trois semaines. Suzanne pensait que vous étiez une touriste de passage. Vous travaillez à Locmariaquer ?

— Non, je ne travaille pas en ce moment.

— Ah oui ? Tant mieux, vous avez le temps de profiter du bon air breton alors. Vous connaissez la région ?

— Un peu, par Vincent, mon mari.

— Vincent ? Comme le petit-fils de Louis ?

Le regard de Pierre prend ce biais qu'elle redoute de voir chez les autres lorsque le prénom du grand absent est prononcé. Le voisin se racle la gorge et présente ses condoléances.

— J'aimais beaucoup Vincent, dit Pierre, la voix contrite. Louis aussi, il en était très fier. Ça ne m'étonne pas qu'il lui ait légué la maison. Vincent a lancé de gros travaux, j'en avais un peu discuté avec lui il y a quelques mois quand il est passé sur le chantier. Les ouvriers ont terminé ?

— Le gros œuvre est fini, oui, mais je vais continuer à la restaurer, je crois.

— C'est bien, Vincent et Louis en auraient été heureux.

Spontanément, Pierre saisit son épaule et la serre un peu dans sa main, comme s'ils s'étaient rencontrés il y a bien longtemps. Elle finit par lui rendre son sourire et il lui propose de venir prendre le café plus tard, dans l'après-midi. Sa femme, Suzanne, sera ravie de faire sa connaissance. Joséphine ne peut pas refuser, elle n'a aucune excuse et de toute façon, elle n'a pas envie de prétexter un rendez-vous ou une activité essentielle. Pierre lui inspire confiance, elle ne sait pas bien pourquoi. Une intuition. En rentrant dans la maison, elle se rappelle que Vincent lui avait un peu parlé des voisins. Pierre et Suzanne, le duo lui dit quelque chose. L'idée de faire un goûter avec ce couple de retraités s'inscrit dans ce projet de journées lentes mais comblées de choses qui n'ont rien à voir avec sa vie parisienne. Ou sa vie d'avant, elle ne sait plus.

Dans la journée, elle compte les volets, inspecte l'état général, balaie les sites de décoration et retourne Google Images dans tous les sens. Les images de maisons morbihannaises défilent sur son écran, avec un nuancier de bleu très large. La couleur choisie par Vincent est difficile à définir, mais elle se dit qu'elle mettra sa propre touche. Après tout, son mari lui avait dit que si c'était lui qui avait la main sur les gros travaux, la suite se ferait à deux.

Sa recherche est interrompue par la sonnerie de son téléphone. Elle l'aurait presque oublié. Les heures qui se teintent de la couleur préférée de Vincent lui sont douces, un peu mélancoliques, tout juste ce qu'il faut. Alors ce téléphone qui vibre est comme une touche trop criarde dans sa journée.

Elle répond parce que c'est sa mère. Depuis qu'elle est à Locmariaquer, elle s'est contentée d'envoyer quelques messages pour éviter que quelqu'un ne finisse par venir toquer à sa porte. Catherine est soulagée d'entendre sa voix, après avoir seulement reçu quelques réponses écrites insuffisantes pour la rassurer.

— Anne et Yves m'appellent presque tous les jours. Ils sont allés à votre appartement plusieurs fois et comme tu ne leur ouvres jamais, ils sont très inquiets, tout comme moi.

— Je ne leur ai pas ouvert parce que je ne suis pas à Paris. Je suis partie à Locmariaquer.

— Ah… Et tout va bien ?

— J'avais besoin de changer d'environnement. Je n'arrivais pas à réfléchir. Tout le monde m'a donné son avis sur le bébé et j'étais perdue. C'est ma faute, je n'aurais pas dû en parler comme ça, à tout le monde.

— Si, ma chérie. Je pense que tu avais besoin d'en parler, même si ça ne t'a pas apporté les réponses que tu attendais. Tu savais que la décision t'appartenait.

Catherine fait preuve de prudence, en lui demandant d'abord comment elle se sent en Bretagne, si la maison est toujours debout. Joséphine a hérité du pragmatisme et de la frilosité de sa mère, laquelle ne se serait jamais lancée dans un tel projet, la peur de l'imprévu l'emportant sur l'excitation de l'aventure. Vincent avait su convaincre et rassurer sa belle-mère en lui donnant des données chiffrées, un programme de rénovation, des délais.

Joséphine explique qu'elle se sent bien ici. Peut-être l'air marin a-t-il en effet les vertus qu'on lui loue. Et s'occuper de la maison, dépouillée de son intérieur d'autrefois, distrait son esprit. Elle a finalement beaucoup de choses à faire, elle pense à la décoration, aux meubles qu'elle pourrait restaurer, à d'autres qu'elle devra acheter…

— Jo, je vois que tu as beaucoup de choses en tête et c'est une bonne nouvelle. Je suis sincèrement heureuse que tu arrives à penser à autre chose qu'à Vincent.

— Je m'occupe.

— Mais tu penses que c'est raisonnable ? Toute seule, là-bas, à faire du bricolage ?

— Je ne sais pas si c'est raisonnable de rénover cette maison. Mais tu crois que la mort de Vincent était raisonnable ?

— Joséphine, il ne reviendra pas. Tu ne peux pas continuer à vivre dans cette espèce d'univers parallèle. Et surtout…

Catherine cherche une façon de demander, elle hésite et il y a ce silence qui dit déjà tout. Elles savent toutes les deux ce qu'il y aura au bout de cette conversation.

— Et le bébé ?

Ce n'est pas un signe, pas une émotion en particulier, pas un sursaut du cœur, pas le souvenir heureux ni même la promesse d'un avenir moins ombragé. Ce n'est rien de tout ça qui a laissé le bébé là où il était. Ce n'est pas elle qui a décidé, ce n'est pas elle qui a gardé le bébé, c'est le bébé qui est resté. Elle patiente encore, espère obtenir une réponse : ce non-choix est-il acceptable ? Pour la première fois de sa vie, elle fait un pas de côté, elle n'a pas pris la décision.

Sa mère a dit qu'elle était inquiète de la savoir loin de Paris, parce qu'elle est dans une région qu'elle ne connaît pas vraiment, à faire du bricolage alors qu'elle est enceinte. Catherine a résumé la situation sans hostilité, mais avec exactitude. Peut-être a-t-elle raison, pense Joséphine. C'est inédit, elle avance sans destination quand elle a toujours été de nature à prévoir, anticiper, organiser. Alors se retrouver dans cette situation devrait l'effrayer mais sa raison, ses certitudes quant à la vie qu'elle s'était imaginée, ont été fracassées le jour où le crâne de Vincent l'a été. Aujourd'hui, elle réfléchit à la couleur des volets d'une maison qui n'était pas la sienne, elle s'enthousiasme d'un goûter avec un couple de retraités, elle vagabonde chaque matin dans les rues de Locmariaquer, un croissant chaud coincé entre les dents. Vincent ne lui en voudrait pas d'expérimenter. Il serait surpris, excité. Serait-il excité de ce bébé à venir ?

Elle tente d'imaginer son visage s'il était rentré ce soir-là. Fou de joie ou anxieux, ému ou peut-être même dépité. Elle a beau forcer sur les différents scénarios, il n'y a qu'une seule chose qui en ressort, sa propre tristesse à elle parce que peu importe la réaction de Vincent, elle aurait voulu qu'il soit là. Elle se serait contentée de ça, la porte d'entrée qui s'ouvre enfin.

La maison de Pierre et Suzanne doit faire à peu près la même taille que celle de Louis Blanchet, mais remise au goût du jour par les propriétaires. Joséphine demande pardon à ses hôtes, elle n'a rien apporté. Suzanne balaye sa phrase d'un geste de la main et l'invite à s'installer dans le jardin. C'est une petite femme, avec des cheveux très épais coupés en carré long, et une bouche striée de rides quand elle sourit. Le même sourire s'affiche sur le visage de son mari. Pierre aussi dégage cette chaleur qui met en confiance. Ils lui expliquent qu'ils ont toujours vécu en Bretagne. D'abord à Lorient, puis à Locmariaquer, quelques années avant la retraite.

— À Lorient, on était encore trop loin de la mer, plaisante Pierre. Vous verrez, une fois qu'on a goûté au plaisir de vivre au bord de l'eau, on ne peut plus revenir en arrière. Et vous, Joséphine, vous venez de Paris, c'est bien ça ?

— Exactement.

— On en voit tellement par ici, des Parisiens avec leurs résidences secondaires, dit Suzanne. Vous comptez faire de la maison de Louis votre maison de vacances ?

— Je ne sais pas.

— La revendre alors ? demande Pierre.

— Je ne suis pas encore sûre. Pour Vincent, je crois que ce serait préférable que je la garde. Et peut-être pour moi aussi. Je me sens un peu mieux ici.

Suzanne et Pierre échangent un regard complice, comme pour retenir une banalité sur la citadine qui respire mieux loin de sa ville. Elle évoque son projet de redonner quelques couleurs à la maison, tout en essayant d'en préserver l'âme. Elle espère pouvoir respecter Louis Blanchet et répondre aux envies de Vincent.

— C'est très bien, ce que vous avez en tête, Joséphine.

— Vincent a déjà fait beaucoup de choses. Réfection de la toiture, traitement de la charpente, remplacement de la cheminée par le poêle à bois. Il a aussi réglé le problème d'humidité avec des injections dans la pierre apparemment, énumère Joséphine qui tente de relater avec exactitude ce que lui avait expliqué Vincent.

— Dis donc, vous faites un vrai maître d'œuvre. J'ai vu que votre mari a aussi percé des ouvertures supplémentaires dans le toit, très bonne idée de sa part, relève Pierre. Louis aurait été content de vous voir prendre la suite.

— Ce n'est pas encore fait. Je voudrais commencer par les volets, Vincent voulait les repeindre. Est-ce que vous savez où je peux trouver ce type de peinture dans le village ?

— Oh ma petite fille. Tu vas avoir du mal à trouver ce qu'il te faut à Locmariaquer, c'est trop petit. Ça ne te dérange pas que je te tutoie ? poursuit Pierre.

— Bien sûr que non, au contraire, acquiesce Joséphine, réchauffée par l'atmosphère amicale.

— Tu trouveras ce dont tu as besoin à Auray ou à Vannes. Mais pour cela, il te faut une voiture.

Joséphine répond à Suzanne qu'elle est venue en train, et qu'elle n'avait pas vraiment pensé à cette problématique du transport. La retraitée rit de bon cœur en lui disant qu'il n'y a pas de station de métro à tous les coins de rue ici. Il y a des bus en revanche, mais Pierre propose de l'emmener en voiture en fin de semaine. Le voyage permettra au couple de faire quelques courses à Auray. Elle est gênée. Elle ne les connaît pas depuis vingt-quatre heures qu'elle va déjà s'incruster dans leur sortie hebdomadaire. Ce n'est pas dans ses habitudes. Être assistée par des quasi-inconnus, quoique chaleureux, se laisser guider dans ce village qu'elle découvre encore alors que sa famille, ses amis, ses proches ne demandent qu'à l'entourer, à lui redonner quelques repères. C'est inédit et elle savoure.

Le lendemain, elle essaye d'établir des listes, pour ne pas avoir à demander à Pierre et Suzanne de l'emmener chaque semaine au magasin de bricolage. La tâche est compliquée. Elle aurait dû suivre avec plus d'assiduité et de sérieux les leçons improvisées de Vincent. Elle a récupéré une boîte à outils qui était coincée entre deux cartons à l'étage. Mais leur finalité est une énigme, exceptée pour les tournevis.

Les vidéos de tutoriels sur YouTube défilent sur son écran. Elle remercie Vincent d'avoir fait installer le WiFi dans la maison. Le foisonnement de ressources l'étourdit mais elle parvient à en extraire les informations principales : démontage, ponçage, peinture, vernis. Dans la boîte à outils, elle trouve aussi un mètre et passe une heure à calculer la surface totale pour déterminer les litres de peinture à prévoir. Beaucoup de volets, finalement… Elle n'avait pas réalisé. L'activité lui prendra plusieurs jours, perspective grisante. Après réflexion et relecture rigoureuse du carnet de Vincent, d'autres travaux s'ajoutent au programme. Plutôt que d'acheter du papier de verre pour décaper ses volets, elle va investir dans une ponceuse, laquelle pourra servir au rafraîchissement des murs des différentes pièces. Réfléchir à la couleur de la chambre, du salon en suivant les indications de Vincent l'étouffe de mélancolie. Ce ne sont pas des sanglots, juste des larmes qui perlent, discrètes. Avivée par les souvenirs heureux, la peine se nourrit de chaque émotion pour engourdir son corps. Elle pensait pouvoir faire avec, elle pensait même sentir sa mémoire parvenir à remplacer l'amertume par la nostalgie. Vincent lui manque, l'absence est trop présente pour être admise sans larmes.

Vincent

Le bleu n'était pas ma couleur préférée, c'était ma couleur, simplement. La mer, le ciel sur l'océan, la Bretagne, tu me disais que je n'étais pas allé chercher bien loin et qu'il ne fallait pas avoir fait des études de psy pour comprendre d'où me venait cette sensation que tout ce qui était bleu était évident. Mon carnet des rénovations aussi était bleu, bien sûr. Et pourtant, c'était le hasard qui lui avait donné cette couleur. Je rentrais d'un séjour chez mon grand-père, durant lequel il avait encore une fois refusé de lancer quelques travaux. Alors lesté de mon sac de voyage et d'idées que j'avais peur d'oublier, j'étais entré dans le Relay de la gare de Rennes en attendant ma correspondance pour Paris-Montparnasse. Il n'y avait que deux modèles disponibles, la couverture du premier était pleine de paillettes, de rose et de petites princesses aux visages triangulaires. Le second modèle était sobre, presque banal mais il était bleu. Je m'étais dit que c'était un signe, j'aimais bien les signes, et je m'étais ensuite mis à écrire dedans tout ce que j'espérais faire de cette maison, le plus tard possible. J'imaginais la cuisine avec un plan de travail clair et un îlot central aux placards verts. Pas trop de touches parisiennes, il fallait sentir qu'on était en Bretagne. Dans le salon, je visualisais déjà du blanc crème pour un beau contraste avec les poutres apparentes. Des années plus tard, nous en avions discuté. Je voulais avoir ton avis sur mon idée de supprimer la cheminée pour la remplacer par une bibliothèque qui s'étalerait sur le mur et jusqu'au plafond. Et là, tu avais mis ton veto. Les crépitements, l'odeur, les flammes, hors de question d'y renoncer. Tu avais suggéré un poêle à bois à la place même de la cheminée, mais en conservant son habillage traditionnel en granit. Tu essayais de me convaincre que c'était plus économique, plus écologique mais je te disais déjà oui parce que pour la première fois, tu avais imaginé quelque chose. J'y avais vu un signe, nous pourrions y construire une vie un jour. Cette maison devenait aussi la tienne.

Penser aux volets, faire sortir Georges dans le jardin, ouvrir le carnet de Vincent, penser de nouveau aux volets puis à la cuisine, et ensuite à la salle de bains, dormir, fouiller dans les cartons pour trouver un bol et une casserole, revoir toutes les nuances de bleu, ne penser à rien d'autre qu'au bleu.

Elle sait qu'elle doit s'en extraire temporairement. Sa mère lui avait demandé de prévenir Anne et Yves, et maintenant que le bébé est là, de chercher un gynécologue sur place, même si Catherine espère un retour sur Paris au plus vite. Joséphine prend son téléphone parce que lui vient la crainte soudaine que quelqu'un ne veuille s'immiscer dans ce qu'elle fait. Donner un signe de vie pour faire la morte plus longtemps. Quelques messages à ses frères, à Marie, à Caroline. Un coup de téléphone à Olivier. Son ami reste muet de surprise lorsqu'elle lui parle de la Bretagne, de sa grossesse surtout. Il ne demande pas de détails sur la raison pour laquelle elle ne lui en a pas parlé plus tôt, n'évoque pas la gestion du cabinet qui s'annonce encore plus compliquée que ce qu'elle n'était déjà. Olivier plaisante sur les nausées, sur ses hanches qui vont s'empâter. « Prends soin de toi et mange des chouquettes pendant toute ta grossesse, comme ça, on est sûr que ton bébé les aimera aussi. »

L'appel avec les parents de Vincent est plus long. Elle prend le temps de leur expliquer où elle est. Ce qu'elle compte faire ? Aucune idée mais son avenir n'intéresse pas franchement ses beaux-parents parce qu'il n'y a plus que de la joie, celle d'apprendre qu'elle a gardé le bébé. Anne ne cesse de la remercier, de lui dire qu'elle a fait le bon choix. Yves ajoute qu'ils seront là pour elle et pour l'enfant, qu'ils vont s'occuper de tout. Joséphine sent la gêne la gagner. Elle se revoit dans son appartement, bouillonnante parce qu'elle n'acceptait pas que sa belle-mère lui jette à la figure sa propre douleur. Elle aura besoin d'eux, elle le sait, mais leur empressement, leur émotion l'affolent. Ils sont déjà en train d'évoquer leur venue à Locmariaquer, et, par la suite, lui assurent qu'elle sera la bienvenue chez eux pour être au calme et avoir leur aide. Alors elle coupe court, avant de dire quelque chose comme *fichez-moi la paix*.

— Je ne suis pas prête à vous accueillir ici, c'est trop tôt.

— Bien sûr, dit Yves. On fera comme tu voudras.

— Tu nous appelles quand tu veux, continue Anne.

Joséphine est surprise, elle pensait devoir se battre pour éviter de les voir rappliquer en Bretagne sitôt l'appel terminé.

— Je vous tiendrai au courant.

— S'il te plaît, ajoute Anne. Nous sommes si heureux et si tristes en même temps. J'imagine que tu connais ce sentiment.

Les deux sentiments ne se juxtaposent pas aussi facilement. Elle, elle tente d'oublier le chagrin en s'occupant à d'autres choses. Le bébé, pour le moment, n'a pas trouvé sa place dans sa tête.

Dans la voiture de Pierre et Suzanne, elle tient contre elle le carnet de Vincent et la liste d'achats à prévoir. Le coffre risque d'être encombré, elle réfléchit déjà à ce qu'elle pourrait sacrifier. Le trajet ne dure qu'une vingtaine de minutes mais c'est l'occasion d'apprendre à connaître ses nouveaux voisins. Elle les remercie encore de l'emmener à Auray et Suzanne répète que ce n'est pas une contrainte, mais un plaisir. Ils étaient proches de Louis et savoir que la maison ne reviendra pas aux mains d'un acheteur venu de loin les réjouit.

— Je viens tout de même de Paris.

— Oui, mais toi, ce n'est pas la même chose, répond Pierre en lui adressant un sourire dans le rétroviseur. Peu importe le temps que tu y resteras, cette maison, c'est la tienne. Alors, raconte-nous, quels travaux as-tu prévus ? Tu sais que j'ai beaucoup d'outils et de machines dans mon garage. Ne te ruine pas en matériel de bricolage !

Le coffre rempli de pots de peinture de différentes couleurs, de la ponceuse qu'elle a tenu à acheter malgré l'objection de Pierre, propriétaire d'une belle machine, et des courses du couple, ils prennent le chemin du retour. Un détour par la côte s'impose. Ils ne s'arrêtent pas, les pots de glace attendent de trouver leur place dans le congélateur, mais la route côtière offre déjà de quoi charmer le regard. Suzanne demande à Joséphine si elle connaissait le coin. Un peu, grâce à Vincent, qui lui a fait découvrir quelques merveilles régionales. Elle n'a pas encore eu l'occasion d'aller à la plage depuis qu'elle est arrivée à Locmariaquer, même pas une balade en bord de mer. Elle s'est enfermée dans la maison, qu'elle a nettoyée pour effacer toute trace du chantier de l'année passée. Maintenant que l'intérieur est assaini, elle pourrait profiter de l'extérieur. Elle ne sait pas encore si elle évitera ou privilégiera les endroits visités avec Vincent.

Avant de rentrer, Pierre insiste pour passer au port de Locmariaquer. Son bateau – « Notre bateau, mon chéri », corrige Suzanne – est au mouillage. Ils sortent de la voiture et s'avancent vers les pontons. Joséphine resserre son écharpe. Le temps est clair mais le vent frais agite ses cheveux et diffuse la chair de poule sur tout son corps.

— C'est la *Marguerite*. J'ai toujours voué une grande admiration à Marguerite Duras et j'ai supplié Pierre d'en donner le prénom à notre bateau, explique Suzanne. Inutile de te dire qu'il n'était pas franchement d'accord…

— Là, tu le vois ? dit Pierre en désignant un petit voilier qui n'est pas loin de s'échouer dans la vase. C'est marée basse mais dans quelques heures, il flottera à nouveau. Si tu reviens ici demain, tu pourras le voir sur l'eau.

— Je passerai lui rendre visite. Je ne m'y connais pas en bateau. Est-ce que le vôtre est considéré comme un grand voilier ?

— Non, plutôt moyen, je dirais. Il fait sept mètres. C'est bien suffisant pour naviguer et passer la journée à se balader dans la baie. Ici, c'est l'idéal. On est à l'entrée du golfe donc si la météo s'annonce mouvementée, on va y faire un tour et si c'est plus calme, on peut aller plus au large, vers les îles d'Hoëdic ou même de Groix.

Elle écoute attentivement les explications de Pierre. Les noms lui disent quelque chose, mais elle serait incapable de situer les lieux. En plus des travaux, jeter un coup d'œil à une carte ne serait pas inutile.

— On t'emmènera faire un tour si ça te dit, dit Suzanne avant de pivoter. Allez, en route, sinon ce n'est plus de la crème glacée que je vais mettre au congélateur mais du lait aromatisé à la pistache !

En retournant à la voiture, la main de Pierre saisit celle de Suzanne. Ils entrelacent leurs doigts et leurs bras balancent au même rythme que leur pas. C'est anodin et pourtant d'une tendresse extraordinaire. Le couple de retraités ne fait qu'un. Joséphine voulait ça, ces mains qui se lient, même pour un court instant, alors que les quarante années de mariage auraient pu entraîner l'idée que ce geste est superflu. Elle ne saura jamais si Vincent aurait glissé sa main flétrie par les années dans la sienne et son cœur en est brisé.

Dans le salon, Georges examine les pots de peinture, les pinceaux, les rouleaux, la ponceuse, le ruban de masquage alors que Joséphine somnole sur son lit de camp. La journée l'a épuisée. Ses yeux se ferment devant les images de maisons bretonnes à volets couleur océan. Elle a choisi un bleu vert, voire un vert tendant vers le bleu, plutôt que le bleu gris imaginé par Vincent dans son carnet. Est-ce le trahir que de déroger à la règle qu'elle s'était elle-même fixée en faisant des choix alternatifs ? Elle décide qu'il n'avait qu'à être là. C'est quoi cette idée de se faire renverser par une voiture quand on a tant de projets ? Elle a envie de broyer le carnet lorsqu'elle y pense. La poitrine pleine d'exaspération, les mâchoires qui se serrent à force de questionner toujours le destin. À quoi bon tout ça puisque tu n'es pas là ? C'est toujours fluctuant, son esprit et son corps n'arrivent pas à statuer : la tristesse, l'amertume, la colère. Au moins, quelque chose s'anime en elle. Elle aurait pu rester indéfiniment dans cet entre-deux, celui où Vincent n'était pas encore tout à fait parti. À présent, elle sait qu'il ne reviendra pas, et elle lui en veut pour ça, elle en veut à tout le monde.

Les jours suivants, c'est différent, elle est envahie d'une énergie nouvelle. Au premier filet de soleil qui perce dans le salon, son corps se déploie sans réticence. Les nausées sont discrètes. À peine quelques haut-le-cœur dans la journée. Elle le sait, entamer le deuxième trimestre est souvent synonyme de changements plutôt positifs. Ses seins, eux, commencent à suffoquer dans ses soutiens-gorge. Elle met ça de côté, ça et le ventre qui gonfle. Comme Vincent mettait de côté les factures à traiter.

Pierre lui a fourni des tréteaux et une planche de bois pour y poser les volets, qu'il a lui-même décrochés grâce à un escabeau trouvé dans le grenier. Il faudrait qu'elle trie tout le bazar entassé dans cette pièce, qui cache sans aucun doute outils utiles et décoration à potentiel. Pendant des heures, sitôt son croissant terminé, elle se met à la tâche et après plusieurs jours, certaines fenêtres de la maison retrouvent éclat et gaieté, joliment entourées de ce vert bleu qu'elle ne se lasse plus de regarder. Ce n'est pas grand-chose, ces volets, et elle n'a pas réussi à tous les raccrocher mais ses yeux sont pleins de satisfaction. Vincent avait raison : faire les choses soi-même, même quand c'est mal fait, ça vaut le coup. Rien que pour ces heures passées à penser uniquement au pinceau léchant le bois. Utiliser ses mains, accomplir elle-même ces rénovations qui s'accumulent progressivement dans son esprit, détourne la douleur, même si ce n'est qu'épisodique. Elle a hâte que sa tête s'encombre d'idées, de couleurs, d'agencements.

Un jour de repos dans sa semaine de travaux.

Fêter en quelque sorte la restauration des volets en allant à la plage.

Elle s'accorde un temps calme pour mieux savourer et aussi parce que la météo s'annonce plus capricieuse ensuite. Elle était étonnée de voir si souvent le soleil poindre tous les matins et illuminer le ciel jusqu'à son coucher. Ses préjugés quant au temps breton perdent de leur superbe depuis qu'elle est à Locmariaquer.

Elle se laisse guider par les panneaux depuis le centre du village, sans regarder son téléphone. Après une trentaine de minutes de marche et quelques errements, elle arrive sur la plage du Valy, moins impressionnante que les grandes étendues de sable du Morbihan. C'est calme. Quelques plagistes, des mouettes, le vent qui souffle dans les pins maritimes.

Elle remarque une femme, installée sur un petit siège à ras du sol. Impossible de voir son visage, dissimulé sous un immense chapeau de paille. Le soleil n'est pourtant pas si fort mais peut-être est-ce trompeur. Ses reflets sur la mer sont, paraît-il, impitoyables. Avec sa peau couleur yaourt à la vanille, elle se dit que la prochaine fois elle pensera à prendre de la crème solaire.

Ses baskets à la main, elle avance sur le sable fin et frais. Les orteils qui s'enfoncent, les grains qui glissent sur ses pieds, son corps se délecte.

Elle longe le bord de mer et les vaguelettes encerclent ses chevilles d'un lacet glacé. L'eau est froide. Tant mieux, c'est bon pour la circulation, se dit-elle. Elle s'assoit sur le sable, des grains s'insinuent déjà dans le revers de son jean. Devant elle, les petits voiliers et bateaux à coque dodelinent. Elle ne connaît pas le nom des îles posées sur les eaux calmes du golfe du Morbihan. Il ne l'avait pas emmenée sur cette plage. Ils étaient allés à la pointe de Kerpenhir. Vincent s'était placé derrière elle pour qu'elle suive le doigt qu'il pointait vers Arzon, juste en face. « Ici, on est à l'entrée du golfe du Morbihan avec l'océan à notre droite, la petite mer à notre gauche », lui avait-il expliqué. Vincent était plongé dans ses souvenirs, qu'il égrenait à haute voix au fil de leur balade. Joséphine peut encore sentir la nostalgie dans la voix de son mari, tout comme la sienne alors qu'elle est ici, sur cette plage, sans lui. Et immédiatement, elle pense à la maison. Elle est finalement rassurée de l'avoir, pour pouvoir garder encore un peu de lui. La maison comme un lieu qui conservera leurs respirations insouciantes d'alors. Et puis ce carnet, qui lui donne une direction à suivre.

Ses pensées s'enroulent dans les courants du vent léger qui effleurent son visage et volent jusqu'à la maison. Les volets n'étaient qu'une étape. Une étape facile. Chaque pièce doit retrouver des couleurs. Elle ira fouiller le grenier pour savoir comment remettre les meubles et accorder la peinture à la nouvelle décoration qu'elle imaginera. Et puis, cette cuisine… Vincent avait prévu de la refaire et d'en repenser complètement l'agencement. C'est indispensable, acquiesce-t-elle face à son invisible mari. La laideur de cette cuisine n'a d'égal que son manque de praticité. Tout est à revoir, ce ne sera pas l'histoire de deux-trois jours mais de plusieurs semaines. Un tel programme ne l'effraie pas. Au contraire, la perspective d'une occupation sans délai, sans échéance, sans point final la rassérène. Elle pourra s'y oublier, avec des journées ourlées des murmures de Vincent.

Vincent

Les friperies t'intimidaient. C'était Marie qui insistait pour que tu l'accompagnes quand elle avait envie d'y faire un tour. Elle adorait ces boutiques tendance ; toi, tu en revenais toujours un peu décontenancée. Tu préférais les magasins de prêt-à-porter, bien agencés, organisés par style et par couleur parce qu'avec les friperies, il fallait fouiner et déceler dans la masse hétéroclite la robe ou le pantalon que tu n'avais pas cherché mais qui finalement pouvait convenir. Imaginer, se projeter, ce n'était pas ton genre. Alors quand je t'avais dit que la première règle en matière de décoration pour la maison de Locmariaquer serait de ne pas acheter neuf mais de chiner dans le grenier puis dans les brocantes et sur les sites de ventes d'occasion, tu avais levé ton sourcil gauche. Je m'étais toujours demandé comment tu réussissais ça, lever un sourcil et laisser l'autre un peu froncé sur ton œil droit. Tu avais alors un air sceptique, celui que je te connaissais bien lorsque je t'amenais sur des chemins qui n'étaient pas assez droits. Tu me disais que c'était facile pour moi, que j'étais architecte, que j'étais capable de visualiser le potentiel d'une vieille grange abandonnée dotée d'un charme proche de celui d'un abribus. Peut-être la restauration de la maison allait-elle être l'occasion d'essayer l'originalité, d'offenser ton classicisme, ton besoin de schémas clairs et ta préférence pour les images de commode proprette installée dans un intérieur scandinave épuré plutôt que mes improvisations sur les meubles sans âge de mon grand-père.

Quand elle avait huit ans, elle est partie passer deux semaines avec ses parents et ses frères dans une maison prêtée par des amis de la famille, sur la côte méditerranéenne. Elle n'a pas retenu le nom de la ville où ils étaient et pourtant, ce sont les premières vacances dont elle se souvient vraiment. Parce que c'est cette année-là qu'elle a découvert l'odeur de l'été. L'odeur du linge frais qui a séché dehors, du monoï de la crème solaire, des beignets du monsieur qui tire sa charrette sur la plage, de la citronnelle le soir, de sa peau encore iodée, du vent avant l'orage et de l'herbe tiède après la pluie, du plastique de la bouée gonflable, du saucisson aux noisettes et du melon trop mûr, des pages desséchées d'un livre grillé par le soleil et le sel. Elle s'était dit qu'elle ne pourrait jamais rien aimer davantage que le parfum de ces vacances, qu'elle le chercherait tous les ans. Elle s'est mise à adorer le soleil comme d'autres se mettent à aimer la thalassothérapie. Elle ne voulait plus que l'été, un été chaud. Sa saison préférée, toujours et partout. Les longs mois d'hiver n'étaient là que pour lui rappeler ce qui l'attendait en juin-juillet-août. La pluie lourde en automne, le vent sec de janvier, les pelouses blanchies par le gel, la neige parfois sur les trottoirs parisiens, les bouches qui fument dans le froid, le bout des oreilles qui rougissent, le thé brûlant à la cannelle, le baume sur les lèvres gercées, ce n'était pas suffisant pour l'émouvoir. Rien n'était comparable au parfum de l'été.

Et pourtant, aujourd'hui, alors que la pluie a redoublé, qu'elle a le nez collé à la vitre, comme Georges à ses côtés, elle se laisse hypnotiser, même si ce n'est pas son été à elle, tel qu'elle le veut chaque année. Son cœur se met sur le même tempo que le son des gouttes qui s'écrasent sur la terrasse. Elle pourrait finalement aimer la pluie. Comme une réinitialisation, avec des sensations qu'elle ne se connaissait pas. De toute façon, il n'y a plus grand-chose qu'elle reconnaît de sa vie.

Elle se dit que le son de la pluie contre les velux à l'étage doit être poétique. Si elle ne dormait pas dans le salon sur son lit de camp mais dans l'une des chambres du premier, elle pourrait profiter de cette petite musique. Son prochain objectif se précise : les chambres de l'étage méritent un coup de peinture.

Elle ne se souvient plus de sa dernière cigarette. Elle n'a pas fumé depuis qu'elle est ici. Ce n'est pas l'envie qui manque, elle essaye parfois mais l'odeur lui retourne les entrailles. Comme un rappel à l'ordre. Alors le paquet reste dans la cuisine et elle laisse avec lui ce qu'il signifie.

Il n'est pas 8 heures. Georges chouine pour sortir de la maison. Depuis qu'ils sont arrivés à Locmariaquer, le chat quémande le jardin sitôt le soleil levé. Aujourd'hui, les nuages font comme un matelas grisâtre sur le village. Mais Georges tient à sa sortie matinale, tout comme elle. Elle quitte la maison pour aller chercher son croissant au beurre. En revenant, elle reconnaît la voiture rouge de ses voisins qui sort de l'allée. Suzanne s'arrête à sa hauteur et descend la vitre. Elles se saluent, se donnent des nouvelles. La voisine demande si elle a besoin de quelque chose et avoue qu'elle n'ose pas venir frapper à sa porte par peur de la déranger. Joséphine est touchée par sa retenue. *Prenez-en de la graine, Anne*, et tout de suite, elle regrette d'avoir pensé ça.

— C'est jour de marché, tu m'accompagnes ? demande Suzanne.

— Avec plaisir, répond Joséphine, des miettes de croissant encore collées au coin des lèvres.

— Va prendre un manteau chez toi avant, le temps se couvre.

Dans le bourg de Locmariaquer, les étals sont mouchetés de gouttes d'eau. Une pluie fine s'est invitée au marché, dont les allées sont animées. Le mauvais temps n'a pas découragé les habitués et les visiteurs de passage. Suzanne lui dit que, l'été arrivant, il y aura de plus en plus de monde.

Joséphine est guidée vers le primeur, le charcutier et le boulanger. Les vendeurs savent ce que sa voisine va leur demander, elle a ses habitudes, et ils conversent rapidement. La pluie s'intensifie. Elle serre contre elle la boule de campagne qu'elle a achetée à Jacques, le boulanger.

Avant de repartir, Suzanne la tire vers l'étal du poissonnier tout en lui proposant de venir dîner chez eux le soir même. Elle réfléchit. Pourquoi pas, même si manger à la table de ses voisins lui demandera un effort de présence. Lorsqu'elle était chez ses parents, personne n'exigeait d'elle de se comporter convenablement. Ce soir, ils attendront d'elle davantage, et c'est bien normal. Elle devra répondre à des questions, raconter sa vie d'avant, parler de Vincent, qu'elle veut garder pour elle. Elle sent la panique l'envahir, mais Suzanne ne lui laisse pas le temps de revenir sur l'invitation.

— Je vais préparer un risotto aux palourdes, ça te dit ? Et je vais prendre des huîtres chez Ludovic, Pierre en raffole. Jamais un jour de marché sans revenir avec les huîtres, sinon il demande le divorce ! Quand tu les goûteras, tu voudras en manger chaque semaine.

Elle se fige. Comment expliquer que les huîtres crues, elle n'en mangera pas avant l'année prochaine ? Tout comme le camembert au lait cru que Suzanne a glissé dans son panier. Éviter de penser au bébé, comme si elle évitait un colocataire, c'est possible quand elle s'enferme dans la maison, quand elle repeint des heures durant de vieux volets. Sortir de son monde implique des détails pratiques, et des rappels brutaux à la réalité. Elle pourrait prétexter qu'elle n'aime pas les huîtres et le camembert mais le mensonge serait sans fin. Elle met au courant Suzanne. Comme sur d'autres visages, c'est d'abord la joie, très vite atténuée par la prise de conscience de la situation générale.

— On va s'en tenir au risotto alors, lui dit Suzanne sans sourciller, et j'ai des jus de fruits. Ça ne fera pas de mal à Pierre de ralentir sur le vin, ajoute-t-elle avec un clin d'œil.

Joséphine insiste pour se charger du dessert et de retour à la maison, elle passe l'après-midi à essayer de ne pas rater une compotée d'ananas couchée sur du mascarpone et des meringues. Tandis que la pluie continue de tomber par intermittence, elle reste au chevet de sa préparation. Sait-on jamais, elle ne voudrait pas risquer que quelqu'un d'autre meure à cause de son incompétence culinaire. Elle surveille l'ananas qui mijote dans son jus au sucre roux. Les odeurs exotiques éveillent ses papilles et sa langue. Lorsque le feu est coupé, que les meringues dorment dans le four, une fouille du grenier lui permet de découvrir d'anciens pots de yaourts en verre. Louis avait une préférence évidente pour une marque car elle réussit à trouver un lot d'une trentaine de petits contenants identiques. Elle en remplit douze de mascarpone, meringue et de compotée d'ananas par couches successives. Ce n'était pas indiqué de procéder de cette façon dans la recette mais c'est plus joli, se dit-elle en admirant ses pots. *Je fais ce que je veux maintenant.*

— Un petit apéro, Joséphine ? demande Pierre, alors qu'ils s'installent au salon. On a du muscadet, du vin blanc, du porto.

— Un jus, ça m'ira très bien, je vous remercie.

— Bien sûr, orange ou ananas ? C'est tout ce que l'on a, je crois.

Pierre referme la porte du buffet dans lequel sont stockées les bouteilles d'alcool et va chercher à la cuisine le jus d'orange demandé par Joséphine. Les deux autres prendront un porto. La maîtresse de maison a félicité son invitée pour les verrines sucrées. Appétissant et bien présenté, a dit Suzanne sans emphase. Les jours où elle n'aura pas envie de sortir le rouleau à peindre, elle s'adonnera à la pâtisserie, décide Joséphine.

Pendant l'apéritif, elle apprend que Pierre et Suzanne partiront tout le mois d'août en Croatie. Leur fille aînée vit à Split depuis des années, avec mari et enfants. Elle revient en France avec sa famille un Noël sur deux et pour Pâques. L'été, le couple de retraités s'envole pour les Balkans, dans des avions au maximum de leur capacité d'accueil :

— On est obligés de prendre nos billets en février, voire janvier. C'est la folie au mois d'août, explique Pierre. En tant que retraités, on pourrait y aller à un autre moment mais les petits seraient à l'école.

— On embarque tous les ans avec des flopées de jeunes qui n'attendent pas l'atterrissage pour commencer à faire la fête, poursuit Suzanne. Ils ne prennent même pas la peine de cacher leur bouteille et mettent un bazar pas possible. L'année dernière, l'un d'entre eux a vomi sur le siège devant nous ! Ils auraient dû l'arrêter et lui passer les menottes à la sortie de l'avion.

— Suzie, ce sont des jeunes, ils s'amusent, c'est normal, dit Pierre en haussant les épaules et en pinçant les côtes de sa femme.

— Il me semble qu'être jeune n'interdit pas le savoir-vivre.

Suzanne ne renonce pas à ses séjours en Croatie en dépit du voyage exécrable. Elle fait de grands gestes pour décrire la beauté des paysages, la clarté de la mer, les cascades bruyantes qui plongent dans l'eau turquoise, les plats riches de poissons et crustacés. Pierre dit ne jamais mieux manger que là-bas.

— Tu en manges pas mal des produits de la mer ici. C'est bien pour ça qu'on vit en Bretagne, n'est-ce pas mon chéri ? lui fait remarquer Suzanne, faussement offensée.

— Exactement, confirme Pierre en se tapotant le ventre. Je ne pourrais pas me passer de ce qui vient directement du port. Surtout les huîtres ! Tu vas voir, Joséphine, celles de Ludovic sont très fraîches, tu ne risques pas une intoxication.

— Ce ne sera pas pour ce soir, lui dit sa femme.

— Comment ça ? Je croyais que tu étais allée au marché ce matin.

— Désolée, Pierre, c'est à cause de moi, intervient Joséphine en souriant. Je suis enceinte.

Elle n'arrive pas à croire ce qu'elle vient de dire. Ce ton détaché pour évoquer sa grossesse.

— Tu as la meilleure des raisons de refuser les huîtres de Ludovic. Félicitations, si elles sont de rigueur bien sûr, lui dit Pierre en lui frottant l'épaule. Louis aurait été tellement heureux d'apprendre que Vincent allait être papa. C'est bien

Vincent le père ? ajoute-t-il, la mine déconfite par le doute d'avoir fait une gaffe.

— Bien sûr que Vincent est le père. Comment aurais-je trouvé le temps de me mettre dans le lit d'un homme ces derniers mois ? Pleurer, ça occupait tout mon agenda !

Suzanne et Pierre vissent sur elle deux paires d'yeux écarquillés. Ils ne savent pas si Joséphine plaisante alors elle le précise, les yeux rieurs mais tristes. Cet humour noir, c'est nouveau. Et de mauvais goût mais le couple sourit en hochant la tête, comme pour signifier que sa remarque semble logique.

Pierre s'inquiète en revanche pour sa santé. Est-ce bien raisonnable de se lancer dans des travaux alors qu'elle attend un bébé ? Elle lui répond qu'elle n'en peut plus de ce mot-là, « raisonnable », utilisé par son entourage pour sa grossesse, son départ pour la Bretagne, son avenir professionnel... Elle a entendu mille conseils mais n'en a rien retiré alors elle a tranché : elle ne déciderait rien et ferait ce que bon lui semble, surtout quand ça permet de museler le chagrin, ne serait-ce que pour quelques heures.

Suzanne acquiesce et lui dit de ne pas hésiter à les solliciter. D'accord pour les travaux, mais, tout de même, un peu d'aide serait la bienvenue, non ? Vincent souhaitait qu'ils rénovent et décorent la maison eux-mêmes, Joséphine ne fait que suivre sa volonté. Et ça lui change les idées de peindre. Les volets, c'était l'entraînement. Elle a hâte de s'attaquer à l'une des chambres de l'étage.

Et pour le jardin ? Ça mérite une bonne tonte, tout ça. Pierre lui propose de venir raccrocher les derniers volets et de raccourcir l'herbe. Elle refuse, ses voisins n'ont pas à se fatiguer à remettre la maison sur pied avec elle, mais il insiste. Suzanne lui glisse que son mari est si fier de sa nouvelle tondeuse qu'il n'hésite pas à la sortir deux fois par semaine.

— C'est plus court que sur le crâne d'un chauve dans notre jardin. Laisse-le tondre l'herbe chez toi, Joséphine. Je t'assure, il dort mieux le soir après son activité sportive favorite.

— D'accord, vous venez quand vous voulez, Pierre, mais vous vous en tenez à ça, aux volets et à la tondeuse. Pour la partie horticulture, je verrai avec ma mère. C'est une virtuose. Vous m'aidez déjà beaucoup, je ne veux pas que vous passiez votre temps libre à m'assister.

— Notre temps libre ? s'étonne Pierre. Ma petite fille, nous sommes des retraités en pleine forme. Du temps, on en a. On a beau organiser des soirées jeux de société ou des sorties en mer avec nos copains, on ne souffre pas de surmenage.

Quand ils ont décidé de s'installer ensemble, ils n'ont pas hésité. Un achat et pas une location. C'était évident. Ils voulaient leurs quatre murs à eux et après trois appartements visités, ils avaient trouvé. En quelques mois, le 68 mètres carrés du 15e arrondissement était devenu leur lieu préféré. Ils ne questionnaient jamais son emplacement, sa taille, son agencement. Tout était incontestablement bien, reflet cohérent de leur amour. Avant même qu'ils ne s'y installent, Joséphine aimait dire « notre appartement ». Elle avait tellement hâte qu'elle ne s'encombrait pas des délais. Ces quatre murs, ce huis clos heureux à venir, ça leur appartenait déjà. Elle le savait, elle s'y sentirait à son aise, à l'abri, amoureuse ou furieuse, déprimée, éméchée, révoltée, câline, de mauvaise foi. Là, elle fumerait, ferait l'amour, ferait la tête, boirait mille cafés, mangerait des raclettes et des légumes, mélangerait blanc et couleurs dans la machine à laver, oublierait ses clés en partant, râlerait sur la télévision. Tout, parce que c'était déjà leur appartement. Elle ne pensait pas alors pouvoir ressentir à nouveau un jour ce même sentiment de possession.

Jusqu'à ce qu'elle dise : « Ma maison est à la sortie du bourg » à la boulangère de Locmariaquer, une adorable femme avec des cheveux bouclés couleur safran tout autour du visage.

Elle n'a pas dit : « j'habite à la sortie du bourg » ou « j'ai emménagé à la sortie du bourg ».

Elle a dit « ma maison », avec une joie diffuse. C'est son lieu d'atterrissage, de repli, de survie. Elle en prend conscience. Ces quatre murs n'ont rien à voir avec son appartement parisien, mais ils disent la même chose. C'est à elle et elle y ressent ce qu'elle veut.

Devant les baguettes et les boules de campagne, elle a expliqué qu'elle venait d'emménager dans la région. Presque un mois maintenant qu'elle a posé son sac de voyage et son chat à Locmariaquer. Sa routine matinale a été repérée. « C'est quoi son petit nom, à la demoiselle au croissant ? » lui a demandé la boulangère, laquelle, en plus de lui offrir son sourire, a ajouté un sablé dans le sachet. Elle était ravie d'accueillir sa nouvelle cliente régulière, qui avait ce jour-là bravé la pluie pour sa viennoiserie favorite, et lui a glissé, comme une confidence, qu'elle, c'était Mélanie.

Joséphine ne se serait jamais imaginée, elle, médecin parisien, qui aime que les lignes soient régulières, les bols rangés à la place des bols et les vêtements triés par couleur, dans cette situation, à poncer les murs d'une bâtisse aussi cabossée qu'elle dans un village breton dont elle connaît maintenant le prénom de la boulangère.

Inspirée, aspirée même, sa tête déborde.

Elle a fouillé Pinterest. C'est infini, les possibilités. C'est infini, ses envies. Plus elle épluche les photos, plus elle veut tout refaire. Elle a soif de rénovation et de décoration, elle qui n'avait jamais touché à un pinceau de sa vie.

« La peinture bleue avec des bateaux dans des cadres aux murs et des filets de pêches décoratifs, tu devras t'en passer, mon amour. » Elle a choisi des couleurs neutres pour toutes les pièces, on ne se refait pas. Quelques touches de couleur par endroits, mais la décoration sera naturelle et boisée.

La plus grande chambre d'abord, avec ses poutres apparentes, son toit en pente, le velux en son centre. Elle se voit déjà y dormir. Vincent lui a mâché le travail. Les artisans ont fait le plus gros. Les murs sont immaculés, les fissures des poutres comblées par de la pâte à bois, le parquet verni. Elle n'a plus qu'à poser ses idées. Il lui faudra une armoire, note-t-elle sur les pages du carnet, et un plafonnier, quelques plantes, des tables de chevet, et puis un lit surtout. Elle doit d'abord repeindre les murs mais elle pense déjà à la décoration, à du lambris mural blanc pour commencer. Elle n'a aucune idée de la façon dont il faut le poser, et si elle y arrivera, mais un tuto sur Internet, elle n'en doute pas, fera l'affaire. Sur le carnet s'accumulent des bouts de phrases, des idées, des mots, des noms d'objets. Ça n'a ni queue ni tête.

L'anarchie des écrits de son mari lui semble plus compréhensible maintenant qu'elle aussi foisonne d'idées.

Elle termine l'inventaire au grenier. Des tas de cartons entassés les uns sur les autres, en équilibre contre des meubles à l'allure malheureuse pour certains. Il y a aussi une vieille échelle en bois, du petit électroménager, des sacs de papiers sans doute administratifs, des livres ici et là. Elle note sur le carnet qu'elle récupérera l'imposante armoire bretonne avec ses portes de travers, des planches de bois pour faire une étagère murale, le lit en pièces détachées, une paire de tabourets bancals qui pourraient faire office de tables de chevet. Pour compléter, elle devra acheter.

Elle établit un plan : elle se consacrera entièrement à cette chambre dans les prochains jours, voire semaines – en combien de temps est-il possible de la refaire à neuf ? Elle n'en a aucune idée –, puis elle avancera pièce par pièce. Le budget n'est pas défini mais elle réalise, après évaluation des stocks du grenier et recensement (à la louche) des travaux, que ce qu'elle veut entreprendre sera coûteux. Il y a leurs économies, et puis, elle a touché l'assurance-vie de Vincent. Aurait-il été d'accord pour qu'elle pioche dedans ? Cela ne fait aucun doute. De toute façon, que ferait-elle de cet argent sans lui maintenant ? Elle ne voit pas plus adéquat que d'investir sans compter dans la rénovation des murs de Louis. Le carnet et Vincent même lui transmettent l'envie de redonner vie au lieu, d'en faire sa maison à elle. Elle revoit, ressent son excitation à lui, et est aujourd'hui prise de cette même fièvre. Tu es encore là, se dit-elle, en moi et tout autour de moi.

Alors pour ne pas laisser s'échapper cette envie qui l'époumone, pour retenir cette fulgurance, elle accumule dans ses paniers virtuels sur les sites des magasins de bricolage et d'ameublement pour compléter ce qu'elle a déniché au grenier. La directive était de minimiser l'achat de choses neuves. Mais il y a la théorie et la pratique. Sur un site, des bottes de lambris mural, un kit de gros rouleaux à peindre parce que le matériel manque pour s'attaquer à une pièce et pas seulement à des volets. Puis de nouvelles poignées pour les portes de l'armoire ou encore des équerres pour fixer l'étagère. Chez une autre enseigne, elle achète un matelas bien ferme, son dos ne supporte plus les pleins et les déliés de son lit de camp, une couette, des oreillers et la parure pour habiller le tout. Et un tapis, tiens, c'est toujours bien un tapis au pied du lit. Elle ne regarde pas à la dépense. Et pour être livrée rapidement, elle paye un supplément excessif. Elle s'en fiche, elle veut tout au plus vite. Elle s'endort, épuisée par son impatience, en promettant à Vincent que pour le reste, elle ira faire le tour des brocantes.

Sur la plage, le sable trempé rentre dans ses baskets. Son écharpe remonte jusque sur son nez. Elle tire sur le bas de son sweat. Elle aperçoit un peu plus loin la femme qu'elle avait vue lors de sa dernière venue, elle aussi emmitouflée dans un gilet épais. L'été peut être frais en Bretagne, ça donne un côté poétique au paysage, avec ce temps en demi-teinte. La plage désertée est encore plus calme que la dernière fois. Le seul son qui lui parvient est celui du vent dans les haubans. Les goélands et les mouettes se croisent dans un ballet lent. Elle pense à la chanson d'Alain Souchon, *Le Baiser.* La mer du Nord est loin pourtant. Elle en rêve, de ce baiser sur la plage. Son inconnu à elle a des cheveux bruns et les bras autour de sa taille. Vincent est là, il la berce doucement en lui disant à l'oreille des choses romantiques, des choses qui le sont moins. Puis il glisse vers son ventre, l'encercle, en évalue la rondeur. *Prends soin de vous deux,* murmure-t-il. C'est vrai qu'ils sont deux, elle et son locataire, lequel est si discret qu'elle n'a pas besoin d'y porter attention. Sur la plage, elle lui dit qu'il faut qu'il revienne, qu'elle n'y arrivera pas sans lui, qu'elle donnerait tout pour qu'il soit là. Elle aurait préféré ne jamais tomber enceinte, elle voudrait échanger la place du bébé contre celle de Vincent. *Pourquoi est-il là et toi non ?* Elle déteste le bébé pour ça, elle le hait pour sa présence, elle hait Vincent pour son absence.

La vue brouillée par les larmes, elle n'a pas senti s'approcher la femme qui était installée un peu plus loin :

— Mademoiselle, lui dit-elle avec un accent indéchiffrable, tout va bien ?

Joséphine relève la tête, sent la morve sous son nez et se met à chercher un mouchoir avec les gestes secs de la colère mais elle n'a que ses clés et son téléphone. La femme lui en tend un sans qu'elle le lui ait demandé.

— Excusez-moi de débarquer comme ça, je remontais de la plage et je vous ai vue triste. Je vous dérange peut-être…

— Non, vous ne me dérangez, merci, c'est gentil, répond Joséphine. Ne vous arrêtez pas pour moi.

— Non, ce n'est pas un problème. Et je veux m'assurer que vous allez bien avant de vous laisser seule…

La femme relève les deux sourcils en la regardant droit dans les yeux, ce qui fait poindre un sourire sur les lèvres de Joséphine.

— Je n'ai pas l'intention d'attenter à ma vie, si c'est votre inquiétude, vous pouvez partir sereinement.

— Attenter… ? Je n'ai pas compris votre phrase.

— Me suicider.

— Ah ! Il me reste encore quelques mots à inscrire là, lui dit la femme en tapotant sa tempe de son index. Je suis franco-britannique, mais d'abord britannique. Attenter, quel mot terrible ! Je ne suis pas certaine d'avoir envie de l'apprendre, finalement. Mais je suis contente de savoir que vous n'avez pas l'intention d'attenter à votre vie.

L'accent est léger et absolument délicieux. Les mots accentués à l'anglaise ont tout autant de charme que celle qui les prononce. La femme doit avoir une soixantaine d'années, pas plus. Un visage aux traits fins grignoté par les rides, une peau blanche, mouchetée de grains de beauté, des cheveux gris qui ont dû être très sombres autrefois. Elle a l'élégance de celles qui cultivent l'art de vieillir sans y prêter attention.

— Amelia, se présente-t-elle. Mais appelez-moi Millie. Très peu de personnes m'appellent Amelia, ou alors mon fils lorsqu'il me dispute parce qu'il trouve que je donne trop de bonbons à mon petit-fils.

— Joséphine.

— Quel joli prénom. Comme l'impératrice.

— Vous connaissez bien l'histoire de France.

— Vous ne croyez pas si bien dire. Je vous en parle autour d'un café ? Vous semblez avoir froid. Ou peut-être que vous aviez mieux à faire ?

Elle n'a pas réfléchi avant d'accepter le café. Rencontrer cette Millie a coupé court au cheminement boueux qu'elle essayait de faire vers Vincent. Tout est bon à prendre, la bienveillance n'est pas si rare. Elle a repoussé l'intrusion et les sollicitations des autres pendant des semaines. Millie, elle aussi, est entrée par effraction dans son monde, et Joséphine, sans la connaître, lui en est reconnaissante parce que le confort du désespoir ne lui semble plus à mettre à l'agenda quand on redonne vie à une maison, et quand on va donner la vie.

Dans le café du bourg, les touristes sont rares. La météo leur a certainement fait préférer un jeu de société ou une journée pâtisserie dans les maisons de vacances. C'est le début de la saison, juillet s'ouvre sans soleil.

Son jus d'orange ne la réchauffe pas, mais elle a déjà bu un café après s'être levée. Elle sait qu'elle ne doit pas abuser de la caféine et a préféré commander autre chose. Millie, elle, encercle de ses mains son grand crème.

Comme pour Pierre et Suzanne, Joséphine est impressionnée de voir les gens l'aborder et lui parler sans filtre. Elle fait connaissance avec des personnes qui, naturellement, l'accueillent dans leur monde. Millie revient sur son histoire et l'Histoire puisqu'elle l'a enseignée durant des années dans une grande université parisienne.

— J'étais venue à Paris pour mes études et j'étais réellement fascinée par la ville. Je ne voulais plus repartir, mes parents n'étaient pas contre. Et puis, finalement, très vite, je n'avais pas vingt-cinq ans, j'ai accouché d'un fils, et trois ans plus tard d'une thèse. C'était les plus difficiles et les plus belles années de ma vie.

Millie aspire une petite gorgée de café et reprend son récit, comme si elle voulait donner rapidement toute la chronologie. Joséphine est fascinée par sa capacité à se dévoiler. Son interlocutrice a un don pour conter les faits, rien d'étonnant à ce qu'elle ait été professeure d'histoire. Elle l'écoute livrer les petits tracas et les grandes joies, les épreuves et les découvertes qui ont jalonné sa vie. Elle se dit qu'elle aussi voudrait cette même succession de bien et de moins bien, et pas juste l'absence de Vincent. Elle se demande si elle se relèvera un jour. Son père a dit que la douleur serait toujours là, mais qu'elle s'en accommoderait. Est-ce qu'elle va vraiment se réveiller un matin sans ce vide qui insulte à la fois son passé et son avenir ?

Millie, elle aussi, a connu l'absence, mais par choix. Elle lui raconte que le père de son fils a toujours fait partie de sa vie sans vraiment la partager. Ils étaient étudiants lorsqu'elle est tombée enceinte. Ils se sont débrouillés puis ont pris d'autres chemins romantiques. Ils étaient de bons amis et le sont restés. Joséphine ne comprend pas bien si elle a été mariée à un moment donné, et si elle a encore un homme dans sa vie. Les rencontres se sont succédé, Millie a toujours préféré ne pas en faire toute une histoire.

— J'aime bien être seule. Tu verras, avec le temps, la solitude devient notre meilleure amie. Je n'ai jamais compris pourquoi la solitude est un gros mot pour la plupart des gens.

Joséphine baisse les yeux sur son verre vide. Comment fait-on lorsque la solitude intervient sans qu'on lui ait demandé de prendre toute la place ?

Quand Millie lui demande son métier, si elle aime vivre à Locmariaquer, sa vie lui semble moins excitante que la sienne. Mais Vincent ne l'aurait pas aimée si elle n'avait pas été un peu marrante, non ? Ils s'amusaient tous les deux, avaient des fous rires ou des sourires en un regard échangé qui disait : « On est d'accord, la robe de Caroline ressemble à celle de Betty Boop. » Ils étaient complices sans être fusionnels, l'un comme l'autre ne l'aurait pas supporté. Vincent s'ennuyait-il tout de même ?

— Je suis médecin, à Paris.

— Et tu es en vacances ici ? J'aurais parié que tu habitais la région.

— Pas vraiment en vacances, pas vraiment habitante. Je prends une pause. J'ai hérité d'une maison à Locmariaquer et pour l'instant, je la rénove.

— Quel beau projet ! J'ai parfois vendu des meubles que j'ai restaurés, tu sais. J'adore ça.

L'Anglaise veut en savoir plus sur cette maison. Elle écoute, le menton installé dans la paume de sa main et se montre très intéressée par cette grosse armoire bretonne. Ses conseils pour la restaurer doivent être notés quelque part, se dit Joséphine, qui se met à chercher le carnet de Vincent sans succès.

— Tu as perdu quelque chose ?

— Mon carnet. Il est resté à la maison, il faut absolument que je note ce que tu me dis. Je suis totalement novice et je ne sais pas faire grand-chose de mes dix doigts, c'était Vincent le bricoleur.

— Vincent ?

— Mon mari.

— Divorce ?

— Sous une voiture.

— Oh, *poor thing*… dit Millie en saisissant son bras sur la table. Quand est-ce arrivé ?

— Il y a trois mois.

— Vraiment ? Ma petite chérie, tu es une force de la nature. Si l'être que j'aimais le plus disparaissait de ce monde, je m'enfermerais chez moi pendant des années. Et toi, tu arrives à te réveiller tous les matins pour faire des travaux…

— Sans ça, je ne serais plus là. Et puis, je n'ai pas eu le choix, je devais sortir la tête de l'eau. Mais tu ne peux pas imaginer comme ça fait mal. J'ai comme un trou là, dit Joséphine en posant la main sur son cœur.

Sa gorge est nouée. Elle ne comprend pas. Elle évoque spontanément, face à cette quasi-inconnue, ce chagrin qui jamais ne s'essouffle. Est-ce cela que les gens ressentent en allant consulter un psy ? Pour parler sans crainte d'être jugé, parce que ça fait du bien de dire tout haut la peine qui rabote le cœur et érafle la peau. Et elle aime le franc-parler de Millie, qui ne s'attarde pas sur la compassion, le sujet de la maison à rénover est plus intéressant. Quand Joséphine lui demande si elle connaît une brocante ou un antiquaire dans la région, elle s'enthousiasme. Ses cheveux gris s'agitent aussi vite que ses mains. Elle pourrait l'emmener, elle a quelques bonnes adresses en tête.

Quand elles se quittent, Joséphine la regarde s'éloigner du centre-ville, sur ses interminables jambes. Grande et élancée, elle a une démarche gracieuse, semble sûre d'elle, débordante d'entrain et de bonne humeur contagieuse. Elles ne se connaissaient pas deux heures plus tôt, elle a du mal à y croire. C'est donc cela, le retour dans le présent.

— Comment va Chouquette ?

— Chouquette ?

— Ton bébé. Ce sera son surnom.

— On dirait le nom d'un chien.

— Ça bave autant qu'un chien, un bébé, et puis, il faut ramasser ses crottes donc ça me semble parfait, plaisante Olivier. Alors, comment il va ce bébé ?

Elle sourit à l'autre bout du fil. Et se sent soudainement prise en faute. Le bébé, elle y pense si peu… Il est discret, trop discret peut-être. Elle mange beaucoup, et parfois, des choses étranges, elle raffole de la ratatouille en conserve en ce moment. Ça s'arrête là. Elle répond à Olivier que tout le monde va bien a priori.

— A priori ?

— Je veux dire qu'il n'y a rien à signaler. J'ai le ventre un peu gonflé mais je n'ai plus trop de nausées.

— Tu me l'avais déjà dit, ça. Tu es allée voir un gynécologue ou même un médecin ?

— Je suis médecin, je te rappelle. Tout va bien, je t'assure.

Olivier peste contre elle. Il n'est pas loin de lui faire la leçon. Oui, elle est médecin donc elle est mieux placée que quiconque pour savoir qu'une grossesse demande un minimum de suivi. Une échographie, par exemple ? Joséphine lui dit qu'elle en a déjà fait une, quand elle était à Sarlat, et lui promet qu'elle fera celle des six mois pour voir si « Chouquette » a bien deux bras et deux jambes. Il viendra vérifier par lui-même, assure-t-il. Ou alors elle pourrait revenir à Paris, ne serait-ce que pour quelques jours ? Pour le courrier, par exemple. Elle lui avait laissé les clés de son appartement, avec celle de la boîte aux lettres sur le trousseau. C'est lui qui se charge de le relever de temps à autre. Des lettres de l'assurance, de la banque, des prospectus, des pubs pour des marques de prêt-à-porter où elle avait ses habitudes, pour des sites sur lesquels Vincent dépensait un peu d'argent parfois… Peut-être qu'il y a des choses urgentes ?

Elle change de sujet et il n'insiste pas. Il lui donne des nouvelles de tout le monde. Les enfants sont ravis d'être enfin en vacances, Alexandra attend les siennes avec impatience. Claudine, au cabinet, demande de ses nouvelles tous les deux-trois jours, elle voudrait savoir quand est prévu son retour, tout comme Mme Gauthier. Joséphine n'en sait rien et il n'est pas surpris. Cette vie, ses journées en tant que médecin lui paraissent si loin, dans le temps, dans sa tête surtout. Elle a assez d'argent pour tenir longtemps comme ça, à ne pas avoir à réfléchir à son avenir. Étrange, cette façon de penser alors qu'elle attend un bébé, lui fait tout de même remarquer Olivier.

Un dôme, celui que l'on a après un repas copieux. Comme une boursouflure. Quelque chose qui se voit à peine. Quelque chose qui ne se voit pas dans son esprit. C'est un peu dur, mais pas franchement plus que lorsqu'elle digère mal les crudités.

Elle s'oblige à le fixer, ce ventre légèrement bombé à la jointure entre son débardeur et son short, pour que, soudainement, ça la frappe. Elle voudrait être submergée par les charmes de cette évolution, elle voudrait visualiser celui qui y a fait son nid, s'en trouver infiniment émue. Ou même pas. Juste réaliser que tout ça est réel, que ça va vraiment arriver, que c'est déjà en train de se passer. Elle attend un bébé, elle doit s'en souvenir, elle doit s'en soucier.

Alors elle se force, elle s'inspecte. La courbure qui prend naissance entre ses jambes, elle a toujours trouvé cela joli chez ses patientes enceintes.

Ça la laisse de marbre. Tout son corps est balayé par l'indifférence de son regard. Pourquoi les émotions qu'elle était certaine de voir arriver lorsqu'elle verrait son ventre s'arrondir ne viennent-elles pas ? Les rêves passés d'une grossesse harmonieuse lui laissent un goût amer. À mi-parcours, elle est déjà nostalgique des premiers mois qui auraient dû avoir une autre saveur que celle du gâchis. Elle ne parvient pas à se défaire de cette sensation pour en laisser venir une autre.

Les mères le sont dès qu'elles ont été fécondées, les pères le deviennent à la naissance. Il paraît que c'est de cette façon que les choses se déroulent, que c'est naturel.

Elle se demande pourquoi il n'y a pas le fascicule pour celles qui voudraient troquer le bébé pour le père, qui n'en deviendrait pas un, mais qui serait là au moins.

Elle appelle sa mère pour ressentir cette chaleur maternelle qu'elle est incapable de faire éclore au fond de son ventre. Catherine est enjouée au téléphone parce que d'habitude, c'est elle qui appelle, qui envoie des messages. Ce n'est qu'un coup de téléphone, mais peut-être un signe ?

Catherine aurait aimé venir la voir en Bretagne pour le 14-Juillet, mais elle participe à l'organisation du bal des pompiers et ne peut pas quitter la ville durant les prochains jours.

— Je suis désolée, ma chérie. Je n'aime pas te savoir toute seule là-bas.

— Maman, c'est moi qui n'ai pas voulu que vous veniez. De toute façon, il n'y a même pas de lit pour vous. Et puis, je ne suis pas si seule, tu sais.

— Comment ça ? Tes amis sont venus ?

— Non, mais j'en ai des nouveaux. Enfin, les voisins sont très sympathiques, ils me proposent leur aide pour plein de choses. Pierre et Suzanne, tu t'entendrais bien avec eux. Et tiens, l'autre jour, j'ai pris un café avec une dame, une Anglaise. On va même aller à la brocante ensemble.

— Eh bien… Tant mieux, alors. Tout ce petit monde n'a pas l'air très jeune, tout de même…

Catherine est visiblement sceptique mais comme elle n'a pas mieux à proposer, elle ne va pas plus loin. Joséphine la rassure, tout va bien, elle est seule, oui, mais elle ne pourrait pas envisager davantage que ces quelques amorces de relations avec une sexagénaire et un couple de retraités.

— C'est très bien comme ça, Maman.

— Alors dans ce cas, viens à Sarlat au mois d'août. La première semaine, ça te conviendrait ? Je vais demander à tes frères de venir aussi. Tu verrais tes neveux et nièces. On pourrait passer une semaine ensemble, ce n'est pas arrivé depuis des années.

Pourquoi pas. Elle préfère cette perspective plutôt que celle de voir débarquer sa famille à Locmariaquer. Elle ne serait pas prête pour ça. Et la maison non plus. Catherine émet quelques inquiétudes devant tous les travaux qu'elle a prévu de réaliser seule. Et le bébé dans tout ça ? Il se porte très bien, affirme Joséphine avec l'aplomb de celle qui sait. Elle attend un bébé donc il faut attendre, voilà tout. Et surtout, elle guette ses meubles et des matériaux. Sa mère rit, elle ne l'avait jamais vue être excitée par ce type de livraison.

— En attendant tes meubles et je ne sais quoi d'autre, sors un peu, prends le soleil. J'ai vu la météo dans le golfe du Morbihan, vous avez un temps magnifique. Alors va prendre l'air. Et puis, occupe-toi du jardin. Il fait peine à voir sur la photo que tu m'as envoyée !

À la demande de sa mère, elle a mis sous l'objectif de son téléphone chaque recoin de la maison, extérieur inclus. Ses frères aussi étaient perplexes en découvrant l'état du jardin. Pour la maison, Christophe et Julien ont proposé quelques idées de réaménagement ou de décoration. Rien à voir avec ce que Vincent avait en tête, ou avec ce qu'elle a, elle, en tête, mais elle a tout de même dit que les propositions de ses frères n'étaient pas dénuées d'intérêt.

Quant à Marie, elle était désolée de laisser Joséphine seule dans une telle maison et s'était retenue de lister toutes les choses qui sentaient le renfermé, même en photo. Et puis, cette cuisine, « c'est tellement vieillot », avait-elle ajouté dans l'un de ses messages. Elles s'écrivent régulièrement, s'appellent pour la première fois. Son amie lui demande sans cesse pardon pour son absence. Elle aimerait pouvoir venir en Bretagne mais entre les enfants, le boulot, « et puis j'ai déjà posé mes vacances alors je ne peux pas vraiment prendre d'autres jours de congé ». Joséphine lui répète qu'il n'y a aucun problème, qu'elle comprend, et que les SMS sont bien suffisants. Marie lui demande si elle est d'accord pour que tout le monde vienne à Locmariaquer à la fin du mois d'août. Quelques jours, avec Nicolas et les enfants. Et Caroline et Jean-François voudraient venir, eux aussi. Joséphine réfléchit tout de suite au couchage. Impossible de loger autant de personnes. Aucun souci, ils iront à l'hôtel ou dans une maison de vacances, dit Marie. Ses amis sont donc prêts à venir jusqu'à sa maison, nichée dans le fond de la Bretagne, comme disait son frère Christophe.

— Tu en doutais ? demande Marie. Nous sommes tes amis, je suis ta meilleure amie et j'ai été bien trop absente au moment où tu en avais le plus besoin. Ça me rend malade. Et maintenant que tu attends un bébé – comme si la coupe n'était pas déjà assez pleine ! – tu auras encore plus besoin d'être entourée, et cette fois, je serai là, je te le promets.

Elle se rappelle qu'elle aimait vivre à Paris. Elle aimait le tumulte des rues puis le silence de son appartement, les petites boutiques du quartier de l'Odéon, s'installer à la terrasse d'un café et regarder les gens étranges passer devant elle, changer d'atmosphère d'un arrondissement à l'autre.

Elle se demande aujourd'hui comment elle faisait pour aimer tous ces bruits, ces gens partout. Parce qu'ici, à Locmariaquer, elle ne veut rien de tout ça. À l'approche du 14-Juillet, les ruelles sont foulées par des nouveaux venus, qui se pressent au marché pour récupérer des fruits de mer tout juste sortis de l'eau. Le soleil est de retour et a ramené avec lui une flopée de touristes. Leur enthousiasme, l'animation nouvelle du village, elle préfère les éviter. Le calme de l'avant-saison lui manque déjà.

Elle passe de plus en plus tôt à la boulangerie pour échapper à la cohue, ce que lui a fait remarquer la boulangère avec un clin d'œil. Ce n'est pas pour lui déplaire, elle adore faire un brin de causette avant d'avoir à gérer la succession de clients. « Même pas le temps pour une pause pipi après 8 h 30 », lui dit-elle, faussement excédée car ravie de voir toujours plus de vacanciers faire sonner la clochette de l'entrée.

Elle aime bien le son de cette cloche, et de celle de la petite église du bourg, elle aime aussi le son du vent dans les pins maritimes, des oiseaux qui piaillent dans ses arbres à elle, de la rumeur des touristes en quête de fruits de mer pour le déjeuner ou en route pour la plage.

Le plaisir qu'elle a eu à arpenter les rues de la capitale a été remplacé par l'envie chaque jour de fouler le chemin vers le bourg, son jardin mal entretenu, le sable de la plage du Valy. Elle a réussi à faire ça, mais elle ne parvient pas à se débarrasser de son indifférence pour laisser place à la satisfaction de voir que c'est enflé sous son nombril, là où il y a de la vie.

Vincent

J'adorais voir ton corps embrasser le soleil. Tes soupirs de contentement quand les rayons te caressaient, la chair de poule sur tes bras et tes jambes avides de chaleur, ces quelques cheveux comme des fils d'or dans ta blondeur nordique. Quand venait l'heure d'été, il fallait courir vite au parc pour glaner un peu de cette tiédeur qui t'avait manqué des mois durant, courir vite sur la plage aussi, plonger dans l'eau pour mieux se réchauffer ensuite sur la serviette, enfoncer ses doigts dans le sable que tu espérais brûlant. Je me disais que tu étais comme un enfant ou un tournesol, à suivre avec un acharnement féroce et adorable le soleil qui saupoudrait sur les ailes de ton nez, le haut de tes pommettes, mille taches de rousseur. Je les appelais les grains de lumière, tu me répondais que c'était poétique mais que ça n'enlevait rien au danger latent de cette exposition incessante aux UV. Tu n'oubliais pas le risque, déformation professionnelle sans aucun doute, tu faisais attention, comme pour tout. Et alors, je te regardais t'enduire de crème solaire et c'était toujours dans ces moments-là, quand tu contrais ton amour fou du soleil par de l'indice 50, que je t'imaginais faire la même chose avec nos enfants un jour. J'avais la sensation, évidente, que tu serais une bonne mère, que tu aimerais être mère. Et avant même de devenir mère, que tu savourerais d'être pleine de notre amour. J'étais certain que toi aussi, tu le savais déjà.

Il y a le parfum de l'enfance dans son jardin aujourd'hui, celui de l'école quand le professeur ouvrait les fenêtres en été et que l'odeur d'herbe coupée envahissait ses narines. De la terrasse, elle assiste au ballet de Pierre, qui s'applique à réaliser des lignes bien droites en dépit du terrain vallonné par endroits. Sa tondeuse passe partout, il a l'air heureux. C'est à ça que ça tient, le bonheur ?

Il l'a arrêtée alors qu'elle revenait de la plage, la serviette lourde de sable et la peau encore moite de crème solaire.

— Joséphine, tu vas bien ? Je voulais te proposer de venir raccrocher tes derniers volets et tondre la pelouse aujourd'hui, ça te dit ?

— Avec plaisir, oui. J'avais justement en tête de m'occuper un peu du jardin.

C'est vrai qu'elle réfléchissait au jardin, comme le lui a demandé sa mère. Elle a sorti le carnet, s'est installée avec sur la terrasse pour explorer l'agencement prévu par Vincent. Il avait pensé à tout, pour une fois. Elle a étudié l'accumulation de phrases et rapidement, elle a admis qu'elle n'y arriverait pas. Elle ne sait même pas comment planter des oignons. Sa mère pourrait l'aider un peu. En fait, elle ne le trouve pas si mal, le jardin, en dépit des avis sévères de son entourage. Il méritait une bonne tonte en effet, mais avec son chêne au milieu et les autres posés ici et là, les trois marches en pierre qui descendent de la terrasse et la grande étendue derrière le bosquet d'hortensias et d'agapanthes, il y a de quoi faire sans tout refaire. Et elle décide que ça lui va, cet espace de guingois. Tout ne peut pas être rafistolé, pas même sa propre poitrine encore tout hébétée de ce trop-plein d'absence.

Elle propose à Pierre un jus quand il en finit avec la tondeuse et dans la maison, son voisin remarque : « Ça sent la vie », dit-il avec l'air d'un grand penseur de l'Antiquité. Joséphine rit, mais elle est en fait heureuse de l'entendre dire ça. Il raccroche les derniers volets dont elle n'avait pas pu s'occuper. Il la taquine sur la couleur. Vert bleu mais plutôt vert, selon lui. Attention, ici, c'est la Bretagne, pas le Luberon. Elle hausse les épaules, son choix lui convient, parce que c'est le sien. La maison est belle, c'est l'essentiel, et tant pis si elle ne fait pas très carte postale armoricaine.

Avant de repartir, Pierre lui propose une sortie en mer le lendemain. Elle hésite en lui disant qu'elle a beaucoup de choses à faire. C'est un besoin qui devient grisant. Elle aime se réveiller le matin en pensant aux murs à couvrir de peinture, aux portes coulissantes qu'elle souhaite installer pour habiller les soubassements de la chambre. « Prends une pause, la maison sera encore là à ton retour, tu sais. Et ça ne fera pas de mal à ton bébé de respirer l'air marin », répond-il.

Un 14 juillet ensoleillé est une aubaine pour tout amateur de voile. Le bateau avance sur les eaux calmes et scintillantes du golfe du Morbihan. Joséphine transpire, elle ne s'attendait pas à cette température en mer. Le léger vent d'est ramène sur la côte la chaleur de la terre. La facilité avec laquelle ils naviguent est trompeuse. Le courant est très fort, c'est lui qui les porte, lui explique Pierre alors qu'ils laissent l'île d'Er Lannic sur leur gauche. Avec la marée montante, ils avancent tranquillement en louvoyant vers l'île de la Jument puis continuent pour une balade paisible entre l'île aux Moines et l'île d'Arz. C'est une constellation de petits bateaux un peu partout. Il y a foule en mer. Le golfe est pris d'assaut. Ils ne feront pas escale, trop de monde pour mouiller quelque part ; ils ont prévu un pique-nique pour la journée. Joséphine a fait des crêpes le matin même, qu'elle extirpe fièrement de leur emballage en aluminium. Suzanne ouvre de grands yeux et rit de bon cœur :

— Elles sont aussi petites et épaisses que des pancakes, tes crêpes !

— J'ai essayé de faire honneur à votre région. Je vous l'accorde, j'ai encore des progrès à faire, admet-elle en soulevant du bout des doigts une crêpe.

— Je suis sûr qu'elles sont très bonnes tes petites crêpes boudinées, plaisante Pierre. Allez, passe m'en une.

— Je te montrerai ce que ça donne avec une crêpière, ajoute Suzanne en lui faisant un clin d'œil. Mais dis-moi, tu parles de faire honneur à notre région, mais c'est aussi un peu la tienne maintenant, non ?

Joséphine dodeline la tête et enfonce ses dents dans la crêpe, aussi épaisse que s'il y en avait deux. C'est vrai qu'elle rénove une maison ici. Elle navigue dans le golfe du Morbihan avec ses voisins. Elle est dans les petits papiers de la boulangère. Surtout, quand ses pieds s'enfouissent dans le sable de la plage et que la chair de poule court sur sa peau, elle respire comme elle n'a jamais aussi bien respiré depuis la mort de Vincent. Est-ce suffisant pour dire que c'est sa région, ici ? Sans doute, parce qu'elle y a trouvé un refuge devenu un lieu de vie. Sa nouvelle vie à elle. Et elle verra si c'est aussi là qu'il y aura une vie à deux.

Elle prend une photo de la proue du bateau qui pointe vers la côte arborée puis l'envoie à ses proches tandis que Suzanne désigne du doigt telle ou telle maison appartenant à des amis. Ici, c'est Claude, tu as vu comme elle est grande la sienne, il est riche, très riche, un vieil avocat. Là, c'est Mariette et Denis, un couple de Savoyards qui avaient fait le tour de leur montagne alors ils sont venus habiter dans le golfe ; à mon avis, ils sont aussi sur l'eau aujourd'hui. À plusieurs reprises en effet, Pierre et Suzanne saluent à renfort de grands gestes des voiliers qu'ils aperçoivent au loin.

— Bientôt, tout ce petit monde va fuir le golfe, dit Pierre en réajustant sa casquette.

— Comment ça ?

— Le mois d'août n'est pas la meilleure période pour les retraités. Nous, nous ne sommes pas commerçants alors voir arriver ces foules, ça nous fatigue, poursuit Suzanne.

— On est devenu des vieux cons et on ne supporte plus d'être envahis, ajoute Pierre avec un sourire mutin.

Ils partent en Croatie dans moins de quinze jours. Suzanne dit à Joséphine qu'elle pourra utiliser leur voiture tout le mois d'août. Est-ce qu'elle sait encore conduire d'ailleurs ? Elle réapprendra et ici, c'est plus calme qu'à Paris. Prendre le volant dans les rues de la capitale était pour elle une hérésie. Ici, c'est essentiel.

Elle ne sait pas si c'est l'accumulation des crêpes qu'elle a dévorées sans compter, le roulis du bateau, le soleil qui brûle son crâne sous son chapeau. Son estomac est juste là, dans sa trachée. Sa tête et ses membres pèsent le poids d'un âne mort. Elle boit de l'eau, en redemande à Suzanne, qui lui jette un regard inquiet.

— Tu es toute pâle. Mets-toi debout, ne t'allonge pas, surtout.

— Alors, on n'a pas le pied marin, la petite Parisienne ? raille Pierre.

— Pierre ! Elle est enceinte.

Elle a tout juste le temps de s'agripper au bastingage et tout le contenu de son estomac passe par-dessus bord. Suzanne s'approche d'elle et lui caresse le dos jusqu'à ce que ce soit terminé puis lui tend un mouchoir et une bouteille d'eau.

— Ça fera de la nourriture pour les poissons ! plaisante encore Pierre, sous le regard noir de sa femme.

Suzanne fronce les sourcils et lui demande d'avaler tout de suite quelque chose pour ne pas rester l'estomac vide. Ils vont rentrer, c'est préférable, et de toute façon, la marée est descendante. Ils vont se laisser porter, dos au vent, jusqu'à l'entrée du golfe. Suzanne prend la barre pour le retour et Pierre s'installe à côté de Joséphine, qui a retrouvé des couleurs. Il lui dit que c'est normal d'avoir le mal de mer sur un bateau quand on n'a pas l'habitude, encore plus quand on est enceinte. Il lui confie aussi qu'il s'inquiète de la voir s'activer dans sa maison. Derrière les lunettes de soleil, elle devine le regard tendre de son voisin. Tant de gens prennent le temps de lui dire qu'elle doit faire attention. Pourquoi, elle, n'y arrive-t-elle pas ? Elle se dit qu'elle a l'énergie, qu'elle a l'envie de rénover. Se priver de ces journées animées serait un non-sens. Pierre, lui, voit le projet dans son ensemble et n'est pas de cet avis. C'est un travail titanesque, remettre la maison en état.

— La cuisine, par exemple. Quand tu m'as fait faire le tour du propriétaire, je t'ai entendu me dire que tu comptais la refaire. Toute seule ! Tu y penses sérieusement ?

— Pourquoi pas, oui. Vincent avait en tête…

— Ton mari n'est plus là, Joséphine. Ces projets qu'il avait en tête comme tu dis, l'incluaient lui. Aujourd'hui, il n'est plus là, tu es seule, tu es enceinte. La situation a changé, donc il faut accepter de changer la suite aussi. Tu ne pourras pas tout faire toute seule. Cette cuisine, fais-la refaire par des artisans, sauf si tu me dis que tu n'as pas l'argent pour ça, bien sûr. Si c'est le cas, tu la laisses en état, promets-le-moi. Et de toute façon, enceinte ou pas enceinte, refaire une cuisine, c'est pas aussi facile que repeindre des volets, petite inconsciente.

Elle lui sourit, lui dit qu'elle a l'impression d'entendre son père. Tant mieux, ça veut dire que c'est, lui aussi, un homme bien, selon Pierre. Puis il s'éloigne d'elle et vient se poster derrière sa femme à la barre. Il enserre sa taille et colle sa joue à celle de Suzanne, qui tourne un peu la tête pour y déposer un baiser. La retraite coule avec douceur sur le golfe du Morbihan.

Le petit voilier fend l'eau comme un couteau s'enfoncerait dans du beurre mou. Elle pose sa tête sur la filière, bercée par le clapotis des vagues contre la coque, les yeux fixés sur des points invisibles de l'horizon déjà orangé, les rayons du soleil baissant. La fatigue l'accable. Une bonne fatigue, celle de l'air marin. Et de l'épisode malheureux de régurgitation aussi. Pierre a sans doute raison. Oublier, volontairement ou involontairement, qu'elle est enceinte, ne va pas l'aider. Elle doit inscrire ça sur le carnet, que Vincent a omis un point essentiel dans ses projets. Tu n'es pas là mais quelqu'un d'autre est présent. Elle repense à ce qu'il avait écrit au sujet du grenier, peut-être le réaménager pour une chambre d'enfant. Oui, elle le fera. Elle prend la décision comme ça, à l'avant d'un bateau qui vogue dans le golfe du Morbihan, dans une région qui n'était pas la sienne. Elle est dupée par la situation, les paysages, la balade en mer, ce couple de voisins amoureux qui la couve d'affection comme s'ils l'avaient rencontrée des années plus tôt. Elle se laisse berner. À ce moment-là, sa main se pose sur son ventre bombé. « Je vais faire mieux, je vais penser mieux, promis », chuchote-t-elle face à la mer.

La maison

Le premier livreur était imbuvable. S'il avait pu lâcher sa cargaison sur l'herbe tout en continuant à rouler, il l'aurait fait. Le second, un jeune homme souriant, a insisté pour monter les bottes de lambris à l'étage lorsque ses yeux se sont posés sur son ventre. Il a tout de suite demandé si un mari ou un compagnon ou un ami, si qui que ce soit viendrait l'aider.

— Mon mari a un empêchement, il est allé voir si l'herbe était plus verte dans les hauteurs, a-t-elle répondu sans complexe.

— Dans votre état ? s'est exclamé le livreur, offusqué. Mais il n'a pas honte, celui-là ? Non mais je vous jure, les hommes, enfin pas moi madame, on ne peut pas leur faire confiance, ils se défilent dès qu'on a besoin d'eux !

— À qui le dites-vous, a-t-elle acquiescé en haussant les épaules.

Se jouer du livreur n'était pas très classe, d'autant plus qu'il a monté seul à l'étage, en refusant toute aide, les bottes de lambris et la multitude de cartons contenant le kit de peinture ou les poignées de porte. Elle lui a offert un café et une madeleine. La bouche pleine, il a dit être très pressé et a couru vers son camion, sa tasse à peine vidée. Elle aussi était pressée. Impatiente d'ouvrir ses cartons. Impatiente également de retrouver Millie, qui passe la chercher en début d'après-midi. Elles se rendent à Vannes, faire plusieurs brocantes que Millie connaît bien. Joséphine déjeune en vitesse, nourrit Georges et se dépêche de se changer. Il fait chaud et elle n'a que ses baskets. Ses sandales sont restées à Paris, tout comme le reste de sa garde-robe d'été. De toute façon, elle ne pourra bientôt plus porter son short ou cette robe serrée à la taille. Il faudrait qu'elle pense à acheter des vêtements plus adaptés à sa nouvelle ligne. Elle n'a rien pour sa grossesse. Enfin si, la salopette.

Dans la voiture, Joséphine dit qu'elle a nourri les poissons du golfe quand Millie lui demande ce qu'elle a fait de son week-end du 14-Juillet, puis celle-ci lui raconte le sien chez son fils, à Caen. Elle ne l'a finalement pas beaucoup vu, ou plutôt elle l'a vu de loin. Patron de son entreprise, James a passé beaucoup de temps derrière son écran d'ordinateur. Millie ne lui en veut pas, elle comprend :

— Mon fils, c'est le stéréotype du Parisien qui s'est exilé loin de sa ville, qui a monté une boîte esprit start-up, ça ne marche pas trop mal d'ailleurs, et qui passe sa vie dans le TGV ou sur son *laptop*, ou les deux en même temps. Mais bon, au moins, j'avais mon petit Lucas pour moi. Il a beaucoup aimé le feu d'artifice. Et on a fait de la pâtisserie, même si sa mère gardait un œil sur le sucre. Elle est vraiment… hum, je ne sais plus dire en français. *Pain in the arse !*

Millie a passé son week-end à pousser le bouchon avec son petit-fils. Bonbons, cavalcade dans les escaliers, coucher tardif. Les nerfs de la belle-fille ont été mis à rude épreuve, mais elle a gardé le sourire.

— Cette femme est adorable et absolument *boring*. Et elle a bien dressé mon fils. Parfois, j'ai un peu de mal à reconnaître mon propre enfant. Tu verras, si tu en as un jour, il faudra accepter que tes enfants t'étonnent par leurs choix.

Joséphine sourit, se retient de dire que ce sera bientôt le cas, sauf changement de programme involontaire. Impossible de remarquer le petit ventre, dissimulé par le tee-shirt ample. Sous le vêtement, tout le monde est à l'étroit. Son jean cisaille sa taille et ses hanches. Il faut vraiment qu'elle fasse du shopping.

Elles se garent au parking Saint-Joseph, puis elles se rendent à pied dans le centre derrière les remparts. Joséphine n'était jamais venue à Vannes et admire les maisons à pans de bois des ruelles pavées. Millie lui fait la visite du cœur historique et la mène vers une première boutique d'antiquités, plutôt guindée. Ce n'est pas vraiment ce que Joséphine avait en tête. Elle avait pensé à un dépôt-vente, une brocante. Un lieu où elle aurait pu dénicher des vieux meubles qui cherchent un nouveau propriétaire prêt à leur offrir une seconde existence. Elle est un peu perdue. Elle soulève des objets au hasard, s'approche d'une grosse malle vintage. Millie termine sa discussion avec une vendeuse puis revient vers elle.

— Quelque chose te plaît ?

— Tout me plaît et rien ne me plaît en même temps. Je ne sais pas vraiment de quoi j'ai besoin.

— Ce n'est qu'une première visite. La prochaine fois, et si tu as avancé dans tes travaux, tu auras les idées plus claires. Il faudrait que je t'emmène dans une brocante qui est à quinze minutes à pied d'ici. C'est plus grand. Très vintage. Très... bobo.

— Tu as raison, je devrais commencer à bricoler cette chambre parce que j'ai du mal à visualiser ce qu'il me faudrait en plus. J'ai déjà des meubles, ceux du grand-père de mon mari.

— J'aurais dû passer les voir avant pour te donner mon avis.

Joséphine lui propose aussitôt de venir chez elle quand elle voudra. Millie a des goûts très sûrs, et une approche historique des objets. Lorsqu'elle en désigne un dans la boutique, elle fait quelques commentaires sur le style typique des années 1920 ou une remarque sur cette tendance très en vogue chez les designers de l'après-guerre.

Au moment de repartir, sans rien dans les mains, Joséphine s'arrête devant un vieux poste de radio et lecteur CD. Il n'a rien d'attirant, il n'est pas franchement rétro et ne transpire pas non plus la modernité. Il ne propose que quelques fonctionnalités mais l'idée d'écouter la radio ou des CD lui plaît et elle emporte sa trouvaille.

Lorsqu'elles quittent la boutique, elle demande à Millie si elles peuvent faire un tour chez un disquaire ou dans une grande enseigne culturelle.

— Mais bien sûr, je connais un disquaire pas loin. C'est Marco, un bon ami !

Cette femme est étonnante, pense Joséphine. À croire qu'elle a passé toute sa vie en Bretagne et non entre Birmingham et Paris. Millie a un côté intimidant, avec sa beauté tout en longueur, ses vêtements en camaïeu de rouge un jour puis de vert un autre, son indépendance et cette sensation qu'elle accueille à bras ouverts tout ce qui vient à elle.

Elle n'a pris qu'un seul CD, celui d'Alain Souchon avec *Le Baiser*. Elle a croisé Gainsbourg, lui a lancé un regard sévère et s'en est détournée rapidement. Millie est dans l'arrière-boutique avec le propriétaire des lieux. À la caisse, elle s'apprête à payer mais en penchant la tête pour fouiller dans son sac, elle ne voit plus grand-chose. Son corps s'enfonce dans le sol. C'est si soudain que sa main rate le comptoir.

Au-dessus d'elle, plusieurs têtes. C'est un peu flou quand elle rouvre les yeux. Elle distingue les cheveux gris de Millie et sa robe flamboyante. Une personne lui relève les jambes. Une autre dit qu'il fait chaud aujourd'hui, on étouffe. Petit à petit, elle recouvre ses esprits et insiste pour se relever. « Tout va bien », dit-elle en saisissant la bouteille d'eau qu'on lui tend. Elle boit à petites gorgées et s'éponge le front sur la manche de son tee-shirt.

— On peut sortir ? demande-t-elle à Millie.

— Bien sûr, on va prendre l'air et je vais t'emmener manger quelque chose.

À l'extérieur de la boutique du disquaire, elle refuse d'aller à la boulangerie, elle n'a pas faim. Il fait trop chaud, le client du magasin avait raison. Millie abdique et sort de son sac quelque chose :

— Tiens, ça va te rafraîchir. C'est de l'huile essentielle de menthe poivrée. Ça marche bien contre les nausées et les vertiges. Tu en poses une goutte sur le dos de ta main et…

— C'est gentil, Millie, mais je ne peux pas. Les huiles essentielles, c'est contre-indiqué dans mon état. Je suis enceinte.

Elle relève le bas de son tee-shirt et dévoile son ventre compressé par la fermeture de son jean. Millie ouvre de grands yeux et passe son bras sous le sien pour l'entraîner un peu plus loin.

Elles s'installent dans une crêperie à proximité du jardin des Remparts. Millie commande deux crêpes au sucre, en dépit des protestations de Joséphine, et des sodas très frais et bourrés de sucre.

— Tu es enceinte de combien ?

— Je vais bientôt entrer dans le cinquième mois.

— Je peux te féliciter ? J'imagine que ce n'est pas comme ça que tu envisageais d'avoir un enfant, *right* ?

— Non, pas vraiment. Mais tu peux quand même me féliciter. Maintenant qu'il est là, ce bébé, autant s'en réjouir, dit Joséphine, en levant son verre de soda comme pour trinquer à son excès de cynisme.

Millie lui pose des questions. Est-ce qu'ils avaient décidé d'avoir un bébé avec Vincent ? Depuis combien de temps était-elle enceinte quand il est mort ? Joséphine lui explique tout, raconte avec une précision d'horloger la façon dont tout s'est enchaîné à une cadence morbide et ironique. Et puis, ces semaines d'hésitation…

— Ça n'avait plus aucun sens sans lui. J'ai hésité, je voulais avorter puis le garder puis avorter. Tous ceux à qui j'en ai parlé m'ont donné leur avis. C'était horrible.

— *God*, Joséphine. Franchement, moi, si tu m'avais demandé mon avis, je n'aurais pas su te répondre. À ta place, j'aurais été incapable de prendre une décision.

Pour la première fois, elle entend que c'est normal de ne pas savoir quoi faire dans sa situation. Et ça la rassure un peu.

— En fait, je n'ai pas vraiment eu le courage de choisir. J'ai laissé le bébé là où il était, en attendant de savoir si je le voulais vraiment. Et puis, j'ai dépassé les délais.

— Ça, ça veut dire que tu as pris une décision. Tu le voulais, ce bébé.

— Je ne sais pas. Je le voulais mais avec son père encore en vie. J'ai peur de ne jamais l'aimer comme il faut, j'ai l'impression qu'il a pris la place de Vincent.

C'était toujours le même rêve. Toute sa famille, ses frères compris, la laissait au centre commercial, celui dans lequel ils allaient souvent faire les courses de la rentrée scolaire. Elle tenait la main de sa mère et puis soudainement, elle se retrouvait seule, à courir dans les rayons tout en réalisant que Julien, Christophe et ses parents étaient tous partis sans elle.

Pendant longtemps, ce même rêve. Elle se disait qu'il n'en existait pas de plus cruel, avec ses certitudes de petite fille apeurée par l'abandon dont se moquaient volontiers ses frères lorsqu'elle partageait avec eux ce qui l'avait fait quitter le lit pour rejoindre celui de ses parents au milieu de la nuit.

Elle n'est plus cette petite fille, elle a découvert qu'il y avait plus impitoyable encore, quand Vincent vient la visiter. Elle rêve ou cauchemarde car finalement, elle ne sait plus si un rêve en est un lorsqu'il repart, laissant là son cœur sidéré. Elle se réveille, les yeux remplis de vide, et se prend en pleine figure les souvenirs avec lui, et puis le souvenir de ces derniers mois sans lui. Et subitement, elle ne trouve plus aucun sens à sa présence ici, à ce gros ventre aussi, étalé sur le lit de camp contre Georges. Elle veut tout abandonner. C'est ridicule de rénover une maison, d'être enceinte, sans lui. Elle commence à accepter le bébé quand il fait jour, elle pense à lui en lui promettant de faire mieux ou en lui donnant un bout de crêpe mais finalement, dans ses rêves, elle essaye de soudoyer Vincent, elle veut qu'il revienne à la place de celui qui est au fond d'elle. Elle donnerait tout. Et quand vient une nouvelle journée, elle cherche son rituel parce qu'elle n'a plus le choix, elle s'ébroue comme un cheval dérangé par une mouche, allez ma grande la peinture n'attend pas, mais elle ne peut empêcher la défiance de son regard quand elle le pose sur son ventre.

Alors qu'elles pénètrent dans la maison, Millie a la tête qui dodeline. Elle lève les yeux vers le plafond, balaye du regard le salon, a un léger tressautement en découvrant le lit de camp et un air ébahi face à la cheminée rustique avec en son centre le poêle à bois. Elle se dirige ensuite vers la cuisine, s'arrête sur le seuil. Joséphine confirme, la pièce, restée dans son jus, a besoin d'un rafraîchissement. Ses économies serviront à faire appel à quelqu'un. Millie hoche la tête, c'est une bonne idée en effet, étant donné le travail que demandera cette cuisine. Elle lui montre ensuite la chambre et la salle de bains du rez-de-chaussée avant de la mener à l'étage. C'est très grand, commente Millie alors qu'elles montent les escaliers. Elle ne s'attendait pas à une maison aussi spacieuse. Le petit appartement qu'elle loue dans le bourg de Locmariaquer autorise tout juste quelques sauts de puce entre la chambre et les toilettes. Joséphine est surprise à son tour, elle imaginait Millie vivre dans une grande maison bourgeoise, avec des tas de livres partout, des œuvres d'art et surtout une chambre pour accueillir son petit-fils.

— Ils viennent très rarement à Locmariaquer, c'est moi qui fais le déplacement jusqu'à Caen souvent. Ce n'est pas un problème. Personne ne vient me déranger chez moi.

En haut des escaliers, la partie habitable est sur leur gauche. Joséphine est fière de lui montrer la première chambre. Le parquet est jonché des bottes de lambris et de matériel de bricolage.

— Pour utiliser la place de la sous-pente, je vais installer des soubassements avec des portes coulissantes, ça n'a pas l'air sorcier. Sur ce mur-là, il y aura du lambris blanc, tu vois ce que c'est ? Regarde, par terre, c'est ça. J'ai acheté du linge de lit vert sapin. Ça va être très cocooning.

— Effectivement. Et puis, ces poutres, c'est sublime. Mais tu as beaucoup de travail. Ce n'est pas un peu trop pour une femme enceinte ?

— On verra. Pour l'instant, je suis en pleine forme. J'ai plein d'idées. Et j'en ai besoin surtout.

Elles passent ensuite devant les autres pièces et s'arrêtent à l'autre extrémité de l'étage. Le grenier intrigue Millie, qui scanne la pièce avec intérêt. Au milieu du bazar, elle détecte de beaux objets et s'enquiert du sort qui leur est réservé. L'imposante armoire bretonne ira dans la chambre, après vernissage en plus foncé. Cette petite table, peut-être au salon. Ou encore ces bibelots, qu'elle verrait bien dans la cuisine. Et avec ces planches de bois, elle fabriquera une étagère et un banc, à placer en bout de lit.

— Si tu veux, je peux t'aider, lui dit plus tard Millie alors qu'elles sont installées sur la terrasse. La restauration des meubles, c'est mon hobby. Et il m'est arrivé d'en vendre aussi.

— Avec plaisir, oui. Mais seulement si tu as le temps.

— J'ai toujours le temps pour mon passe-temps préféré. Ta maison est magnifique, et très grande !

À force de concentration sur une pièce, elle en avait presque oublié la taille de l'ensemble. Oui, cette maison est très grande, assez pour qu'elle passe des semaines à la rénover. Et ensuite ? Peut-être que le lieu sera un poil démesuré pour une femme seule, avec un chat et un bébé. C'est petit, un bébé. Elle pourrait le perdre, ici.

Millie se propose de repasser dans la semaine ou la semaine suivante pour rafraîchir l'armoire, la vernir d'un beau brun qui s'accordera au thème boisé et naturel de la chambre, mais elle envisage aussi de changer les pieds et les ouvertures de portes. Il faudra bien s'y faire : à un moment donné, son corps grossissant freinera ses ardeurs de bricoleuse du dimanche. Même Millie l'a rappelée à l'ordre. Une prise de sang pour voir si tout va bien serait la moindre des choses. Elle ne peut plus occulter son état, les changements sont perceptibles, ça évolue de façon notable un peu partout dans son corps : le ventre qui tire un peu, les allées et venues aux toilettes, des douleurs dans le bassin qui l'obligent à se retourner plusieurs fois dans son lit. Et plusieurs matins de suite, un hoquet agaçant. Mais elle est en forme, ce sont des changements qu'elle sait normaux, quoique pas assez handicapants pour qu'elle y prête vraiment attention.

Ça faisait longtemps qu'elle n'avait pas eu en main un CD. Elle se souvient de celui des Destiny's Child, son tout premier lorsqu'elle avait à peine un pied dans l'adolescence, et dans la foulée, elle s'était toujours tournée vers des morceaux à la mode, ceux recommandés par ses copines au collège ou par *Fan 2*. Ensuite, rien de bien personnel… C'était Vincent qui lui faisait écouter des groupes moins connus, moins *mainstream*. Est-ce encore une preuve de son indéniable manque d'originalité ? Elle doute, Vincent n'est plus là pour lui répondre. Ça ne l'avait pas contrariée avant, de savoir qu'elle était consensuelle ; sa vie bien organisée, simple lui convenait. Elle panique maintenant. Est-ce qu'il aurait pu moins l'aimer parce que ses goûts, ses intérêts étaient trop conventionnels quand lui n'avait rien, ne faisait rien de banal ?

Elle a mangé son croissant, Georges ses croquettes, et il la suit à l'étage. Le poste de radio est installé, dans un coin de la chambre. Elle y glisse le CD d'Alain Souchon et fait résonner la voix mélancolique et moelleuse dans la pièce. Elle pense à Millie qui ne connaissait pas vraiment le chanteur. Le nom lui disait vaguement quelque chose. C'est celui qui a des cheveux en feu d'artifice, non ? a-t-elle demandé en tournant des boucles invisibles avec ses doigts.

Elle a passé quelques heures à regarder des vidéos et à lire des articles pour savoir comment poser du lambris. Ce sera sur un seul mur, celui derrière l'emplacement du lit.

Elle découvre ce qu'est une scie sabre. Dans ses mains, l'engin est rutilant, et impressionnant. Il l'effraye un peu. Elle n'est pas la seule. Quand elle l'allume brièvement, Georges déguerpit. « Trouillard ! » lance-t-elle alors qu'elle l'entend sautiller dans les escaliers.

Elle passera la journée, celle d'après et la suivante encore, à couper des lames, fixer les tasseaux avec des clous à tête d'homme dont le nom la fait rire à chaque fois qu'elle tape dessus, faire les vérifications avec le niveau à bulle et finalement arriver à l'autre bout du mur. Le CD tourne en boucle, elle chante à tue-tête et s'endort sur le matelas rassis du lit de camp, les oreilles remuant encore le sable de la plage de Malo Bray-Dunes. Elle prend des goûters à même le sol couvert de sciure, sort avec Georges dans le jardin de temps à autre, mais elle est chaque fois pressée de s'y remettre. En sciant le lambris, en clipsant les lames, elle demande à Vincent si ça lui plaît, elle aime l'entendre lui répondre qu'elle se débrouille comme une chef. La peine se tait plus facilement quand ses mains sont occupées à taper avec un maillet. Elle le remercie d'avoir répété à l'envi qu'ils feraient tout eux-mêmes.

Elle se déshabille, quitte la salopette qui a été son uniforme pendant trois jours. Le jean fait moins neuf à cause des griffures de clous et des petits résidus de lambris. Elle se disait qu'elle n'arriverait pas à la porter. Ce vêtement comme débris d'un week-end à la fois délicieux et inhumain. Et puis finalement, la salopette lui rappelle aussi qu'elle a chéri l'instant où elle a appris qu'elle était enceinte. Elle force sur son esprit pour essayer de faire revenir les sensations, pour capturer un peu de ses envies passées, celles qui la poussaient à s'imaginer alors trottinant derrière une poussette.

Vincent

J'avais dit à ta mère que ce serait une maison à notre image. Elle avait ce même air que je retrouvais dans ton visage. Un peu d'angoisse et finalement, l'envie de voir ce que ça allait donner. Je lui avais promis que ce serait elle qui ensuite nous supplierait de pouvoir venir dans notre belle maison de Locmariaquer, refaite par nos soins. Je lui disais qu'on allait même bien rigoler en bricolant. Moi, je trouvais ça drôle. À me voir, le front suintant, l'œil scintillant et le sourire rutilant de fierté quand je terminais de rendre une armoire un peu vintage mais pas trop, tu me disais que l'on se demandait si l'extase ne venait pas à l'heureux homme qui savait bricoler. Tu avais d'abord trouvé cet attrait pour la boîte à outils affriolant parce que ça me donnait un côté brut, primitif. J'étais celui qui savait faire saillir les muscles quand le robinet pleurnichait. J'avais voulu te montrer que l'on pouvait s'en amuser, y prendre du plaisir, en te faisant suivre un cursus accéléré de bricolage amateur. Nous avions tant ri et pour la première fois, je t'avais vue jouer à la mauvaise élève parce que tu n'avais aucune envie de savoir comment manier la perceuse-visseuse. Je t'avais dit que tu ne perdais rien pour attendre parce qu'un jour, tu finirais par mettre la main à la boîte à outils d'une façon ou d'une autre pour notre maison de Bretagne, même si ce n'était que pour choisir la couleur des rideaux de la chambre d'enfant.

Elle fait le tour de sa petite propriété végétale. Sa mère lui a conseillé quelques arbustes à planter et des semis pour un potentiel potager. Elle choisit un emplacement, sur la gauche du jardin. Catherine a mentionné que juillet n'était pas la période idéale pour commencer à semer. L'intérieur de la maison est de toute façon la priorité. Elle se contentera de planter quelques petites choses, qui ont un intérêt autre que celui de faire joli. Plutôt que de concevoir un potager ordinaire, germe l'idée d'un carré dédié aux plantes médicinales. Elle n'y connaît pas grand-chose. Elle fouille sur Internet pour trouver ce qu'elle pourra planter durant l'été. Elle va s'en tenir à la menthe, parce qu'elle aime le goût, et à la sauge, qui apparemment demande un entretien limité et convient pour faire ses débuts en jardinage. Pour le reste du potager, ce sera du potiron et de la courgette. Inutile d'élaborer un jardin de curé. Elle verra bien.

Le soir même, elle appelle Millie :

— J'ai un service à te demander. La prochaine fois que tu vas faire des courses en ville, je veux dire plus loin qu'à Locmariaquer, est-ce que je pourrais t'accompagner ? J'aimerais aller dans une jardinerie, j'ai vu qu'il y en avait une à Auray.

— Après la chambre, tu passes au jardin alors ? Eh bien, la Parisienne découvre les joies de la campagne, plaisante

Millie. On y va demain matin, et ensuite, je viens repeindre ta grosse armoire ?

— Parfait, merci Millie.

— J'ajoute une condition, tu iras faire une prise de sang avant la séance de shopping.

Est-ce qu'elle retrouvera un jour la force de se reconnecter à ce qui faisait sa vie, et même sa passion ? Être médecin, c'était avoir l'appétit de chaque journée, c'était l'envie d'arriver vite au cabinet, d'accueillir les patients, de les écouter, de les aider. Sa passion s'est perdue dans sa peine. Elle ne sait pas comment se réparer, elle ne saurait plus le faire pour les autres, pense-t-elle en sortant du laboratoire dans le centre d'Auray. Les blouses blanches, les équipements, le vocabulaire médical, c'est ce qui faisait ses journées. L'autrefois se rappelle à elle et elle avance dans la rue, une espèce de malaise collé au corps.

Millie lui tend un sac en papier, tagué du logo d'une enseigne de boulangerie, lorsqu'elle la retrouve à la voiture. Joséphine a un hoquet de surprise en l'ouvrant et éclate en sanglots, face à son amie, décontenancée.

— Ça s'est mal passé la prise de sang ? Ou tu n'aimes pas les chouquettes ?

— Pardon, je ne sais pas pourquoi je pleure, balbutie Joséphine. Si, j'aime les chouquettes. Mon bébé s'appelle Chouquette…

— Je… Je ne comprends rien à ce que tu racontes.

— Je suis désolée, excuse-moi.

— *That's alright.* Arrête de t'excuser, dit Millie en caressant la joue de Joséphine. Tu as le droit de pleurer, tes hormones sont folles en ce moment. C'est normal, ne t'inquiète pas. Mais tout va bien ? Ils t'ont fait mal dans le laboratoire ?

— Non, pas du tout. Tu as raison, je suis chamboulée.

— Oui, en effet parce qu'un bébé qui s'appelle Chouquette… Hum, pourquoi pas. Je pensais que c'était plutôt les chiens qui avaient ce type de prénom.

Les larmes de l'une séchées, l'inquiétude de l'autre évacuée, elles reprennent la voiture pour passer à la jardinerie puis dans une grande surface. Millie a besoin de faire des courses. Joséphine en profite pour acheter des choses un peu plus variées que d'habitude. Jusqu'à aujourd'hui, la supérette était son unique point de ravitaillement. Dans le magasin, elle passe aussi au rayon culturel. Il y a du choix mais elle attrape ce qu'elle connaît : Adele, London Grammar, Sting et Lana Del Rey. Ça fera l'affaire pour les prochains jours. Elle montre sa sélection à Millie, qui se permet d'ajouter un best'of de Queen, « pour les journées où je serai avec toi ».

Elles s'arrêtent dans le bourg sur la route du retour. Millie dépose rapidement ses courses chez elle, puis dit qu'elle a des choses à récupérer ailleurs. Elles s'engagent à pied dans l'une des ruelles adjacentes. À 300 mètres de l'appartement, Joséphine pénètre alors dans un autre univers. Un petit local, face au port, inondé de lumière, avec des meubles partout, d'énormes taches au sol et un chevalet devant la baie vitrée qui s'étend sur toute la longueur de la pièce. Mon deuxième chez moi, dit Millie en souriant comme une enfant dévoilant son secret. Restaurer des meubles est davantage qu'un hobby. Elle y consacre des heures entières. L'aquarelle est sa seconde passion. Lorsqu'elle était maître de conférences à Paris, ses journées alternaient entre cours magistraux et séances de peinture dans son bel appartement du 17e arrondissement :

— Mais rien à voir avec la lumière d'ici.

— On dirait un atelier d'artiste, s'émerveille Joséphine.

— Je suis une artiste. Je considère que toute personne qui sort de sa tête une idée et la fabrique de ses mains est un artiste, comme les boulangers, les horlogers, les menuisiers, et les écrivains aussi sur leur clavier. Être un artiste, ça se passe là, dit-elle en tapant son front du bout de l'index.

Elle récupère des pots de vernis, quelques outils et elles remontent en voiture. En arrivant près de la maison, Joséphine aperçoit sa voisine dans son jardin et lui fait un signe pour la saluer. Suzanne accourt vers la voiture et une fois les présentations faites et leur programme de la journée évoqué, celle-ci propose son aide et celle de Pierre pour sortir l'armoire du grenier :

— Hors de question, objecte Joséphine. Je m'en voudrais si vous vous faisiez mal en la bougeant, elle pèse le poids d'un âne mort.

— Et tu es enceinte. À nous trois, avec ta conductrice, et même si on est vieux, on s'en sortira mieux que toi avec ton ventre qui commence à être bien gros. N'est-ce pas, madame ?

— *You're quite right*, acquiesce Millie.

Le temps que Joséphine range ce qu'elle a acheté au supermarché dans la cuisine et dépose une assiette de madeleines sur la table, le couple de voisins arrive dans la maison. Ils prennent un café, font connaissance avec Millie. Le courant passe bien. C'est la première fois qu'il y a autant de monde chez elle. Elle redécouvre la chaleur des conversations, les rires, les petites cuillères qui tintent dans les tasses, les pas dans la pièce, les mains qui se posent sur les murs pour dire « c'est beau, ces pierres apparentes ».

— Bon, on va la bouger, cette armoire ? dit Pierre, en gobant une dernière madeleine.

Suzanne époussette les miettes du petit gâteau sur le haut du pull de son mari, Millie attrape ses pots de vernis et Joséphine les invite à la suivre dans les escaliers.

Pierre inspecte tout l'étage. Il reconnaît la maison de son ami Louis, mais il y a eu beaucoup de changements. Comme disait Millie au sujet des artistes, les ouvriers du bâtiment ont mis leur patte finalement, une patte blanche. Excepté le grenier, ils ont remis à zéro chaque pièce. La maison est inondée de blanc, comme un retour à la pureté.

Dans la chambre, Suzanne hausse les sourcils d'effarement face à la scie électrique, les tréteaux et les outils au sol. Elle est impressionnée et surprise de voir que le lambris s'élève jusqu'en haut du mur :

— Mais comment as-tu fait pour poser tout ça seule ?

— Il n'y a pas beaucoup de hauteur sous plafond, je suis montée sur l'escabeau, répond Joséphine avec un sourire fier. Ici, je vais poser des portes coulissantes, sur rails, poursuit-elle en désignant les soubassements.

— Eh bien, ma petite, tu en as du boulot, dit Pierre en se frottant le crâne. J'ai un copain qui pourrait te les poser, tes portes coulissantes. À mon avis, c'est dans ses cordes.

— Non, c'est gentil, j'ai regardé comment faire et ce n'est pas si…

— Joséphine, laisse-nous t'aider, intervient Millie en posant sa main sur son bras.

— Tu ne te rends pas compte du travail que cela représente et il est hors de question que tu dormes pendant des semaines encore dans ce lit de camp que j'ai vu dans ton salon. Si j'étais ta mère, je t'obligerais à dormir à l'hôtel, ajoute Suzanne.

Elle n'aurait jamais imaginé recevoir tant de soutien de personnes qu'elle connaît finalement très peu. Serait-ce le karma qui se repentit de lui avoir pris Vincent ? Peu importe. Elle a des amis.

Elle avait dit oui à des tableurs Excel pour suivre l'avancée des travaux, aux visites sur le chantier à cinq heures de route, au compte commun qui se remplissait et se vidait comme le tonneau des Danaïdes.

Elle s'était laissée embarquer par Vincent. C'était devenu un projet commun, non pas parce qu'elle se réjouissait de ce branle-bas de combat mais parce que son enthousiasme à lui, ses yeux rieurs, ses élans joyeux, l'attendrissaient. Elle se laissait gagner par cette même exaltation quand elle le voyait revenir comblé de Locmariaquer. Son sourire satisfait lui disait qu'il faisait ce qui le rendait heureux. Et elle en était heureuse pour lui, pour eux, et aimait partager ce qui faisait son bonheur, y contribuer un peu peut-être.

Cette maison, c'était d'abord lui, mais aujourd'hui, elle annote le carnet de Vincent, étudie ses idées – pourquoi pas, impossible, plus tard – et écrit les siennes. Elle repeint des volets et imagine sa chambre. Et alors, de nouveau, ce même enthousiasme commun parce qu'il n'y a pas qu'elle dans la maison à présent.

Suzanne a donné un objectif de groupe : le soir même, Joséphine dormira dans sa chambre. Les trois retraités, qui n'en ont que le nom au vu de leurs prouesses physiques, bougent l'armoire dans le grenier pour la rendre plus accessible mais ne la sortent pas. Millie préfère la retaper au milieu des cartons.

Alors que Suzanne range la pièce et commence à nettoyer, Pierre s'échappe. Il a pris les mesures, une photo du modèle de portes coulissantes désiré, la carte bleue de Joséphine et est parti, le téléphone coincé entre son oreille et son épaule. Plus tard, il revient chargé du matériel acheté dans la grande enseigne de bricolage d'Auray et accompagné d'un homme à la peau tannée par le soleil et aux mains calleuses. « Patrice, enchanté. J'installe des piscines habituellement. Oui, même en Bretagne, il y a de la demande pour des piscines. »

Joséphine, les bras ballants à la porte de sa future chambre, observe la scène, muette de stupéfaction : Pierre et Patrice, genoux au sol, installent les fixations pour les rails, Suzanne balaye en chantonnant, et à l'autre bout de l'étage, il y a Millie. Elle entend que ça tape, que ça démonte, que ça casse. Elle n'allume pas le poste de radio, elle aime ce bric-à-brac de sons.

Georges, habituellement assez méfiant en présence d'inconnus, fait le tour des pièces avec nonchalance comme un chef de chantier. L'inspecteur des travaux finis se déhanche entre les outils, renifle les pots de vernis et s'agrippe au balai de Suzanne. Il finit par accompagner sa maîtresse dans le jardin lorsqu'elle sort pour mettre à sécher les nouveaux draps, housse de couette et taies d'oreiller. Le soleil, le souffle d'air sur sa peau, l'odeur du linge frais. Si seulement tu étais là, Vincent. Il ne manque que lui, et pourtant, elle a le sentiment de sourire à l'intérieur.

Alors elle se dit qu'il faut rendre un minimum de ce qu'on est en train de lui offrir. Il n'y a pas que la chambre, il y a cet allègement sur sa poitrine. Elle doit les remercier. Quand elle se met aux fourneaux, Suzanne descend pour voir ce qu'elle fabrique, mais Joséphine la chasse. C'est à son tour de donner.

À la fin de la journée, la chambre est propre et dotée de rangements en sous-pente cachés par des portes coulissantes en bois brut. Joséphine a participé au montage de l'ancien sommier de Louis dans l'après-midi, puis à l'installation du matelas, qu'ils ont couvert des draps secs et de la couette couleur vert sapin. Le plafonnier a remplacé l'ampoule qui pendait tristement et sur l'étagère fixée par Patrice au-dessus du lit, sont installées les plantes d'intérieur achetées à la jardinerie. Ses pieds nus se posent sur le tapis livré la semaine précédente et son regard balaye la pièce. C'est sa chambre, telle qu'elle l'avait imaginée. Elle ne dit pas un mot. Ce matin encore, ce n'était qu'une pièce balbutiante. Cette nuit, elle va y dormir. Millie dit qu'elle a réparé et verni l'armoire, ainsi que le banc et les tabourets qui viendront entourer le lit en guise de tables de chevet. Ils seront secs le lendemain.

— Je ne sais pas comment vous remercier.

— Sèche tes larmes, Joséphine. On ne pleure pas à l'apéro ! s'exclame Pierre avant qu'ils ne redescendent au rez-de-chaussée.

La terrasse est éclairée du doux soleil de fin de journée. Elle a préparé des petits fours, qu'elle dispose sur la vieille table. Il faut glisser un bout de carton sous l'un des pieds pour la stabiliser. Patrice, l'ami de Pierre, s'assoit sur l'une des chaises en plastique avant de se relever et d'en choisir une autre. « À mon avis, je vais finir le cul par terre avec celle-là », dit-il en mettant le siège fatigué de côté. C'est un grand costaud, avec des doigts énormes et des bras qui semblent avoir été taillés dans de la roche calcaire. Un gros nounours, qui se tape les cuisses quand il se met à faire des blagues, embarquant son public dans son rire. Il est le seul de la tablée à être natif de la région. Il a commencé comme ouvrier du bâtiment, « j'aurais pu te la refaire du sous-sol au grenier, ta baraque, Joséphine ». Pierre l'a connu à la Société nautique de Locmariaquer. Ils naviguent souvent ensemble ou séparément. Tous deux ont un bateau.

— Le mien est beaucoup plus grand, fanfaronne Pierre.

— Mais moi, je navigue depuis plus longtemps ! rétorque Patrice en donnant une bonne frappe dans le dos de son vieil ami.

Millie est amusée par les joutes amicales. Peut-être ne saisit-elle pas toutes les nuances mais son rire est cristallin et se fond à celui des autres.

Joséphine aussi sourit, s'esclaffe même. Il y a ce dont elle a tant manqué finalement ces dernières semaines. Son humeur tiédie par les mois passés devient moins neutre. Elle se sent heureuse. Elle n'a que les plats qu'elle a préparés dans l'après-midi pour leur rendre la pareille. En apportant son clafoutis de légumes et cabillaud à table, elle reste debout un instant et demande l'attention de chacun :

— Je vous remercie pour tout ce que vous avez fait aujourd'hui. Vous me connaissez à peine, voire pas du tout, dit-elle avec un regard vers Patrice, et pourtant, vous avez pris de votre temps pour me fabriquer une chambre de toutes pièces. Merci, je vous en dois une, à tous. Alors, n'hésitez pas, je suis là si vous avez besoin d'un service.

— Quelle cérémonie ! raille Millie.

— Ce ton solennel, tu ne veux pas nous remettre la médaille de l'ordre du Mérite pendant que tu y es ? renchérit Pierre.

— Une consultation, ça compte comme un service ? demande Patrice. Paraît que tu es médecin.

Joséphine ouvre la bouche et la referme sans un son. Ça faisait longtemps que quelqu'un ne lui avait pas parlé de son métier. Passé la surprise, elle commence à servir en silence avant de répondre qu'elle est médecin, oui, mais qu'elle n'exerce pas vraiment en ce moment.

— Tu es en vacances ? demande Patrice innocemment, tandis que les autres se pincent les lèvres.

— D'une certaine façon, oui. Je prends des vacances sans date de fin. Mais dis-moi comment je peux t'aider.

— C'est juste un vieil ongle qui me fait souffrir. Pas très ragoûtant.

— Si tu savais ce que je vois en tant que médecin, rien ne m'effraie. Je regarde ton ongle tout à l'heure.

Après le dîner, Patrice sort son gros orteil. C'est le genre de petits bobos qu'elle croisait tous les jours au cabinet. C'est même la raison pour laquelle elle avait choisi d'être médecin généraliste : s'occuper des problèmes sans gravité apparente mais qui minent le quotidien et le moral de ses patients.

L'ongle est noir, le doigt de pied enflé. Patrice grogne un peu lorsqu'elle lui demande si c'est douloureux en pressant à certains endroits. Il s'est pris un coup ou a fait tomber quelque chose sur son pied, non ? Un carreau de carrelage la semaine dernière, sur un chantier.

— Il faut que tu ailles voir un médecin. Le noir, c'est l'accumulation du sang à la suite du choc que ton ongle a subi, explique-t-elle. Les vaisseaux sanguins se sont rompus, sans doute quand tu as fait tomber le carrelage sur ton pied.

— Ce n'est pas un champignon, alors ?

— Non, là on voit bien le sang, regarde. On appelle ça un hématome sous-unguéal. Le médecin doit simplement drainer le sang avec une petite aiguille. Il va perforer l'ongle et évacuer tout ça.

— Ça fera mal, docteur ?

— Aurait-on peur des aiguilles, par ici ? sourit Joséphine. Ne t'inquiète pas, c'est anodin, mais consulte rapidement. Je me demande comment tu arrives encore à marcher…

Ils prennent un dernier café sur la terrasse. L'air s'est rafraîchi. Tout le monde sort sa polaire, Joséphine aussi. Elle regrette qu'ils ne puissent pas s'installer à l'intérieur pour terminer la soirée. Il n'y a aucun meuble dans le salon qui puisse les accueillir au chaud. Il faudrait qu'elle s'attaque à cette partie de la maison.

L'envie de poser sa main là où le ventre déborde, tendu et chaud. L'envie de le caresser, pour la première fois. Peut-être parce qu'elle est dans sa chambre, telle qu'elle l'avait imaginée. Au milieu de son écrin de blanc, de bois, de vert sapin, sous la fenêtre de toit au travers de laquelle elle perçoit le halo de la lune derrière les nuages, la quiétude éclot et c'est tout son corps, sa peau tout entière, qui s'étirent en une plainte heureuse. Elle a dit à sa mère qu'il n'y avait rien d'autre à faire qu'attendre lorsque l'on attend un bébé. Le faire ici, dans cette chambre, dans cette maison, lui semble désormais possible.

Et il y a maintenant tous ces autres, qui l'aident à dissoudre la ligne invisible qu'elle avait tracée entre elle et le monde autour. Les voisins allergiques aux touristes, sa nouvelle amie artiste, l'entrepreneur qui fait des piscines dans la région pluvieuse viennent d'entrer dans le plan, qui n'est plus celui de Vincent. Il y a quelque chose qui a changé. Elle ressent moins le vide, autour d'elle, au fond de son ventre aussi. C'est comme un dimanche soir sans travail le lendemain, un grand verre d'eau fraîche après une balade dans la touffeur des rues parisiennes, une robe qui tombe parfaitement sur les hanches. Un presque rien mais qui s'étend jusqu'à la pulpe de ses doigts. Une amorce vers la sérénité.

On prend la route pour la Bretagne ma chérie, à ce soir. Je t'embrasse.

Le message est lapidaire. Ses parents viennent à Locmariaquer, sa mère ne demande pas de réponse. C'est une information, rien d'autre. Joséphine ne s'attendait pas à ça. Est-ce que la photo qu'elle leur a adressée la veille aurait échoué à les rassurer ? C'est pourtant l'effet inverse qu'elle avait espéré. Elle leur a envoyé un montage avant-après travaux de sa chambre, à eux et à ses frères, à Marie et à Olivier.

Elle ne demande pas plus d'explications. Heureuse à l'idée de voir ses parents, anxieuse de les accueillir dans son nouveau monde. Pierre, Suzanne, Millie et même Patrice ne l'ont pas vue dans sa vie parisienne, ils ne l'ont pas vue en tant que médecin. Pas besoin de justifier tel ou tel choix avec eux, pas de réaction de surprise lorsqu'elle prend chaque matin le chemin de la boulangerie ou qu'elle se rend dans les rayons des magasins de bricolage. Que penseront ses parents de sa chambre, de son idée d'une nouvelle cuisine, de ses journées sans injonction professionnelle ? Le temps de la tolérance et de la compréhension a-t-il une date limite ? Ils exigeront sans doute des explications ou des garanties sur le fait qu'elle sait ce qu'elle fait, qu'elle vit bien, qu'elle est sereine, qu'elle est en bonne santé. La photo a dû titiller leur instinct primaire. Ce sont des parents inquiets, sinon pourquoi auraient-ils pris la route aussi rapidement ? Elle réalise qu'elle n'a même pas de quoi les faire dormir. Tant pis pour les nuits moelleuses dans sa chambre nouvellement pimpante, elle va reprendre le lit de camp le temps qu'il faudra.

Dans la matinée, un sachet de la boulangerie à la main, elle va toquer à la porte de l'appartement de Millie pour la remercier de son aide en lui apportant un pain au chocolat.

— Tu n'aurais pas dû, tu sais bien que j'aime m'occuper des vieux meubles.

— Ce n'est pas grand-chose en comparaison de tout ce que tu fais pour moi. Et puis, ce n'est pas que pour les meubles. Tu m'as emmenée à Vannes, au labo, à la jardinerie…

— Les résultats de la prise de sang sont bons alors ?

— J'avais oublié ça… Ça a été plutôt chargé dernièrement, répond Joséphine avec un clin d'œil.

Elle sort son téléphone pour accéder à sa boîte mail. La prise de sang ne révèle rien de problématique. Voilà, Chouquette fait son nid sans faire de vagues, pense-t-elle. Elle dit à Millie que tout va bien là-dessous et envoie un message à Olivier : *J'ai fait une prise de sang, RAS. Chouquette t'embrasse et moi aussi.* Puis elle évoque la venue de ses parents, elle voudrait qu'ils dînent tous ensemble, pour qu'ils puissent rencontrer Millie. Pierre et Suzanne seront conviés eux aussi.

— Tu veux montrer à tes parents que tu n'es pas seule, dans ta maison trop grande, avec un petit *bun in the oven* ? la taquine son amie.

Elles terminent les viennoiseries en discutant de la météo, des touristes qui noircissent les plages et envahissent les commerces du bourg. Millie trouve cela désagréable. La gaieté légère, l'animation estivale est synonyme de possibles nouvelles rencontres mais surtout d'un spectacle à ciel ouvert. L'artiste aime observer les familles sur la plage, les couples dans les restaurants. Ensuite, elle en fait des aquarelles. Joséphine se souvient d'une toile dans son atelier, un petit garçon de dos, avec un bob sur la tête et la main dans celle d'un adulte s'échappant de la peinture. Millie a enseigné l'histoire et continue d'en faire vivre d'autres avec sa peinture. Elle en vit une pour elle-même aussi puisqu'elle finit par dire à Joséphine qu'elle doit partir, pour retrouver un certain Daniel, et souligne ses mots d'un clin d'œil. Rien ne laissait deviner qu'elle avait un homme dans sa vie, c'est la première fois qu'elle évoque un rendez-vous amoureux.

— Peut-être que je te le présenterai un jour mais pour l'instant, je le garde pour moi. Nos instants sont précieux. Il ne vient pas très souvent à Locmariaquer. Il travaille à Rennes. Lui n'est pas encore à la retraite, il a quelques années de moins que moi, mais il n'est pas assez jeune pour faire de moi une cougar.

— Et il reste longtemps ? demande Joséphine, troublée par ces confidences inattendues.

— Deux jours, il reviendra un peu plus en août.

— Je serai ravie de faire la connaissance de ton amoureux en août alors.

— *Slow down* ! Joséphine, s'exclame Millie, les joues roses et les yeux rieurs. C'est agréable de le voir mais nous en restons là pour le moment. Mon amoureux…

— Très bien. Je te laisse aller voir ton instant précieux, appelons-le comme ça.

À la porte de son appartement, son amie la retient pour évoquer la consultation médicale improvisée et l'orteil cabossé de Patrice. Joséphine espère qu'il ira rapidement consulter. Il a déjà consulté, selon Millie, qui l'a observée réaliser l'examen de l'ongle gonflé de sang. Elle lui dit avoir été impressionnée par son aisance parce que, à la voir dans sa maison, à poncer les murs, à enfoncer des clous, il n'était pas facile de l'imaginer dans sa vie d'avant.

— Tu n'as rien perdu de tes réflexes, c'est naturel chez toi, ça se voit, tu aimes ça et tu es faite pour ça, être médecin.

Elles se quittent ainsi, sur ces paroles qui tambourinent encore dans ses oreilles alors qu'elle marche jusque chez elle. Sa vie de médecin, elle l'avait construite telle qu'elle l'avait espérée. Elle a aimé chacune de ses journées à soigner les autres. Et quand elle s'est penchée sur le cas de Patrice, elle n'a pas réfléchi. Écouter la plainte, chercher la cause, faire cesser la douleur. Des réflexes, a dit Millie, quand bien même ce n'était qu'une blessure superficielle. Elle a senti un rien, là, tout au fond, quasi imperceptible, comme lorsqu'elle accueillait ses patients au cabinet. Elle ne sait pas quoi en faire, de cette sensation.

Vincent

La fin du week-end, je l'aimais sur le canapé, devant la télévision. Le film du dimanche soir déjouait avec douceur la morosité qui aurait pu s'installer alors que deux jours venaient de filer trop rapidement. Je chérissais ce rendez-vous qui m'intimait de ralentir le tempo d'un week-end qu'il me fallait souvent charger de moments avec toi, avec d'autres. J'essayais de cuisiner pour que nous prenions place avec un plateau savoureux devant la télévision, et puis finalement, nous commandions régulièrement des sushis. vingt et une heures, pas plus tard, je te réquisitionnais. Je faisais toujours en sorte d'être devant le poste à l'heure, même quand je partais pour une excursion entre amis. Quand on s'était rencontrés, tu avais d'abord trouvé amusante cette routine que j'avais installée depuis des années. Pendant tes études, tu redoutais cette progressive descente vers la fin de journée, qui te chagrinait dès le déjeuner du dimanche. Tu m'avais raconté que ça t'angoissait, que tous ces cours, tous ces examens, ces soirées interminables à étudier polluaient trop ton esprit pour que tu puisses savourer les dernières heures du week-end. Et puis, ensuite, tu étais devenue médecin. Et quand nous avons commencé à nous aimer, tu ne craignais déjà plus les dimanches soir parce que le lendemain t'enthousiasmait. Tu adorais préparer ta tenue pour aller au cabinet, comme une écolière qui fait son cartable, tu adorais regarder les rendez-vous prévus, me parler des patients qui revenaient te voir, toi, et pas un autre médecin. Je le voyais, ton métier, c'était davantage qu'une activité pour animer tes journées. Je l'avais déjà vu avec mon grand-père, tu étais un très bon médecin généraliste, tu le serais toujours. Jamais tu ne questionnais cette profession que l'on aurait crue innée. Jamais tu ne pourrais faire autre chose, tu aimais beaucoup trop soigner pour envisager une autre vie.

Henri a le ventre tendu d'un polo beige, coincé dans la ceinture d'un pantalon en toile. Les jambes à la peau claire de Catherine s'échappent d'une robe fleurie. Ses parents ont l'air joyeux des touristes réjouis par les premières respirations en bord de mer. Joséphine les enlace lorsqu'ils se rejoignent sur le chemin vers la maison. Ils restent comme ça un instant. Comme s'ils ne s'étaient pas vus depuis des années. Ils sont pleins d'une émotion heureuse, très éloignée de celle qui les avait envahis lorsqu'ils s'étaient retrouvés à Sarlat. Son père chuchote que Joséphine n'a plus les yeux tristes. Catherine, elle, pose sa main sur la joue de sa fille en lui disant qu'il y a de jolies couleurs là où sa peau a été si pâle. Ils ont eu peur, ont cru la voir disparaître en elle-même, comme égarée, perdue dans sa propre peine, lui confient-ils.

Devant le café qu'elle leur sert, ils disent être surpris par la taille de la maison, ce n'est pas l'impression qu'ils en avaient au travers des photos. Henri admire le poêle dans le foyer de la cheminée en pierre. « Très chouette », dit-il, en évitant de demander si c'était l'idée de Vincent. Catherine veut voir le jardin. Joséphine la prévient, elle n'y a pas touché depuis son arrivée. Et après réflexion, elle n'est pas certaine de le faire. À la jardinerie, elle a bien acheté quelques semis mais ce n'est peut-être pas son truc.

— Le bricolage, ce n'était pas ton truc non plus et pourtant, tu es en train de nous refaire une maison, lui dit sa mère.

— Refaire, c'est un grand mot…

— La photo de la chambre était impressionnante, ajoute Henri.

— J'ai eu de l'aide pour ça.

— Ah oui ? continue Catherine. Tant mieux alors. Quand nous avons reçu ton message avec cette photo, je dois t'avouer que nous avons pris peur.

— Peur ? Je ne pensais pas que ma chambre était terrifiante, plaisante Joséphine.

— Ta chambre… Voilà, c'est là où je veux en venir ma chérie.

— Moi, elle me convient. Et j'espère qu'à vous aussi parce que vous allez y dormir.

Catherine lance un regard entendu à son mari, un « je te l'avais dit » souligné d'un mouvement de sourcils furtif. Henri commence par confirmer que cette chambre est en effet très belle, la décoration y est soignée. Il y aura aussi des meubles qui viendront compléter l'ensemble et elle aura besoin de leur aide pour ça, il faudra les installer à leur place définitive. C'est Millie qui s'est chargée de restaurer quelques pièces héritées du grand-père de Vincent. Henri est intrigué, est-ce cette Millie qui l'a aidée à refaire toute la chambre ? Oui, mais pas seulement. Elle a été bien entourée ces derniers jours. Catherine a un sourire attendri et attend que la discussion s'oriente de nouveau sur ce qu'elle a en tête. Elle repousse avec l'ongle de son index quelques miettes de pain sur le plan de travail, patientant avant d'évoquer des sujets plus importants que la couleur de la table de chevet. Elle ne laisse jamais les mots sortir de sa bouche avant qu'ils n'aient été retournés, pressés, lessivés dans son cerveau. Catherine examine les options pour présenter son point de vue, affûte son arc, prépare ses cartouches, et cela toujours avec cette douceur dans le regard, ce sourire gai qui creuse les sillons entre ses lèvres et son nez.

— Ma chérie, tu parles de *ta* chambre, et c'est justement la raison de notre venue, finit-elle par intervenir. C'est vraiment très bien ce que tu en as fait, mais que va-t-il se passer ensuite ? Quand nous l'avons vue en photo, *ta* chambre comme tu dis, on a sauté dans la voiture parce qu'on se demande ce que tout ça veut dire. Et en plus, je suis inquiète ! Je m'en veux de ne pas être venue plus tôt. Tu es enceinte et je t'ai laissée ici toute seule, à faire tes travaux. J'aurais dû être à tes côtés, depuis le début.

Sa tirade terminée, Catherine rive ses yeux sur Joséphine, laquelle la rassure. Elle était très bien toute seule, il n'y avait pas besoin que tout le monde accoure en Bretagne pour ses projets. Ça lui a fait du bien, plus de bien qu'elle ne l'imaginait le jour où elle a posé ses valises à Locmariaquer. S'occuper de la maison fait diversion, l'esprit a été trompé, les larmes se sont taries. La photo de sa chambre n'avait pas pour objectif de leur faire traverser la France, mais simplement partager avec eux la première bouffée d'air qu'elle prend depuis la mort de Vincent.

— Ce que ta mère veut dire, Jo, c'est que tu dis que c'est ta chambre maintenant. Tu dis aussi que c'est ta maison. Nous sommes venus parce que l'on se demande si tu penses que c'est définitif.

— On commence à se dire que ce n'est peut-être pas seulement un tour au bord de la mer pour te changer les idées. Tu restaures la maison, tu la décores, tu t'y installes en fait. On ne s'en était pas rendu compte avant. Maintenant, on a seulement besoin de savoir ce que tu as en tête pour l'avenir, pour ton bébé.

Joséphine avait donc vu juste. Ils veulent savoir ce qu'elle fait ici, demandent des comptes ou plutôt un état des lieux de la situation. Et une projection à moyen terme. Si craintes parentales il y a quant à son avenir, elle ne sait pas comment y répondre. Une pause dans sa vie, voilà ce qu'elle fait. Mais elle ne dit pas ça à voix haute, elle dit simplement qu'elle a besoin de temps, qu'elle ne sait pas ce qu'elle va faire mais que pour le moment, elle reste à Locmariaquer. Et le bébé ? Et les finances ? Catherine a mille questions, qu'elle jette pêle-mêle dans la discussion. Joséphine lance à son tour quelques bribes de réponse. Finalement, elle veut surtout que ses parents sachent que pour la première fois depuis des mois, elle va bien. C'est aussi simple que ça.

Joséphine les fait monter à l'étage et leur désigne *sa* chambre, en insistant avec malice sur l'adjectif possessif. C'est là qu'ils dormiront la nuit prochaine, elle ira sur le lit de camp et c'est non négociable, ajoute-t-elle avant que ses parents aient pu protester. Elle raconte comment une équipe adorable mais non moins efficace lui a « offert » cette pièce. C'est grâce à eux que le résultat est à la hauteur de ce qu'elle avait imaginé. Elle organisera quelque chose, un dîner ou un pique-nique sur la plage, pour que Catherine et Henri rencontrent les personnes qui l'entourent et qui l'ont aidée à sentir qu'elle pourrait être bien à Locmariaquer.

— D'accord, ma fille, conclut sobrement son père. Ça ne pourra qu'aller mieux. Je l'espère en tout cas.

Catherine tressaille, ses quelques poils se lèvent sur ses avant-bras. Il fait moins chaud qu'à Sarlat. Dans le jardin, couvert par endroits par les ombres de gros nuages gris, elles avancent sur l'herbe taillée par Pierre.

Joséphine aime le mélange de végétation naturelle qui évolue de manière autonome et de plantations réalisées par le grand-père de Vincent, surtout les trois grands arbres. Catherine relève l'équilibre qui émane du lieu et lui demande ce qu'elle souhaiterait y faire.

— Pas grand-chose, répond Joséphine. Quand je suis arrivée ici, je le trouvais désordonné, un peu triste. Mais en fait, je crois qu'il me plaît comme ça. Il y a la pelouse à tondre mais sinon, ça ne demande pas beaucoup d'entretien et c'est parfait. J'ai beaucoup à faire dans la maison.

— Mais tu ne m'avais pas dit que tu voulais faire un potager ?

— Si, c'était une idée.

— Laisse-moi faire alors, je vais te les planter, moi, tes semis. Tu as pris quoi ?

— Courgette et potiron. Et puis, des plantes pour des infusions, j'aime bien l'idée d'avoir des plantes médicinales dans mon jardin.

— Hum, moi qui pensais que tu n'avais jamais prêté attention au jardin de ta chère mère, lui dit Catherine avec un sourire.

Ils dînent rapidement, ses parents tombent de fatigue, après le voyage pour rejoindre Locmariaquer. Joséphine, elle, retrouve son lit de camp, avec Georges qui ne la quitte pas. Son chat aime ses sorties dans le jardin, sa sieste sur le coussin qu'elle a posé par terre pour lui dans un coin du salon mais le reste du temps, son arrière-train se déhanche souvent à quelques mètres d'elle. Elle ne sait pas si c'est le changement d'environnement ou sa grossesse. Georges est devenu un animal de compagnie très collant.

Elle cherche le sommeil en feuilletant le carnet de Vincent. Il lui faut un nouveau projet, peut-être le salon. Millie qui lui dit qu'elle est faite pour être médecin, ses parents qui se demandent si Locmariaquer est moins un lieu de villégiature que l'ultime étape de sa remontée à la surface, le bébé qui grandit dans l'indifférence… Elle sent pourtant un mieux. Ce n'est plus de la colère quand elle regarde son ventre. Elle voudrait s'extraire complètement de cette mise sous cloche, que son esprit établisse un lien plus fort, plus spontané avec son corps qui évolue, qui enfle de ce qu'elle a tant fantasmé. Alors qu'elle n'était même pas enceinte, elle s'attendrissait devant les vêtements miniatures au Monoprix. Maintenant qu'elle a une bonne raison pour les acheter, elle ne pense qu'à des pots de peinture.

Catherine et Henri sont surpris lorsqu'ils entendent la boulangère saluer Joséphine par son prénom, tout autant quand leur fille répond de la même façon en récupérant son croissant « comme toujours ». Mélanie ajoute cette fois-ci un pain au chocolat, une viennoise, et un kouign-amann pour le déjeuner.

— Tu as tes adresses dans Locmariaquer, dis donc ! lance Catherine en rentrant à la maison. La boulangère connaît même ton prénom…

— Ça fait des semaines que je passe tous les matins donc j'ai été repérée, lui répond Joséphine avec un clin d'œil. Mélanie est adorable et son croissant est très bon. C'est son mari Yann qui les fait, et elle est à la caisse. Ils tiennent la boulangerie depuis des années et ça marche très bien, surtout l'été.

— Mais dis-moi, tu connais l'histoire de tous les commerçants de Locmariaquer comme ça ? intervient Henri. On dirait que ça fait des années que tu habites ici.

— Locmariaquer est un village, c'est facile d'en savoir plus sur les gens.

— Ce qui m'impressionne, ma chérie, c'est que tu fais l'effort d'apprendre à les connaître, poursuit son père, taquin.

— Dis tout de suite que je suis sauvage d'ordinaire, répond-elle faussement outrée.

— On ne va pas dire que tu es une personne qui a le contact facile habituellement, mais, en ce moment, tu aurais été tout excusée de ne pas vouloir faire ami-ami avec toute la région.

Brutale observation qui écrase un silence sur leurs bouches. Joséphine hausse les épaules. C'est vrai qu'elle aurait pu continuer à s'enfermer dans son appartement parisien avec son chat et son bébé fantôme, ou s'enfermer chez le grand-père de Vincent sans jamais ouvrir ou repeindre les volets. Contre toute attente, elle est sortie, elle a cessé de fermer les yeux et la maison, elle parle à des gens. Son père se rapproche d'elle, la serre contre lui et lui chuchote qu'il est heureux, soulagé même de la voir trouver de nouveaux repères. Il ne s'y attendait pas, sa mère non plus.

— Dis donc, ça pousse tout ça, lui dit-il en reculant pour désigner le ventre de Joséphine. On peut à peine se faire un câlin maintenant.

— Ce n'est pas mon ventre mais le tien qui s'interpose entre nous, Papa.

— Rigole mais tu vas me faire de la concurrence dans pas longtemps, Jo.

— Ta fille a de la marge, Henri. Si tu levais le pied sur les chips à l'apéro… plaisante Catherine.

Qu'est-ce qui pousse un père à organiser pour sa fille un goûter d'anniversaire avec trente petites princesses aux visages maquillés de papillons roses ? Une mère à se lever à 8 heures un dimanche matin pour emmener son fils à une compétition de judo à l'autre bout de l'Île-de-France ? Qu'est-ce qui donne cet amour assez fort pour oublier l'épuisement, le manque de temps, l'agacement ?

Elle est incapable de savoir d'où ça vient, est effrayée parce qu'elle découvre qu'il n'y a rien de naturel finalement pour elle. Alors elle essaye de décrypter les réactions de ses parents pour comprendre par quelle espèce d'instinct ils sont poussés à se comporter de telle ou telle façon. Elle les observe et elle se demande si elle sera un jour comme eux, ces êtres doués d'empathie pour ce qu'ils ont fabriqué à deux. Il lui faudrait être envahie par cette même urgence qu'ils ont à protéger, soigner, aider. Comme aujourd'hui, alors qu'elle tente de les dissuader de bricoler. Ils n'y entendent rien, se dépêchent de satisfaire certaines de ses envies. L'armoire, le petit banc, les tables de chevet sont installés dans la chambre avant le déjeuner. Catherine souligne le goût de sa fille pour la décoration, Henri se contente de dire que c'est du bon boulot, puis ajoute qu'ils auraient dû réaliser dès le début qu'elle avait en tête de donner un coup de neuf à la maison et que cela ne se ferait pas en un jour. Elle comprend qu'il est là cet amour, qu'elle ne pourra rien y faire et qu'il lui faut accepter leur aide. Ils pourraient même s'amuser à poncer et repeindre les murs ensemble. Catherine objecte immédiatement. Joséphine est enceinte, ce n'est plus possible, tout ça. Les gros efforts, la peinture toxique.

— Toi, ce que tu vas faire aujourd'hui, c'est du shopping en ligne. Tu vas acheter un canapé pour le salon. Fais simplement attention à la date de livraison, rappelle-toi qu'en fin de semaine, on te ramène avec nous à Sarlat. Tu peux aussi commander un deuxième lit, de la décoration…

— Je vais plutôt aller trier les cartons du grenier. Le grand-père de Vincent avait beaucoup de…

— Si tu veux, la coupe sa mère. Tant que tu t'éloignes de tous ces produits mauvais pour ton bébé. Tiens, d'ailleurs, pourquoi tu n'en profiterais pas pour acheter des petites choses pour préparer son arrivée ?

Elle fait la moue. Comme une enfant à qui on rappelle de faire ses devoirs. On n'est jamais tout à fait adulte quand on est face à ses parents. Sa mère hausse les épaules, se dirige vers le jardin pour s'atteler à l'élaboration d'un coin dédié au potager. « Tout petit », lui rappelle Joséphine. Catherine acquiesce et se met à l'ouvrage, Georges dans les pattes. Le chat se frotte à ses jambes, s'allonge près d'elle dans l'herbe, se jette sur les feuilles qui bougent dans un mouvement inattendu. Sa mère le houspille et lui fait ensuite des gratouilles en lui donnant des noms affectueux plus improbables les uns que les autres. Joséphine se demande comment elle se comportera avec un énième petit-enfant, s'il y aura réprimandes et câlins, ou juste des câlins pour pallier sa froideur à elle. Et si elle ne l'aimait jamais, ce bébé ? Quand bien même elle se surprend maintenant à caresser son ventre, à s'observer dans le miroir de sa nouvelle chambre, ce n'est pas suffisant. Peut-être qu'elle ne saura pas comment nourrir un nouvel amour, celui pour son enfant, et ça l'effraie.

C'est quoi la prochaine histoire ? C'était ce qu'elle demandait à son père ou à sa mère lorsque l'un ou l'autre refermait le gros livre bleu nuit à la couverture pailletée d'étoiles et de lunes dorées. Dans son petit lit d'enfant, elle remontait la couette, devait fermer ses yeux mais voulait savoir ce qu'il y avait ensuite parmi les trois cent soixante-cinq histoires du soir.

C'est ce qu'elle se demande aujourd'hui en touchant les objets du grand-père de Vincent. C'est quoi ta prochaine histoire, vieux pichet ? Cela paraît simple pour ce vase, les quatre chaises bistrot, le cadre un peu rayé. Il y a beaucoup de choses qui peuvent avoir une nouvelle vie. Son père est en train de remettre à neuf le mobilier de la terrasse, sa mère un coin du jardin. Alors en triant, elle se dit qu'elle pourrait ou qu'elle devra faire pareil pour elle, pour son bébé aussi. Elle en écrit peut-être déjà un bout. Un village après la ville, des journées de bricoleuse contre des rendez-vous médicaux, une maison immense plutôt qu'un appartement avec demi-balcon. Et puis ses seins devenus si lourds alors qu'ils n'étaient que des noisettes pour Vincent. Elle y est déjà, dans ce nouveau chapitre, qu'elle doit s'obliger à raconter pour éviter d'oublier trop vite que ce sont ces murs, cet air marin, ce sable froid, ces visages maintenant familiers qui lui permettent de ne plus attendre que Vincent revienne.

Dans le grenier, les cartons sont nombreux. Il lui faudra des heures pour trier. Plus elle avance, plus elle s'autorise à mettre de côté certaines choses. Dans un sac-poubelle, elle empile des vieux papiers indéchiffrables, des objets rouillés, cassés, trop abîmés pour être récupérés. Elle fait aussi un tas pour les parents de Vincent. Peut-être souhaiteront-ils récupérer des bribes de l'existence de Louis Blanchet. Elle garde une sélection de jolies choses, vintage ou classiques. Elle descend aussi au salon quatre chaises et les différents morceaux de la vieille table à manger. Elle pourra les repeindre et revernir l'ensemble pour commencer à reconstruire une pièce à vivre. Sa mère a raison, il lui faut un canapé. La chambre n'est pas suffisante pour réanimer tout à fait une maison.

Chaque matin, elle tapote près d'elle, s'attend à y trouver Georges. Avant, lorsque le réveil sonnait, elle se tournait vers l'oreiller de Vincent et le découvrait, sourd aux premières alarmes de son téléphone. Sa poitrine continuait à se soulever à une cadence lente. Elle aimait l'observer avant qu'il ouvre un œil, impressionnée par sa capacité à ronfler paisiblement alors que le réveil hurlait près de lui. Aujourd'hui, avec cette nouvelle habitude, elle se dit qu'elle est passée au chapitre suivant.

Ses parents dorment encore alors elle a des gestes délicats lorsqu'elle verse les croquettes dans le bol de Georges et qu'elle attrape dans le réfrigérateur un morceau du kouign-amann acheté la veille. Elle s'installe à la table de la cuisine avec son ordinateur pour consulter son compte bancaire. Son pécule dégonfle, mais il y a encore suffisamment pour survivre ces prochains mois et pour d'autres rénovations. Tout ça grâce à Vincent. Veuve et riche, finalement. C'est ironique. Elle aurait pu ne pas toucher à cet argent, par respect, parce qu'elle est en deuil. Mais elle en est certaine, il aurait dit *Amen* à l'usage qu'elle fait de son assurance-vie. Elle note aussi que, chaque mois, sa banque récupère son dû pour l'appartement parisien. Il y a bien un moment où elle devra se pencher sur le sujet. Pour l'instant, elle décide de le cacher sous le tapis bien épais qu'elle est en train de chercher sur Internet pour le salon. Il va falloir agrémenter la pièce de vie pour qu'elle porte un peu mieux son nom. L'atout de ce grand espace, c'est sa base, brute, propre, clé en main. Les poutres rustiques au plafond, le sol en tommettes, le blanc crème des murs. Pas besoin d'y toucher. Le coin salon sera orienté vers la cheminée, il y aura des livres contre le mur à gauche, des plantes pour encadrer la porte-fenêtre à droite. Elle peut décider de tout en fait, s'affranchir des notes de Vincent, se dire que c'est son carnet à elle. C'est déjà le cas, lui n'est là que pour approuver les idées quand elle lui demande, dans un chuchotement pour que ses parents ne l'entendent pas convoquer son mari enterré six pieds sous terre.

Conserver le charme de l'ancien tout en modernisant subtilement l'ensemble. C'est facile de se prendre au jeu de la décoration d'intérieur. Les idées fusent, elle en a des fourmis dans les mains, des envies de faire des croquis, qui s'écrasent sur le papier grossièrement à côté de ceux de Vincent. Elle liste les achats à prévoir tout en continuant à faire défiler les images sur son écran d'ordinateur : un canapé en lin, un fauteuil en cuir sombre, un tapis beige moelleux, une table basse, des rideaux, encore des plantes.

Elle regarde aussi des photos de cuisine avant/après et commence à définir ce qu'elle aimerait pour la sienne. Elle aime bien dire *ma maison*, *ma cuisine*, *ma chambre*, même si c'est exactement la raison pour laquelle ses parents ont débarqué dans la minute. Ils voient maintenant qu'elle tient sur ses deux jambes, qu'elle a la tête relevée, et qu'au milieu de tout ça, il y a une protubérance pour laquelle elle cherche à reconstruire un foyer accueillant.

Six à huit semaines, c'est le temps qu'il faudrait à un ouvrier pour venir à bout de la cuisine, d'après ce qu'elle lit. Elle n'est pas pressée et ce n'est pas le temps qui lui manque. Elle envoie un message à Pierre et Suzanne pour leur demander s'ils connaissent un artisan local pour refaire sa cuisine, peut-être la salle de bains et pourquoi pas d'autres travaux, précise-t-elle. Sa voisine répond qu'ils vont investiguer et qu'elle est ravie de la voir s'en remettre aux autres.

Elle fait sortir Georges et en profite pour prendre des nouvelles de Marie, qui lui répète au téléphone qu'elle a hâte de venir découvrir la maison bretonne. À la fin du mois d'août, ce sont deux tribus qui débarqueront à Locmariaquer. Joséphine rappelle à son amie qu'elle n'a pas encore, dans sa maison, autant de couchages que de visiteurs. Aucun souci, ils ont déjà réservé une maison d'hôtes pour neuf personnes. Tout le monde est impatient ! Marie est enthousiaste, Joséphine, un peu moins. Elle ne les a pas vus depuis des semaines. S'insinue en elle une légère angoisse, ou une espèce de contrariété, elle ne sait pas trop. Il y a l'appréhension à l'idée d'accueillir des gens dans sa parenthèse du bout du monde, il y a aussi celle de voir surgir des souvenirs qui seraient forcément douloureux. C'est comme si elle se rappelait subitement que tout ne pouvait pas être réinitialisé avec effacement des données antérieures. Elle s'en est souvenue aussi lorsqu'elle a appelé Olivier il y a deux jours. « Oui, il y a des gens qui travaillent », l'a-t-il taquinée. Il était occupé. Évidemment puisqu'il a décroché en plein milieu de semaine et de journée et qu'il enchaînait les consultations. Elle, elle n'avait pas fait attention à l'heure, à la date. Comme évaporée de la vie réelle. Il lui a dit qu'il serait en vacances dans quelques jours, que la dernière semaine était chargée. Il gère seul les deux listes de patientèle. Mais il s'y fait bien, il ne lui en veut pas. D'ailleurs, le sujet n'est jamais venu dans la discussion. Quand va-t-elle revenir ? Est-ce qu'elle va revenir ? Il n'a pas demandé. S'il lui avait posé la question de son avenir au cabinet, de leur avenir à tous les deux en tant qu'associés, elle n'aurait pas su y répondre, ni même lui donner une estimation. Olivier a préféré lui demander comment avançaient les travaux, et a ri de son enthousiasme pour la peinture, le ponçage, la place des bibelots, la couleur des rideaux. Il a simplement conclu la conversation en lui disant qu'elle ne devait pas négliger Chouquette. Se gaver le ventre de travaux, c'est bien, mais il faut laisser de la place au bébé.

Il est presque 13 heures et Catherine et Henri ne sont toujours pas là. Elle a bien tenté de savoir où ils étaient passés, mais sa mère a répondu de manière très laconique à son message : *Déjeune sans nous, ça prend plus de temps que prévu.* Aucune idée de ce qu'ils peuvent bien faire. Étrange pour un couple qui ne connaît pas la région. Ce matin, en se réveillant, elle a trouvé un mot dans la cuisine, disant qu'ils étaient partis « acheter quelques bricoles ». Ça ne devrait pas leur prendre autant de temps. Peut-être qu'ils font une promenade en amoureux. Ou alors auraient-ils poussé jusqu'à Groix ? Son père a demandé à aller faire un tour sur l'île pendant leur séjour ; les reportages à la télévision l'ont fait saliver. Mais ils n'auraient pas osé faire le voyage sans elle, se rendre à Lorient, prendre le bateau, ne pas lui donner de nouvelles. Ça ne leur ressemble pas.

Elle termine son plat de coquillettes au jambon avant d'aller sur la terrasse. Le temps commence à se couvrir. La météo s'annonce pluvieuse pour le reste de la semaine, mais elle sait maintenant que les journées ici peuvent traverser averses et grand soleil sans difficulté aucune. Elle étend une grande bâche, y dépose les quatre chaises style Louis XV trouvées au grenier. C'est du chêne, Vincent l'avait noté dans son carnet. Le bois est en bon état, elle pourrait se contenter de décaper et revernir l'ensemble mais l'aspect de l'assise laisse à désirer. Il faudra les retapisser. Elle ne se morfond pas de nostalgie en pensant que Vincent y a posé ses fesses de nombreuses fois. Rapatrier les trouvailles du grenier dans un nouvel univers n'est pas si douloureux. Cela l'étonne presque, de se trouver à son aise, de ne plus tempêter contre le karma ou tout autre chose qui lui aurait volé son mari. Elle ne dit plus « reviens, Vincent », mais « regarde ce que je vais faire de ce lieu que tu aimais tant ».

Elle enfile sa salopette, pose au bout de la terrasse le poste de radio duquel s'échappe bientôt la voix de Sting. Georges, endormi sur le coussin derrière la porte-fenêtre ouverte en grand, frétille de la patte dans son sommeil. Elle s'applique, frotte en mouvements circulaires parce que sur Internet, il est dit de faire comme ça, alors elle prend le temps de bien faire les choses. Elle aimerait être capable de tant de dévotion pour sa grossesse. Pour la première fois, c'est elle, la mauvaise élève. Elle sèche sa propre maternité, s'en détourne pour vaquer à ses occupations. Elle devient une bricoleuse consciencieuse et une mère défaillante.

Ses gestes sur la chaise sont éclaboussés de mélancolie. Et puis de honte aussi. Elle a honte de cette anesthésie des émotions pour son bébé quand pourtant, elles n'ont pas manqué de l'envahir pendant de longues journées, de longues semaines. L'enfant est coincé là, entre l'absence de Vincent et la maison. Elle ne lui a laissé aucune chance de prendre un peu plus de place. Elle s'habitue à sa discrétion quand elle devrait s'impatienter de le sentir davantage. Et les jours filent, et son ventre grossit. Germe cette angoisse inédite, une angoisse plus forte que celle de son avenir professionnel, de son avenir à Locmariaquer, de devoir avancer sans Vincent. Elle tressaille en réalisant qu'elle ne l'attend pas convenablement, qu'elle va donner vie à un enfant qu'elle n'a pas assez voulu. C'est du gâchis, toutes ces journées sans y penser, et elle sent enfin le remords la saisir. Lui aussi pourrait finalement ne pas l'aimer. Elle va se forcer, comme elle s'est forcée à se réveiller tous les matins depuis la mort de Vincent, elle va s'obliger à éparpiller la chaleur, ne plus la mettre seulement dans la maison mais aussi sur son ventre.

Vincent

J'adorais te voir fourrer ton nez dans le « cul des tomates », inspirer fortement et en ressortir avec un sourire béat qui indiquait que la journée commençait bien, ou te satisfaire de l'arrivée du livreur au moment même où tu t'apprêtais à quitter l'appartement, ou poser dans ta bouche un rocher praliné en gémissant à chaque fois jusqu'à ce que la boîte soit vidée. Tu t'enthousiasmais pour des plaisirs anodins que je ne savais dénicher. Moi, mes intérêts, mes passions étaient visibles, on pouvait les déclarer, les énumérer. Je disais aimer par exemple la musique, alors j'avais acheté l'une de ces grosses enceintes connectées très à la mode. Je m'asseyais dans le canapé, je lançais une playlist jazzy ou électro, tout dépendait de l'humeur du jour, et je fermais les yeux en lâchant ma tête en arrière. On aurait pu croire que je m'y connaissais, que je cherchais les subtilités de la mélodie, mais je m'endormais alors que le premier morceau n'était pas terminé. J'arrivais à trouver le sommeil partout et à n'importe quel moment de la journée. Fascinant pour toi qui essayais d'avoir des horaires de coucher et de lever fixes, si fascinant que tu finissais par questionner ta propre incapacité à déroger à ton sacro-saint cycle des huit heures de sommeil. Il t'était même venu de me demander si je ne te trouvais pas trop « chiante ». Est-ce que je m'ennuyais avec toi ? C'était justement ton pragmatisme, ton sérieux qui me calmaient. Tu ne te rendais pas compte que lorsque je me mettais à douter, je m'en remettais à toi, à ton bon sens, à tes idées claires. C'est toi qui équilibrais notre vie ensemble. J'avais une telle confiance que je m'autorisais à me lancer dans ce qui me tenait à cœur. La maison, notre future maison, ce projet n'existait que parce que je n'avais jamais peur depuis que tu étais là, jamais peur de ce qui adviendrait.

Vincent avait tout noté dans son carnet, de la couleur des poignées des placards de la cuisine à la taille du miroir à installer dans la salle de bains, jusqu'à la place de son enceinte pour écouter de la musique au salon. Il avait tout prévu, excepté qu'il ne serait pas là mais que d'autres prendraient le relais. Sans doute n'avait-il pas imaginé son beau-père Henri au volant d'un utilitaire chargé de meubles choisis par ses soins, ou sa belle-mère Catherine se débattre avec le papier bulle recouvrant un matelas épais.

Ses parents sont revenus avec « une surprise ». En fait de surprise, c'est tout le nécessaire à l'aménagement du salon qu'ils ont rapporté de leur virée dans les magasins d'ameublement de la région. Et même un lit pour une autre chambre, une grande plante d'intérieur, une applique murale.

Elle cherche un moyen de les remercier comme il se doit. Sa mère a évoqué le fait qu'ils n'auraient pas été assez présents. Elle a pourtant la sensation contraire. De son séjour à Sarlat, elle n'a que le souvenir de leur compréhension, de leur tendresse. Ils n'ont rien demandé. Quand le bébé est apparu, ils n'ont pas exigé de savoir ce qu'elle en ferait. Quand elle est partie de manière inattendue à Locmariaquer, ils n'ont pas exigé de savoir ce qu'elle fabriquait.

En plus, ils ont bon goût, ou plutôt, ils l'ont sans aucun doute écoutée avec attention lorsqu'elle a expliqué l'atmosphère qu'elle souhaitait donner au salon. Le canapé qu'ils ont choisi est d'un style classique, en lin gris clair. Il est parfait. Vincent serait-il du même avis, aurait-il exigé une fois de plus que son vieux sofa les suive jusqu'à ce que mort s'ensuive ? Puisque c'est finalement lui qui est mort, il n'a plus droit à la parole sur le canapé. Mais elle promet tout de même que ce sera l'un des rares achats neufs. Excepté pour la cuisine, bien sûr… « Mon amour, ce sera du rutilant, du faux traditionnel, de l'authentique factice, et tout ça à tes frais », chuchote-t-elle.

Sa mère fait les gros yeux en découvrant les chaises qui commencent à faire peau neuve. Joséphine lui dit qu'elle n'a fait que les poncer pour le moment. Elle continue à la rassurer en ajoutant que pour la cuisine, ce ne sera pas elle qui aura le nez dans la peinture et les mains criblées d'échardes. Et entre l'évier et la crédence, a-t-elle aussi regardé quelques sites pour la grossesse ou les bébés ? Elle pince les lèvres en silence.

— Tu ne rentreras plus dans tes vêtements bientôt, tu le sais ça ?

— Ma salopette est assez large pour me contenir moi et mon gros ventre pour quelques mois encore.

— Est-ce que tu la laves au moins ? Regarde, elle est toute tachée, rouspète Catherine en tapotant à certains endroits de la salopette.

— C'est l'idée, Maman. C'est mon bleu de travail.

— On aura tout vu, ma fille plus parisienne qu'un Parisien qui fait du bricolage à la campagne.

Catherine s'éloigne en maugréant pour elle-même tandis qu'elle et son père échangent un sourire complice. Henri, lui, ne commente pas et préfère lui demander ce qu'elle a prévu pour la suite des hostilités. Son père l'aide à laver les chaises, qu'ils rincent ensuite à grandes eaux sur la terrasse. Plus bas, Catherine, la tête cachée sous la capuche de son ciré, plante les semis. Joséphine lui fait signe de s'abriter mais sa mère bat l'air de la main pour lui signifier qu'elle n'a pas l'intention de rentrer, il ne fait pas froid et ce n'est pas le crachin breton qui va l'intimider. Henri lève le pouce en direction de sa femme, il sait que lui faire sortir les mains du terreau est compliqué. Il propose à Joséphine de monter le second lit en kit, qu'ils transportent dans la chambre jouxtant la salle de bains du rez-de-chaussée. L'assemblage de la structure est assez facile, même si elle monte d'abord un pied à l'envers. Henri se moque de sa fille, lui dit qu'elle va finir par avoir une maison bancale. Elle se défend, avec des plaisanteries sur son âge, et elle observe son père, qui repositionne continuellement ses lunettes rondes sur le bout de son nez. Il a un air de Père Noël, la même bonhomie, et la même bienveillance qui réconforte. Elle se sait chanceuse de les avoir, lui et sa mère.

Ils ont à peine aligné la première latte du sommier que Catherine intervient et met son veto. Joséphine doit quitter cette pièce, arrêter de se fatiguer avec ces activités de bricolage de toute sorte.

— Maman, je suis enceinte, pas malade, et je ne fais que monter un lit.

— Et c'est bien trop !

— Je suis en pleine forme. Et je ne vais pas passer toute ma grossesse à flemmarder sur mon canapé alors que cette maison a besoin d'un coup de neuf.

— Tant que je suis là, avec ton père, toi, tu reposes. Allez hop, hors de ma vue, je prends ta place. Va faire ce que tu veux, lire un magazine, regarder un film... Tant que tu restes à un mètre minimum d'un tournevis !

Joséphine se résigne à abandonner son père, qui dans le dos de femme, fait le signe d'un soldat qui salue son camarade. Elle quitte la pièce en soupirant bruyamment, comme une petite fille qui part au coin, privée de son jeu. Sa mère dépasse les bornes, à lui interdire tout effort alors qu'elle n'en est même pas à la moitié de sa grossesse. Ça devient délirant, pense Joséphine. Peut-être Catherine essaye-t-elle de compenser son propre manque d'engouement pour ce bébé à naître.

Elle veut occuper ses mains. Dans la cuisine, elle cherche une idée. Une tablette de chocolat, du sucre de canne, du beurre, de la farine. Des cookies. Elle se met à la confection des biscuits tout en réfléchissant à l'agencement de la future cuisine. Alors qu'elle rince ses mains couvertes de pâte à gâteau, elle pense à un bel évier en céramique blanche. En se penchant pour récupérer une cuillère, elle songe à des placards couleur sable ou vert amande. Et elle a déjà en tête la place des bibelots qu'elle a trouvés au grenier : des flacons anciens, de gros bocaux, des vases qui feront office de pots à ustensiles. Elle doute encore de la couleur pour le plan de travail. Ce sera du bois, comme sur les photos vues sur Internet. Bois naturel si elle choisit le vert amande pour les placards. Un brun brut si la couleur sable gagne la partie.

Quand ses parents ont terminé de monter le lit et d'y mettre les draps, ils la rejoignent à la cuisine pour un jus de fruits et des cookies. Elle leur montre en même temps ses idées pour la pièce. Son père dit qu'elle a de la suite dans les idées, qu'elle n'était pas mariée à un architecte pour rien. Sa mère, elle, dit que tant que c'est fait par quelqu'un d'autre, tout lui va.

— Tu vas pouvoir réinvestir ta chambre, ma chérie, ajoute Catherine.

— Merci beaucoup.

— C'est normal, la rassure Henri en lui frottant avec douceur le dos. Et tu vas nous remercier comme il se doit, en nous emmenant à Groix demain.

— Et en venant à Sarlat avec nous. Tes neveux et nièces ont hâte de te voir, tu sais. Vous ne vous êtes pas croisés depuis…

— L'enterrement, oui.

— Je pense que c'est le bon moment.

Joséphine a beau acquiescer, elle n'en est pas moins anxieuse. Se retrouver avec toute sa famille d'un seul coup… La vie loin de l'agitation, de tout ce qu'elle a connu lui convient. Elle s'est accommodée de cette solitude, parfois bousculée par la venue de Millie, Pierre ou Suzanne, et par quelques appels passés à ses amis. Elle le sait, c'est grâce à cette éclipse sociale qu'elle a aujourd'hui la tête hors de l'eau. *Pour ton bien, Chouquette, je vais continuer à faire entrer plus de monde dans notre nouvelle vie.*

La promenade sur l'île de Groix est compromise. Il pleut sans discontinuer depuis le petit matin et le reste de la journée sera calamiteux, d'après les prévisions. Henri est déçu, Joséphine lui dit que ce n'est que partie remise, ils pourront y aller à l'occasion d'une prochaine visite en Bretagne.

— Donc tu restes, c'est définitif ? lui demande-t-il.

— Je dois y réfléchir.

— Moi, j'ai l'impression que tu as déjà une petite idée, si tu me dis que tu pourras m'emmener à Groix une prochaine fois, n'est-ce pas Jo ?

— Hum…

— Au moins, avec la météo d'aujourd'hui, tu sais à quoi t'attendre hors été, si tu as l'intention de rester ici, intervient Catherine. Parce que la Bretagne, ce n'est pas très ensoleillé, les mois qui viennent seront sans doute un peu plus humides que ce que tu as connu jusqu'ici. Ton petit séjour en juin-juillet, c'était une promenade de santé météorologique !

— Maman, arrête avec tes clichés sur la Bretagne. Puisque c'est comme ça, tu es officiellement invitée à venir à Locmariaquer le 11 novembre pour apprécier la Bretagne automnale.

Ils rient ensemble et continuent à bavarder sur la météo bretonne. Elle propose une balade téméraire jusqu'à La Trinité-sur-Mer, afin d'acheter de quoi préparer le dîner qu'elle a prévu avec Millie et les voisins.

— On va être trempés, cette pluie est dantesque !

— Tu exagères Maman, c'est juste une bonne averse.

— Je rêve… Toi qui pleurnichais pour quelques gouttes quand tu venais à Sarlat, voilà que tu relativises face à des trombes d'eau, sourcille Catherine.

Catherine part finalement seule pour le village avec la liste de courses. « Là, tu trouveras le poissonnier, ici le primeur, et à l'épicerie, tu pourras prendre une brique de lait et le gros sel dont j'ai besoin », a dit Joséphine avec le ton d'un chef de camp scout.

Henri oublie sa déception de ne pas pouvoir arpenter Groix en se lançant dans l'assemblage d'étagères pour le salon. Les tribulations de sa fille lui ont soufflé l'idée de poser sa pierre à l'édifice et son marteau s'abat bientôt sur les clous des équerres. Le bruit sourd résonne dans la maison et Georges vient se réfugier entre les jambes de Joséphine alors qu'elle s'installe à la table de la cuisine. Sur le carnet de Vincent, elle note ses idées pour l'agencement des pièces du rez-de-chaussée et la décoration de l'ensemble. Et pour lier la cuisine à la salle de séjour, de grandes portes coulissantes avec des carreaux. *Classe, hein Vincent ?*

Catherine rentre ruisselante de sa virée au village, bien qu'elle ait pris la voiture. « Un vrai temps de chien », peste-t-elle en secouant son manteau. Elle ajoute que ça ne va pas s'améliorer alors elle propose d'avancer le départ pour Sarlat au lendemain plutôt que de rester enfermés. Henri est d'accord, Joséphine aussi, même si elle réfléchit déjà à la façon dont elle rentrera ensuite à Locmariaquer.

Elle et sa mère rient tout l'après-midi. La préparation du dîner a des airs d'émission culinaire. Au programme : des petits fours aux graines de pavot, un bar en croûte de sel, des pommes en robe des champs, un crumble poires-chocolat. Henri, avant de se remettre à ses étagères, leur lance qu'il est ravi de savoir qu'il s'apprête à déguster un « repas de Noël ». Elle a récupéré un plat qui semble dater du siècle dernier dans les cartons de vaisselle du grand-père de Vincent. « Magnifique ! » s'enthousiasme Catherine en découvrant la faïence blanche ornée de décors marins.

La pluie a contrarié les plans, le dîner ne pourra pas se faire sur la terrasse. Les chaises de la salle à manger sont loin d'être prêtes. On a vu mieux comme accueil. Tant pis, ils mangeront à l'intérieur sur du plastique. Henri a dressé la table avec ce qu'il a trouvé : un mélange hétéroclite de verres, de couverts et d'assiettes. Le tableau définitif fait très Art déco, ou ambiance restaurant bobo du 17e arrondissement parisien. C'est anarchique et chaleureux. « Si seulement tu étais là pour voir ça, mon amour », souffle-t-elle, émue devant la salle de séjour, soudainement si vivante.

Millie est la première à arriver, Pierre et Suzanne la talonnent rapidement. Ils font connaissance avec ses parents, qui se présentent, tout sourire. On les croirait maîtres des lieux, à la manière dont ils mènent les invités dans la maison.

— Installez-vous directement à table, indique Catherine. Comme vous le voyez, le salon n'est pas encore tout à fait prêt à accueillir l'apéro, continue-t-elle, déplorant visiblement l'absence de table basse devant le nouveau canapé.

L'attitude de sa mère fait sourire Joséphine. Elle est attendrie, soulagée aussi. Voir ses parents se mouvoir avec aisance dans son nouvel environnement la rassure. Elle les regarde discuter avec ses voisins et Millie et se demande pourquoi l'inquiétude l'a gagnée lorsqu'elle a su qu'ils venaient ici. De quoi avait-elle peur ? Que son existence d'avant se prenne de plein fouet sa nouvelle vie peut-être. Elle n'est pas à Locmariaquer depuis deux minutes qu'elle pense déjà à sa « nouvelle vie ». Comme lorsqu'elle a appris qu'elle était enceinte. En quarante-huit heures, elle a tout imaginé tellement grand qu'elle aurait presque pu sentir le bébé bouger. Aujourd'hui, elle ne sait plus exactement où elle est. Dans l'avant parce que dans cette maison tant aimée par Vincent.

Dans l'après parce que si loin de ce qu'elle a connu, de son quotidien rodé, de tout ce qu'elle avait imaginé.

Le dîner coule avec facilité. Catherine, Suzanne et Millie échangent, ricanent parfois comme de vieilles amies. La conversation de Pierre et Henri tend parfois dangereusement vers la politique, sans jamais vraiment l'évoquer. Le vin rouge aidant, les voix s'élèvent, le rire devient franc.

Elle a une impression furtive de plénitude. Et dans ce moment, quand ses yeux se posent sur la table vivante, sur les couverts qui raclent les assiettes pour récupérer des miettes de pommes de terre noyées dans du beurre demi-sel, sur les sourires qui font des plis aux coins des lèvres, sa main s'approche de son ventre, l'épouse tout à fait, comme pour former un réceptacle. La peur s'éloigne un instant. Elle se sent bien, elle pourrait vouloir le toucher encore un peu plus. Elle voudrait que tout ce qui va arriver soit aussi facile que ce dîner. Elle doit retrouver cette sensation d'abriter un bonheur imminent.

Lorsque le dessert est servi, Henri se tapote le ventre, il va bien dormir. Tant mieux, demain il y a de la route, il faudra être reposé, souligne Catherine.

Joséphine demande conseil à Millie concernant les chaises de la table à manger. Elle lui montre ce qu'elle a déjà effectué : ponçage, nettoyage et retrait du tissu abîmé. Comment faire pour leur remettre une assise potable ?

— Il faut que ce soit bien fait si tu ne veux pas que le tissu se déchire quand tu vas mettre tes fesses dessus. Je vais m'en occuper, OK ?

Joséphine a appris rapidement que lui dire non ne faisait que retarder l'acceptation. Les chaises sont donc confiées à Millie qui, grâce à un double des clés, se fait une joie de pouvoir revenir à la maison durant son absence pour s'y atteler, et pour nourrir Georges en même temps.

Sur le palier, Suzanne glisse dans la paume de sa main les clés de la voiture. « Fais-la tourner pendant notre absence », lui dit-elle. Puis sa voisine ajoute un morceau de papier sur lequel son écriture ronde fait apparaître des coordonnées. Ce sont celles d'un entrepreneur de la région qu'ils connaissent bien :

— C'est Joël qui a refait notre salle de bains, il est très bien, et surtout disponible dès la rentrée prochaine pour ta cuisine. On lui a déjà tout expliqué, tu n'as plus qu'à lui demander un devis !

— On a aussi demandé à Patrice de t'installer une piscine, lui aussi peut commencer en septembre, ajoute Pierre, un sourire en coin.

— La piscine, on verra ça une fois que j'aurai de la robinetterie potable dans la cuisine.

— Comment ça une piscine ? En Bretagne ?

Joséphine rassure sa mère, dont les yeux se sont écarquillés de désapprobation. Creuser le jardin n'est pas encore à l'ordre du jour. L'objectif reste le même : faire un intérieur douillet pour affronter la météo peut-être moins chaleureuse des prochains mois. Plusieurs paires d'yeux se posent sur elle et il lui semble pouvoir lire dans ces regards : *elle va rester alors*. Un grand vertige la prend lorsqu'elle pense à octobre, novembre, décembre, l'année prochaine… Organiser l'avenir lui est impossible. Le présent devient tout doucement concevable, si ce n'est plaisant.

Elle repense à l'un de ses patients, M. Lambert, ou peut-être était-ce M. Gaubert. Il avait perdu une partie de son bras quand sa moto avait chuté sur une nationale, aux portes de Paris. Quarante ans après l'accident, son membre disparu continuait de le réveiller la nuit. On dit que ce type de souffrance peut s'estomper au fil des années, mais elle se demande si elle aussi sera torturée par la douleur de ce membre fantôme dans quelques décennies. Elle n'imagine pas qu'il puisse en être autrement. Vincent, cette partie d'elle qui n'est plus là, c'est en même temps le vide, la brûlure, la plaie à vif, tout le temps. Il semble partout et nulle part à la fois. Et maintenant, derrière elle alors que Locmariaquer s'éloigne. Quitter la maison, c'est violenter la blessure.

Elle a pris place sur la banquette arrière, Henri tient le volant, Catherine a déjà la langue bavarde. Ils partent de Bretagne sous un ciel sombre. Les pins, courbés par le vent fort qui souffle depuis la côte, semblent les saluer. Ce n'est qu'un au revoir, se dit-elle. Elle se sent arrachée à son nid. Derrière elle, il y a ses quatre murs, Georges qui sera nourri par Millie, Mélanie, la boulangère qui met de côté pour elle son croissant le plus doré chaque matin, le petit chemin tortueux qui mène à la plage. Ce n'est que provisoire mais ce départ est d'une dureté à laquelle elle ne s'attendait pas. Passer quelques jours à Sarlat, au milieu de sa famille, loin du quotidien rassurant de Locmariaquer l'effraie. C'est une angoisse surréaliste, et de toute façon, ce ne sera qu'un premier pas vers les autres car elle a décidé qu'elle passerait à Paris sur le chemin du retour. Les parents de Vincent s'occupent de l'appartement depuis qu'elle est partie, elle les a laissés gérer l'intendance, se préoccupant peu de leurs émotions lorsqu'ils rangeraient et nettoieraient tout ce qui avait entouré leur fils. Elle ne sait même pas ce qu'elle va ressentir, elle-même.

À Sarlat, elle ne cesse de penser à sa maison ; pourtant, préparer les repas avec sa mère est un bonheur, et ricaner avec ses frères la met de bonne humeur. Mais elle se sent, par moments, perdue, à l'écart ou déphasée. C'est la première fois qu'elle revoit la famille au complet sans lui et à chaque instant, le souvenir surgit et tabasse sa poitrine. Lorsque Christophe, Julien et Henri allument le barbecue, elle les revoit s'esclaffer le jour où Vincent avait par mégarde saupoudré la côte de bœuf de sucre et non de sel. Ou quand sa mère emmène l'un des enfants vers la balançoire, elle se rappelle la sensation du vent dans ses cheveux alors qu'elle était à leur place, de ses mains à lui dans son dos, de son rire parce qu'il la poussait encore plus fort pour que sa robe se soulève et dévoile jusqu'à sa culotte. Ici, ils ont eu des fous rires et des baisers échangés derrière les troncs des arbres comme des gamins. Des Noëls autour de canapés au saumon, des anniversaires des petits et des plus grands avec des bougies magiques qui ne s'éteignent pas, des chasses aux œufs de Pâques interminables parce qu'Henri s'était découvert un don pour les cachettes improbables dans le jardin, des longues soirées d'été avec du rosé trop chaud sur la table et l'odeur de la citronnelle pour chasser les moustiques.

Allongée dans l'herbe, elle laisse couler une larme qui s'échappe dans ses cheveux blonds. Elle passe la main sur son front, chaud et suintant. La température est plus élevée qu'en

Bretagne mais un frisson parcourt sa peau. Plus loin, les rires cristallins des enfants de ses frères s'élèvent. Il va être l'heure du goûter, ils sont excités et chahutent en attendant le gâteau de Mamie. Elle entend le brouhaha des conversations des adultes. Elle sait que personne ne lui tiendra rigueur de sa tendance à délaisser les fins de repas pour s'isoler, même si elle passe de bons moments. Elle est même allée faire du shopping avec ses belles-sœurs et sa mère. Mais parfois, c'est un peu trop. Comme aujourd'hui, quand elle s'est sentie cernée, à l'heure du déjeuner, par les souvenirs et les regards portés sur son ventre, sur lequel des mains se posent sans qu'on lui ait demandé son accord.

Des pas qui crissent dans l'herbe se rapprochent. Sa mère vient s'installer à côté d'elle et caresse ses cheveux. Joséphine essaye d'ouvrir les yeux mais les referme aussitôt, éblouie par le soleil. Elle est un peu fatiguée.

— On comprend, ma chérie, lui dit Catherine en passant un doigt sur sa joue, là où une larme a tracé un sillon séché.

— Je suis une vraie madeleine. Je ne pensais pas avoir encore des larmes mais je me mets à pleurer tout le temps, et pour des trucs bidon parfois.

— Je sais, Jo… Et c'est normal.

— Tu sais, au début, je voulais partir avec Vincent. Je lui en voulais de m'avoir quittée. Il me manque tellement et parfois, j'ai envie d'abandonner, de me laisser partir et…

— Arrête, la coupe sa mère. Tu ne peux pas dire des choses comme ça. Vincent n'est parti que depuis quatre mois et pourtant, tu es là, tu fais des choses, tu restaures une maison, tu te lèves chaque matin.

— Je n'ai pas eu le choix. Avec ce bébé, il fallait bien que je reprenne du poil de la bête.

— Et tu l'as très bien fait. Regarde-toi, ma chérie. Il faut une bonne dose de courage pour ça. Aujourd'hui, tu vois ce bébé comme quelque chose qui t'a obligée à sortir la tête de l'eau mais tu ne penses pas qu'il puisse aussi t'apporter quelque chose ? Ce quelque chose qui fait que tu vas de mieux en mieux ?

— Je ne sais pas… C'est terrible mais je n'arrive pas vraiment à le sentir, à me faire à sa présence, à en être heureuse. J'ai peur de ne pas l'aimer, Maman, de ne rien ressentir.

— Oh, ma Jo, murmure Catherine. Ne pense pas à ce qu'il pourrait arriver, laisse le temps faire son œuvre, pour Vincent ou pour ce bébé, poursuit-elle en entrelaçant ses doigts à ceux de Joséphine, sur son ventre.

Le temps de quelques jours, c'est le retour à une vie ordinaire, sans étagères à poser, sans chaises à vernir, sans clou à enfoncer. Elle se retrouve privée de ses activités manuelles et se laisse submerger par la réalité. Il y a des interrogations qu'elle n'avait pas quand elle repeignait ses volets ou posait du lambris blanc. Cette installation en vitesse en Bretagne, qu'est-ce qui lui est passé par la tête ? Elle réalise qu'en ne souhaitant prendre aucune décision, elle a fait deux choix monumentaux : garder un bébé alors qu'elle est une jeune veuve et quitter sa ville pour un coin qu'elle connaissait à peine, sans aucune idée de ce qu'il adviendrait de sa carrière. La peur est vertigineuse. C'est comme un réveil après quatre mois à se mouvoir dans une existence parallèle. Pour survivre à la mort de Vincent, elle s'est enfuie, elle s'est terrée dans un nouvel univers ouaté pour éviter de penser à l'ancien. Le quotidien paraissait acceptable dans ce huis clos aspergé d'embruns salés mais à présent qu'on l'en a extraite, l'incertitude l'empêche de dormir. Que fait-elle, que va-t-elle faire ?

Retour à la case départ. Au milieu de tous mais comme évaporée. Elle peine à sourire, la solitude l'assomme. Pourtant, sa famille est là, ils la câlinent, la font rire, lancent des paris sur le sexe et le prénom de l'enfant à naître. Elle en a la nausée. Le bébé va arriver et elle sera seule.

Vincent, lui, aurait su rebondir, aller voir les autres, demander de l'aide, ou même s'affranchir de la solitude pour en faire quelque chose d'excitant, champ d'apprentissage ou de renouveau. *Mais moi, je ne suis pas comme toi, j'ai besoin de toi.*

Un soir, alors que la maison s'endort et qu'elle est recroquevillée dans son lit, son père lui demande l'autorisation d'entrer dans la chambre.

— Ça va, Papa ? Tu as l'air fatigué.

— C'est toujours un peu le cas quand mes petits-enfants me font tourner en bourrique, tu sais, plaisante Henri. Ils ont une énergie, disons, impressionnante…

— Espérons que celui-ci soit plus calme, répond-elle en désignant son ventre bombé.

— Oh, j'en ferai mon affaire, crois-moi !

Ils évoquent le pari. Tout le monde, même les enfants, a écrit sur un papier le sexe et le prénom du bébé envisagés. Sept ont présagé d'un garçon, trois d'une fille, dont Henri. Il est persuadé que le bébé à naître aura des cheveux aussi blonds que sa mère, même si Vincent était d'un brun corbeau.

— Peut-être que tu as raison, sur le sexe, je veux dire. Mon associé Olivier l'a déjà surnommé Chouquette, ce bébé. C'est féminin, ça.

— Et toi, tu imagines quoi ? demande Henri, avec un sourire doux.

— Rien. J'ai du mal à réaliser tout ça, lui répond Joséphine en désignant de la main son ventre. Maman m'a dit de laisser faire les choses, que ça viendra.

— Ta mère a raison. Je suis convaincu que ça va très bien se passer.

— En ce moment, j'ai l'impression que je viens tout juste de me rendre compte de ce que j'avais fait.

— Comment ça ?

— Garder le bébé et partir en Bretagne. J'ai laissé en plan mon boulot, mon associé, mes amis, mon appart… Je n'y suis jamais retournée depuis mon départ pour Locmariaquer. J'ai l'impression d'être folle.

— Mais non, Jo, tu n'es pas folle. Mais si tu veux mon avis, cette vie que tu as laissée derrière toi à Paris et ta nouvelle vie en Bretagne, ça n'aide pas à avoir les idées claires. Tu as le cul entre deux chaises, comme on dit.

— Il faut que je choisisse une chaise ?

— Hum, peut-être, oui. Ce n'est que l'avis de ton vieux père, mais je pense que tu devrais mettre de l'ordre dans tes affaires. Et je t'ai vue si heureuse en Bretagne que j'ai du mal à t'imaginer revenir à Paris. Pourtant, il y a un an, je n'aurais pas parié un kopeck sur l'épanouissement de ma fille à la campagne. Mais bon, il y a un an…

Ils se taisent tous les deux. Évidemment, il y a un an, il y avait Vincent, il y avait de l'amour à deux, des décisions à deux, un avenir à deux.

— Bon, je vais te laisser dormir. Essaye de ne pas trop penser à tout ce que je viens de te dire, je suis sûr que ça s'éclaircira dans ton esprit. Et tu sais ce qu'on dit, la nuit porte conseil alors ferme tes yeux et laisse faire les étoiles, conclut-il poétiquement avant de refermer la porte de la chambre.

En dépit des recommandations de son père, elle garde les yeux grands ouverts dans la pénombre de sa chambre jusqu'à une heure avancée. Mettre de l'ordre dans ses affaires, ça la taraude. Elle se relève et saisit le carnet de Vincent. Elle a besoin de voir son écriture bordélique, ses notes anarchiques, couchées sur le papier dans des couleurs différentes. Elle caresse les pages comme si c'était la main de son mari. Et il suffit d'un temps infiniment court pour que son cœur s'allège. Elle lit des mots qu'elle associe sans effort à une image. Puis elle voit ses propres ajouts, ses idées pour cette maison qui est finalement devenue davantage la sienne que celle de Vincent. Penser à Locmariaquer, à ce qu'elle y a construit l'apaise. Elle est impatiente d'y retourner. C'est chez elle, elle en est certaine et elle adore cette certitude. C'est à ce moment-là que ça se produit. Un léger mouvement, un sursaut. Elle descend les yeux vers son nombril, sous lequel une bulle semble avoir éclaté. C'était rapide, discret mais assez effarant. Elle est interloquée. Elle englobe son ventre de ses deux mains, intimidée par cette sensation merveilleuse. Elle ne s'y attendait pas. Le bébé est bien là, et, dans ce mouvement furtif, elle veut voir un encouragement. Elle se sent pour la première fois pleine de quelque chose.

Dans le matin luisant, elle ouvre les yeux sur son ventre. C'est comme si elle avait couru un marathon la veille, comme si elle avait fait le déménagement d'un copain, comme si elle avait passé une journée à arpenter les allées d'un parc d'attractions. Elle a la sensation d'un corps lourd, endolori même, il s'est passé quelque chose d'incroyable. Ce n'est que le bébé qui a bougé et elle en est encore stupéfaite.

Lorsqu'elle descend à la cuisine, sa mère remarque sa mine chiffonnée, encore pleine de sommeil.

— Tu n'as pas bien dormi, ma chérie ?

— Un bon petit-déjeuner et ça ira mieux. J'ai une faim de loup.

— Très bien. Tu as des cernes mais ta voix fait plaisir à entendre. Tiens, du pain grillé.

— Avec du beurre et de la confiture d'abricots, ça me ferait presque oublier mon croissant quotidien de Locmariaquer.

— Tu vas vite le retrouver, ton croissant. Jusqu'à quand restes-tu parmi nous ?

— Je ne sais pas exactement, demain ou après-demain. Je vais d'abord aller à Paris.

— Vraiment ? demande Catherine, qui a cessé de s'activer à nettoyer le plan de travail.

— Oui, il faut que j'y retourne. Pour voir l'appartement, Olivier. Et puis, je dois… mettre de l'ordre dans mes affaires.

— Très bonne idée, intervient Henri, qui entre dans la cuisine, journal à la main, suivi de Julien et Christophe.

Son père lui fait un clin d'œil, ses frères lui demandent ce qu'elle a prévu de faire à Paris, et si elle compte y rester. Elle évacue les interrogations en leur demandant où sont leurs femmes et leurs enfants. Parties faire une grande balade à vélo avec toute la troupe, le temps que les papas aient la paix pour aider Henri à élaguer le tilleul.

Elle profite du calme régnant dans la maison pour relire ce qu'elle a écrit dans la nuit. Ce sont surtout des listes, notamment sur les choses à faire lorsqu'elle sera à Paris, avec quelques urgences (l'assurance lui court après, dixit Olivier). À la lumière de la lampe de chevet, elle a passé en revue les implications de son installation en Bretagne. Un véritable état des lieux de sa vie d'avant et de maintenant, pour finalement réaliser que son existence à Locmariaquer revêtait un caractère irréaliste ou inconscient, voire poétique. Un conte moderne dans lequel une citadine s'installe à la campagne sans s'encombrer d'impératifs financiers ou sociaux, sans contraintes. Ses derniers mois, elle les a vécus en marge du monde et elle ne pourra plus s'obstiner à rester dans un quotidien hors du temps, parce qu'un bébé arrive, parce que l'assurance-vie de Vincent et leurs économies ne sont pas éternelles. Et pour Olivier aussi. Il gère seul le cabinet et ce n'est pas tenable. Elle doit décider mais en relisant ses notes écrites pendant la nuit, aucune solution n'apparaît clairement. Elle doit choisir une chaise et y poser définitivement ses fesses, comme dirait son père.

Vincent

Tu m'avais un jour expliqué ce qui nous différenciait vraiment, toi, la provinciale, moi, le Parisien : notre définition du passage à l'âge adulte. Dans mon cas, il était clair que ça faisait référence à l'accès à la majorité, cet anniversaire précieux, qui offrait de pouvoir me rendre rapidement aux urnes. Pour toi, peu importaient les dix-huit bougies soufflées, ce qui comptait c'était le permis de conduire. Parce qu'il était synonyme de liberté, de déplacements sans faire appel aux parents. Tu avais tant ri en apprenant que j'avais obtenu le mien à l'âge de vingt-neuf ans, tu n'aurais jamais pu attendre aussi longtemps. Moi, je pouvais déambuler à ma guise depuis mon enfance dans Paris et même tout autour, à coups de métro, de bus, de transilien. Mais j'avais fini par le passer, ce permis, à un moment de ma vie où j'avais compris qu'un jour mon abonnement SNCF pour prendre des TGV entre Paris et Locmariaquer ne suffirait plus. Viendrait le temps où je choisirais entre mes deux foyers et je m'étais imaginé au volant d'une voiture en Bretagne. C'était évident, pour moi, j'avais déjà inventé tout un futur à vivre là-bas, Paris devenait provisoire. À Locmariaquer, je repérais les touristes, dans la capitale, je jouais au touriste, avec toi. On a alors passé des dimanches d'août sur des vélos, à s'élancer à travers la ville, puis on s'allongeait là où c'était interdit à Bagatelle, on flânait devant les boutiques du quartier Saint-Germain-des-Prés, on s'offrait une glace au pied de la roue du jardin des Tuileries. Ça nous amusait de nous prendre en photo comme si nous visitions Paris pour la première fois. J'espérais que nous deviendrions réellement ces gens de passage, qui retournent ensuite dans leur quotidien, un quotidien que tu aurais choisi, toi aussi.

Dans le train qui file vers Paris, les esprits sont échauffés. Une colonie de vacances a pris place dans sa voiture, au moment de la correspondance à Bordeaux. Elle repose sur la table le roman prêté par Stéphanie, l'une de ses belles-sœurs. Impossible de se concentrer sur l'intrigue policière au milieu du chahut. Et il n'y a pas que les enfants. Des vacanciers aux fronts rougis et aux cheveux séchés par le soleil, sans doute déjà gagnés par la déprime du retour sur Paris, râlent, s'étalent, ronflent. Puis vient l'heure du déjeuner. Un mélange d'odeurs de sueur et de sandwich-club envahi le wagon. Elle en a l'estomac retourné. Elle prend son sac à main et se réfugie sur la plateforme entre deux voitures et tout à côté des toilettes. Elle s'écroule sur la petite banquette, la peau suintante, les cheveux collés aux tempes. Les cris des gamins de la colonie de vacances et de leurs animateurs lui parviennent. Ces enfants-là ont encore plus d'énergie que ceux de ses frères, qu'elle estimait déjà bien agités. Sauf la petite Lola. À Sarlat, elle a passé un après-midi entier à jouer à la coiffeuse et à la dînette avec la plus jeune de ses nièces. Lola s'émerveillait devant les cheveux de « princesse » de Joséphine. La petite l'a peignée avec douceur tout en lui faisant la discussion. Il y a un monde dans la vie d'une enfant de cinq ans. Elle en a beaucoup appris sur les amis d'école de Lola, notamment sur une certaine Anouk, sa meilleure copine, mais aussi sur Chloé, son ennemie du bac à sable. Et puis, son papa et sa maman, Julien et Stéphanie, sont très amoureux, ils se font des bisous et partent faire la sieste pendant le week-end. Joséphine a ri. Pas étonnant que ce soit elle la préférée d'Henri et Catherine, même s'ils jureraient qu'il n'y a pas de favori entre leurs petits-enfants. Et son bébé à elle, est-ce qu'il courbera les lèvres de ses parents en un sourire attendri ? À coup sûr. Sa mère l'attend déjà, peut-être même plus qu'elle. Avant son départ pour la gare de Sarlat, Catherine lui a dit de la suivre un moment dans sa chambre. Elle a sorti d'une boîte un bonnet miniature et un body.

— Tiens, c'est pour lui. J'ai craqué sur le body dans une boutique du centre-ville, je le trouvais si mignon et il va déjà comme un gant à ton bébé, a dit Catherine en caressant le vêtement avant d'ajouter qu'elle avait tricoté elle-même le bonnet.

Elle sort de son sac à main les deux pièces, si minuscules. Le body est simple, blanc avec une grosse baleine bleue et grise sur l'avant. Le bonnet est vert, un peu comme la couleur qu'elle a choisie pour les volets de la maison, pense-t-elle. Elle n'a pas voulu les mettre dans son sac de voyage pour les garder tout près d'elle. Elle en est attendrie. Depuis qu'elle a senti le bébé bouger, elle s'y fait, ou même mieux, elle pourrait s'émerveiller de ce qui est à venir. Et aussi veiller à ce que sa grossesse se passe bien. Sa mère, lui a demandé de voir un gynécologue, au plus vite. Elle n'a pas fait l'échographie du premier trimestre ? Hésitation : voir tout de suite un nouveau médecin pour avoir cette première photo de l'intérieur de son ventre, qui, dit-on, émeut les futures mères, ou se contenter de l'échographie début septembre pour le deuxième trimestre ? Elle opte pour la seconde option. Elle le sait, elle ne fait pas tout dans l'ordre, ni tout ce qu'implique normalement une grossesse. Il faudrait qu'elle surveille ses urines ou sa tension, par exemple. Mais il lui semble que tout va bien, là-dessous. Le bébé ne lui a-t-il pas fait signe qu'il se portait à merveille ? Et puis, les nausées ont cessé. Les symptômes du deuxième trimestre la font à peine sourciller, des douleurs lombaires supportables, des flatulences discrètes. Oui, tout va bien, se convainc-t-elle dans le train.

Elle profite de la dernière heure de voyage pour demander des nouvelles de Georges à Millie, la remercier et prévient aussi Marie et Olivier de son arrivée imminente. L'un insiste pour venir la chercher à la gare, l'autre pour passer à l'appartement, voire y dormir. Joséphine refuse. Inutile de les déranger pour son retour. Elle aura aussi besoin d'être seule. L'appréhension est aussi grande que l'envie d'y être déjà. Elle a peur de sentir trop fort l'absence de Vincent, de se retrouver dans le même état que celui dans lequel elle se trouvait après l'enterrement. Le train ne va pas tarder à franchir les portes de Paris, s'engouffrer dans la gueule d'un monstre qu'elle a habité avec plaisir. Et au même moment, elle inspire aussi profondément qu'elle le peut pour ne pas vaciller.

Le taxi roule sur le macadam chauffé par un soleil d'août vif. Il n'y a pas grand monde sur les trottoirs et les terrasses qui ne sont pas à l'ombre semblent pleurer la désertion des habitués. Paris au mois d'août, vidée de ses Parisiens, chatouillée par quelques touristes, lui a toujours plu. Elle redécouvre à travers la vitre les quartiers qu'ils ont parcourus ensemble. Elle sourit tristement. L'image de Vincent est si claire, elle le voit marcher dans la rue, lui désigner l'architecture d'un immeuble. « Paris est le terrain de jeu idéal pour un amoureux des beaux édifices, surtout les balcons ! » lui disait-il, pour lui faire lever les yeux vers le haut des immeubles et leurs balustrades plus ou moins fleuries.

Le chauffeur s'arrête à l'adresse donnée, il lui jette un coup d'œil dans le rétroviseur. Elle est prostrée, les yeux rivés sur l'appuie-tête devant elle, les mains sur les cuisses. Son immobilité doit inquiéter le taxi, qui finit par lui demander si tout va bien.

— Oui, tout va bien, juste une minute, s'il vous plaît.

— Comme vous voulez, c'est vous qui payez de toute façon. Si ç'avait été avec un Uber, je peux vous dire qu'il vous aurait déjà éjectée de sa bagnole ! Vous voyez, madame, les taxis et les Uber, ça n'a rien à…

Elle sort de la voiture, claque la porte, après lui avoir donné l'argent de la course. Son sac de voyage sur l'épaule, elle s'engouffre dans l'immeuble, traverse la cour, monte les escaliers couverts de ce tapis de velours fatigué. Son cœur s'accélère, ses épaules semblent porter des sacs de sable.

La porte de l'appartement s'ouvre et elle reprend sa respiration comme si elle ressortait de l'eau après un concours d'apnée avec ses frères. La vision du salon lui assène un coup au cœur, comme si quelqu'un le lui empoignait, le pressait comme un citron pour en extraire jusqu'au dernier millilitre de jus. Le vieux canapé inconfortable scarifié par les griffes de Georges, la table basse aux coins saillants qui leur valaient de belles égratignures aux genoux, les disques de jazz dans la bibliothèque qu'il écoutait un quart de seconde avant de ronfler comme un tracteur. Elle avance à pas feutrés dans la pièce comme pour éviter de déranger le calme qui y règne. Tout est familier mais il manque aussi quelque chose. Ce qu'il manque, ce sont les restes de sa vie ici avec Vincent. Le salon est… rangé, propre. Plus de pile de magazines qui tendait à s'effondrer, plus de tickets de caisse sur la commode, plus de chaussures, de vêtements perdus aux quatre coins de la pièce. Sans compter la cuisine, qui brille comme un sou neuf. Elle fait le tour de l'appartement. Le blanc de la salle de bains est éblouissant, la robinetterie rutile, nulle trace de dentifrice sur le lavabo, ni de la brosse à dents de Vincent, de son déodorant, de leurs produits de douche. La chambre sent le linge frais et le lit ressemble à ceux des hôtels. Elle n'a pas de doute sur les auteurs de la transformation de son ancien cocon en appartement témoin. Elle n'en revient pas. Anne et Yves ont tout rangé, tout nettoyé, effacé toute trace de son passage ici avec Vincent. Elle ne sait pas si elle leur en veut ou si elle leur en est reconnaissante. Retrouver son appartement dans cet état d'extrême propreté est troublant. Et une sensation de malaise l'envahit. Elle repasse partout, caresse les meubles, ouvre les tiroirs, furète dans les placards. Plus elle avance, plus ses muscles se tendent. Puis elle sent une main qui se pose sur sa taille, un souffle dans son cou, des mots chuchotés à son oreille. Ça semble si vrai, Vincent qui est là, qui lui dit qu'ils ont eu de bons moments ici, malgré tout, que ça ne s'oublie pas, ça. Une larme roule sur sa joue. Sa présence en trompe-l'œil est une affreuse illusion. Elle sait déjà qu'elle ne sera plus heureuse ici.

— Oh Joséphine ! Viens là !

Claudine abandonne immédiatement son comptoir d'accueil et se rue vers elle, les bras tendus. La secrétaire médicale l'enlace, la serre contre elle.

— Ça pousse, ici et ici, s'exclame-t-elle en désignant la poitrine et le ventre de Joséphine. Ça te va très très bien ce petit bidon, et alors, ces seins ! De vrais pamplemousses bien mûrs, continue-t-elle, faisant fi des patients en salle d'attente.

L'enthousiasme de Claudine fait rire Joséphine, qui constate pourtant des cernes marqués sous les yeux de la secrétaire médicale. Celle-ci lui confie qu'elle attend avec impatience le début des vacances, qui débutent dans deux jours. Elle a déjà revêtu l'uniforme des congés. Elle tourne sur elle-même en faisant virevolter sa robe rose fuchsia couverte de grosses fleurs orange. Olivier a dû ouvrir des yeux ronds en la voyant arriver ainsi ce matin. C'est à ce moment-là qu'il fait irruption à l'accueil, derrière le patient qu'il vient de voir. Claudine reprend son poste tandis que les deux associés vont s'isoler dans le bureau.

Dès la porte fermée, il se jette presque sur elle pour la tenir longtemps contre lui. Elle s'excuse d'arriver à l'improviste. Elle a vu qu'il y avait des patients en salle d'attente.

— Aucune importance, la rassure-t-il, j'ai tout de même le droit de prendre cinq minutes de pause. Et on ira plus tard prendre un café ? Ou même mieux, viens dîner à la maison. Alexandra et les enfants seront contents de te voir !

— Oui, pourquoi pas. Il faut aussi que l'on parle du cabinet.

— Eh bien… Je ne pensais pas que tu allais être la première à mettre le sujet sur la table.

— Il le faut, pour nous deux.

— C'est certain, chère associée. Ou future ex-associée ? dit Olivier, avec un sourire en coin.

— Je…

— Je t'embête. On en parlera plus tard, de façon sérieuse.

Elle le gratifie d'un baiser sonore sur la joue. Oui, ils aborderont le sujet, même si elle n'a aucune idée de ce qu'elle pourrait bien lui dire.

Pour occuper le reste de sa journée, et surtout, éviter de rentrer dès maintenant dans cet appartement qu'elle ne reconnaît plus, elle opte pour une séance de shopping. Marie est disponible en fin de journée pour un café en terrasse, ce qui lui laisse le temps. Même si le début de sa grossesse a été en demi-teinte, elle ne peut plus faire comme si ces quatre derniers mois de femme enceinte allaient passer sans changement. Son ventre arrondi ne lui permet plus de fermer ses jeans. Elle doit se résigner à laisser le dernier bouton ouvert, qu'elle cache ensuite sous un tee-shirt. La salopette, elle, lui va tout à fait, comme prédit par la vendeuse.

Non loin du cabinet, dans le 15e arrondissement, elle s'engage dans la rue du Commerce. Ce n'est pas aujourd'hui qu'elle sera bousculée. Il n'y a pas foule dans le premier magasin qu'elle choisit. Elle peut prendre son temps pour trouver quelque chose, même si elle ne sait pas ce qu'elle cherche et en parcourant les rayons, elle est désorientée. En cabine, elle essaye un pantalon taille 44 qui couvre son ventre mais dans lequel ses jambes se perdent. Le style sac à patates n'est pas franchement à son goût. Des jeans avec bandes élastiquées, des robes ceinturées juste au-dessus du ventre, des petits hauts avec décolletés plongeants, elle les a tant imaginés avant de tomber enceinte. La mort de Vincent a terrassé ses envies un temps, c'est maintenant le moment de les faire revenir. Elle repose le pantalon extra-large et sort du magasin pour chercher une enseigne spécialisée. Elle pourrait acheter en seconde main sur Internet, mais elle n'en a pas le courage. Faire du neuf avec du vieux, elle a déjà donné.

Plus tard, elle s'installe sur un banc et s'avachit complètement. À côté d'elle, plusieurs sacs estampillés du nom du magasin de vêtements où elle s'est rendue après un trajet en métro. En dépit du nombre limité de passagers, le mélange d'odeurs de transpiration, de déodorant et des souterrains parisiens lui a soulevé le cœur. Ça, ça ne lui avait pas manqué. Elle pourrait lister tout ce qui ne lui manque pas à Paris pour se satisfaire, se convaincre tout à fait d'être à Locmariaquer. Mais elle sait déjà.

Prendre l'air au parc Monceau, malgré la chaleur moite, lui fait du bien. La séance de shopping l'a épuisée. Elle a dépensé une telle fortune. Passer de rien du tout à cette opulence de vêtements… Insensé. Elle ne sait pas ce qui lui est passé par la tête. Peut-être a-t-elle cherché à rattraper ces derniers mois. Dans ses sacs, des jeans, un legging pour le confort, une jolie robe à pois et une série de débardeurs. Et puis spécialement pour l'été, un short qu'elle pourra fermer sans problème jusqu'à ce que le soleil devienne automnal et un maillot de bain une pièce imprimée vichy. La suite des événements, d'après Internet, et sa mère, et Olivier, et ses belles-sœurs, ne sera pas toujours une promenade de santé alors elle a opté pour la simplicité, se dit-elle en ouvrant le sachet de la boulangerie dans laquelle elle s'est arrêtée avant d'arriver au parc. La pâte sablée de la tarte aux fraises craque sous ses dents, la crème pâtissière envahit sa bouche, les fruits explosent sur sa langue. C'est si bon. Elle lâche un gémissement de contentement. La tarte est un délice. Est-ce lié à ce que l'on dit des fraises qui mettent l'eau à la bouche des femmes enceintes ?

Elle n'en avait pas eu envie avant. Elle lèche goulûment les dernières miettes sur le bout de ses doigts et coule dans un délassement total, accentué par le léger mouvement dans son ventre. « Toi aussi, tu aimes ça, Chouquette », murmure-t-elle.

Elle jette un coup d'œil à son téléphone. Marie et elle ne se retrouveront que dans une petite heure. Il lui reste un peu de temps pour passer un coup de fil. Yves et Anne. Elle est gênée par l'apparence proprette de l'appartement, mais elle se dit que la première chose à faire est de les remercier. Ils ont pris sur eux pour maintenir dans un état convenable le lieu où a habité leur fils sans rien demander en retour. Ils n'ont jamais cherché à ce qu'elle leur fasse un compte rendu de sa grossesse. Les appels se sont espacés, les messages aussi. Elle avait peur qu'Anne la marque à la culotte mais peut-être ses beaux-parents ont-ils été si soulagés d'apprendre qu'elle gardait le bébé qu'ils se sont raisonnés, ou plutôt Yves a-t-il raisonné Anne.

Au téléphone, c'est son beau-père qui répond. Rapidement, il met Joséphine sur haut-parleur et se fait entendre la voix joviale d'Anne. Quand elle leur explique qu'elle est à Paris, ils s'empressent de lui proposer de venir dîner à l'appartement. Est-ce une bonne idée ? Se retrouver avec ses beaux-parents dans cet antre de la nostalgie malheureuse, lavée de toute trace du passage du couple, qui plus est, ne l'enchante pas. Elle bafouille qu'elle ne reste pas longtemps dans la capitale, qu'elle ne sait pas si elle aura le temps. Un *Tut, tut*, siffle dans le téléphone. C'est Anne. Joséphine n'a qu'à leur dire l'heure et le jour et ils viendront. Un café alors ? C'est au-dessus de ses forces d'organiser un repas dans cet appartement, et elle réalise que lorsqu'elle visualise le lieu, la chair de poule court sur sa peau. Comment peut-elle être si réticente quand il est question de passer du temps dans l'appartement alors qu'elle a tant aimé y vivre avec Vincent, et qu'elle s'y est sentie à l'abri de tout après sa mort ?

Anne et Yves viendront pour le café demain, en milieu d'après-midi, et ensuite, elle s'enfuira dîner chez Olivier et Alexandra. La conversation sera sans aucun doute orientée sur le bébé, sur le lieu dans lequel il va naître. Elle doit préparer ses cartouches, mais quelles cartouches ? Elle n'a aucune idée de ce qu'elle va faire de sa vie, finalement. Une maison qu'elle rénove près de la mer, un appartement dormant à Paris, un métier qu'elle n'exerce plus, excepté pour l'ongle noirci de Patrice, et un ventre de plus en plus gros. Il n'y a pas que les parents de Vincent qui réclameront un état des lieux de sa situation géographique, professionnelle et psychique. Que dire à Olivier, qui gère depuis quatre mois le cabinet seul ? Elle ne sait même pas comment il a fait pour s'en sortir. Elle l'a laissé lui faire croire que tout allait bien, se souciant si peu de ses anciens patients, de l'équilibre du cabinet, et de la santé même de son associé. Olivier n'en a jamais fait mention. Le deuil excuse l'égoïsme, apparemment.

Marie est déjà installée à la table. Ses jambes fuselées, chaussées de sandales dorées, battent la cadence dans un mouvement rythmé, comme si une musique jouait dans sa tête. Elle a de l'allure, avec sa jupe rouge, son carré brun esthétique, ses grosses lunettes papillon. Joséphine fait pâle figure à côté, avec son jean déboutonné et son tee-shirt difforme, qui épouse de façon disgracieuse ses nouvelles rondeurs. Elle a soudainement très envie de sauter dans la robe qu'elle a achetée. Lorsqu'elle embrasse Marie en arrivant, son amie relève pourtant qu'elle a l'air bien plus en forme que la dernière fois qu'elles se sont vues. Pas difficile, étant donné l'état dans lequel elle se trouvait, quelques semaines à peine après le décès de Vincent. Mais toute cette période est à présent bien floue dans son esprit. Elle garde le souvenir d'un brouillard immense, d'une douleur lancinante, et tout autour, rien ni personne.

— Ton bidon me donnerait presque envie d'en faire un troisième ! Je peux le toucher ?

— Bien sûr que tu peux.

— Je te demande parce que ça m'exaspérait, moi, quand tout le monde touchait mon ventre de femme enceinte sans me demander mon autorisation.

Marie tâte avec douceur, en chuchotant tout près du nombril qu'elle a hâte de faire la connaissance du petit habitant.

— Je l'ai senti bouger une fois, dit Joséphine d'une voix basse, comme si elle confiait un secret.

— Une seule fois ?

— Oui, je crois. Je sens d'autres choses mais je ne suis pas certaine que ce soit lui.

— Hum ?

— J'ai des bulles dans le ventre, ou un truc comme ça. Et puis, je pète... souvent, avoue-t-elle, avec une moue d'interrogation.

— C'est normal ! rit Marie. Tu es médecin, tu dois quand même savoir que ça arrive ça, non ?

— Je suis médecin, pas gynéco. Et ce n'est pas pareil quand on est concernée.

— Et c'est peut-être aussi parce que tu viens d'accepter que tu vas devenir maman, non ?

Joséphine acquiesce. Cela ne fait pas si longtemps qu'elle réalise. Jeune veuve, bientôt jeune mère. Combiner les deux ne sera pas facile, concède son amie.

— On n'en aurait pas toutes été capables, tu sais. Regarde Caroline, tu te rappelles ce qu'elle te disait ? Sur le fait que tu aurais du mal à retrouver un homme à ton âge, et toutes ces conneries ? Bref, tu vois ce que je veux dire, Jo. Je crois que si ça m'était arrivé, si Nicolas avait...

Elle se tait et demande pardon. Joséphine a dépassé ça, elle n'envie plus la chance des autres, ne ressasse plus sa malchance à elle, alors elle lui serre la main pour signifier qu'il n'y a pas à avoir de gêne entre elles. Elle est heureuse de savoir que tout va bien pour le couple de Marie, même si les enfants leur mènent la vie dure. Son amie raconte qu'ils entrent dans l'âge où tout est remis en question. La couleur de la soupe ne leur plaît pas ? Hors de question qu'ils y trempent les lèvres. La petite robe verte préférée de Julia est à la machine ? Crise de colère sur le sol de la cuisine. Quant à Nathan, il a de nouveau des soucis de propreté.

— Eh ben, ça donne envie ! plaisante Joséphine.

— Je pourrais écrire un anti-guide de la maternité et de l'éducation. Comment faire de ses enfants des humains miniatures autoritaires, imbus d'eux-mêmes et critiques culinaires complètement hystériques !

Leur fou rire traverse la terrasse et une dizaine d'yeux cachés par des lunettes de soleil se braquent sur elles avec sévérité. Mais elles ne voient rien, rendues aveugles à l'exaspération alentour par leurs conversations légères.

Tout lui revient quand elle passe de pièce en pièce, des souvenirs en mitraillette. Cet appartement, c'est la mémoire des grands bonheurs et du grand malheur. Elle se sent chez elle et en même temps, elle a l'impression de ne plus rien reconnaître, que toute chose est flanquée d'une image triste. Elle se souvient de son dernier mois ici, ces semaines d'errance totale, de vertige. Le souvenir de leur vie à deux dans leur appartement est falsifié.

Pour éviter de se faire percuter par des clichés de cette existence révolue, elle tente de s'occuper. Le réessayage des vêtements achetés dans l'après-midi lui tire un sourire. Elle tourne sur elle-même dans la robe. Pour la première fois, elle savoure la vision de son corps arrondi, mais tout ce qu'il y a autour est incohérent. Elle pense à sa maison bretonne, s'imagine se balader dans les petites rues du village de Locmariaquer, aller récupérer son croissant chaud chez Mélanie. Ça lui manque. Elle met de côté l'assiette de jambon-purée qui l'attend, attrape son téléphone. Entendre la voix de Millie devient soudainement urgent.

— Joséphine, comment tu vas, *sweetheart* ?

L'accent lui donne l'impression que Kristin Scott-Thomas est à l'autre bout du téléphone. Elle demande des nouvelles de son amie, de Georges, le temps qu'il fait, s'il y a beaucoup de touristes. Millie est vraiment ravie de venir chaque jour pour s'occuper des chaises du salon.

— J'adore ta maison ! Ça change de mon petit appartement et de mon atelier. Je profite du beau temps pour peindre dans ton jardin aussi, ça ne te dérange pas ?

— Absolument pas, fais ce que tu veux à la maison pendant mon absence.

— Justement, je voulais te demander autre chose. Tu m'autorises à rester dormir chez toi ? Je rêve d'un petit-déjeuner sur ta terrasse pour être honnête. Et puis, dans mon appartement je dors mal en ce moment, avec tous ces gens qui se promènent en parlant et en criant très fort.

Joséphine rit dans le téléphone et puis, elle est touchée de voir que son amie se sent bien dans sa maison. Évidemment que Millie peut y rester dormir. Il y a une chambre au rez-de-chaussée dans laquelle son père et elles avaient installé le nouveau lit.

— Tu n'as plus qu'à y mettre des draps, prends-les dans l'armoire de ma chambre.

— Merci, Joséphine. Quand rentres-tu ?

— Je ne peux pas rentrer demain parce que je dois voir les parents de Vincent et mon associé mais après-demain, j'espère.

Joséphine est pressée de prendre la route du retour vers la Bretagne.

Le lit où elle a dormi si longtemps, lovée dans les bras de Vincent, à écouter sa respiration, à décrire les courbes de son visage, à sentir son odeur, lui est impossible. Elle reste debout dans la chambre quelques minutes à le regarder, incapable de s'y glisser. La mort de Vincent démantèle toute la vie à deux, ici, dans ce lit, dans la chambre et dans toutes les autres pièces. Elle va se coucher dans le canapé, avec cette certitude renouvelée qu'elle ne pourra plus vivre dans cet appartement.

Le lendemain, elle enfile la robe à pois achetée la veille et dévale les escaliers pour aller chercher un croissant, qu'elle dévore en se baladant dans le quartier. Rester dans l'appartement lui donne de l'urticaire, elle a décidé de flâner à travers les rues. Elle a aussi relevé le courrier, en plus de celui récupéré au cabinet quand elle a rendu visite à Olivier.

Installée à la terrasse d'un café, en plein soleil, elle sent monter l'anxiété. En découvrant les lettres adressées à Vincent d'abord. Voir son nom et son prénom écrits comme s'il était encore là, comme s'il allait se réjouir de recevoir une pub pour l'opticien. Pire encore, les courriers qui lui sont adressés à elle, en tant que veuve. Beaucoup d'administratif. Après les obsèques, sa mère avait mis en route la réalité administrative d'un Vincent disparu. À présent, le notaire requiert son attention pour régler la succession. Envoyer tout balader est la première idée qui lui vient et puis finalement, elle se reprend. Son père lui a dit de « mettre de l'ordre dans ses affaires ». Elle doit s'occuper de l'héritage, même si enterrer définitivement Vincent dans les archives publiques la révulse. Elle ne peut pas se défiler, contourner ses obligations et s'en remettre à sa mère ou à la clémence des autorités administratives. Il faut assumer son rôle de grande personne, même quand on vient de perdre l'amour de sa vie.

L'exaltation la gagne alors qu'elle trottine dans la gare Montparnasse. Elle slalome entre les nombreux voyageurs, qui, comme elle, sont lestés de grosses valises estivales. Elle a récupéré certaines affaires dans l'appartement, un peu plus que lors de son dernier départ pour Locmariaquer. Tout est fourré en vrac dans la grosse valise qu'elle a trouvée en haut du placard de l'entrée. Il y a aussi son sac de voyage, et puis un sac supplémentaire rempli de bricoles. Des photos, certains disques de Vincent, une tasse à café qu'elle adore… Elle est si chargée qu'on pourrait la croire en plein déménagement. Mais n'est-ce pas le cas ? Elle est grisée et piétine sur les quais de gare. Elle dit : « Pardon, Pardon », bombe son ventre pour gagner la compassion, joue des coudes. Elle a peur de rater son train, et hors de question de le laisser filer sans elle.

Elle a pris du retard en passant aux impôts ce matin pour y déposer la déclaration de succession. Elle ne comprenait rien à toutes ces demandes. Yves et Anne l'ont aidée à prioriser les choses. Lorsqu'ils sont venus prendre le café, ils ont décortiqué avec elle tous les courriers administratifs restés sans réponse, après qu'Anne a repris ses esprits. Le visage de sa belle-mère s'est couvert de larmes, la porte à peine franchie. Submergée par l'émotion face à cette nouvelle silhouette, elle avait le souffle court et les mots hésitants. Le bonheur de savoir que là, sous ce nombril, était niché un bout de Vincent, son premier petit-enfant, son unique petit-enfant, était indescriptible.

La joie, la peine, les souvenirs, tout se mélangeait. « Merci de nous offrir cela », a-t-elle murmuré en accrochant ses yeux rougis à ceux de Joséphine. Yves, lui, n'a pas versé de larmes, il n'a pas touché le ventre, son visage affichait simplement un sourire tout en retenue. Il a saisi sa main et l'a serrée un peu fort, voilà, c'était tout. Une fois les yeux essuyés et le nez d'Anne mouché, Joséphine s'est retrouvée sous le feu des questions. Sur la nourriture, sur la façon de dormir, sur l'exposition au soleil (même si, bon, en Bretagne, on ne peut pas dire que tu t'exposes à un gros risque). Pour peu, sa belle-mère lui aurait demandé la couleur de ses urines. D'abord touchant, cet interrogatoire précautionneux a eu vite fait de tomber dans la démesure. Agacée d'entendre Anne ponctuer ses phrases d'un « tu sais, pour le bébé… », elle se répétait de respirer, profondément, de sourire, et de répondre que oui, elle devrait ceci ou cela. Après tout, on ne cherchait qu'à l'aider, non ? Il fallait accepter cet excès de prévenance, et c'est ce qu'elle a fait, durant tout l'après-midi, même si ses lèvres se sont crispées lorsque sa belle-mère lui a retiré l'assiette contenant une seconde part de fondant au chocolat. Pas trop de sucre, pour le bébé. Elle en est restée sans voix et puis finalement, la conversation s'est orientée vers les affaires administratives. Ils sont d'une tendresse infinie avec elle, bienveillants. Et ce bébé, c'est pour eux une manière supplémentaire de l'entourer de l'amour qu'ils ne peuvent plus donner à leur fils.

La tête posée contre la vitre, Joséphine perd son regard au loin, alors que le train franchit la grande couronne francilienne. Déjà, le wagon se fait plus silencieux. C'est toujours étrange de sentir l'allègement de l'atmosphère dans un train qui quitte une gare parisienne. Sitôt les dernières tours d'immeubles passées, il y a comme une grande respiration collective. Ou peut-être extrapole-t-elle. Pour elle, en tout cas, c'est l'apaisement qui affaisse son corps contre le siège. Elle peine à retrouver la sensation d'avoir été chez elle, dans sa ville et dans son monde. Elle quitte Paris sans cette pointe d'hésitation à laquelle elle s'attendait, même si en discutant la veille au soir avec Olivier, elle se disait que s'il y avait bien quelque chose qui pourrait lui manquer, c'était son ami, tout comme Marie ou Caroline. Durant le dîner chez son associé, elle s'est sentie bien, si bien qu'elle s'est demandé comment elle avait fait pour se satisfaire de quelques appels ces dernières semaines, ces derniers mois. Ils ont dîné dans une atmosphère joyeuse, presque normale, à l'image des soirées passées là avec Vincent. Alexandra s'est empressée d'en savoir plus sur le bébé, la date du terme, le sexe peut-être ? Elle s'est trouvée un peu bête de n'avoir que peu de réponses à lui donner. La femme d'Olivier lui a alors intimé, avec douceur mais non sans une pointe d'autorité, de prendre rendez-vous pour l'échographie du deuxième trimestre.

— C'est prévu, je vais la faire, cette échographie, mais en Bretagne.

— Et ton congé maternité ?

Olivier a relevé les sourcils en braquant ses yeux sur elle à ce moment-là, une expression du visage qui voulait dire « moi aussi, ça m'intéresse de savoir ». Cette fois-ci, elle n'a pas pu botter en touche. Elle le devait à son associé. Sans appréhension, d'un ton calme dont elle a été elle-même surprise, elle s'est entendue dire que son congé maternité se ferait aussi en Bretagne. Alexandra lui a demandé si ce n'était que le congé maternité ou sa vie qu'elle pensait faire loin de Paris.

— Toute ma vie, je ne sais pas, mais son début de vie à lui, c'est certain, a-t-elle répondu en pointant son index vers son ventre.

La femme de son associé a hoché la tête avec un sourire d'approbation. Quant à Olivier, il s'est levé en apposant le plat des mains sur la table. Son regard s'est fixé sur elle, ses lèvres se sont pincées tandis que son visage faisait un petit mouvement de haut en bas, comme ces figurines qui remuent la tête à l'arrière des voitures. Impossible de savoir s'il était sur le point de sourire ou de vociférer, cette seconde hypothèse aurait relevé de l'extraordinaire pour quelqu'un comme lui, toujours maître de ses émotions. « Allez, suis-moi », a-t-il fini par dire en lui faisant signe de la main.

Dans le train, elle se remémore la suite, à l'étage de la maison. Avec du recul, les mots qui ont franchi ses lèvres la veille au soir lui paraissent surréalistes : « Je veux rester dans la maison de Locmariaquer, je ne peux plus vivre à Paris. » A-t-elle réellement été capable de dire ça, d'en arriver là, à verbaliser ce grand saut vers un… vers quoi au juste ? En Bretagne, elle n'a pas de perspectives professionnelles. Et à Paris non plus, à présent.

Elle en est là, maintenant. Dans un train qui file vers sa nouvelle maison. C'est acté. Cela a été acté lorsqu'ils ont décidé qu'elle céderait ses parts. Olivier ne veut pas les racheter. Il leur faut trouver un nouvel associé. « Les repreneurs, ça ne manque pas à Paris », lui a-t-il assuré. Il n'a pas émis une seule objection. Sa seule requête, c'était d'évoquer immédiatement les aspects pratiques et juridiques de la situation. Il voulait faire les choses proprement, sans risquer de déstabiliser le cabinet. Fidèle à lui-même, il s'est montré juste. Son sourire n'a cessé d'accompagner la conversation, comme s'il ne lui en voulait pas de le laisser ainsi. Elle a peur de ce qu'elle a fait, et elle a peur de décevoir son ami. L'a-t-elle abandonné ? Il n'a eu de cesse de lui dire qu'il était heureux pour elle, parce qu'il savait que cette décision était la bonne, qu'elle n'aurait pas pu faire autrement, et peu importe si lui allait devoir faire sans elle. « Tu fais le bon choix, on n'aurait pas cette discussion si ce n'était pas le cas, et je ne te retiendrai jamais pour mon propre confort de t'avoir chaque jour à mes côtés », lui a-t-il murmuré en la prenant dans ses bras. Elle aurait pu croire à une déclaration d'amour, une envolée romantique, si ça n'avait été Olivier, son meilleur ami, davantage frère que ne l'ont jamais été Christophe et Julien.

Vincent

À l'âge de cinq ans, je rencontrais Mathilde, qui habitait deux étages au-dessus du nôtre. Nous partagions des courses à vélo sans les petites roues et de la pâte à modeler. Notre amitié s'était perdue dans les cartons qui avaient déménagé avec elle à Toulouse. Quand j'étais au collège, Benoît me faisait découvrir les jeux vidéo et nous pouvions passer des heures dans une chambre enfumée de l'odeur poisseuse de la préadolescence et des Pringles au paprika. Je ne l'avais plus revu à partir du moment du moment où il avait préféré troquer Taken contre les baisers mousseux de sa petite amie au sourire ferré de bagues. Et puis, il y avait eu Barbara, rencontrée en deuxième année de licence. J'étais persuadé que nous resterions amis jusqu'à nous dégarnir, mais nos échanges transatlantiques lorsqu'elle avait obtenu un stage au Canada n'avaient pas tenu la distance. J'avais gagné et perdu des amitiés rapidement, aussi sûrement que toi tu avais pris ton temps pour construire celle qui te liait à Olivier. Quand tu m'en avais parlé, je m'étais demandé si je devais être jaloux. Et puis, je l'avais rencontré. Ton meilleur ami était mon opposé, calme, à peser chacun de ses mots, à réfléchir avant d'agir. Je comprenais pourquoi je n'avais pas à être jaloux, je comprenais aussi pourquoi il t'était essentiel. C'était ton double masculin, comme je n'avais jamais eu la chance d'en connaître, et je m'étais toujours dit que si un jour, tu avais besoin de pallier mes manques, il serait là.

Elle est noyée dans la foule qui se déverse sur les quais de la gare d'Auray. Un grand chapeau de paille attire son attention. Puis des bras à la peau blanche s'agitent en l'air. Millie, les yeux dissimulés sous une paire de lunettes rouge vif, s'avance vers elle en trottinant. Joséphine se sent tout chose en la voyant s'approcher. Comme si elle rentrait chez elle, accueillie par quelqu'un qu'elle connaîtrait depuis toujours.

— Viens par ici, dans mes bras. Tu es chargée comme une moule ! s'exclame Millie.

— On dit comme une mule, rit Joséphine en se lovant contre son amie, dont le parfum fleuri remue ses narines.

La voiture tente de s'extirper du bouchon formé rapidement après la descente du train en provenance de Rennes et de Paris. Elle ne cesse de sourire. Millie, elle, est impatiente de lui montrer les chaises.

— Peindre dans ton jardin, c'est si agréable. Tu sais, j'aime mon atelier, et j'aime aussi peindre dans les lieux publics, par exemple sur la plage. Mais avoir un endroit isolé de tout et à l'air libre, c'est incomparable.

— Alors reviens quand tu veux, vraiment.

— Je ne veux pas m'imposer.

— Tu rigoles ? Avec tout ce que tu fais pour moi, c'est la moindre des choses, lui assure Joséphine. Et en plus, cette maison est bien trop grande pour moi toute seule, rien ne me ferait plus plaisir que de te voir t'y balader.

— C'est gentil. Mais dis-moi, tu reviens bien vite en Bretagne. Je ne t'attendais pas si tôt. Ça s'est bien passé chez tes parents et à Paris ?

— Oui, très bien, mais j'avais hâte de rentrer.

— Et tu as choisi de rester ? Je veux dire ici, à Locmariaquer.

Pourquoi ne pas tout de suite révéler ce non-projet qui est déjà enclenché ? Elle sait qu'il lui sera plus difficile d'avouer à ses parents, à ses frères, à Marie ou aux autres qu'elle envisage ou plutôt qu'elle a déjà décidé de céder ses parts du cabinet et de laisser derrière elle, du moins pour un temps, sa vie à Paris. Avec Millie, rien ne la retient, rien ne l'inquiète. Elle lui explique alors ce qu'elle a convenu avec Olivier. Et pour l'appartement, elle n'est pas encore prête à le mettre en vente ou à le louer. Les parents de Vincent, pourtant, lui ont proposé de gérer cette problématique, mais l'idée lui est trop brutale. Impossible de vivre à nouveau dans l'appartement, inconcevable aussi que d'autres y posent leurs affaires.

Millie acquiesce avec un petit signe de tête par moments, sans dire un mot, alors que Joséphine souffre d'une logorrhée et lui donne chaque détail de sa réflexion, lui explique chaque aspect de la situation, lui confie l'angoisse de faire un choix trop radical et en même temps la certitude qu'elle est chez elle à Locmariaquer. Ce n'est qu'en arrivant devant le petit portail blanc, devant le chemin qui mène à la maison, que la Britannique relève ses lunettes de soleil et met fin à son silence en lui disant que son choix ne sera pas facile à assumer chaque jour mais qu'elle pourra compter sur elle pour l'aider lorsque le doute lui taraudera l'esprit.

Elles déchargent à deux la voiture tandis que Georges vient saluer Joséphine, qui le soulève de terre, le couvre de baisers, enfouit sa tête dans les poils duveteux de son ventre. Le chat ne dit rien, au contraire, il pousse avec sa tête pour davantage de caresses. Qui a dit que les chats se fichaient de leur maître tant que la gamelle était remplie ? Aberration, pense-t-elle tout en emportant dans sa chambre les affaires qu'elle a récupérées à l'appartement. Elle n'a pas pu prendre certaines choses, comme si elles étaient souillées par la mort de Vincent et qu'elles ne trouvaient pas de nouvelle place dans une vie sans lui. Elle range quelques vêtements dans l'armoire et pose les photos de leur couple sur l'étagère derrière le lit. Son doigt caresse le visage de Vincent, ses lèvres qui dévoilent de grandes dents blanches, son front couvert de mèches brunes et barré de quelques rides précoces. Elle ravale un sanglot mais déjà, une larme, puis deux galopent sur sa joue sans qu'elle puisse les retenir. Elle espère qu'il approuve son choix. Qu'aurait-il dit en apprenant sa décision de laisser définitivement derrière elle leur vie à Paris ?

Des coups résonnent. Elle s'essuie le visage en sentant une présence s'approcher doucement dans son dos.

— Tu sais, ce n'est que la deuxième fois que je te vois pleurer depuis que je te connais, chuchote Millie en l'enlaçant. Et pourtant, tu aurais de quoi verser des litres.

— Il me manque tellement…

— Je sais, *sweetheart.* C'est normal, cela ne fait pas si longtemps… Mais il aurait été fier de toi. Je ne connaissais pas Vincent, mais je suis certaine qu'il t'aimait comme un fou et qu'il t'aurait aimée encore davantage en voyant ce que tu réalises aujourd'hui.

— Ce que je réalise ? Quitter ma ville, mon travail, mon appartement, avec un bébé dans la cocotte… J'ai peur maintenant, je vais avoir trente-cinq ans mais je suis effrayée de faire tout ça sans lui, toute seule.

— Tu as le droit d'avoir peur. Ce sont des gros changements dans ta vie. Mais ne plus avoir Vincent à tes côtés était déjà un bouleversement et pourtant, tu as tenu. Alors, tout ce qui va suivre, tu ne peux qu'y survivre aussi, j'en suis persuadée. Allez viens, suis-moi, je vais te montrer quelque chose.

Elles se rendent dans la salle à manger, suivies de Georges, qui colle Joséphine comme s'il s'inquiétait de la voir partir à nouveau. « *Here it is* », claironne Millie en désignant le mobilier au centre de la pièce. Les chaises de la table à manger sont toutes recouvertes d'un beau tissu beige, picoré de petites fleurs grises, et leurs pieds et dossiers ont été revernis en une couleur sombre, tout comme la table, d'un bois brut, foncé et à présent lustré. Et puis, elle lui fait découvrir le coin salon, où elle a placé, entre le canapé et la cheminée, quatre pieds en ferraille surmontés d'un plateau de lames de bois cloutées. Joséphine est muette de surprise. Des remerciements sortent de sa bouche à toute vitesse. Et où Millie a-t-elle bien pu trouver cette table basse ? C'est elle-même qui l'a faite, lui répond son amie, avec un sourire de satisfaction. Elle a récupéré des meubles en fin de vie dans un dépôt-vente, les a démembrés puis remontés selon son envie.

— Tu as vraiment un don ! Je te dois combien pour tout ça ? demande Joséphine en balayant la pièce de la main.

— Le droit de m'installer dans ton jardin pour peindre par moments.

— *Deal !* Et je t'offre le gîte et le couvert, à volonté. Tu peux aller peindre dans le jardin dès maintenant, si tu veux. Il fait si beau.

— Non, c'est gentil, je vais te laisser reprendre possession des lieux et passer une bonne nuit dans ta maison, avec ton chat – très sympathique au passage, ce cher Georges, dit Millie en se baissant pour le caresser.

Une fois son amie repartie, elle ne résiste pas à l'envie d'aller dans le jardin. Elle emporte le petit poste de radio, insère l'un des disques de jazz de Vincent et s'allonge sur les pierres chaudes de la terrasse. Sa poitrine se gonfle d'un air qui lui semble pur, vierge de cette tristesse sourde qui entrait en elle à chaque instant lorsqu'elle était à Paris. Georges choisit ce moment pour lui donner un coup de tête, il donne un coup de langue râpeuse sur ses doigts et se cale ensuite contre son ventre. Tiens, le retour du chat collant le bébé.

— Alors, Georges, d'après toi, fille ou garçon ? Les paris sont tenus à Sarlat, et ça penche plutôt pour un garçon. Un petit bonhomme, qu'en penses-tu ?

C'est spontané. Parler du bébé est surprenant et délicieux. Revenir ici l'apaise. Elle s'en doutait mais est soulagée de constater que c'est le cas, après la décision qu'elle a prise. S'il n'y avait eu aucune émotion en revenant à Locmariaquer, elle aurait peut-être été moins à l'aise avec son choix, même si rien n'est définitif. Ses parts dans le cabinet ne sont pas encore cédées, l'appartement parisien n'accueille pas encore de nouveaux habitants, et surtout, elle n'a encore rien dit à sa famille et à ses amis. Elle pourrait toujours faire machine arrière, reprendre une vie… normale ? Non. Il y a un an, elle aurait été tétanisée de tant d'incertitudes. Mais aujourd'hui, elle se dit qu'elle avisera. Et qu'elle s'en sortira.

En fin de journée, alors que les derniers touristes quittent la plage, elle enfonce ses orteils dans le sable qui refroidit. Face au ciel rougeoyant et à la mer aux reflets pailletés, elle s'assoit en tailleur et observe les familles qui secouent les serviettes pleines de sable, les groupes de jeunes entourés de volutes de fumée de cigarette et dont les voix parviennent jusqu'à elle quand le vent s'agite, un couple de personnes âgées qui se tient par la main près de l'eau. Son regard s'accroche à une maman, qui rappelle son petit garçon occupé à jeter du sable dans les vaguelettes. Il n'a que faire de la voix qui s'égosille derrière lui. La mère rassemble les jouets en plastique en attendant que l'enfant, qui ne doit pas avoir plus de trois ou quatre ans, daigne abandonner sa lutte contre la mer. Joséphine sourit et son ventre s'agite à ce moment-là. Un petit coup, rien de plus, et dans la quiétude de l'instant, son esprit s'autorise à fantasmer son propre enfant qui s'agiterait au bord de l'eau. Elle s'imagine lui tenir la main, il marcherait à peine et serait titubant, elle lui ferait mouiller ses orteils et il aurait un geste de recul, surpris par la fraîcheur de la mer, puis il rirait.

Ça va se concrétiser. Ici. Décider de revenir en Bretagne est une bonne chose.

Elle découvre que l'on se sait chez soi, sur son territoire, lorsque l'on jauge sévèrement ceux qui ne sont pas d'ici. Son regard détaille les marinières et le petit panier en osier des unes, les paires de baskets blanches assorties à des bermudas et polos couleur pastel des autres.

Devant la boulangerie, la file d'attente est longue et elle se désole en silence de leur attitude faussement décontractée alors qu'elle-même n'est là que depuis quelques mois. À partir de quel moment est-on autorisé à critiquer le vacancier venu de la capitale alors que l'on a soi-même du sang de Parisien encore chaud dans les veines ? Peut-être a-t-elle un début de réponse lorsque la boulangère s'adresse à elle en la nommant :

— Bonjour Joséphine !

— Salut Mélanie, comment vas-tu ?

— Beaucoup de travail en ce moment, mais c'est pour le mieux. Et toi alors ? Ça faisait un petit moment que l'on ne t'avait pas vue venir chercher ton croissant. Tiens, il est tout chaud celui-là, répond Mélanie en lui tendant la viennoiserie dans son sachet en papier. Ce sera tout, comme d'habitude ?

— Oui, ce sera tout, comme d'habitude, répond Joséphine en souriant largement et en parlant d'une voix forte, comme pour faire comprendre qu'ici, c'est chez elle, à ceux derrière elle qui la pressent d'accélérer la cadence.

Elle s'apprête à repartir lorsque la boulangère lâche un petit cri en couvrant son visage de ses mains. Mélanie contourne alors son comptoir pour venir à la rencontre de Joséphine, qui s'immobilise dans la boutique exiguë.

— Mais tu m'avais caché ça ! Un petit bébé à venir, quelle formidable nouvelle. Comme tu es belle, avec ce petit bidon !

— Merci, Mélanie.

— Tiens, je t'offre des chouquettes, cadeau de la maison pour le futur bébé de Locmariaquer. Tu comptes accoucher dans la région ?

— Oui. Je ne sais pas où est la maternité la plus proche mais en tout cas, ce sera en Bretagne.

— Bon, je vais te donner le numéro de mon gynécologue. Un vieux monsieur, adorable. Et de ma sage-femme aussi…

— D'accord, je te donne mon numéro, c'est plus simple, la coupe Joséphine, gênée d'avoir cette discussion au milieu d'une boulangerie bondée de clients impatients de pouvoir croquer dans une baguette de pain pour le petit-déjeuner.

Mélanie ne résiste pas à l'envie d'une embrassade chaleureuse et s'autorise à caresser le petit ventre. Joséphine n'aime pas le geste spontané de la boulangère, elle n'aime pas l'intrusion sans demander l'accord. Le contact ressert ses épaules.

Son gros abdomen attire l'œil, suscite l'attention, l'émotion. Et l'intrusion. Arrêtez avec vos glapissements et vos mains dorloteuses, veut-elle dire parce que c'est d'abord à elle de faire tout ça. Elle y travaille, elle voudrait qu'on lui laisse le temps d'appréhender son ventre plutôt que de lui mettre en pleine figure qu'il n'y a *normalement* aucune raison de s'en détourner.

Elle enclenche le poste de radio, qui fait résonner la voix de Lana Del Rey sur la terrasse, puis elle ouvre le carnet. Elle se replonge dans ses idées à lui, les compare à ses idées à elle, et pense à ce que devient finalement la maison, qui s'habille de décors extraits de leur imagination à tous les deux pour gagner en confort, en chaleur aussi. Reprendre vie en redonnant des couleurs au lieu dans lequel les matins peuvent être réinventés. Elle ouvre un autre possible, avec un ventre qui grossit et qui tire, son dos qui souffre, ses pieds qui gonflent dans ses sandales.

Elle prend le temps d'appeler Joël, le contact de Pierre et Suzanne. L'entrepreneur sera disponible dès la seconde quinzaine de septembre. Elle lui a donné rendez-vous à la maison. Joël a écarquillé les yeux lorsqu'elle a soumis l'idée, de manière presque ingénue, que s'il était d'accord, il pourrait aussi s'attaquer à l'une des salles de bains, en plus de la cuisine.

— Mais vous avez fait un budget pour ça ? Une cuisine et une salle de bains, c'est pas le même tarif, hein, a-t-il demandé, souriant mais décontenancé.

— Le budget, ce n'est pas un souci. Mon mari a eu la bonne idée de se faire percuter par une voiture sur une route normande alors que je venais d'apprendre que j'étais enceinte, donc pour se faire pardonner, j'imagine, il m'a laissé un petit pactole.

— Ah…

Elle s'est demandé si elle ne l'avait pas effrayé avec son explication un peu cinglante sur le pourquoi du comment de ses finances. Mais après s'être raclé la gorge, Joël a eu un petit rire et a dit : « Vous êtes une marrante, vous. J'aime votre façon de voir les choses. »

L'affaire était conclue. Il poserait sa boîte à outils dans le salon courant septembre, pour des travaux ambitieux. Il s'est gratté la tête à plusieurs reprises alors que, à l'aide de photos sur son téléphone et de son carnet, elle lui expliquait comment elle voyait les choses : un évier massif blanc, de la jolie robinetterie, un plan de travail brut et les pierres apparentes à préserver pour la cuisine. Et surtout, des portes coulissantes blanches, avec des carreaux de verres sur la partie haute, entre le salon et la cuisine. « Rien que ça », a ironisé Joël. Pour la salle de bains, elle a été plus évasive. Elle lui a montré des photos qui l'inspiraient et l'entrepreneur a souligné que ses idées n'étaient pas difficiles à suivre : du blanc, du crème, des poutres à mettre en valeur, de la pierre apparente, du bois foncé ou naturel… « Vous êtes une originale, vous », s'est encore moqué Joël. La maison a déjà un certain cachet, autant l'exploiter et jouer sur le côté champêtre, s'est-elle défendue. Ils ont aussi pris les premières mesures, pour commencer à acheter certains matériaux avant qu'il démarre les travaux à la rentrée. Ils pourraient échanger par mail pour qu'elle valide ce qu'il lui proposerait pour les placards, le plan de travail ou la vasque de la salle de bains.

Grisée par sa rencontre, elle a passé les journées suivantes à fouiller le grenier pour récupérer des bibelots ou du petit mobilier et à aller dans les dépôts-ventes ou brocantes de la région, parfois en compagnie de Millie, laquelle passe beaucoup de temps dans la maison et peut y rester dormir. Souvent, le matin, lorsque Joséphine arrive sur la terrasse, elle la trouve devant son chevalet, concentrée sur sa palette et les couleurs qu'elle appose sur la toile. La poésie de ces réveils la laisse toujours silencieuse. Elle n'ose pas déranger Millie et au bout de plusieurs minutes, ou parfois même après être allée récupérer les viennoiseries pour leur petit-déjeuner, elle s'autorise à la saluer. Certains jours, Millie part retrouver ses amis locaux ou des connaissances de passage dans le golfe du Morbihan. Joséphine a d'abord cru qu'elle se rendait à l'un de ses rendez-vous amoureux avec Daniel, qui devait venir un peu plus en août, mais elle a vite compris que l'histoire n'était plus d'actualité. Inutile de chercher à en savoir plus, Millie lui en parlera si elle le souhaite.

Quand elle est seule, elle s'occupe un peu du jardin. Quelques coups de sécateur sans vraiment savoir ce qu'elle fait, un effleurement de la main de la glycine, un tour sous les arbres du jardin. La nature y est généreuse, elle aime l'endroit tel qu'il est, anarchique. Elle comprend pourquoi Millie apprécie d'y peindre. Elle jette aussi un coup d'œil au coin potager élaboré par sa mère, laquelle lui donne quelques conseils pour prendre soin des quatre semis : sauge, menthe, potiron et courgettes. Catherine est ravie de voir que sa fille s'intéresse, même de loin, à son jardin, et ne s'aperçoit pas que celle-ci oriente justement leurs discussions sur le jardinage ou la météo pour éviter un tout autre sujet. Lorsqu'elle a ses parents, ses frères ou même Marie au téléphone, elle n'évoque pas son projet de céder ses parts du cabinet médical. L'envie lui vient et puis finalement… Elle s'en tient à en discuter avec Olivier, qui la rassure parfois, qui prend aussi les devants pour que la cession se mette réellement en route. Ils chercheront ensemble un repreneur dès septembre. Il prend toujours des nouvelles du bébé. Hâte de rencontrer Chouquette, lui dit-il au téléphone. Quand il lui demande de prendre soin d'elle, elle lui dit que c'est le cas, que maintenant, c'est le cas, même si elle continue à arpenter toutes les pièces de la maison chargée de cartons, de planches de bois, d'outils de bricolage.

Elle a fait beaucoup de promesses ces derniers jours, notamment sur l'attention qu'elle porte à son futur enfant. Comme si son entourage doutait de sa capacité à suivre sa propre grossesse. C'est vrai qu'elle n'a pas dû donner une image très rassurante dans les premiers mois mais, à présent, le bébé et les petits coups qui viennent du fond de son ventre accompagnent ses pensées dans la journée. Elle a même trouvé un gynécologue, à Vannes, pour la deuxième échographie au début du mois de septembre. Il faudra qu'elle demande à quelqu'un de l'emmener puisque Pierre et Suzanne seront rentrés de Croatie et qu'elle n'aura plus leur voiture à disposition, voiture qu'elle utilise à outrance. Le véhicule enchaîne les kilomètres et trimballe ses trouvailles, avec parfois des traces du passage des objets qui ont encombré son coffre. Comme ce banc chiné dans une brocante de La Trinité-sur-Mer, couvert de poussière, avec des toiles d'araignées dans les coins et des clous qui ressortent. Elle s'en félicite, de ce petit meuble, parce qu'elle sait que Vincent lui aurait tapé dans la main : bien joué, mon amour, tu vois que tu y prends goût, à la trouvaille du fond de brocante.

Elle aime consulter la météo pour préparer la tenue adéquate, elle aime calculer le temps de trajet en transports en commun pour être sûre d'être à l'heure à son rendez-vous, elle aime faire l'inventaire du réfrigérateur et des placards pour ne rien oublier sur la liste de courses. Et n'a jamais aimé l'inattendu, être en retard, les gens en retard, se faire surprendre la pluie, les dîners de dernière minute, les mouvements de grève sans préavis.

Elle préfère prévoir pour mieux s'alanguir ensuite. Les surprises la rendent nerveuse, la mettent de mauvaise humeur aussi parce qu'elles enrayent la routine. Vincent qui disparaît, le bébé qui apparaît, deux coups de théâtre qui auraient pu l'habituer au chambardement mais ça ne changera jamais, elle n'aime pas être prise au dépourvu.

Alors quand elle entend sonner et qu'elle ouvre la porte d'entrée sur Anne et Yves, elle ne parvient pas à accueillir l'inattendu avec décontraction. Elle ne les attendait pas avant le surlendemain. Elle reste muette, sur un temps trop long pour camoufler son étonnement. Ses beaux-parents aussi semblent un peu perplexes en découvrant le tableau qui s'offre à eux : leur belle-fille, le ventre engoncé dans une salopette tachée de peinture et autres substances d'origine suspecte, un pinceau dégoulinant de vernis dans la main, des traces de salissure sur le visage…

— Bonjour Joséphine. Tout va bien ? demande Anne.

— Oui, oui, tout va bien. Bonjour !

— Bonjour, la salue à son tour Yves.

Elle les embrasse en les invitant à entrer dans la maison. Elle époussette sa salopette et tente de remettre de l'ordre dans ses cheveux. Derrière elle, le son de la valise de ses beaux-parents. Combien de temps ont-ils l'intention de rester ? Et pourquoi sont-ils là aujourd'hui d'ailleurs ?

— Vous ne deviez pas arriver après-demain ?

— Si, mais on a pris un peu d'avance, répond Anne tout en posant ses yeux partout autour d'elle, dans un mouvement accéléré, comme si elle scannait les pièces de la maison, la décoration, la propreté… Ça ne te dérange pas ? poursuit-elle sans jamais la regarder.

— Non, bien sûr que non. Venez, on va s'installer sur la terrasse. Cafés ?

Tandis qu'elle prépare les cafés dans la cuisine, elle refait la réponse qu'elle vient de donner à Anne. Si, en fait, ça la dérange qu'ils arrivent comme ça, avec deux jours d'avance, sans prévenir. Ils n'ont pas pris la peine de lui envoyer un message ou lui passer un coup de fil sur la route. Rien n'est prêt, ni elle ni la maison. La chambre pour eux porte encore l'odeur de Millie, les draps n'ont pas été changés.

Quand elle revient sur la terrasse avec deux cafés et un jus de pomme sur un plateau, le poste de radio a été coupé. Il n'y a plus de musique mais des chuchotements. Elle trouve ses beaux-parents penchés sur les pots de peinture qui traînent sur la bâche, juste à côté du petit banc qu'elle était en train de repeindre avant leur arrivée. Ils cessent leur conversation et s'installent avec elle à table. Étrangement, aucune évocation quant à ses activités manuelles. Ils lui disent qu'elle a l'air en pleine forme. « Tu as pris de jolies couleurs. Et ce ventre ! » s'exclame sa belle-mère. Ils vont rester quelques jours, « pour prendre soin d'elle ». Elle sourit, se rappelle qu'ils ont simplement de bonnes intentions. Elle aurait presque pu s'en vouloir d'avoir regretté leur arrivée précoce, mais le discours d'Anne change au fil de la discussion. C'est infime, quelques mots ajoutés, des expressions placées ici ou là. Ils sont là pour l'aider, oui, parce qu'avec le bébé, il faut qu'elle fasse attention, ils vont lui préparer à manger parce que le bébé a besoin de bonnes choses, ils vont faire du nettoyage, ça ne fera pas de mal, elle respirera mieux donc le bébé aussi. Une pointe d'agacement perce dans sa poitrine.

— Qu'est-ce que tu étais en train de faire ? demande Yves en désignant la bâche sur la terrasse et tout ce qu'il y a dessus.

— J'étais en train de repeindre un banc que j'ai trouvé dans un dépôt-vente. J'aimerais le mettre dans l'entrée. Il était en piteux état, vraiment sale, cassé, mais je lui redonne une seconde jeunesse, grâce aux conseils de mon amie Mill…

— Mais tu as vu la composition de ce pot de vernis ? la coupe Anne. C'est très toxique. Ne me dis pas que tu passes la journée le nez dans le vernis ?

— Non… Je mets aussi le nez dans les pots de peinture, tente de plaisanter Joséphine.

Yves a un rire étouffé, interrompu par le regard sombre que sa femme visse sur lui.

— Ma petite chérie, tu es enceinte, recommence Anne en posant sa main sur le ventre de Joséphine. Tu sais que pour le bébé, ce n'est pas…

— Anne, je le sais. Et puis, même si je ne le savais pas, ma mère me l'a déjà assez rappelé. Et regardez autour de vous, je passe ma journée dehors. Je respire davantage d'air pur ici en repeignant un petit banc avec des produits toxiques que dans la pollution parisienne.

— Argument imparable ! dit Yves en adressant un clin d'œil à sa belle-fille.

Anne a une petite moue de résignation. Elle hausse les épaules, a un sourire poli et admet que oui, ici, c'est aéré. Yves fait un hochement de tête vers Joséphine pour lui faire comprendre que ça va aller. Plus tard, dans la cuisine, il lui explique que sa femme s'inquiète de tout ces derniers temps. Surtout pour le bébé. Cernée par l'angoisse, elle se lève la nuit et note sur une feuille volante des idées qui lui passent par la tête. Parfois, le soir, il la trouve assoupie dans le lit, l'ordinateur ouvert sur ses cuisses, sur une page Internet qui évoque les méthodes d'accouchement ou incrimine des produits alimentaires pour nourrissons. La peur qu'un nouveau malheur s'abatte sur eux ne la quitte jamais. Elle se tait chaque jour alors qu'elle pourrait déverser ses conseils en tout genre. Il faudra que Joséphine s'en souvienne la prochaine fois qu'elle sera prise dans le feu des remarques sur les produits mauvais pour le bébé.

Ils font un tour de la maison que Louis avait achetée lorsque sa fille était déjà mariée à Yves. Même si Anne n'a pas grandi ici, ses souvenirs agitent un éclat brillant dans ses yeux alors qu'elle arpente le carrelage du rez-de-chaussée puis le parquet à l'étage. Joséphine perçoit son trouble et imagine aisément les images qui ondulent dans son esprit. Son père et son fils jouant ensemble à cache-cache dans la maison, ou côte à côte sur le sofa pour regarder encore et encore les différents volets de *James Bond*. Vincent lui a tant de fois raconté ces scènes. Les pièces de la maison ne ressemblent plus à ce qu'elles étaient lorsque Anne venait rendre visite à son père. Tout a changé mais les souvenirs semblent intacts. Sa belle-mère est de dos, ses épaules tressautent, comme si elle retenait un rire ou un sanglot. Lorsqu'elle se retourne, son visage porte la trace d'un sourire déjà évanoui. Simplement une remarque sur la décoration qui est jolie, rien de plus. La visite de la maison est déjà terminée.

Elle connaît ça, le saut dans un passé perdu et meurtri aussi.

Le lendemain, ils décident de commencer la journée par une balade sur la plage. Ils y déjeuneront. Alors qu'ils étendent leurs serviettes, Anne ne peut s'empêcher de rappeler les règles élémentaires de protection face au soleil à tout le monde, mais en particulier à Joséphine. La crème solaire, un chapeau, boire de l'eau… Tu connais le masque de grossesse, l'hyperpigmentation de la peau après l'exposition au soleil ? Tu me dis si tu as des bouffées de chaleur, hein ? Elle se mord les lèvres pour éviter de répondre. C'est normal, se répète-t-elle tout en acquiesçant sans conviction, elle veut le bien du bébé, elle a perdu son fils, elle s'inquiète… Après le pique-nique, elle annonce, comme si elle annonçait la plus grande décision de sa vie, qu'elle va se baigner.

— Je t'accompagne, dit Yves en se levant. Tu surveilles nos serviettes, Anne ?

— Oui, oui. Et attention au choc thermique quand tu entres dans l'eau, tu sais, c'est…

— Anne, ce n'est pas franchement en Bretagne qu'il y a un gros risque, répond Joséphine en s'élançant vers la mer sans attendre de réponse, même si elle sait que cet argument ne vaut pas un clou.

L'eau est fraîche, très fraîche, mais revigorante. Elle s'immerge jusqu'aux cuisses. Yves la rejoint.

— Ça fait du bien, n'est-ce pas ? lui demande-t-il en se mouillant à petites giclées le haut des épaules et la nuque.

— Un peu froide mais on s'y fait.

— Je parlais du fait de s'éloigner de ma femme.

Elle se tourne brusquement vers lui. A-t-il vraiment dit cela ? Le sourire moqueur qu'il affiche confirme qu'elle a bien entendu. Il sait qu'Anne peut être pénible quand elle a quelque chose en tête, lui dit-il. Il faut lui pardonner. Elle lui rend son sourire, et hoche la tête. Elle comprend. Un peu.

Ils essayent de s'immerger complètement, Yves s'éloigne pour un dos crawlé. Des milliers de piques glacées se plantent partout sur son corps, mais elle avance et fait quelques brasses. Puis elle se met en planche. Le ventre bombé fait comme une petite île entre sa tête et ses orteils. Son maillot de bain vichy rouge est accordé à la couleur du vernis de ses orteils. C'est joli. Elle repense à toutes ces fois où elle regardait les femmes enceintes, admirant l'harmonie de leur corps. Aujourd'hui, elle parvient à contempler son propre corps. Elle a mis du temps à s'y faire. Les courbes nouvelles viennent à peine d'entrer en cohérence avec son esprit. Elle n'est plus déséquilibrée par son nombril qui s'avance et sa tête qui ne veut pas réfléchir au bébé qu'il y a dessous. Elle imagine Vincent. Derrière elle, il la soutient par les aisselles, la fait tourner dans l'eau. Il l'éclabousse aussi, pose sa tête sur sa grosse bosse, y dépose un baiser. C'est elle qui construit la vie qu'il aurait souhaitée pour eux. Elle donnerait tout pour que le sourire de Vincent qu'elle dessine ici, dans la mer, soit réel, ne serait-ce que pour une seconde.

Sans doute partage-t-elle davantage qu'elle ne le pense avec Anne parce qu'à voir celle-ci sermonner son mari qui est rentré de la plage la nuque colorée d'un rouge puissant, il est certain qu'elle aurait agi de la même façon avec Vincent. C'est amusant qu'elle le réalise au moment même où cela l'exaspère. La raison, le cadre, l'ordre face à la nonchalance d'Yves, qui se fiche de ses coups de soleil. Ses beaux-parents se répondent mutuellement, complètent chacun les traits de l'autre. Et ils s'aiment de cette façon, comme elle, elle aimait Vincent qui la rendait folle avec ses élans romanesques. Quand Anne ne porte pas toute son attention sur la nourriture qui conviendrait ou non pour un fœtus, elle se fait très prévenante avec Yves qui a la même attitude empreinte de douceur en retour. Ce n'est pas grand-chose, une main qui passe sur l'épaule, un sourire qui trouve celui de l'autre, des bouches qui se tendent au même moment pour un baiser furtif. C'est flagrant, cet amour qui dure dans l'articulation de réactions contradictoires.

Ils proposent de l'emmener dîner à Carnac. Les touristes seront de sortie et les restaurants bondés là-bas alors elle leur suggère une autre adresse, sur le port de Saint-Goustan, au fond de la rivière d'Auray, dont lui avait parlé Millie.

— Millie, c'est la personne que tu as rencontrée ici, c'est ça ? demande Yves.

— Oui, elle vit dans le bourg de Locmariaquer. Et c'est elle qui m'aide à restaurer la maison. Elle a très bon goût. C'est une ancienne prof d'université. Une Franco-Anglaise, passionnée d'histoire et de vieux meubles.

— Intéressant.

— Je vais l'inviter à venir prendre le café avec nous demain et elle pourra rester peindre. Elle adore peindre dans le jardin.

— Ah oui ? intervient Anne. Vous êtes devenues très proches alors.

— Assez oui. Elle reste souvent dormir à la maison.

Léger froncement de sourcils de sa belle-mère mais elle n'a pas le temps d'ajouter autre chose car déjà, ils prennent la route pour le restaurant avant que celui-ci ne soit pris d'assaut.

Face à la terrasse, les bateaux du port de plaisance gondolent sous le souffle d'air frais. Les touristes arpentent le quai Franklin dans une atmosphère douce. Les enfants courent devant, les couples se déhanchent à l'unisson, amoureusement accrochés l'un à l'autre. Les journées d'été allègent le poids de l'année passée.

En cet instant, Joséphine les envie, ces touristes enivrés d'embruns marins, leur insouciance, leur liberté même. Elle lorgne sur sa galette à la fondue de poireaux pour éviter les regards hébétés de ses beaux-parents. Entre eux, le silence. Ils lui ont parlé de mettre l'appartement parisien sur un site de location pour durées courtes, plutôt que de se lancer dans un bail long, en arguant que dès qu'elle souhaiterait rentrer à Paris, elle pourrait aussitôt reprendre possession des lieux. Elle est d'abord restée silencieuse, a hésité mais à quoi bon repousser le moment où elle leur dirait qu'elle n'a pas l'intention de revenir à Paris, qu'elle a déjà annoncé à son associé qu'elle souhaitait céder ses parts dans le cabinet médical et que son bébé, elle l'aurait en Bretagne. Pourquoi avoir peur ? Parce que depuis leur arrivée, elle doit répondre à des inquiétudes, des suppositions, des prises de position et qu'elle voudrait ne pas s'y soumettre mais les mots sont sortis de sa bouche, d'une traite, mue par un désir urgent de le dire tout haut, presque exaltée de verbaliser cette nouvelle réalité.

Ils continuent de la dévisager, comme s'ils s'attendaient à ce qu'elle revienne sur sa phrase prononcée en apnée.

— Mais… Est-ce bien raisonnable ? commence Anne, après un silence interminable.

— Raisonnable ? demande-t-elle sans animosité.

— Enfin, Joséphine… Tu es seule, enceinte, et tu ne trouves rien de mieux à faire que de quitter un emploi sérieux et de t'exiler au fin fond de ce trou perdu ! La Bretagne, c'est bien, mais pour les vacances.

— Inutile d'élever la voix. J'ai bientôt trente-cinq ans, je fais ce qui me semble être le mieux.

— Franchement, tu me fais peur… Toi qui es si sérieuse habituellement. Comment vas-tu faire pour lui payer ses couches à notre petit-enfant ? Comment vas-tu l'élever ? il sera complètement isolé. Tu perds la tête !

— Je vous demande pardon ? Ce n'est pas parce que vous n'êtes pas d'accord avec ma décision que vous pouvez me parler comme ça, répond Joséphine d'un ton incisif qu'elle ne se connaissait pas.

— Je te parle comme je veux, chère Joséphine. Et t'as pensé à nous, hein ? Tu t'enfuis avec le bébé de Vincent et on ne pourra pas le voir ! Dis quelque chose, toi !

Anne s'est tournée vers Yves, resté muet, interdit par la joute verbale entre sa belle-fille et sa femme. Joséphine sent ses entrailles brûler, sa poitrine aussi prend feu. Elle étouffe. Yves a la bonne idée de demander à tout le monde de se calmer, ce qui ne fait qu'alimenter la crispation ambiante. Anne s'emporte. Les voix deviennent un brouhaha indistinct. Sa vue se brouille. Elle porte à ses lèvres son verre d'eau d'une main tremblante puis le « Oh mon Dieu » d'Anne se perd dans le noir qui l'avale.

Vincent

Il y avait ce vigile, Léonard. Il m'arrivait de penser encore à lui des années après. Je l'avais croisé un an durant alors que je faisais mes premiers pas professionnels sur l'esplanade de la Défense, dans l'une des grandes tours qui formaient la forêt sombre et bétonnée que l'on apercevait depuis le cœur de Paris. C'est à cause d'un soir de juin que je gardais un souvenir précis de l'homme à la parka noire, qui se balançait d'un pied sur l'autre dans le grand hall, chuchotant à son talkie-walkie des informations sur les gens qui venaient et sortaient. Ou sur moi, peut-être. Son regard impassible me donnait l'impression qu'il n'était pas loin de m'attraper par le col pour me demander si j'avais volé des documents à la société dans laquelle j'avais obtenu mon premier CDI. Je le saluais chaque matin, d'un « bonjour » qui résonnait contre les coins vitrés de la vaste entrée, il me répondait en inclinant la tête, sans dire un mot. Je n'aurais pas retenu son prénom si un soir, alors que j'étais déjà dans les transports, en chemin pour aller rendre visite à mes parents, je n'avais dû faire demi-tour. Je m'étais rendu compte d'un oubli important. J'étais arrivé devant des portes fermées et le hall baigné des rayons du soleil déclinant. « S'il vous plaît, il y a quelqu'un ? » m'étais-je égosillé durant de longues minutes en tapant contre les vitres. Et à ce moment-là, il y avait eu quelqu'un. Léonard s'était approché, méfiant, toujours ce visage neutre, ses mains en l'air comme des essuie-glaces ou des marionnettes pour dire que c'était fini pour aujourd'hui. Pitié, s'il vous plaît, je vous en prie, j'avais longuement négocié, expliqué l'importance de retourner à mon bureau, pour qu'il me laisse enfin pénétrer dans les locaux vides et silencieux. J'avais compris qu'il n'en avait pas le droit, qu'il aurait pu se faire réprimander pour ça. Mais j'avais finalement pu récupérer mon oubli.

Grâce à Léonard, j'étais arrivé serein chez mes parents et j'avais pu récolter le fruit de mon demi-tour au bureau : le sourire de celle qui découvrait que je n'avais pas oublié son cadeau de la fête des Mères. C'était important pour elle. Chaque année, je m'y prenais un peu à l'avance, pour tenter de dégoter autre chose que le parfum, le sac, le foulard que je lui avais déjà offert. Il y avait des traditions, elle tenait particulièrement à celle-ci. Parce que j'étais son fils unique, parce qu'elle était à cheval sur ce qui se fait, ce qui ne se fait pas. Tu lui ressemblais, d'une certaine façon. Tu n'appréciais pas quand je te disais que tu me faisais penser à ma mère, tu rétorquais que tu étais moins « solennelle », plus « souple ». Et pourtant, je vous aimais toutes les deux pour ça, pour les principes, les règles, les choses établies auxquels vous ne dérogiez pas. L'intransigeance de ma mère le disputait à sa douceur, comme toi. Je m'étais longtemps cru enfant unique par choix et je me délectais de tout cet amour maternel qui se déversait sur moi entièrement. Et puis j'avais appris qu'il y avait eu un autre bébé avant moi, perdu dans les premiers mois de la grossesse, et un autre encore jusqu'à ce que j'arrive. Après ma naissance, il n'y avait plus eu de nouvel espoir de me donner un frère ou une sœur, malgré les tentatives. J'étais alors le seul enfant, le seul à pouvoir être couvert d'affection, de punitions, d'exigence, d'encouragement. Je me disais souvent que sous ses travers autoritaires, ma mère était une mère, et comme toutes les autres, mue par le désir irrésistible de s'assurer que rien ne viendrait contrarier l'idée qu'elle se faisait du bonheur de ceux qu'elle aimait.

Quand elle se réveille, les souvenirs après le restaurant sont flous. Elle ne se rappelle pas le retour à la maison, ni le coucher. Anne et Yves l'ont certainement mise au lit. Elle se retourne sous la couette, sans envie aucune de sortir de sa chambre et de se confronter au regard de sa belle-mère, qu'elle n'avait jamais vue aussi furieuse. Un grattement à la porte lui indique que Georges revient pour une sieste.

— Viens mon chat, chuchote Joséphine en tapotant le matelas. Toi, au moins, tu aimes bien la Bretagne.

Elle reste dans son lit pendant une bonne heure, à se refaire le film de la veille. Maintenant qu'Anne et Yves sont au courant de sa décision, il faut aussi qu'elle en parle à ses propres parents. Auront-ils la même réaction ? Sans doute que non. Ne lui ont-ils pas dit qu'ils feraient en sorte de l'accompagner, peu importent ses choix ? Elle ne parvient pas à comprendre la fureur d'Anne. Elle essaye simplement de reconstruire un semblant de vie sans Vincent. Et cela lui semble bien plus accessible au bord de la mer.

Pourquoi pas, l'inquiétude d'Anne quant à ses économies, pourquoi pas, l'envie de savoir ce qu'elle va faire professionnellement, pourquoi pas, les interrogations sur l'environnement dans lequel va naître l'enfant. Mais il y a des limites, comme d'envisager qu'elle ne parvienne pas à subvenir aux besoins du bébé. Le bébé de Vincent plus précisément, avec lequel elle « s'enfuit ». Peut-être devra-t-elle lui rappeler que c'est aussi son enfant ? Ses beaux-parents s'inquiètent du bien-être de leur descendance, le bébé passe avant tout pour eux, mais ils en oublient la mère.

Elle se résigne à sortir de sa chambre peu avant l'heure du déjeuner. La maison est silencieuse. De la cuisine, elle les aperçoit installés sur la terrasse, absorbés par la lecture de magazines. Un croissant est posé sur une assiette. Un drapeau blanc, se dit-elle. Elle prend volontiers le geste de réconciliation et espère que c'en est bien un. Elle met en route la cafetière. Le bruit chevrotant fait tourner les têtes vers elle, mais ils ne bougent pas.

Quand elle s'installe à la table sur la terrasse en les saluant, ils lui rendent son bonjour avec un sourire. Anne jette un coup d'œil, mais ne dit rien quant à la tasse que Joséphine tient à la main. Peut-être un autre jour lui aurait-elle dit de limiter sa consommation de caféine mais aujourd'hui, ses conseils restent au fond de sa gorge. Son merci pour le croissant fend le silence mais l'atmosphère est lourde. Les regards de ses beaux-parents s'accrochent un instant. Un éclaircissement de voix puis Anne présente ses excuses, d'une voix mal assurée. Joséphine ne sait pas si c'est son mari qui l'a poussée, voire forcée, ou alors c'est la crainte d'être privée de son petit-enfant, définitivement.

— Je m'en veux terriblement, Joséphine. Je n'en ai pas dormi de la nuit. Je suis navrée, articule-t-elle avec peine. Tu comprends, je m'inquiète, voilà tout.

— Vous êtes allée loin, répond Joséphine, impassible.

— Anne s'est emportée parce que c'est l'enfant de Vincent, intervient Yves. Ce bébé, c'est ce qui nous lie à lui et…

— Ce n'est pas que l'enfant de Vincent. C'est aussi mon enfant, notre enfant.

— Oui, tu as raison, reprend Anne en posant la main sur l'avant-bras de son mari. Nous comprenons et je suis allée trop loin hier soir. Je te demande pardon, Joséphine. Je ne veux que ton bien et celui du bébé et je n'aurais jamais dû te parler comme ça. Je suis vraiment désolée.

La voix d'Anne se casse. Ses yeux s'emplissent de larmes. Son mari veut l'enlacer mais elle le repousse.

— Je veux que tu saches qu'on sera là pour toi. Je sais que tu es quelqu'un de raisonné et qu'on peut avoir toute confiance en toi.

Sa belle-mère essuie son visage noyé de larmes. Les hormones y sont certainement pour quelque chose parce que la rancœur que Joséphine a ruminée toute la matinée tend déjà à s'émietter face à ces excuses qui atteignent son cœur.

Anne n'a pas fermé l'œil de la nuit. Une idée lui est venue alors que le jour perçait à travers les volets. Elle explique qu'ils vont s'occuper de lui préparer une chambre d'enfant, dans la pièce jouxtant la sienne. Elle n'aura qu'à leur faire part de ses envies quant à la décoration et ils la mettront en place.

— Promis, c'est la seule fois où tu n'as pas le choix, dit Yves. On s'occupe de tout selon tes directives.

— Mais on préférait tout de même avoir ta bénédiction, ajoute Anne, les yeux encore rouges, criants de bonne volonté.

Elle les regarde successivement, interloquée par ce retournement de situation heureux. Elle pourrait les serrer contre elle mais les effusions tactiles n'ont jamais été coutumières entre eux, alors elle se contente de dire qu'elle est d'accord, avant de croquer à pleines dents dans son croissant.

Ils respirent tous les trois bien mieux les jours qui suivent. Dans cette ambiance de conciliation molle, Joséphine accueille sereinement les commentaires d'Anne, ne s'agace plus de la voir décrypter la composition des pots de peinture. Elles peuvent même en rire, à présent, plutôt que de prendre les réflexions de l'autre pour attaque hostile. Et lorsque Millie vient leur rendre visite, Anne se montre conviviale, et même guillerette. Elle a retrouvé son sourire et il est agréable de la voir converser avec la Franco-Britannique. Les deux femmes s'entendent bien, Joséphine en est soulagée parce que ses beaux-parents seront eux-mêmes rassurés de la savoir entourée de personnes comme Millie.

Les parents de Vincent aussi l'accompagnent vers son nouveau quotidien, à leur manière. À la fin de leur séjour, Anne pose sur les yeux de Joséphine l'un de ses foulards parfumés d'une fragrance ambrée. L'odeur lui donne un haut-le-cœur mais elle ne dit rien, pour ne pas briser la magie de l'enthousiasme ambiant. Depuis qu'ils ont commencé à aménager une deuxième chambre à l'étage, ses beaux-parents lui ont interdit d'y mettre les pieds. Son seul rôle consistait à désigner de son index sur l'ordinateur ce qu'elle souhaitait pour la décoration. Yves et Anne la prennent chacun sous une aisselle et la mènent vers l'entrée de la chambre. Elle entend la lame de parquet qui craque, la deuxième en partant de l'escalier. Ce son qu'elle reconnaît, qui la rend pleine de la sensation d'être chez elle.

Yves détache le bandeau et Joséphine est éblouie par la lumière de la chambre. Pas seulement par le soleil qui rayonne à travers la fenêtre de toit mais aussi par les couleurs de la pièce, des tons pastel. Ils ont installé une commode blanc crème, un tapis tressé en jute, quelques cadres, des étagères, une suspension en osier. Tout le nécessaire lorsque l'on attend un enfant est là. Elle s'approche, caresse le coussin posé sur le meuble à langer puis cette énorme girafe en peluche, en se demandant à quel moment ils ont réussi à faire entrer l'immense animal sans se faire prendre. Elle reste ensuite immobile devant le berceau surmonté d'un voilage en mousseline. Son regard est vissé au fond du couffin, là où un bébé pourra s'endormir. Elle le voit, ce bébé. Anne et Yves attendent en silence sur le seuil de la porte et elle leur adresse un sourire, seulement un sourire, incapable de prononcer un mot. Ils ont fait mieux que ce qu'elle avait en tête, ils ont rendu tangible la réalité vers laquelle elle s'avance.

Elle a pensé à ses parents, parce qu'elle a vu tout l'amour qui l'entourait finalement alors qu'elle pensait ne plus être capable de le sentir, de l'accueillir, de le donner aussi. Quand elle les appelle, elle leur dit qu'elle les aime, qu'elle les remercie de ce qu'ils font pour elle et ensuite, dans la conversation, elle glisse de manière anodine qu'elle a décidé de céder ses parts du cabinet médical et de rester en Bretagne. Elle ne voulait pas en faire une grande annonce, elle voulait confiner ses mots à des faits déjà entérinés. Il y a bien un silence qui flotte entre eux dans le téléphone mais rapidement, sa mère lui dit que ce n'est pas une grosse surprise. Son père ajoute que c'est le contraire qui aurait été surprenant. Après leur séjour chez elle, ils se doutaient bien que repartir de Locmariaquer n'était pas au programme. Les rénovations, ce n'est pas un petit rafraîchissement d'un potentiel lieu de vacances. Chaque fois qu'elle refait un mur, la maison devient toujours plus la sienne, lui dit Henri. Elle se construit un nouveau foyer.

Elle a aimé dire au revoir à ses beaux-parents sur le palier de sa porte, elle a aimé retrouver sa maison, comme s'il était ordinaire d'accueillir et de voir repartir des gens. Un sentiment qu'elle ne connaissait pas lorsqu'elle était à Paris.

Bientôt, d'autres viendront découvrir son refuge, son univers, peut-être le juger. Elle ne devrait pas redouter l'avis de ses amis sur sa nouvelle vie et pourtant, elle ne peut s'empêcher d'imaginer la réaction de Marie, Nicolas et les autres. Même les enfants feront sans doute part de leurs commentaires. Ils étaient tous à mille lieues de penser qu'elle pourrait un jour s'éloigner de Paris. La petite couronne peut-être, mais de là à s'exiler en Bretagne... Elle se sent à l'aise avec ses amis, à l'aise dans sa maison. Les deux qui se rencontrent, c'est cela qui l'intimide.

Ce trac ridicule la poursuit alors qu'elle dépoussière les quelques livres de la bibliothèque, qu'elle astique les bibelots dont est maintenant agrémenté le salon. Dans la cuisine, elle déplace, replace les bocaux remplis de graines, de pâtes ou de riz sur les étagères. Une idée décoration, et un brin écolo, espère-t-elle. Elle piétine d'impatience de pouvoir replacer une énième fois ces bocaux lorsque la cuisine se sera refait une beauté. Au jardin, elle débroussaille ici et là, puis s'installe parfois à côté de Millie, bien droite devant son chevalet. Les gestes souples de son amie la captivent. C'est comme un ballet. Le pinceau, prolongement quasi naturel du bras fin à la peau couleur ivoire, effleure la palette, plonge dans le petit pot d'eau puis danse sur la toile. Millie ne peint qu'à l'aquarelle et sous sa main, prennent vie des scènes floutées, poétiques. Comme ces deux mains qui se frôlent sans se toucher, devant le bleu de la mer et celui du ciel qui se confondent. Joséphine s'autorise à demander si le tableau a un rapport avec un amour présent, perdu, espéré. Millie n'évoque pas la personne à laquelle elle pensait pour cette peinture, préfère parler des relations en général mais plus tard, dans la discussion, s'invite son dernier amant, Daniel.

— C'était un homme marié, dit-elle sans quitter des yeux sa toile.

— Je vois. Et c'est pour ça que c'est fini ?

— Ne va pas t'imaginer des choses, répond Millie en souriant. J'étais très heureuse de cette façon. Je ne me sentais pas comme sa maîtresse. Moi, je voyais notre relation et c'est tout. Je n'ai jamais souffert de la situation, tu sais. Je n'avais pas besoin de plus, je n'ai jamais demandé plus d'ailleurs et lui n'a jamais eu l'intention de quitter sa femme pour moi.

Joséphine l'observe en silence. C'est bien la première fois qu'elle entend cette partie-là de l'histoire, cette partie où la maîtresse n'a rien de celle qui quémande pour avoir des miettes d'avenir à deux. Millie continue de raconter comment elle a vécu cet amour, parce qu'il s'agit d'amour. L'une n'avait pas pour ambition de devenir la pièce manquante de la vie de l'autre, l'autre n'envisageait pas de mettre fin à ce mariage qu'il disait heureux. Et c'est pour cela que Millie a préféré mettre fin à cette histoire. Pas parce qu'elle voulait davantage mais parce qu'elle pensait à cette femme, la femme de Daniel. Elle avait de la peine pour elle, pour la trahison, le mensonge, et sa cécité qui lui évitait d'avoir le cœur brisé.

— Je l'aimais encore quand je l'ai quitté, je l'aime toujours d'ailleurs mais je ne suis pas malheureuse. Tu sais, à mon âge, je sais aussi être comblée par ma vie autrement qu'avec un homme.

En disant ces mots, Millie pose sa main sur celle de Joséphine. Peut-être veut-elle lui signifier qu'elle aussi pourrait être heureuse sans homme, sans Vincent. Mais elle a la politesse de ne rien ajouter de tel, excepté au travers de ce regard qui semble dire que tout ira bien, peu importe ce que la vie offre ou reprend.

Des journées délicieusement occupées. Il y a les venues de Millie, avec laquelle elle prend parfois son petit-déjeuner, et dont la présence lui semble évidente. Il y a aussi la recherche d'une voiture d'occasion, parce qu'elle ne pourra plus s'en remettre à Pierre et Suzanne pour l'emmener aux quatre coins du golfe du Morbihan. Et il y a les appels de Joël, l'entrepreneur, qui s'égrènent aussi sur la semaine. Il s'enquiert de ses préférences quant à la robinetterie de la cuisine ou la couleur du carrelage des murs de la salle de bains. Elle aime bien son côté brut, un peu maladroit parfois dans ses mots, mais toujours d'une grande gentillesse. Il veut bien faire, il a hâte de commencer. Parfois, ses coups de fil la font rire. Elle l'entend précipiter ses paroles parce qu'il a pensé à quelque chose pour aménager telle partie de telle façon dans la cuisine. Et puis ce devis faramineux… Surtout, Joël était là, à souligner chaque élément noté d'une expression singulière : « Plus ou moins, quoi. » Autrefois, elle aurait été terrifiée à l'idée de laisser ses murs entre les mains de quelqu'un qui tablait sur du « plus ou moins ». Aujourd'hui, elle est entraînée par l'enthousiasme de Joël, qui a été recommandé par Pierre et Suzanne. Elle ne doute pas de leur avis, place sa confiance en ces personnes qui l'entourent, qui font beaucoup sans s'en rendre compte parfois. Elle aimerait les remercier, tous, Millie, Pierre, Suzanne, Joël, et même Mélanie, la boulangère qui, égale dans sa bonne humeur qu'il pleuve ou qu'il fasse grand soleil, lui adresse toujours un sourire. Ils ont été là, sans forcément être présents, dès qu'elle a posé un pied en Bretagne. Sans eux, elle aurait continué à s'enfermer dans la maison, à fondre dans son chagrin. Et le bébé… Elle ne sait pas ce qu'il serait advenu de lui.

— Tata !

Les jumeaux de Marie claironnent en chœur en sortant de la voiture. Nathan et Julia se ruent comme un seul homme sur Joséphine, qui attendait près du portail de voir les deux voitures apparaître au bout de la route. Même avec leur petite taille, ils parviennent à la faire chanceler et elle ne peut s'empêcher d'être soulagée de ne porter qu'un seul bébé et pas deux. Finalement, il existe toujours une situation pire que la pire des situations. Des jumeaux dans le ventre et elle se serait tapé la tête contre ses bottes de lambris blanc.

Les trois enfants de Caroline et Jean-François l'embrassent à leur tour, avec des baisers sonores et mouillés. Seul le plus grand, Mathieu, s'en tient à une bise rapide de préadolescent.

— Moi qui pensais que la route les achèverait, dit Marie d'un air las en s'approchant. Salut, beauté bretonne.

— Bienvenue chez moi !

Caroline noue ses bras autour des deux autres et elles forment une ronde serrée un moment jusqu'à ce que leurs maris respectifs, Nicolas et Jean-François, s'immiscent dans le cercle pour la saluer.

— Dis donc, c'est pas tout près chez toi, lui dit Jean-François, un sourire large sur le visage.

— Tu ne vas pas recommencer ! fustige aussitôt sa femme. Tais-toi et aide-moi à sortir les sacs.

Ils s'avancent tous vers la maison, tandis que les enfants courent vers le jardin. Joséphine jette un coup d'œil pardessus son épaule et intercepte les sourcils froncés de Caroline à destination de son mari. La remarque de celui-ci puis la réprimande cinglante et immédiate lui font penser que cette conversation a déjà eu lieu. Elle aurait bien aimé que Jean-François développe son idée. Nul doute qu'ils auront l'occasion d'en reparler durant le séjour.

Dans le jardin, les enfants sautent comme des figurines à ressorts. À croire qu'ils n'ont pas vu un brin d'herbe depuis des siècles. Leurs parents respectifs habitent pourtant dans des maisons cossues de banlieues parisiennes bourgeoises, avec quelques bandes de terrain sur lesquelles pousse une pelouse bien mieux entretenue qu'ici. Mais ils exultent, et s'empressent de demander à Joséphine si cette étendue bleue qu'ils voient au loin est la mer.

— C'est le ciel, pas la mer, mais la plage est à dix minutes à pied d'ici, explique-t-elle, désemparée devant les yeux déçus des enfants. Et votre maison de vacances, là où vous allez dormir, a vue sur mer !

Les enfants crient en chœur leur joie, même si elle n'est pas certaine qu'ils aient tout compris de ses explications. Elle les laisse s'éloigner dans des exultations bruyantes et retourne à l'intérieur, là où leurs parents échangent leurs premiers commentaires sur l'aspect général du lieu.

Nicolas souligne la grandeur de la maison, qui aurait pu accueillir tout le monde, non ? Pas assez de couchages, explique-t-elle. Elle a bien des chambres mais les lits manquent. Et Marie ajoute qu'il n'était pas question qu'ils débarquent à quatre adultes et cinq enfants alors qu'elle est enceinte.

Ils font le tour du rez-de-chaussée, tous attentifs aux explications de la propriétaire. Le poêle dans la cheminée ancienne, très chouette idée, selon Nicolas. Le mobilier du salon, vraiment sympa avec cette table imposante et les chaises neuves, commente Caroline.

— Elles ne sont pas neuves, contredit Joséphine. Tout ce que vous voyez là, excepté le canapé, c'est de la récupération, trouvée au grenier ou dans des brocantes, et retapée avec l'aide de mon amie Millie.

— Minnie, comme la copine de Mickey ? demande Nicolas.

— Millie, comme Amelia. Une Franco-Britannique qui habite pas loin.

Ils continuent la visite vers la cuisine. Un peu vieillotte, constate Jean-François. Elle leur parle de ses idées pour la rénovation très prochaine. L'entrepreneur viendra aussi refaire la salle de bains du haut.

— Franchement, tu m'impressionnes, Jo, dit Jean-François, une fois qu'ils ont fini le tour de l'étage après le rez-de-chaussée. C'est vraiment sympa ce que tu es en train de faire.

— J'essaye... Vincent m'a laissé quelques instructions, alors je mets un peu de lui et un peu de moi ici.

Jean-François hoche la tête en signe d'approbation. Les trois autres acquiescent : elle rend cette maison très chaleureuse, avec sa touche personnelle, qu'ils perçoivent dans chaque pièce. Ça fait beaucoup moins « breton » que ce qu'ils pensaient, ce qu'elle traduit pour elle-même par vieillot, rustique, inconfortable mais elle laisse ses amis à leurs idées préconçues. Ils se feront d'eux-mêmes une autre image de son nouvel environnement.

Dans l'après-midi, la virée sur la plage est inévitable. Les enfants trépignent, se dandinant à travers la maison dans leurs petits maillots de bain colorés, des masques de plongée sur le nez. Georges est effrayé, interrompu dans sa sieste par les bambins bruyants, et s'enfuit dans la chambre.

— On se calme, les enfants, tente de temporiser Nicolas. Vous allez finir par casser quelque chose.

— Laisse-les faire les fous, Nicolas. Ça ne me dérange pas et puis la température de l'eau va se charger de les calmer.

— Jo, je peux avoir une crêpe au caramel ? demande la petite Julia en tirant sur sa jupe. Papa a dit qu'il y avait des crêpes et du caramel partout chez toi maintenant.

Elle étouffe un rire et s'accroupit près de la petite fille. Il y en a à côté de chez elle, lui confie-t-elle. Et si Julia est bien sage et emmène son frère rapidement dans la voiture pour aller à la plage sans faire de bruit, alors il y aura une crêpe après le bain de mer.

La petite fille court vers son jumeau et lui répète ce qu'elle vient d'entendre avec autorité. Les trois enfants de Caroline et Jean-François leur emboîtent le pas.

— Tu viens d'expérimenter la stratégie de la carotte, la félicite Marie. Moi, j'utilise ça pour tout et n'importe quoi, pas avec des crêpes mais avec des madeleines cœur aux fraises. Avoir des enfants, ça requiert les mêmes compétences qu'un négociateur du GIGN…

En cette fin d'août, la plage de la Falaise est parsemée. Les premiers aoûtiens ont quitté leur lieu de villégiature et le golfe du Morbihan commence doucement à reprendre ses esprits après des semaines d'animation bruyante et festive.

Les enfants courent vers l'eau, trempent les orteils, sautent sur place, s'éclaboussent déjà, tandis que les adultes installent leurs serviettes sur le haut de la pente douce. « Ce n'est pas la même température qu'en Espagne mais il fait tout de même très beau », admet Jean-François, plutôt surpris par la météo si bonne. Joséphine est contente de l'entendre faire valser un premier cliché sur la région. C'est même l'objectif qu'elle s'est fixé parce qu'il faudra bien leur dire à un moment ou à un autre qu'elle ne compte pas retourner à Paris. Qu'ils apprécient leurs quelques jours à Locmariaquer est donc crucial.

Elle s'éloigne des hommes avec Marie et Caroline pour une balade les pieds dans l'eau. Elle se retient de taper sur les doigts de Caroline qui ne peut s'empêcher de caresser son ventre qui saille sous la jupe fleurie. La seule main qu'elle aurait voulu voir et sentir se poser là, c'est celle de Vincent.

— À combien en es-tu maintenant ? demande Marie.

— Vingt-deuxième semaine de cohabitation.

— Déjà ? Tu vas entrer dans ton troisième trimestre alors. C'est dingue comme le temps passe vite... Tu as l'air en pleine forme, ça fait plaisir à voir.

— Oui, en fait, je me sens assez... bien. J'essaye de faire au mieux en tout cas.

— Pour une jeune veuve, qui attend son premier enfant, tu fais mieux qu'essayer ! intervient Caroline. Qui aurait imaginé que l'on te retrouverait là six mois plus tard, pleine de vie, avec un gros ventre et des gros seins, à te débrouiller toute seule ? Non mais c'est vrai, hein Marie, tu es d'accord ?

Elle ne sait pas comment réagir. Toujours cette violence des mots avec Caroline... Même si son amie n'a pas tort, même s'il est peut-être préférable d'accepter de l'entendre, de verbaliser aussi toute cette situation, elle en a le souffle coupé. « Veuve », ça tambourine dans sa poitrine mais elle sourit, silencieuse. Marie, elle, est d'accord avec ce qui vient d'être dit, en y mettant davantage les formes :

— Caroline a raison, tu nous impressionnes tous. Mais il faut que tu fasses attention à toi aussi. Tu es loin de nous, loin de tes parents et de ceux de Vincent.

— J'ai des personnes sur qui compter ici.

— Ton club de futurs pensionnaires d'EHPAD ?

— Ils ne sont pas si vieux et...

— Mais tu ne les connais pas depuis si longtemps. Tu ne te sens pas seule ici ?

— Je me sens seule depuis que Vincent n'est plus là, et ça, ça ne pourra jamais changer. Ici, c'est calme, c'est apaisant. Et vous dites que vous ne vous attendiez pas à ce que je me remette d'une telle situation, mais c'est justement parce que je suis venue dans cette maison que ça a été possible. Je n'aurais pas survécu ailleurs…

Ses deux amies hochent la tête et se serrent un peu plus contre elle. Puis elles lui disent qu'elles ont des cadeaux pour elle et pour le bébé. La chambre d'enfant est joliment décorée, souligne Caroline, mais il manque beaucoup de choses. Joséphine leur avoue qu'elle n'a pas encore prévu grand-chose pour l'arrivée du bébé. Sa mère lui a offert un body et un petit bonnet adorables, et elle a aussi un rendez-vous chez le gynécologue dans dix jours. Voilà, c'est tout ce qu'elle a. Alors qu'elles reviennent vers le groupe des maris et des enfants sur la plage et que Caroline part devant pour s'amuser dans les vagues avec sa cadette, Marie lui dit qu'elles sont là pour l'aider à préparer la suite des événements.

— Même si on espère toujours que tu reviendras à Paris, j'imagine que ce n'est pas dans tes projets. J'y croyais encore jusqu'à ce que je découvre la chambre du bébé. Tu n'as pas l'intention de quitter la Bretagne, n'est-ce pas ?

— Je comptais vous l'annoncer ce week-end, avoue Joséphine. J'avais peur de votre réaction.

— Et pourquoi donc ?

— Tu vois bien comment Caroline parle de Millie, de mes voisins… « Futurs pensionnaires d'EHPAD », ils vont être ravis quand je vais leur dire comment ils sont surnommés.

— On s'inquiète, mais tu sais bien que ce que l'on veut, c'est que tu sois heureuse. Et si c'est ici que tu l'es, alors tu t'en fous de ce que peut bien dire Caroline, ajoute Marie en haussant les épaules.

Avant de rentrer à la maison, ils s'arrêtent manger une crêpe caramel au beurre salé. Julia est ravie et contrairement à son frère et aux enfants de Caroline, qui dévorent avec les doigts, elle insiste pour utiliser couteau et fourchette. Ses gestes sont si mignons, Joséphine verse sur la petite fille un regard plein de tendresse. Alors qu'elle avale elle-même sa crêpe, elle sent un petit coup dans son ventre. Le bébé se réveille toujours quand elle avale du sucre. Ce sera un gourmand, se dit-elle en silence. Elle garde pour elle les sursauts de son ventre, réticente à ce que de nouvelles mains se posent dessus pour sentir que ça bouge, là-dedans.

Il est à peine 22 heures lorsqu'elle se retrouve seule chez elle. Les autres, éreintés par la route et par la plage, ont rejoint le gîte. Elle reste un long moment sur la terrasse. Georges vient se frotter à sa jambe nue. Le chat a attendu patiemment que les intrus s'en aillent pour se montrer. Il n'a pas été aussi farouche en présence des parents de Vincent, de ses propres parents ou de Millie. Peut-être alors que ce sont les enfants qui le contrarient. Elle chuchote à son chat que son bébé à elle ne sera pas aussi bruyant. Elle a la certitude que Georges sera moins dérangé par son enfant que par ceux des autres. Il se pelotonne déjà contre son ventre en permanence. N'est-ce pas le signe optimiste d'une future affection réciproque ? Vincent n'avait aucun mal à suivre son instinct quand elle s'acharnait à trouver du pragmatisme dans la prise de décision. C'est quand il n'est plus là pour la voir qu'elle se laisse enfin aller à avoir confiance dans un simple ronronnement de Georges contre son ventre.

Le week-end est passé si vite, et dans une anarchie agréable. Elle a admis, un peu honteuse, qu'elle n'avait prévu aucun programme. Ses amis l'ont rassurée : personne d'autre que les enfants n'aura la main sur un quelconque programme. Ils ont mixé plage, balade en bateau dans le golfe du Morbihan, dégustation de kouign-amann et découverte des incontournables alignements de Carnac. « Pourquoi on regarde des gros cailloux ? » a demandé Léonie, l'une des filles de Caroline, avec toute sa candeur enfantine. La visite a tourné court, les dolmens ne résistant pas aux commentaires déçus des plus jeunes. Ils n'avaient que faire des explications de leurs parents sur l'existence millénaire du site mégalithique.

Le soir avant le départ des deux familles, ils décident de dîner au restaurant. Avant de s'y rendre, alors qu'ils sont installés sur la terrasse pour un premier apéritif, Marie et Caroline entraînent Joséphine dans la chambre du bébé, avec des sacs au bout des bras.

— On t'a rapporté des petites choses adorables ! s'exclame Caroline, la voix pleine d'excitation.

— Que ce soit un garçon ou une fille, ça conviendra, tu vas voir, poursuit Marie. Assieds-toi.

Elle s'installe dans le fauteuil à bascule acheté par ses beaux-parents et assiste, ébahie, au défilé de mode miniature auquel s'adonnent ses amies. Elles ont récupéré d'anciennes affaires dont elles ne se serviront plus. L'une comme l'autre ont précieusement gardé des vêtements de bébé ou des accessoires, comme des reliques. Elles lui font don de bodys, de petits pyjamas, de bavoirs, d'un babyphone. Chacune a en plus acheté un cadeau : Marie lui offre une gigoteuse brodée d'un ours polaire et Caroline, une veilleuse blanche en forme de phoque.

— C'est très ambiance arctique, vous croyez que je vais mourir de froid en Bretagne ?

— La Bretagne, ce n'est pas franchement l'endroit le plus chaud de France ! taquine Marie avant d'ajouter que leur séjour ici, sous le soleil, lui fait douter de la véracité des clichés sur la météo bretonne que l'on dit capricieuse.

— Merci les filles. C'est adorable de votre part.

— Ça nous fait plaisir. Et ce n'est pas tout, poursuit Caroline en fouillant au fond de l'un des sacs. Tiens, une liste du nécessaire à bébé, établie par nos soins, avec toute notre expérience plus ou moins sympa de la grossesse.

Elle saisit le papier sur lequel est inscrite une série de mots qu'elle a déjà vus, entendus. Mais quand ils sont compilés sur une unique feuille, le résultat est effrayant. C'est interminable : dix à vingt bodys, dix paires de chaussettes, alaise plastifiée, thermomètre de bain, mouche-bébé, paire de ciseaux à bouts ronds, chaussons, tapis d'éveil, poussette… Ses amies ont ajouté une grosse flèche devant une phrase en lettres capitales : SI TU ALLAITES.

Devant ses yeux ronds, ses amies rient. Pas simple, l'arrivée d'un bébé. Au verso de la feuille, elles ont aussi pris le temps de lister les démarches à entreprendre dans un ordre chronologique, et plus particulièrement l'inscription à la maternité. Ça, c'est la priorité, précise Marie. Joséphine demandera au gynécologue qu'elle va voir à Vannes. Il y a tant de choses à prévoir, c'est étourdissant. C'est à ce moment-là que l'absence de Vincent se fait plus pesante. Elle ne peut réprimer des images d'eux deux en train de choisir le doudou du bébé ou la poussette, sur laquelle il s'attarderait, dont il tâterait les roues, la nacelle, s'enquerrait des options. Elle sera seule, la réalité la saisit violemment. Alors que ses amies sortent de la chambre, elle reste dans le fauteuil à bascule, qui se balance doucement d'avant en arrière. Elle tourne la tête vers la fenêtre. Le soleil descend lentement, inondant la chambre d'une lueur orangée. Dehors, tout est calme. Elle pense au jardin et à son organisation déstructurée qu'elle trouve rassurante, elle pense aux pierres de la terrasse, encore chaudes à cette heure de la journée. Tout ça, ce n'est pas assez. Toute cette vie qu'elle se construit ici, ce n'est pas suffisant. Vincent lui manque. Rien ne peut éviter que ce manque revienne l'assaillir sans relâche. Et quand le bébé sera là, comment va-t-elle faire sans lui ? Une terreur vertigineuse l'envahit. « Je ne peux pas », chuchote-t-elle dans le silence de la chambre. Elle suffoque, s'essouffle à tenter de ravaler ses sanglots mais la tristesse et la peur la ravagent. Les larmes redoublent. Ses mains s'accrochent au siège, ses ongles s'enfoncent dans le tissu du fauteuil. Elle est médecin, reconnaît les signes de la crise d'angoisse mais est incapable de se calmer. Sa poitrine hurle à Vincent qu'elle n'y arrivera pas sans lui.

Ce n'est pas Vincent qui lui répond mais le bébé, qui donne un coup, léger. Elle ne bouge plus et ferme les yeux puis elle rit, sans savoir pourquoi. Elle rit encore plus fort, le visage trempé. « Merci », dit-elle en passant la main sur son ventre. Pour un moment au moins, elle essuie ses larmes en se disant qu'elle va essayer, qu'elle n'a pas le choix. Vincent ne reviendra plus, les pleurs oui, la douleur aussi. Il faudra toujours, tout le temps, faire avec.

La table à laquelle ils sont installés offre une vue sur la rivière de Crac'h. C'est Joséphine qui a proposé le restaurant, situé à Saint-Philibert. Marie, Caroline et leurs maris respectifs ont immédiatement été charmés par le cadre et ensuite par les imposants plateaux de fruits de mer. Les enfants, eux, ont tous choisi des moules marinières avec des frites. Le repas se déroule dans une atmosphère festive. L'alcool aidant, Nicolas et Jean-François s'amusent, racontent des anecdotes qui ne devraient pas arriver aux oreilles des enfants. Mais peu importe, ils continuent sans se soucier des regards sévères de leurs femmes.

— C'est vrai qu'on est bien ici ! soupire Nicolas en se calant dans le fond de sa chaise. Quand je pense que demain, on sera de retour à Paris, ça me fout le cafard.

— Je suis bien d'accord, renchérit Jean-François, les joues rougies par l'alcool.

— Ah oui, vraiment ? demande Caroline. On peut te le dire maintenant, Jo, il a quand même fallu négocier avec monsieur parce qu'au départ, une virée en Bretagne, pardon dans ce « coin perdu où vivent des druides et des Bonnets rouges » n'enchantait pas mon mari, ajoute-t-elle en signant des guillemets de ses mains.

Joséphine s'esclaffe. Jean-François lève la main vers elle en signe de pardon.

— OK, je l'admets, au début, j'étais pas franchement excité par la Bretagne. Mais finalement, c'est vraiment sympa comme coin. Pour des vacances, quoi…

— Plus que pour des vacances, répond Joséphine. Tu me tends la perche. Donc voilà, je vends mes parts du cabinet médical à Paris et je m'installe ici.

— Tu es déjà bien installée, relève Nicolas. Ta maison… Enfin, je veux dire, c'est pas une surprise. Étant donné les travaux, soit c'est pour la vendre, soit c'est pour l'habiter. Et vu ce que cet héritage représentait pour Vincent, je doute que tu aies en tête la première option.

Elle hoche la tête. Le cheminement de pensée de Nicolas la laisse croire que ça devait déjà être le cas pour tout le monde. Et elle en est soulagée. Caroline, qui n'était pas intervenue jusque-là, veut en savoir plus :

— En fait, moi, contrairement à Nicolas, je suis un peu surprise. C'est vrai que la maison laissait deviner que tu resterais ici, mais c'est justement ton choix qui me surprend. Tu vas faire quoi, toi, la vraie Parisienne, le médecin de ville ?

— C'est vrai, continue Jean-François. Tu te vois ici, en tant que médecin ? Tu ne vas tout de même pas ouvrir un cabinet paumé.

— Et puis, là, c'est cool, c'est l'été, il fait beau, et de manière surprenante, assez chaud. Mais franchement, cet hiver, ça va moins t'amuser d'être calfeutrée dans ta maison à cause de la météo, complète Nicolas.

— Vous ne me demandez pas si j'ai Internet, si je dois aller chercher de l'eau potable à la fontaine du village, si je monte sur le tracteur de l'agriculteur d'à côté pour aller faire mes courses ? Parce que vous êtes sur une bonne lancée, là. Votre accumulation de clichés me laisse sans voix… Et ne me dites pas « Oh, Jo, mais c'est pour ton bien, c'est parce qu'on s'inquiète qu'on dit ça », dit-elle, sans aucune animosité et même avec amusement. Vous n'êtes qu'une bande de bobos snobinards. Et franchement, même si ça ne fait que trois mois que je vis ici, moi aussi, j'en aurais des choses à vous dire sur les Parisiens qui franchissent les frontières de la Bretagne pour les vacances, comme tu dis, Jean-François. Ceux qui râlent parce qu'il n'y a pas Léopoldine, Augustin ou Gaspard sur les bols bretons pour leurs enfants et qui dévalisent La Trinitaine et Armor Lux avant de repartir. Vous en vouliez des clichés, ben les voilà.

— Pas faux ! dit Marie en éclatant de rire.

Toute la tablée est muette. Les enfants ont levé le nez de leur coupe aux trois boules de glace et leurs yeux font comme une balle sur un terrain de tennis, de leurs parents à Joséphine, de Joséphine à leurs parents. Les hommes lèvent les deux mains en signe de reddition. Ils se mettent tous à rire de bon cœur. Sa réplique a eu pour effet de calmer les interrogations de tous. Elle n'a finalement pas répondu à la question de son avenir professionnel. La réponse arrivera plus tard, pour elle comme pour les autres.

Les deux familles ont pris la route du retour vers Paris. Des adultes, ravis par le souffle de légèreté qui a caressé ces quelques jours de répit avant la rentrée de septembre, et des enfants, charmés par le grand jardin, la plage juste à côté, « même si l'eau est glaciale », et les crêpes. Elle a aimé les avoir à la maison, se dit qu'ils reviendront. Quand bien même, elle ne redoute pas l'automne, les visites moins fréquentes peut-être, la solitude qu'ils lui ont prédit.

Ce qu'elle redoute, c'est de se pencher sur les listes interminables transmises par Marie et Caroline. Tous ces articles à prévoir pour l'arrivée du bébé…

Elle tente de hiérarchiser. Elle qui est médecin se trouve totalement désemparée. Elle a l'impression de plonger dans un univers parallèle où un bébé n'est pas un bébé mais une star de la musique pour laquelle il faut prévoir tout le matériel et le confort en vue d'un grand concert. Elle se concentre sur une pièce concrète et maîtresse : la poussette. Sur Internet, il y a des tas de modèles. Et elle est perdue… Il faudra qu'elle demande conseil en magasin. Son rendez-vous chez le gynécologue est dans quelques jours à Vannes. Elle en profitera pour aller faire un tour dans les enseignes pour futurs parents. C'est à ce moment-là qu'elle pense à la voiture. Il faut vraiment qu'elle s'en trouve une à elle. Pierre avait raison, c'est indispensable d'être véhiculé ici.

Maintenant que les Parisiens ont quitté les lieux, Millie peut reprendre ses quartiers dans le jardin. Quand elle arrive à la maison, celle-ci l'informe qu'elle partira en fin de semaine pour Caen afin d'aider son fils et sa belle-fille alors que le petit reprend l'école.

— C'est une période que j'ai toujours aimée, explique Millie alors qu'elles dégustent une citronnade sur la terrasse. La rentrée avec l'odeur de la papeterie neuve, les vêtements que l'on choisit pour le premier jour, s'acheter un nouveau cartable. Et je ne parle pas seulement de l'enfance. Quand j'enseignais à l'université, j'étais ravie de retrouver mes étudiants, bien bronzés et très frais, prêts à écouter. Ils sont toujours très attentifs en début d'année…

— Moi aussi, j'ai toujours aimé ça. J'avais hâte de recommencer l'année scolaire pour la finir vite.

— Ah bon ? Drôle d'idée.

— J'ai toujours voulu être médecin, alors les années lycée m'ont semblé très longues. Je ne pensais qu'à une chose, arriver vite en fac de médecine.

— Je comprends mieux. C'est une réelle vocation, affirme Millie d'un ton qui n'attend pas de réponse. Ça ne te manque pas ?

— Je n'arrive pas trop à savoir. Les derniers mois ont été éprouvants. Déconnectés de la réalité. J'ai parfois du mal à me rappeler ce qu'étaient mes journées d'avant, à Paris. Mais ce dont je me souviens, c'est que j'étais heureuse. J'avais une vie heureuse.

— Je sais. Mais même si c'est dans un jour, dans un an ou dans dix ans, j'ai la certitude que l'envie de soigner te reviendra. Je le sens depuis que je te connais, et pourtant, ça ne fait pas si longtemps.

Joséphine hausse les épaules et change de sujet en lui parlant de son projet d'acheter une voiture. Elle lui montre des annonces qu'elle a repérées sur Internet. Son amie installe sur son nez une paire de lunettes et se penche sur l'ordinateur.

Elle n'y connaît rien et ne sait pas évaluer le degré de fiabilité des voitures d'occasion. Elles rient ensemble lorsqu'elles découvrent des annonces bizarres puis s'amusent à mettre des filtres invraisemblables sur le site Internet : couleur rose bonbon, sièges chauffants, intérieur velours… Le plus délirant, c'est que tout existe. En attendant, Millie a une solution pour son rendez-vous à Vannes : Joséphine pourra la déposer à la gare avec sa voiture puis utiliser le véhicule durant son absence. Ensuite, il faudra demander à un connaisseur de l'aider dans ses recherches, ou se rendre chez un concessionnaire.

Le soir même, elles préparent ensemble le dîner organisé avec les voisins, tout juste rentrés de Croatie. Pierre et Suzanne ont la peau dorée, les yeux scintillants, encore pleins des souvenirs du mois qu'ils viennent de passer avec leur famille sur les côtes de la mer Adriatique. Ils racontent avec exaltation leur séjour fait de dîners gargantuesques, de balades en bateau sur une eau turquoise, de pique-niques sur la plage, de jeux avec leurs petits-enfants. Ils sont contents de rentrer aussi. Le mois d'août en Croatie, c'est un peu Disneyland sous le soleil.

— Les touristes sont irrespectueux au possible, surtout les Français, peste Suzanne.

— Je te rappelle que nous en faisons partie de ces touristes, ma chérie, dit Pierre.

— Non, je ne suis pas d'accord. Maintenant que nous avons de la famille installée là-bas, je ne nous considère plus comme des touristes.

— Ah bon ? Dans ces cas-là, il faudrait qu'on évite de gonfler la file d'attente devant les restaurants en plein mois d'août alors que nous avons le reste de l'année pour y aller.

— Ce que tu peux être agaçant !

— Ah, vous notez, mesdames, je suis passé de touriste irrespectueux à mari agaçant.

Suzanne râle tandis que les deux autres femmes rient. Joséphine passe un bon moment, et en cet instant, elle ne pense plus à la peur de la solitude quand le bébé va arriver, elle ne pense plus à tout ce qu'il faut prévoir, elle ne pense plus non plus à ce qu'elle ne prévoit pas.

— Pierre, tu avais raison, il me faut une voiture ici, dit-elle. Par hasard, vous ne connaissez pas quelqu'un qui en vend une ?

— Je n'ai pas eu vent d'une voiture qu'une connaissance voudrait céder. Je te tiendrai au courant si c'est le cas, lui répond Pierre.

Après la demande infructueuse auprès de ses voisins, elle envisage de se rendre chez un concessionnaire, ce qui lui paraît finalement plus raisonnable que d'acheter une voiture d'occasion sur Internet. Les reportages sur les arnaques et son incapacité à juger du potentiel d'un véhicule lui font penser que se tourner vers un professionnel est la meilleure option. Et la plus rapide. Parce qu'il ne faut pas qu'elle perde cet élan vers l'avenir, toute cette envie, ce besoin même de compléter les pièces d'un puzzle tordu par l'absence de Vincent. Elle n'est qu'au début de sa course d'endurance contre le chagrin quotidien.

Le jour de son rendez-vous chez le gynécologue, l'anxiété lui fait serrer les mains sur le volant de la voiture de Millie. Ses silences interpellent son amie, qui finit par comprendre et qui la rassure. Tout va bien se passer, lui dit-elle.

— Oui, je sais. Mais je vais être seule, sans Vincent. Il aurait dû être là.

— Tu veux que je vienne avec toi ? Je peux prendre le prochain train et…

— Non, Millie, la coupe Joséphine, je ne veux pas que tu fasses ça. Tu as ta vie et maintenant, je dois me débrouiller toute seule avec la mienne. La dernière fois que j'ai vu un gynécologue, il m'annonçait que j'avais deux semaines pour choisir de garder ou non ce bébé. Tu te rends compte… Je n'ai même pas choisi réellement, j'ai laissé faire le temps.

— Ne dis pas ça. C'est faux, tu as choisi de le garder, parce que tu le voulais et parce que c'est une chose merveilleuse. Il ne prend pas la place de Vincent, il prend sa place, celle que tu voulais déjà avant que Vincent parte.

L'importance de cette femme qui a deux fois son âge dans sa vie est imprévue, précoce même, et pourtant, cette amitié lui semble naturelle et évidente. Joséphine espère qu'elle rend au moins un dixième de tout ce que Millie lui apporte parce qu'elle vient de lui donner l'énergie d'aller vers cette échographie tandis qu'elle est prête à lâcher une insulte à l'encontre de Vincent. C'est absurde de porter ça, ce gros ventre et ce qu'il implique, seule.

Vincent

Je gardais le souvenir brûlant d'une dispute. C'était immensément inédit, et j'en étais ressorti penaud, de cette joute d'un genre auquel nous n'étions pas habitués. Il avait fallu d'une phrase pour que notre appartement s'embrase de ta colère. Ce qui te rendait furieuse, c'était que je ne me rendais pas compte de mon inconscience à dire de telles choses. Je me souviens du reportage que diffusait la télévision sur les congés paternité allongés en Suède. Devant mes grands yeux ahuris, tu avais répété ce que je venais de commenter, en détachant chaque mot : « C'est cool mais franchement, ils ont pas peur pour leur carrière, les mecs ? — Et les femmes, tu crois qu'elles n'ont pas peur pour leur carrière, elles ? » Tu avais vociféré comme je ne t'avais jamais vue le faire. J'avais eu la bonne idée d'ajouter qu'elles avaient une chance que nous les hommes, nous n'avions pas : porter la vie. Tes mains s'étaient plaquées sur ton visage comme pour dire que ce n'était pas possible, tu n'avais pas pu épouser un homme aussi con. Tu m'avais expliqué qu'évidemment, c'était merveilleux pour moi puisque ça n'allait jamais m'arriver, tout comme les règles, la ménopause, la position de la grenouille tous les quatre matins chez l'esthéticienne, la fortune dépensée en maquillage, en manucure, en coiffure, le temps passé à s'arracher les poils entre les sourcils tous les jours, la culotte inconfortable qui te rentre dans la raie des fesses mais au moins ça ne se voit pas sous la robe sinon fais gaffe on va te soupçonner de vouloir titiller l'attention de ces messieurs, le soutien-gorge qui te cisaille le thorax mais au moins on ne voit pas tes tétons qui pointent de froid et tes seins qui flottent en liberté sinon attention on va te soupçonner de vouloir susciter le désir chez ces messieurs, les litres de tisane au fenouil pour éviter de lâcher des gaz parce qu'une femme, ça ne pète pas, et puis d'ailleurs, ça ne pue pas, ça ne rote pas, ça ne parle pas trop fort, ce n'est pas timide non plus, avec de la personnalité mais pas grande gueule, c'est sexy mais pas vulgaire, c'est sportif mais pas trop musclé, ça aime travailler mais ça aime aussi s'occuper des enfants parce que franchement, n'y a-t-il pas plus belle profession que celle d'être maman, ben oui puisque comme tu le dis, ce sont les mecs qui doivent s'inquiéter de leur carrière, et pas les femmes !

J'étais scotché au canapé, effrayé, incapable de parler et de toute façon, il ne fallait plus que je parle, que je bouge, tant que tu ne ressortais pas de la chambre dont tu avais claqué la porte. J'aurais pu me défendre, arguer que ce n'était pas ce que je voulais dire mais en fait, tu avais raison, je ne réalisais pas. J'avais été indélicat et candide, comme une petite créature qui découvre qu'il n'y a pas de paillettes, pas de licorne rose dans ton monde à toi. Il n'y avait rien de facile dans la féminité, dans la maternité non plus, je le savais, mais j'étais impatient de pouvoir être celui qui te dirait que ton corps qui évolue, qui grossit, qui se flétrit, c'était ce qui me faisait t'aimer davantage encore parce que ça aurait voulu dire que tu m'acceptais à chaque instant.

Inoubliable mélodie. Elle l'entend encore alors qu'elle roule vers Locmariaquer. Ses amies lui avaient dit que c'était incomparable. Elle a compris à ce moment-là. Les battements du cœur du bébé, encore plus rapides que ceux de son propre cœur à elle qui battait la chamade. Comme un cheval au galop.

Elle n'a pas pensé au terrible coup du sort, elle n'a pas pensé au fait qu'elle avait « raté » le début de sa grossesse. Elle a pensé à Vincent, l'a imaginé à ses côtés, a vu son sourire et senti son baiser sur son front.

Les yeux rivés sur l'écran, elle entendait des bribes de phrases : environ 20 centimètres, ses petits pieds là, la colonne vertébrale se développe bien, oh le coquin, des jambes dynamiques, bonne quantité de liquide amniotique, dis donc petit cachottier… Le gynécologue, la cinquantaine bien entamée et bedonnante, parlait d'une voix douce, presque chuchotée, comme s'il ne voulait pas la déranger dans la rencontre avec son bébé.

— Vous voulez savoir si c'est un garçon ou une fille ?

Elle n'a pas souhaité connaître le sexe. Son ventre qui grossissait recélait un trésor, et elle préférait préserver ce mystère.

Elle est ressortie de la salle d'examen hagarde, fébrile et infiniment comblée. Un nuage de coton l'entourait alors qu'elle déambulait dans les couloirs de l'hôpital, incapable de retrouver l'accueil.

Consumée par le son du galop dans sa tête, elle s'est rendue dans un magasin du centre de Vannes pour acheter une poussette. Parce qu'il n'y avait plus une minute à perdre, parce que tout devenait plus tangible dans son monde à venir. Son choix s'est porté sur la plus facile d'utilisation ; elle se souvenait sans mal qu'elle serait seule, qu'il lui fallait quelque chose de simple et pratique plutôt que l'un des modèles recommandés par le vendeur qui vantait telle option d'un engin, relevait le côté « très tendance » d'un autre.

Et puis, dans la brocante qu'elle avait découverte avec Millie, son regard est tombé sur un vieux cheval à bascule en bois. L'objet était abîmé mais les traces du passé lui donnaient un charme qui l'attendrissait. Elle se voyait déjà le repeindre, s'accommoder des petites éraflures, le placer dans la chambre du bébé. Elle est repartie de Vannes le coffre plein de ses achats, et le cœur lourd de sentiments inédits.

Sur la route du retour, elle repense à sa conversation avec Millie le matin même. Son amie avait raison. Elle le sent maintenant, ce bébé n'est pas un hasard qui s'est transformé en une indécision puis un avenir. Ce bébé, elle le voulait, elle a simplement mis de côté cette évidence parce que la tristesse annihilait toute autre émotion.

— Ça, je suis heureux de l'entendre ! s'exclame Olivier, qu'elle appelle un dimanche. Franchement, j'avais peur que tu n'en aies absolument rien à faire de ce rendez-vous chez le gynécologue et que tu t'en passes.

— Eh bien, tu vois, je prends les choses en main. Et je respecte la promesse que je t'ai faite, je prends soin du bébé.

— En parlant de bonne nouvelle, j'en ai une autre. Ça arrive plus vite que prévu, c'est même inespéré. Je pense avoir trouvé la personne à laquelle tu peux céder tes parts du cabinet.

— Déjà ?

Elle a prononcé le mot un peu fort. Elle ne s'attendait pas à ce qu'ils trouvent un repreneur aussi rapidement, et Olivier non plus d'ailleurs. Son associé lui explique qu'il a rencontré, par hasard, une jeune femme durant ses vacances dans le Jura. C'est une Parisienne, qui vient de terminer son internat et qui cherche à s'établir dans la capitale.

— Et avant que tu ne poses la question, lui dit-il, Tiphaine a les fonds. Son dossier est fiable. Elle vient visiter le cabinet la semaine prochaine et si elle est partante, il faudra que l'on fasse notre assemblée générale pour voter l'agrément de cession. Je prévois de venir te voir en octobre pour cela et pour découvrir ta maison, ça te va ?

Il a l'air très enthousiaste. Cette Tiphaine est en bonne voie pour devenir la nouvelle associée du cabinet. La page va se tourner bien plus vite que ce qu'elle envisageait. C'est rapide, le virage à 360 degrés dont parlait Nicolas est réel. Mais ce n'est finalement que la concrétisation d'un état de fait. Même si elle a un pincement au cœur, elle espère que l'affaire va se conclure. Elle lui dit que c'est une bonne chose et qu'elle est heureuse pour lui. Elle ne sera plus son associée, mais toujours sa meilleure amie, lui assure-t-il, d'une voix un peu émue.

Elle reste seule plusieurs jours, sans parler à personne d'autre qu'à la boulangère ou au caissier du supermarché. Il y a encore un peu de monde dans les magasins et dans les rues du village. Quelques touristes tardifs prolongent l'été en s'octroyant des journées à la plage et en effectuant des emplettes dans les boutiques de souvenirs. Peut-être le commencement de ce que ses amis parisiens redoutaient : la vie en Bretagne sans l'animation estivale. Pourtant, le soleil est encore là et sa sérénité aussi. Contrairement à ce qu'ils pensent, elle accueille sans anxiété l'automne et les journées qui raccourcissent. Retourner à Paris, être confrontée au brouhaha, à la vie rapide, c'est ça qui lui ferait peur.

Ici, elle trouve le calme dont elle a besoin. Et aussi autre chose. Une nuit, Vincent lui rend visite. Il ne sèche pas ses larmes ou n'essaye pas de la rassurer. Son rêve prend une autre tournure que ce à quoi elle était habituée ces derniers mois. Pour la première fois depuis sa mort, Vincent lui fait l'amour, avec des gestes qu'elle connaît. Quand elle se réveille, elle est comme transie, encore grisée par ce rêve sensuel, excitée et fiévreuse. Il paraît que la libido des femmes enceintes est au beau fixe au second trimestre. Elle en fait la délicieuse expérience. Est-ce parce qu'elle accepte enfin la présence de ce bébé, qu'elle ne considère plus sa grossesse uniquement comme une évolution morphologique ? Depuis quelques jours, la quiétude l'enlace.

Elle aime sa nouvelle routine : aller chercher son croissant, faire le marché avec Suzanne, presser son jus d'orange et le boire sur la terrasse avec Georges qui lui chatouille les mollets, parfois monter sur le bateau de Pierre, qui l'invite régulièrement pour « un petit tour sur l'eau ». Elle a aussi acheté une yaourtière, teste différentes recettes pour finalement trouver sa préférée : des yaourts bien fermes vanille-miel.

Son ventre grossit, elle est contente d'avoir fait un peu de shopping à Paris. La plupart de ses anciens vêtements restent au placard, surtout les pantalons. La salopette lui va encore. Elle hésite à en racheter une mais elle aime bien se glisser dans celle qui porte la trace de ses avancées. Ce petit accroc au niveau de la hanche gauche pour les lames de lambris installées dans sa chambre, la tache de vernis sur le genou pour les chaises du salon, le trou sous la fesse, conséquence de l'un des clous saillants du banc de l'entrée. Elle se rappelle encore le moment où elle l'a achetée, avec une idée très précise de l'usage qu'elle en ferait. Loin d'une tenue de travail, la salopette aurait été un signe ostentatoire de grossesse dans lequel elle se serait exhibée, fière et dodue, à travers les rues parisiennes. Pour ça aussi, le plan a changé.

Un matin, Joël frappe enfin à la porte. Elle l'attend depuis le réveil. Elle a nettoyé et débarrassé toute la cuisine, impatiente de voir l'entrepreneur commencer à mettre des coups de marteau et désosser tout l'espace.

Des viennoiseries sont posées sur la table, le café est chaud. Il y a même des jus de fruits. Joël s'amuse d'un tel buffet et lui rappelle qu'il est tout seul : pas d'équipe d'ouvriers qui viendrait lui prêter main-forte. Elle voulait faire les choses bien, lui dit-elle avec un sourire timide. Il apprécie l'accueil et enfourne un pain au chocolat dans sa bouche.

— Au fait, à tout hasard, vous ne connaissez pas quelqu'un qui voudrait vendre sa voiture ?

— Si ! Ma fille, répond Joël, la bouche pleine. Elle vient de partir pour Paris, pour continuer ses études. Apparemment, la fac de Lorient n'était pas suffisante.

— Et elle ne s'en sert pas pour aller à Paris ou dans Paris ?

— Non, elle dit qu'il y a bien assez de lignes de métro pour se rendre n'importe où. La voiture lui servait à faire la navette entre la fac à Lorient, chez sa mère et chez moi.

Tout ce dont elle a besoin, c'est d'un véhicule pas trop grand, pas trop usé, pas trop cher, étant donné ce qu'elle va en faire. Il confirme que c'est le cas et, une fois de plus, elle fait confiance à l'entrepreneur quand il lui dit que le véhicule fonctionne bien, sous réserve que l'on n'attende pas des gadgets high-tech et des options qui favoriseraient le confort.

— Vous mettez de l'essence dedans, elle roule, voilà, c'est à peu près tout ce qu'elle sait faire. Ah si, vous pouvez appuyer sur un bouton et il y a une chose magique qui se passe : de la musique ! plaisante Joël.

Elle viendra voir le véhicule chez Joël et s'il lui semble en assez bon état pour lui permettre de se déplacer, l'affaire sera conclue.

Le matériel jonche le sol de la cuisine. Des bâches couvrent certaines parties. Elle commence à essayer de bien les installer mais Joël la chasse aussitôt. Il lui indique la sortie de son index :

— Dehors, madame. Vous êtes enceinte alors arrêtez de mettre votre petit nez fragile partout. Et ici, c'est mon domaine.

— Bon, très bien. Ça ne vous dérange pas si j'écoute de la musique sur la terrasse ?

— Non, au contraire ! J'aime travailler en musique et les jours où vous ne serez pas là, je mettrai la mienne.

— Peut-être que vous aimerez aussi ce que j'écoute, c'est très hétéroclite, vous savez.

— Hum, peut-être.

Alors qu'elle lance le CD de Queen, il se recule dans la pièce et lui fait signe de loin, un pouce levé. La playlist est validée. Dans les jours qui suivent, ils alternent pour le choix de la musique. Joël a lui aussi des goûts variés. Le poste de radio fait jouer Dire Straits et Julien Doré, dont les voix sont couvertes par celle de l'entrepreneur, qui chante très faux et très fort. Joséphine s'applique, elle, à restaurer et repeindre le cheval à bascule. Un midi, pendant sa pause déjeuner, Joël la complimente sur l'objet en bois et s'autorise à lui demander si ce n'est pas trop dur, tout ça, cette maison, ce bébé qui arrive sans le papa. Il faut qu'elle gère tout toute seule, est-ce que ça ne lui fait pas peur ?

— Ça a été très dur au début, j'ai cru que je n'allais pas m'en remettre. Et puis, finalement, j'ai accepté la situation.

— Vous avez vu un psy ?

— Non, j'ai vu la mer.

Il sourit pudiquement et lui dit qu'il n'y a rien de mieux que l'air marin pour se remettre les idées en place. Tout de même, c'est étrange d'imaginer qu'elle a perdu son mari quelques mois plus tôt, souligne-t-il, elle a plutôt l'air en forme pour une veuve. Joël n'y est pour rien, mais son cœur prend un coup. Il en sera toujours ainsi. Chaque fois que Vincent se baladera dans son esprit ou dans les conversations, son cœur sera un peu froissé.

Un orage monstrueux balaie la côte. Un dernier orage d'été qui fait suinter le sol d'une odeur de terre tiède. Au fond du lit, elle écoute la pluie qui claque contre la fenêtre de toit. Georges est collé à elle, l'œil alerte mais calme. Le ciel qui gronde, qui s'éclaire, qui semble se déchirer, c'est quelque chose qui ne les effraie pas. Au contraire, elle aime cette sensation d'être dans une cachette douillette, à l'abri du carnage qui a cours dehors. Cette nuit-là, l'orage lui rappelle aussi qu'il devient crucial d'acheter une voiture. Si elle a besoin de quoi que ce soit dans les semaines et mois qui viennent et que la colère du ciel s'abat sur Locmariaquer, ses jambes et son gros ventre ne pourront pas la mener bien loin.

Elle attend que le week-end s'achève pour demander à Joël si elle peut venir dans la matinée du lundi, avant même qu'il ne vienne travailler à la maison. Millie est rentrée la veille et lorsqu'elles se sont retrouvées sur le quai de la gare d'Auray, Joséphine lui a dit qu'elle n'aurait plus besoin de faire le taxi.

— Mais arrête avec ça, a objecté Millie. Ça me fait plaisir que l'on se balade toutes les deux.

— Oui, mais au moins, maintenant, je pourrai te rendre la pareille. J'ai seulement besoin de toi une dernière fois, pour aller récupérer ma nouvelle voiture.

— Très bien. Où allons-nous chercher cette petite merveille de technologie ?

Le lundi matin, elles prennent la route vers le domicile de Joël. La voiture a été nettoyée, à l'extérieur comme à l'intérieur. L'entrepreneur souligne que sa fille est intransigeante sur la propreté. Le véhicule n'est pas tout jeune mais Millie conforte Joséphine dans son choix :

— Ce n'est pas parce qu'elle n'a pas toutes les dernières options à la mode qu'elle est bonne pour la casse.

— Je suis bien d'accord, je trouve que les choses avec un passé sont toujours plus intéressantes que les nouveautés sans charme.

Joël a dit ça en passant ses yeux brièvement sur Millie. Il plante ensuite son regard dans le pneu de la voiture, qu'il vient tâter en se raclant la gorge. Joséphine sourit devant l'entrepreneur et Millie qui se jaugent sans se regarder. Lui n'est pas insensible au charme de la grande brune et à l'accent anglo-saxon, semble-t-il. Quant à Millie, ses joues prennent une jolie couleur rosée. C'est presque imperceptible mais elle n'est pas dupe : la remarque sur les vieilles choses pleines d'intérêt était adressée à une personne en particulier, qui l'a très bien entendue et comprise comme telle. Si bien que lorsqu'ils prennent un café dans le salon, l'échange de regards entendus, sans être flagrant continue. Joséphine assiste, amusée, à ce balbutiement des cœurs. C'est très subtil et peut-être le jeu s'arrêtera-t-il là, mais elle est attendrie par ces grands adolescents timides. Elle-même pourra-t-elle un jour jouer à ce même jeu de regards qui se cherchent et qui s'évitent avec un autre homme ? Impossible, inimaginable, pense-t-elle. Retomber amoureuse lui semble inaccessible, l'envie de retomber amoureuse aussi.

Septembre s'éteint derrière les volets verts de la maison. La cuisine est dans un état apocalyptique et ne ressemble plus à une cuisine. Les travaux de Joël font vibrer toute la maison et le bruit a fait venir Pierre et Suzanne, qui voulaient savoir si ça avançait bien. Le couple de voisins a ouvert de grands yeux devant la pièce dénudée et défigurée. Joséphine les a rassurés, elle a chaque jour un rapport sur l'état d'avancement et une explication quant à toute action entreprise. Pierre a salué Joël en disant que c'était du « bon boulot » et qu'il avait intérêt à faire les choses bien parce que tu comprends, hein, elle est toute seule, notre Joséphine, alors c'est essentiel qu'elle ait une jolie cuisine avec une jolie maison. Suzanne, elle, s'est inquiétée de la voir traîner à proximité du chantier avec tout le matériel, les produits et surtout, le bruit.

— Tout ce remue-ménage doit te fatiguer.

— Ça ne me dérange pas. Et puis, j'aime avoir Joël dans la maison, ça met de l'ambiance, ses outils qui braillent.

— Et moi aussi, je suis là pour m'assurer qu'elle n'approche pas trop son ventre des scies et des tournevis, ajoute Millie.

Celle-ci n'est en effet jamais très loin de Joséphine ces derniers temps. Le vacarme de la rénovation de la cuisine ne l'empêche pas de s'installer presque chaque jour dans le jardin pour peindre, sans jamais sursauter quand le marteau de Joël s'abat sur le plan de travail ou que la visseuse se met en route. Lorsque la météo est moins clémente et qu'une pluie fine humidifie la terrasse et la pelouse, elles s'isolent toutes les deux à l'étage, bavardent, bouquinent. Elles s'absentent aussi pour aller au marché avec Suzanne ou déjeuner dans un restaurant près du bord de mer. Millie s'échappe parfois pour aller retrouver des amies, pour une partie de cartes, une balade sur le sentier côtier, une exposition à Vannes ou à Lorient. Joséphine, elle, tente de cocher les éléments de la liste fournie par Marie et Caroline. À chaque virée dans un magasin spécialisé en maternité, elle ne peut s'empêcher de penser que tout serait bien plus simple avec Vincent. Hésitation entre couches lavables et couches jetables, choix difficile, crucial du doudou, questionnements sur l'allaitement et le biberon. Parfois, au milieu des allées débordant de matériel de puériculture, l'angoisse l'engloutit. Alors elle s'échappe, court vers la sortie et s'enferme dans sa petite voiture. Les mains crispées sur le volant, le souffle haletant, elle tente de recouvrer ces esprits. Ce n'est qu'un bébé, ce ne sont que des biberons, des transats de bain, des mobiles à accrocher au-dessus du berceau… Elle devrait être capable d'assumer tout ça mais se retrouve fréquemment en proie à la panique, celle de ne pas y arriver seule. Elle n'en dit rien à personne. Elle tait sa crainte de faire faux bond à son rôle de mère, à son bébé. Cela ne ferait qu'inquiéter son entourage, qui pourrait douter de sa capacité à raisonner avec clarté, « dans ces circonstances ».

Pour se changer les idées et quand la météo le permet, elle installe le poste de radio sur la terrasse et vernit quelques objets chinés ou trouvés dans les cartons du grand-père de Vincent, après le cheval à bascule qui est maintenant à sa place dans la chambre du bébé. Elle récupère aussi quelques feuilles de menthe et de sauge, dans son carré potager. Deux petits potirons seront aussi prêts à être récoltés dans quelques semaines. En revanche, le plant de courgette fait grise mine, et quand elle demande par téléphone des conseils à sa mère, celle-ci s'empresse de lui dire de laisser tomber. Catherine viendra en fin d'année, quelques jours, voire davantage, avant l'arrivée du bébé, et elle pourra s'occuper des courgettes en souffrance. Mais d'ici là, Joséphine, elle, doit se reposer. Ce n'est pas le moment d'aller s'échiner à jardiner. Elle peste en silence face à l'inquiétude exagérée de sa mère mais n'est-elle pas elle-même en proie à des craintes redondantes ? De toute façon, elle n'a jamais eu la main verte alors elle passe rapidement à autre chose. Lui vient une nouvelle idée. Elle feuillette le carnet de Vincent et trouve ce qui l'intéresse. Lui aussi avait pensé à une véranda, ou à un jardin d'hiver.

— Imagine, explique Joséphine à Millie, s'il y avait une véranda, on pourrait s'y installer en hiver, être bien au chaud, toi tu pourrais peindre à l'abri de la pluie…

— Tu as de la suite dans l'idée, on dit comme cela en français, n'est-ce pas ?

— Dans les idées.

— Oui, peu importe. Tu pourras y penser l'été prochain. Entre le chantier de la cuisine et celui qui va suivre avec la rénovation de la salle de bains, je trouve qu'il y a déjà bien assez de travaux dans cette maison. Crois-moi, ce n'est pas le moment. Mais j'ai un autre sujet sur lequel tu peux réfléchir, ajoute Millie après un bref silence.

— Ah oui ?

— La fille de mon amie Michèle est enceinte, de pas beaucoup.

— D'accord, ça nous fait un point commun.

— Vous en avez deux, en réalité. Elle est médecin.

Joséphine ne dit rien. Mille choses lui passent par la tête en cet instant car elle sait où Millie veut en venir. Pourquoi ne pas remplacer ce médecin le temps de son congé maternité ? Un bon moyen de se remettre en selle, continue son amie. Le cabinet médical est situé à Plouhinec, à environ quarante minutes de voiture de Locmariaquer. C'est un village très sympathique, avec des cafés, l'accès à la plage…

Comme un agent immobilier, Millie fait de son mieux pour dépeindre le contexte agréable dans lequel pourrait se retrouver Joséphine, laquelle hoche la tête par intermittence, les yeux perdus dans le vague, alors que son esprit tourne comme un hamster sur sa roue.

— Je sais que ce n'est pas facile d'imaginer reprendre une activité professionnelle, mais ce remplacement, ce serait l'idéal, tu ne crois pas ?

— Et si je n'y arrive pas ? Si je commence à remplacer la fille de ton amie et que c'est finalement au-dessus de mes forces, je vais abandonner tous les patients du jour au lendemain.

— Joséphine, depuis que tu es arrivée ici et même, depuis la mort de ton mari, rien n'a été au-dessus de tes forces. Regarde où tu en es à présent. Et moi, je pense que ce remplacement te fera le plus grand bien, et que tout se passera très bien. Tu retrouveras tes réflexes, et je suis certaine que tu vas adorer ça !

— Peut-être, répond Joséphine en pinçant les lèvres.

— J'ai déjà parlé de toi à Michèle, qui en a elle-même parlé à sa fille, Lucie. Si tu dis oui, elle aimerait te rencontrer.

— Quand dois-je donner ma réponse ?

— Au plus vite, c'est certain, Lucie est vraiment inquiète de ne pas trouver de remplaçant pour son congé maternité. Mais disons que tu as encore quelques semaines devant toi pour t'en faire des nouilles au cerveau, conclut Millie avec un clin d'œil.

— Des nœuds au cerveau, Millie, la corrige Joséphine en riant.

Des nouilles ou des nœuds, peu importe, elle en a plein dans le cerveau. Certains matins, elle se dit que ce serait une bonne première étape dans son chemin vers le retour à une vie normale. D'autres fois, le réveil est synonyme de grand vertige, lui faisant penser qu'elle ne sera pas capable d'assumer des journées à soigner des gens aussi rapidement. Son esprit est en proie à la cacophonie, son corps, lui, à des changements majeurs et indésirables. Elle se trouve difforme. Ses mollets gonflés, ses hanches striées de vergetures, ses seins lourds. Elle peine à se reconnaître, et il reste pourtant encore des semaines durant lesquelles sa silhouette va continuer à dodeliner, boursoufler, engraisser. Qu'aurait dit Vincent de ce culbuto lui faisant office de femme ? Dégoût ou tendresse ? Elle ne le saura jamais, même si elle le lui demande parfois, en murmurant dans la pénombre de la chambre. Il n'y a bien que Georges pour lui répondre, et lui semble apprécier son corps nouvellement charnu contre lequel il se love toute la nuit durant.

Dans le vacarme des travaux, elle n'arrive plus à penser. Un matin, après être allée récupérer son croissant, elle s'installe pour quelques heures sur la plage. Millie est à la maison, elle y a même convié des amies. Peut-être souhaite-t-elle leur montrer discrètement à quoi ressemble l'entrepreneur qui fait rosir ses joues. Ou peut-être n'a-t-elle rien dit. Face à Joséphine, en tout cas, elle reste muette. Pourtant, au fil du temps, des journées passées à se croiser, des cafés partagés quand l'ouvrier pose ses outils, la complicité de ces deux-là est devenue indéniable. Il n'y a plus de gêne et de regards timides mais des rires sonores et des pauses qui se rallongent pour Joël lorsqu'il commence à discuter avec Millie. Joséphine n'imagine pas un seul instant que ce ne soit qu'une forte amitié, comme celle qui la lie à Olivier. Devant elle, ils n'en montrent rien et quand Joël repart chaque soir, ils se saluent très simplement. Elle se dit que si les travaux de la cuisine ne parviennent pas à leur faire passer la deuxième vitesse, il restera toute la durée du chantier de la salle de bains.

Sur la plage, déserte en cette matinée bruineuse, son visage est léché par un souffle frais et salé. Elle avait besoin d'air, d'une escapade, avec son gros ventre et sa tête indécise. Alors qu'elle longe le bord de mer, les pieds glacés par les vaguelettes froides, elle cherche un signe. Un joli caillou, un bateau au loin, un crabe qui lui pincerait l'orteil. Il n'y a que le ballet des oiseaux au-dessus d'elle et le bruit du vent dans les haubans plus loin. C'est apaisant, et même revigorant, mais elle voudrait que quelqu'un ou quelque chose lui réponde.

— Et toi, la mouette, tu en penses quoi ? Tu crois que c'est réaliste de reprendre le travail, que je suis encore capable de soigner des gens ?

Car c'est la question qui la taraude. Cela fait des mois qu'elle tente de se soigner, elle, du chagrin. Elle ne sait pas si elle y est parvenue. Même le bébé ne l'intéressait pas il y a encore quelques semaines. Alors serait-elle capable de s'intéresser de nouveau aux autres ?

C'est étrange de penser que son téléphone a été un temps réduit au deuil. Sur l'écran, elle attendait que le visage de Vincent apparaisse, sur l'écran, elle a vu apparaître les appels, les messages de tous les autres qui lui rappelaient qu'un trou béant venait de s'ouvrir et que rien ne pourrait le refermer.

Aujourd'hui, son téléphone, c'est ce qui la relie au monde. Elle est en Bretagne, à Locmariaquer, si près de la mer que certains la pensent trop loin. Trop loin de quoi ? De Paris, de ses repères, de tout ce qui faisait sa vie. Alors elle donne des nouvelles, raconte, montre tout, ses balades à la plage, les coquillages qu'elle y ramasse, les ruelles du village et les hortensias devant les portes d'entrée, les voiliers sur le golfe. Et sa maison aux volets verts. Lorsque la cuisine est terminée, elle met tout sous objectif. La pièce est devenue fonctionnelle, chaleureuse, sans être trop moderne, ce qu'elle redoutait. Exaltée, elle installe ses bocaux, ses plats, sa vaisselle dans les placards et sur les étagères. Il y a des objets hérités du grand-père de Vincent disposés un peu partout. Elle les prend en photo et envoie un message à ses beaux-parents, qui l'appellent dans la foulée. Ils sont ravis, rassurés aussi, et Anne la remercie d'avoir gardé la trace du passage de son père dans cette maison. « Vincent aurait été si heureux de voir ce que tu as fait », dit sa belle-mère au téléphone, émue mais fière et réjouie.

Elle envoie la même photo à Marie, Olivier, ses parents, ses frères, lesquels la félicitent aussi. Ils regrettent tous deux de ne pas la voir plus souvent. Ils pourraient venir mais tu comprends, avec les enfants, le boulot, c'est compliqué... Elle ne leur en veut pas puisqu'elle-même ne fait pas le déplacement. Les relations sont déjà bien plus resserrées qu'elles ne l'étaient il y a encore un an. Ils s'écrivent par message, s'appellent régulièrement pour se raconter leurs vies respectives. Julien et Christophe, ainsi que leurs femmes, n'ont pas été surpris de son choix. Son installation définitive en Bretagne leur a plutôt semblé être une bonne chose. Leur bénédiction n'était pas obligatoire mais tout de même, elle en a été touchée. Davantage encore lorsqu'elle reçoit un colis de leur part un matin. Ses frères, certainement aidés de leurs femmes, ont concocté un panier rempli d'affaires pour un nouveau-né. Ce sont des vêtements qui ont habillé leurs propres bébés. Joséphine est la petite dernière, le dernier enfant à avoir son enfant, elle tient dans ses mains ces minuscules choses que lui transmettent Julien et Christophe, comme un autre lien entre son bébé et sa famille ; elle n'a que son téléphone portable pour l'entretenir ce lien, qu'elle a voulu inexistant après la mort de Vincent.

Les semaines sont passées dans le noir de son appartement parisien au printemps dernier en miroir des jours du présent dans l'agitation automnale. Deux tempos. Soudainement, le calendrier s'accélère. L'année se rappelle à elle, ces trois saisons sans homogénéité. L'insouciance quand Vincent était là, la déchirure sans lui, l'immobilisme ensuite et puis finalement, aujourd'hui, elle est bousculée par la vie qui reprend. Et ça va vite.

Octobre est déjà là, Olivier aussi. Il a les bras chargés de cadeaux pour le bébé et un sourire radieux. Il avait hâte de la voir enfin chez elle, il est aussi heureux de savoir que sa relève sera assurée. Il est à Locmariaquer avant tout pour régler la cession des parts. La jeune femme médecin rencontrée par Olivier dans le Jura a visité le cabinet, elle est prête à s'y installer et Joséphine n'a plus qu'à signer les papiers.

Le soir même de son arrivée, ils s'occupent des derniers documents autour du dîner. Installés dans la salle à manger, ils tentent de faire au plus vite pour passer à autre chose. Tous deux savent que c'est la partie la moins agréable du séjour d'Olivier en Bretagne. Autant l'expédier avant le dessert.

— Voilà, tu es officiellement libre, conclut-il d'un ton rauque, sans exaltation.

— Officiellement au chômage, pour la première fois de ma vie ! Allez, on trinque à la page qui se tourne.

Ils font tinter leurs verres, de vin rouge pour l'un, de jus d'ananas pour l'autre. Un silence s'installe sans les gêner. Simplement un instant sans mots dans lequel s'infiltrent les souvenirs et les émotions partagées des dernières années. Il finit par se racler la gorge.

— Ta maison est superbe, Jo, dit-il d'une voix transformée, joyeuse, comme si les dernières minutes venaient de s'envoler. Et j'adore cette porte coulissante entre la cuisine et la salle à manger. L'idée est de toi ou de Vincent ?

— Rien qu'à moi, celle-ci. Mais pour tout le reste, que ce soit dans la cuisine et dans les autres pièces, c'est un mélange de nous deux.

— Pas de doute. Tu es officiellement une Bretonne. Et pour l'appartement à Paris ? Tu ne pourras pas faire suivre ton courrier éternellement.

— J'ai l'impression que Vincent est mort il y a deux secondes, le coupe Joséphine.

— Vraiment ? réagit Olivier en plantant ses yeux dans les siens, peu enclin semble-t-il à se laisser amadouer par le menton qui tremble devant lui.

Elle sait où il veut en venir. Il y a son corps et son esprit accidentés par l'absence de Vincent et puis en même temps, il y a tout ce qu'il s'est passé depuis sa mort.

— Abrège cet entre-deux. Pour toi comme pour le bébé, ce sera mieux, crois-moi.

Olivier use d'un ton péremptoire inhabituel. Et pourtant, elle y voit un signe d'affection profond. Il n'a pas été excessivement inquiet, il n'a pas usé de poncifs concernant l'installation d'une Parisienne dans un village breton, ne s'est pas montré affolé quant à l'avenir sentimental d'une mère célibataire fraîchement dépouillée de l'amour de sa vie. Surtout, il n'est pas amer quant au fait qu'elle cède ses parts.

— Maintenant que tu n'es plus retenue par le cabinet à Paris et que tu as une maison ici, tu envisages de reprendre le travail ? Je veux dire, une fois Chouquette débarquée et la nounou trouvée.

Elle acquiesce en faisant rouler son verre dans sa main. Elle hésite. Il cherche son regard tandis qu'il poursuit.

— J'imagine que Vincent t'a laissé de quoi tenir, mais dans un an ou deux, tu pourrais aller taper aux portes des cliniques locales ou t'installer en ville.

— En fait, j'ai peut-être une piste, quelque chose qui pourrait arriver un peu plus tôt que dans un an ou deux.

Il relève les sourcils, curieux, avec une moue de satisfaction qui s'affiche déjà sur son visage. Il se tait et la laisse expliquer la situation. Une femme médecin de la région cherche à se faire remplacer pendant son congé maternité et son nom a déjà été communiqué.

— Ce serait une bonne opportunité de s'y remettre en douceur, dit-il.

— J'imagine oui. Mais…

Les mots meurent sur ses lèvres. Il ne l'oblige pas à poursuivre. Elle lui dit qu'elle a peur de ne pas y arriver, elle ne sait pas si elle est prête à travailler de nouveau, elle craint de se retrouver face à des patients et de ne plus savoir comment faire. Ou pire, de les laisser là, sans préavis, parce qu'elle aura surestimé sa capacité à reprendre son métier.

Son ami acquiesce. Personne ne saurait dire comment elle réagirait si on la mettait face à des personnes en souffrance. Mais il y a une chose dont il ne doute pas : ses compétences, son professionnalisme. Elle est faite pour être médecin. Peut-être que ce ne sera pas pour tout de suite, mais un jour, lui assure-t-il, elle ouvrira de nouveau la porte de son cabinet.

— Je pense qu'il te sera plus facile d'aider les autres à aller mieux que ce ne l'est pour toi-même.

Ils ont laissé de côté les documents administratifs, leur rupture professionnelle, Tiphaine, la nouvelle associée, la distance géographique qu'il y a maintenant entre eux. Elle emmène Olivier sur sa plage et il ne peut s'empêcher de rire. « C'est ton bout de sable à toi alors », raille-t-il. L'air est frais en bord de mer. Il a enfilé des bottes en caoutchouc et un ciré. À son tour, elle se moque de lui et de son style de parisien. Elle, elle a mis le gros pull en laine qu'il lui a offert la veille. Au milieu des cadeaux pour nouveau-né, le vêtement semblait gigantesque. Elle l'a remercié. Depuis qu'elle est enceinte, c'est la première fois qu'on lui offre autre chose que des bavoirs et des pyjamas miniatures.

Ils se rendent dans le bourg du village et font un détour par l'atelier de Millie. Olivier est émerveillé par l'endroit en désordre et par les œuvres qu'il découvre. L'une des peintures à l'aquarelle lui a tapé dans l'œil : de grands pins maritimes couchés par le vent devant une mer agitée. Millie veut la lui offrir, mais il insiste pour la payer. Joséphine assiste à l'échange, amusée, et se dit qu'elle aussi, accrocherait bien l'un des tableaux de son amie dans sa maison. Il y a quelques photos de Vincent et d'elle, de sa famille, de ses amis, suspendues dans différentes pièces et la décoration achetée par Anne et Yves pour la chambre d'enfant, mais une aquarelle ajouterait une touche de poésie. Il y a aussi une autre chose à laquelle elle doit trouver une place dans la maison : l'affiche du film *La Piscine*, avec Romy Schneider, l'actrice qui éblouissait Vincent. Elle n'est pas parvenue à choisir l'endroit adéquat. Hors de question de l'accrocher dans sa chambre. Elle pourrait entendre de nouveau Vincent lui susurrer à quel point sa Romy est belle. La chambre d'amis, au rez-de-chaussée, pourquoi pas…

Accompagnés de Millie, ils s'installent dans un café du centre et y restent un long moment alors que le temps dehors est maussade. Olivier évoque à plusieurs reprises le calme des lieux. « Chouquette sera bien ici », glisse-t-il dans la conversation, et Millie l'interroge sur la personne dont il parle. Ils rient ensemble lorsque Joséphine explique l'origine du surnom du bébé. Selon son amie, Croissant aurait été plus approprié, étant donné que la future mère ne peut pas s'en passer.

Quand il quitte Locmariaquer le lundi matin, il lui dit qu'il est content de savoir qu'elle peut compter sur Millie. La différence d'âge ne l'a pas fait sourciller. Tout comme pour Pierre et Suzanne dont il a entendu parler. Au contraire, elle a la chance d'être entourée de personnes fiables. Et puis, ce lieu… Qui aurait cru qu'elle se serait épanouie dans une existence à des années-lumière de celle d'avant. Il en a la certitude, son nouvel horizon marin ne peut lui offrir que du mieux.

Vincent

Nous nous étions mariés en catimini selon mes parents, nous nous étions mariés de façon « vite fait » selon les tiens, nous nous étions mariés tout court pour nous. Notre échange d'alliances à la mairie nous avait suffi. Tu m'avais tout de même demandé si je ne voulais pas d'un mariage à la Sissi, sur le ton de la plaisanterie. Plutôt que de te rendre jalouse, l'admiration que j'avais pour Romy Schneider t'intriguait. Pourquoi elle en particulier, et pas Claudia Cardinale, Kate Winslet, Sophie Marceau ? Parce qu'il y avait quelque chose dans cette actrice qui me remuait. Je pouvais la voir et la revoir sur écran à l'infini, et j'aimais aussi aller derrière l'écran. Je lui trouvais une beauté mélancolique et je fouillais pour découvrir d'où lui venait cette expression dans telle scène, à quoi elle pensait en jouant ce film. Et j'aimais bien croiser d'innombrables posts Facebook et Instagram avec sa photo dans des cœurs d'un rose criard, sous-titrée de cette citation si connue : « Réussir, c'est aimer. » Je me l'étais appropriée. Je t'avais toi, j'avais réussi.

Elle n'a jamais aimé la Toussaint. Elle y pense déjà parce que le soleil pointe moins haut dans le ciel, que les journées s'éteignent toujours plus rapidement. Quand le vent fait claquer les volets, elle se met au salon, observe ce qui se passe dehors, comme le fait Georges. Elle se dit qu'elle pourrait faire fonctionner le poêle dans la cheminée. La météo s'y prête de plus en plus fréquemment, mais elle attendra que les jours chevauchent novembre et ce premier du mois. La fête d'Halloween, les déguisements terrifiants, la chasse aux bonbons à la tombée de la nuit, et puis les chrysanthèmes, les cimetières... Enfant, elle ne comprenait pas ce qui était célébré. Dans la cacophonie festive du 31 octobre et dans le recueillement le lendemain, elle était mal à l'aise. Elle n'a jamais voulu célébrer la mort sous toutes ses formes et, cette année, elle ne se réconciliera pas avec la date. Les parents de Vincent iront certainement sur sa tombe. Ils y déposeront des fleurs, prieront pour lui dans la petite église qui est à deux pas du cimetière du village où ils vivent, dans l'ouest de la région parisienne. Joséphine, elle, n'y est jamais retournée. Elle se rappelle le son du gravier sous ses chaussures dans l'allée qui menait vers le trou creusé pour lui. Elle ne supporterait pas de l'entendre à nouveau, elle ne supporterait pas de se retrouver face à cette pierre de granit massive, cet imposant rectangle, et se dire qu'il est en dessous, son corps déchiqueté par la voiture qui l'a renversé, les quelques organes viables prélevés, tout son être en décomposition… Si elle avait vu un psy après la mort de Vincent, il lui aurait certainement dit de se rendre sur sa tombe, pour commencer le deuil, accepter la situation. Certains de ses amis lui ont conseillé ce pèlerinage funèbre mais elle n'a pas voulu. De toute façon, Vincent aurait préféré être incinéré. Elle ne comprend pas pourquoi cette volonté n'a pas été respectée. Il est trop tard pour se poser la question. Elle est fatiguée d'interroger le passé et son injustice.

Son regard ne peut se détacher de son ventre qui dodeline furtivement. Le bébé bouge. Des mouvements discrets, timides, déjà assez pour la réveiller. Au milieu de la nuit noire, elle a rallumé sa lampe de chevet pour observer, assourdie par les palpitations de son propre cœur. Pendant de longues minutes, elle reste ainsi, assise dans son lit, fascinée par son corps et ces sursauts merveilleux. Ce n'est pas la première fois qu'elle sent le bébé s'activer alors qu'elle a les yeux fermés. Il joue au boxeur, souvent aux alentours de 2 heures du matin. Ce n'est pas désagréable, au contraire. Ce qui l'est, c'est la fatigue qui s'installe un peu plus chaque jour, tout comme la graisse autour de ses cuisses et de son abdomen. Elle ne s'est pas pesée mais elle a dû gagner six ou sept kilos. Peut-être devrait-elle ralentir sur le croissant matinal, les gourmandises qu'elle s'autorise sous prétexte qu'elle se nourrit pour deux. Mais qui pour lui reprocher ses hanches gonflées d'amour à venir ? Elle pense à toutes les femmes dont le mari est endormi à leur côté, toutes celles qui s'inquiètent de leur corps déformé. Elle aurait été l'une d'entre elles si Vincent avait été là. Elle aurait été angoissée par les ravages de la grossesse, elle se serait demandé comment rattraper les mois passés à construire un être pour pouvoir redevenir la femme attirante qui saurait donner envie à son mari. Elle se serait reproché sa prise de poids, son incapacité à perdre rapidement les kilos alors même que c'est son corps à elle, et seulement le sien, qui aura mobilisé toutes ses forces pour fabriquer quelque chose. Elle n'a plus Vincent, elle, et pourtant, elle sent déjà poindre l'inquiétude quant à sa nouvelle silhouette. Comment va-t-elle pouvoir l'aimer ? Comment est-il possible d'éprouver une telle angoisse après tout ce que l'on demande au corps d'une femme ?

Tout va vite, dans son corps, dans son esprit aussi. Les changements sont quotidiens, comme dans sa maison. Il y a le gros chantier de la salle de bains à l'étage, bien visible, comme son ventre qui ne cesse d'enfler, et il y a toutes les petites choses qui agrémentent, les touches de décoration qu'elle pose ici et là, les fleurs cueillies dans le jardin et qu'elle fait sécher, les trouvailles de ses virées avec Millie. Dans sa tête aussi, progressivement, des morceaux de ce qui l'attend se rassemblent. Sentir le bébé bouger, lui acheter des vêtements, prévoir les visites prénatales chez le médecin, des détails qui construisent un gros tout, qui l'effraient parfois.

Le décor extérieur change aussi. Les arbres du jardin sont peints des couleurs de l'automne et elle aime sentir plus fort les embruns marins portés par la pluie jusqu'aux fenêtres. La maison craque, le vent dehors fait chanter les volets et la berce pour des siestes de plus en plus longues, Georges contre son flanc. Son sommeil est si lourd que les travaux de la salle de bains ne font qu'effleurer ses oreilles. Joël lui a dit qu'il attaquait les finitions. Il a tout cassé, tout reconstruit. Ce n'est plus qu'une question de jours avant qu'elle puisse reprendre possession de la salle de bains. En attendant que le chantier se termine, elle partage la douche du rez-de-chaussée avec Millie, qui passe deux à trois nuits par semaine dans la maison. Elle lui assure qu'il n'y a aucun problème à ce qu'elle reste davantage. La cohabitation par intermittence se passe bien, si bien même qu'elle regrette chaque fois de voir repartir Millie. Quand elle lui propose de prolonger ses séjours, elle n'insiste jamais car elle ne sait pas si son amie refuse par peur de trop l'encombrer ou si, plus simplement, elle n'en a pas envie.

Millie ne quitte jamais la maison sans avoir salué Joël, avec des sourires qui se répondent. Rien de surprenant lorsqu'un soir, elle les voit partir ensemble. « Nous allons dîner sur le port », annonce Joël chastement. Millie, elle, lui glisse un clin d'œil sans discrétion aucune, ravie que l'ouvrier ait fini par lui proposer de prolonger les pauses-café.

1er novembre.

Un grand soleil planté dans le ciel bleu. Les hauts pins sur la plage immobiles. On n'entend pas les haubans, à peine bousculés par un vent pudique aujourd'hui. Elle en veut à la météo de ne pas se mettre au diapason de l'ambiance de la journée. Ce n'est pas un temps de Toussaint, c'est un temps de rien. Sans surprise, Anne et Yves l'appellent. Ils lui parlent de la messe à laquelle ils ont assisté. Leurs prières ont été adressées à Vincent, mais pas seulement. Ils ont beaucoup pensé au bébé, demandent à qui veut l'entendre de le protéger, de l'entourer d'amour, de lui assurer une vie douce même sans son père. Sa belle-mère insiste : elle veut un baptême pour l'enfant. Joséphine s'y attendait, elle sait que ce n'est pas négociable et n'y voit pas d'inconvénient finalement. Ses beaux-parents ont été là pour elle, ils seront là pour le bébé sans aucun doute. Le baptiser leur tient à cœur, elle comprend. Vincent et elle leur avaient déjà tordu le cœur lorsqu'ils s'étaient mariés à la mairie sans cérémonie à l'église. Ils avaient réussi à passer à autre chose mais ne se retenaient jamais lorsque le sujet était remis sur la table, piquant les conversations de réflexions amères.

Anne et Yves ont déposé un bouquet sur la tombe de leur fils. Elle leur en est reconnaissante car même si les cimetières, les stèles, les photos des disparus sont des choses qui l'incommodent, elle se dit qu'au moins, Vincent reçoit encore des fleurs.

Elle a attendu cette date fêtant les morts, ce 1er novembre trop lumineux, l'appel de ses beaux-parents, et puis les vents humides et le ciel bleu gris pour allumer son premier feu de cheminée. Ou plutôt, pour garnir le poêle de stères de bois qu'elle est allée acheter au magasin de bricolage. Elle a tiré sur son ventre, sur son dos pour les décharger devant la maison, mais voir danser les flammes à travers la vitre, sentir le fumet boisé, entendre le crépitement, ça valait bien les courbatures. Elle renouvelle l'expérience quand le soleil peine à filtrer à travers les nuages épais. Même lorsque les températures regagnent en douceur certains jours, elle ne résiste pas à l'envie d'allumer un feu. À ce rythme-là, son stock de bois ne finira pas le mois. Millie apprécie aussi l'atmosphère lorsque les bûches crépitent et elle peut passer des heures dans le salon, à lire, peindre, naviguer sur Internet. Quand vient l'heure du thé, elle rejoint Joséphine dans le canapé pour un goûter bavard au coin du feu. Son amie a remarqué la consommation gargantuesque de bois et lui a suggéré de se faire livrer. Pierre et Suzanne lui ont donné le contact auprès duquel ils s'approvisionnent pour leur propre cheminée. Millie tenait absolument à payer la première livraison, arguant que le temps qu'elle passait dans la maison, et près du feu, justifiait totalement qu'elle prenne en charge ces frais-là. Hors de question pour Joséphine, qui lui a demandé autre chose :

— Je dois faire un cours de préparation à l'accouchement et je n'ai pas envie d'y aller seule.

— Je t'accompagne. Ce sera ma compensation personnelle pour les draps dans lesquels je dors, le thé et le bois. Je ne pourrais plus me passer de ta cheminée !

— Parfait, merci Millie. Et ensuite, on pourra se faire une virée shopping. Tu m'as dit que tu manquais de feuilles pour l'aquarelle et moi je manque d'un soutien-gorge qui peut soutenir mes gros seins, a-t-elle conclu, rassurée de savoir qu'elle ne serait pas seule pour cette nouvelle étape. Regarde-moi ça, on dirait des pomelos chinois !

Elle réalise qu'on apprend à tout âge. On apprend que l'on ne sait pas tout, on désapprend pour réapprendre différemment, on complète certaines choses, on en remplace d'autres. Elle comprend que tout a évolué, ses envies, ses goûts, son corps, ses peurs, ses réactions aussi. Elle découvre qu'elle est finalement capable de changer pour s'adapter et c'est chaque jour étrange de se trouver là.

Elle est allée à ce cours de préparation à l'accouchement avec la crainte d'être entourée de couples débordant de bonheur. Elle redoutait de se sentir atrocement seule, sans Vincent pour mettre ses mains autour de son ventre bombé et souffler avec elle pendant les contractions imaginaires. Mais dans son nouvel univers, il y a l'apprentissage des jours avec son absence. Et il y a Millie. Avec la chaleur de son amie dans son dos, elle a compris que si le manque ne pouvait être entièrement effacé, on pouvait le tromper. Elle n'a pas eu le cours de préparation à l'accouchement dont elle aurait rêvé avec Vincent, mais elle a gagné autre chose : l'amitié embellie, la confiance et puis le rire aussi. Elles ont tant ri, en symbiose avec les futurs parents autour d'elles. La sage-femme était d'humeur à amuser son public, qui a été très réceptif à ses plaisanteries crues. En sortant du cours, l'un des couples présents est venu leur demander la date du terme.

— Entre le 24 et le 29 décembre, a répondu Millie, enthousiaste.

— Un bébé de Noël alors ! Le nôtre devrait arriver le 15 décembre, a expliqué la femme.

— Mon épouse s'est mis en tête que ce sera à cette date-là et pas à une autre, est intervenu son mari. Mais on ne sait jamais vraiment, d'après ce que je lis dans les bouquins. Enchanté, Thomas, et voici Laura, a-t-il continué en désignant sa femme au visage poupon.

— Joséphine, et voici Millie, une amie.

— Nous devons filer, mais à l'occasion, après un cours, si ça vous dit, on pourrait aller prendre un café, a proposé Thomas avant que Laura ne grogne.

— Typique de mon mari, il faut toujours qu'il copine avec tout le monde, mais vous n'êtes pas obligées d'accepter, mesdames. Thomas, arrête d'enquiquiner les gens, peut-être qu'elles n'ont pas envie…

— Je propose, je n'ordonne rien.

— Et ça nous ferait plaisir oui, ajoute Joséphine en souriant au couple. Peut-être à une prochaine, alors !

Sur les banquettes du bistrot du centre-ville de Vannes dans lequel elles se sont installées pour déjeuner, elles évoquent le couple, qu'elles trouvent très sympathique. Millie lui dit que ce serait une bonne idée qu'elle les revoit en dehors des cours de préparation à l'accouchement.

— Ils ont l'air sympa, et très drôle aussi, lui dit Joséphine, la bouche pleine de gratin dauphinois.

— Oui, c'est vrai. C'est bien que tu rencontres de nouvelles personnes, ça va t'aider à retrouver une vie sociale, et ce sera plus facile ensuite pour le travail.

— Sans doute oui.

— As-tu réfléchi à la possibilité de remplacer Lucie pendant son congé maternité ?

— Un peu, mais je ne suis pas encore sûre. Je sais que ça pourrait être une très bonne option pour me remettre en selle.

— Bon, le premier week-end de décembre, je pars à Caen. Ça te laisse le temps d'y réfléchir encore un peu et tu me donnes ta réponse à mon retour, ça te va ?

— Ça me va, dit Joséphine en souriant avant d'enchaîner sur un autre sujet. Et à Caen, tu y vas avec Joël ? Allez, raconte-moi tout !

Elles rentrent en fin d'après-midi, après avoir fait quelques boutiques. Joël est en train de ranger ses outils. Il a fini sa journée et s'apprête à partir. Joséphine lui propose de rester dîner, mais il a d'autres projets. Sans en dire plus, il se dirige vers la sortie, en saluant la maîtresse des lieux avant de déposer un baiser furtif sur la joue de Millie. Elle sait maintenant que ces deux-là ont dépassé le stade de la complicité pour en venir à celui de l'intimité. Ils se voient de temps en temps, pour une balade sur la côte ou en ville, et ont même passé une nuit ensemble très récemment. Millie avait le sourire d'une adolescente qui connaît ses premiers émois en racontant les débuts de sa relation avec Joël dans le bistrot. Elle se livrait avec une pudeur qui contrastait avec son regard pailleté d'émotion. L'idylle naissante a quelque chose de touchant, même si Millie lui a dit que ce n'était certainement qu'une amourette de passage.

L'eau chaude coule, fait résonner un clapotement feutré. Elle y mélange un peu de savon liquide pour que la mousse apparaisse. Elle noue ses cheveux en chignon, allume quelques bougies parfumées à l'odeur de coton, installe le poste de radio, dans lequel elle glisse le CD de London Grammar. Un gémissement franchit ses lèvres lorsque son corps pénètre dans l'eau. Elle frémit, grisée par la chaleur, le délassement.

Elle y est, dans sa baignoire, dans sa salle de bains. Elle a tout découvert le jour où Joël a annoncé fièrement la fin des travaux. L'avancée du chantier lui avait été cachée et elle ne s'en était pas inquiétée. Elle a bien fait parce que c'est ce qu'elle avait demandé. L'entrepreneur a réussi à cocher la quasi-totalité des cases de son interminable liste d'exigences, ancien mais confortable, fonctionnel mais la baignoire près de la fenêtre. Le sol en bois sombre et les murs blanc crème font écho au reste de la maison : très sobre, peu original. Elle est ravie. Joël a su insérer de manière harmonieuse les différents éléments qu'elle souhaitait y voir. Il a même placé ici et là quelques objets qu'elle avait récupérés au grenier et laissés dans un carton sur lequel était inscrit au marqueur « salle de bains ». Formidable, ce Joël, et elle comprend que Millie s'en soit amourachée.

Elle parvient à voir ses orteils à l'autre extrémité de la baignoire, sur la même ligne que son ventre qui émerge, luisant et tendu. Le bébé bouge un peu et une bosse éphémère apparaît sur son flanc. Elle le caresse, fait des tas de mousse sur son nombril, qui se met de nouveau à dodeliner, comme une réponse à un jeu entre eux.

— Tu aimes les bains, Chouquette ?

Chouquette... Elle réalise qu'elle n'a pas encore réfléchi au prénom. Pas une seule fois. La grossesse s'insinue en elle, dans sa tête et dans son corps, de manière laborieuse. Elle n'aurait pas pu aller à un autre rythme. Penser au prénom, même à un mois du terme, c'est un pas de plus, comme le cours de préparation à l'accouchement ou l'achat de la poussette. Si Vincent avait été là, il se serait glissé derrière elle dans la baignoire, bien trop petite pour leurs deux corps, et il aurait caressé son ventre en lui suggérant des noms idiots. Elle se met à dire à voix haute des prénoms qu'ils n'auraient jamais choisis : Mélusine, Lancelot, Yseult, Pétronille... Elle rit toute seule. Un craquement la fait cesser et elle se demande un instant si Vincent, ou son esprit, quelque chose d'un peu mystique, lui intime de se taire, mais ce n'est que Georges qui entre dans la salle de bains. Elle prend l'arrivée de son chat pour un signe, une invitation à chercher plus sérieusement un prénom.

— Pourquoi pas Louise ou Louis, comme le grand-père de Vincent, hein, qu'est-ce que tu en penses, Georges ? Pas de réaction ? Bon, de toute façon, j'ai encore quelques semaines pour me décider, dit-elle dans la salle de bains aux allures de hammam.

Il y a les arbres qui dansent, le vent de mer puissant, la pluie qui s'abat sur la terrasse dans un fracas sonore, le ciel si bas qu'on le croirait posé sur le toit. Il y a tout ce qu'elle attendait. Une tempête qui fait frémir les murs et craquer le bois. Elle est comme une enfant, excitée, hypnotisée par ce qu'elle voit à travers la fenêtre. Elle ne sait pas pourquoi ce déchaînement extérieur la rend si joyeuse. Peut-être parce qu'elle la voulait, cette image d'une Bretagne comme Vincent l'aimait, agitée, imprécise dans ses mouvements, traversée de mille bleus et gris.

Alors que les éléments rugissent dehors, Millie dort sur le canapé, Georges est en boule à terre sur le tapis. L'une ronfle, l'autre ronronne. Elle en profite pour téléphoner à ses parents. Elle leur raconte à quel point le spectacle auquel elle assiste de son salon est sublime. Sa mère est stupéfaite : « Toi qui adores le soleil, décidément, il ne faut jamais jurer de rien. » Après un échange de nouvelles, Catherine lui rappelle qu'elle viendra le deuxième week-end de décembre.

— Ça nous laissera entre deux et trois semaines pour préparer l'arrivée du bébé. Ton père aurait bien aimé être là mais tu sais, il a cet événement avec son club d'œnologie avant Noël. Bref, il nous rejoindra le week-end suivant.

— C'est parfait, merci Maman. Je vais préparer la chambre du rez-de-chaussée pour vous.

— Tu ne prépares rien du tout, ma chérie. Je viens justement pour ça. Toi, tu n'as qu'à penser à toi.

— Arrête, s'il te plaît. Je peux au moins prendre soin de ma mère, qui vient si gentiment passer quelques semaines à mes côtés.

— Mais c'est normal, ça. C'est ce que j'ai fait pour tes frères, et pour toi, c'est d'autant plus important. Bon et sinon, comment se porte le potager ?

Catherine lui donne quelques conseils pour l'entretien des plants pendant l'automne, mais elle pourra s'en charger elle-même à son arrivée si c'est trop difficile. Joséphine ne dit rien de sa fatigue, de son corps qui se déplace avec lenteur. Elle manque d'énergie, son dos de plus en plus cambré la fait souffrir ou l'empêche de dormir. Dans son lit, elle cherche la position la plus confortable, se tourne et se retourne, et quand les premiers rayons matinaux inondent la chambre de lumière, elle se réveille avec les yeux encore lourds de sommeil.

Les cauchemars finissent par envahir ses nuits. Quelque chose va mal se passer, le bébé ne va pas bien peut-être. Quand elle ne le sent plus bouger, elle panique, mange deux ou trois gâteaux pour le réveiller, sans succès. Elle appelle Vincent. Quelque chose d'effroyable est en train d'arriver de nouveau, pense-t-elle. Elle supplie son mari de revenir pour l'aider et lui dire que tout va bien, là, tout au fond de son ventre ; elle l'injure parce qu'il l'a laissée seule alors qu'elle avait besoin de lui. Millie n'entend rien de ses cauchemars mais au petit-déjeuner, lorsqu'elle est à la maison, elle demande la raison de sa mine chiffonnée. Joséphine répond inlassablement que la fin de la grossesse est plus difficile que ce qu'elle avait imaginé. Mais qu'est-ce qu'elle avait imaginé ? Peut-être que justement, elle n'a pas assez imaginé, elle n'a pas assez pensé au bébé. Et maintenant qu'il est là, elle ne supporterait pas que lui aussi s'en aille. Elle le veut, cet enfant. Il n'a pas le droit de la laisser comme son père.

Elle est médecin mais il a fallu que quelqu'un d'autre en blouse blanche confirme : le bébé est en bonne santé. Ses propres connaissances, sa propre expérience, rien ne suffisait à lui ôter cette peur devenue incessante. Il y avait un problème dans son ventre et elle n'avait pas assez confiance en elle pour se défaire de cette idée. Elle se disait qu'elle était elle-même à l'origine de ce chaos intérieur parce qu'elle avait gâché le début de sa grossesse, parce qu'elle avait trop songé à ne pas le garder, parce qu'elle avait trop quémandé le retour de Vincent contre le bébé, qu'elle aurait rendu sans regret.

C'est à la maternité de Vannes, dans un environnement médical, aseptisé, solide et fiable que la crainte a cessé. Le médecin qu'elle voyait pour la visite prénatale lui a montré son bébé, lui a fait écouter son cœur, lui a dit que le rythme des contractions était normal.

— Tout va bien, il est en pleine forme et il a la tête en bas, déjà prêt à sortir.

Elle avait besoin de ça. Les pensées terrifiantes ont subitement desserré leur étau sur sa poitrine. Elle a pu arrêter de croire que la mort de Vincent ne pouvait qu'impliquer par la suite d'autres drames. Son bébé allait bien, elle allait bien. Alors peu importaient toutes ces futures mamans qu'elle a croisées en sortant de la maternité, peu importait leur sourire béat sur les lèvres, leur regard hasardeux, qui disait qu'elles baignaient dans la fatigue et le bonheur. Toutes étaient accompagnées d'un homme ou d'une femme, de quelqu'un qui était là pour elle, qui l'était sans doute depuis le début et qui le serait encore dans les mois, dans les années qui venaient. Mais elle, elle a Millie, elle a Pierre et Suzanne, et plus loin, sa famille, ses amis. Et sa maison. Elle a peur de l'inconnu, de ne pas être assez bien pour son bébé mais la seule chose dont elle n'a pas peur, c'est de mettre son enfant au monde à Locmariaquer, dans son refuge, bientôt le leur.

Deux potirons ont poussé dans le potager. Sa mère lui avait parlé d'une récolte en octobre, mais ceux-là ont pris leur temps. C'est des retardataires. Un peu comme elle. Elle va à son rythme, si lente dans la découverte des différents aspects de la maternité, comme si elle se réveillait, « ah c'est vrai, je suis enceinte », et ensuite, il lui faut une chambre à ce bébé, et puis des petites affaires. Finalement, elle comprend qu'elle l'attend, qu'elle pense à lui, qu'elle l'imagine dans son ventre. Elle s'y fait, à toutes ces ébauches de réalité jusqu'à enfin se rendre compte qu'il y a une étape entre son bébé au chaud dans son ventre et son bébé au chaud dans la maison qu'elle a reconstruite. L'accouchement comme transition. Ça aussi, ça lui apparaît, d'un coup. Petit à petit, elle comble les trous, restaure la chronologie standard de toute grossesse menée à terme. Et ce terme justement, il se profile. Elle n'y avait pas songé parce que sa tête s'affairait déjà à pousser les murs pour y loger l'idée d'un enfant comme un bonheur et pas comme une autre épreuve.

Elle repense à cette femme qu'elle a rencontrée à la fin de son deuxième cours de préparation à l'accouchement. Une petite blonde à la voix doucereuse, affublée d'un mari mutique qui n'arrêtait pas de tripoter la peau au bout de son pouce. Nous allons faire du cododo, on aime bien la sage-femme, notre chambre à la maternité est déjà réservée, la femme parlait pour deux, la tutoyait déjà, dardait sur elle des yeux interrogateurs, cherchant peut-être l'approbation ou plutôt une complicité immédiate. Entre futures mères, on se comprend. Joséphine, elle, acquiesçait, ah oui vraiment, ah oui c'est bien, alors qu'elle n'avait aucune idée de ce dont il était question, n'avait aucune envie de partager conseils et astuces pour une maternité au top. De toute façon, elle n'avait pas d'avis, elle ne s'était pas assez penchée sur les différents sujets, apparemment fouillés et théorisés par son interlocutrice. « Et toi Joséphine ? L'allaitement ou le biberon ? Accouchement naturel ? Dans l'eau ? »

— Péridurale, a-t-elle répondu alors qu'elle n'y avait pas encore réfléchi.

— Vraiment ?

— Oui, je pense... Non, j'en suis sûre en fait.

— Franchement, réfléchis-y à deux fois, tu vas le regretter si tu ne sens pas ton bébé descendre, passer entre tes jambes. Tu sais, les femmes ont accouché pendant des siècles sans péridurale et c'est la plus belle chose qui soit, si tu veux mon avis.

— Je ne vous ai pas demandé votre avis.

— Je me permets de te conseiller parce que c'est mon deuxième et sache que c'est complètement naturel de mettre un bébé au monde, tu vas te découvrir une force incroyable, tu vas te dépasser et il ne faut pas avoir peur de la douleur...

— Avec mon point sur ta figure, tu vas la sentir la douleur !

Elle a quitté la salle du cours, honteuse, surprise aussi de sa soudaine violence verbale. Qui est-elle pour lui parler de douleur ?

Elle regarde les deux potirons qui trônent sur le plan de travail de sa cuisine. La rénovation de la maison, c'était la partie facile finalement. Parce qu'elle avait des indications, des fiches explicatives, des tutos sur Internet.

Elle attrape alors son ordinateur portable. Pourquoi ne pas y avoir pensé plus tôt ? Elle peut faire la même chose, chercher, se documenter, s'instruire. Elle balaye les forums de discussion, commande un, deux, en fait quatre livres sur « être maman » avec des photos de bébés joufflus, lisses et leurs mères penchées dessus, leurs cheveux brillants de princesses de dessins animés qui viennent chatouiller leur progéniture. L'accouchement en lui-même la tétanise. Elle y pensait déjà avant d'être réellement enceinte. Elle se disait toujours qu'il en fallait du courage pour faire passer quelque chose de la taille d'un poulet par une ouverture si étroite. Mais à l'époque, c'était abstrait, trop éloigné pour vraiment s'en effrayer. Aujourd'hui, elle se demande comment un corps peut s'en remettre. Alors peu importe ce que pense la femme du cours de préparation à l'accouchement, la péridurale, c'est l'une des rares choses concrètes, pragmatiques auxquelles elle peut se fier. Pour le reste, les forums disent que c'est une grande aventure pleine de surprises. Elle a toujours détesté les surprises.

Elle est née un 26 décembre. Date absurde, trop hivernale, avec un risque de carence en soleil. Et puis, bien sûr, c'est trop rapproché de Noël. Elle fait partie de ces gens à qui l'on offre un cadeau en se justifiant : « Bon ben le Père Noël a aussi pris de l'avance pour ton anniversaire. » Elle était triste non pas parce qu'elle avait moins de cadeaux que ses frères sur le temps d'une année mais parce qu'elle avait la sensation, dans sa tête de petite fille, que sa naissance faisait partie d'un tout et que l'on se fichait bien de savoir si elle était arrivée un peu avant ou un peu après Noël, de toute façon, on avait un jouet sous la main à lui offrir.

Alors tous les ans, depuis qu'elle a l'âge d'avoir de l'argent de poche et par la suite un salaire, elle se le fait à elle-même, ce cadeau qui célèbre son anniversaire. Cette année, il arrive encore plus tôt, novembre est toujours là, à balayer d'un vent moite et froid les rues de Locmariaquer. Elle s'est rendue dans une papeterie du centre d'Auray. Il y avait tellement de modèles, des grands, des moyens, des petits, avec spirale, reliés, quadrillés, lignés, en cuir, en velours, de toutes les couleurs. Elle a ausculté beaucoup de carnets, a caressé leurs couvertures et leurs pages, inspecté leurs tranches. Un vendeur s'est approché :

— Besoin d'un renseignement ? C'est pour quel usage ?

— Pour réviser.

— Alors suivez-moi, j'ai le modèle idéal.

Comme s'il s'agissait d'une bague sertie de pierres précieuses, le jeune homme, aussi maigre qu'elle était énorme avec son ventre qui la précédait de deux minutes, a détaillé tous les avantages de ce grand cahier A4. Des lignes, des cases, une couverture solide et des onglets pour classer ses « leçons », clin d'œil du vendeur.

Elle est finalement repartie avec un carnet A5, protégé d'un cuir couleur terracotta et avec des pages complètement vierges.

Et alors, elle s'est mise à noter, tout noter de ce qu'elle lit sur Internet pour se rassurer. Elle écrit dans son carnet de quoi évacuer, du moins réduire, ses craintes et interrogations. Elle liste ce dont elle est certaine, comme la péridurale, et ce dont elle doute. Avec son écriture illisible, son écriture de médecin, comme disait Vincent, elle fait comme extraire de sa tête ces questionnements incessants et elle a enfin la place pour réfléchir à autre chose, comme toutes ces choses qu'elle ne fait plus depuis qu'elle est à Locmariaquer. Elle s'amuse alors à les lister dans son carnet : voir des gens faire leurs courses en pyjama, fermer la fenêtre parce qu'il y a trop de bruit, trop de circulation, trop d'animation dehors, ne pas réfléchir à remplir le réfrigérateur le samedi parce que de toute façon, tout est ouvert le dimanche…

Coucher les mots sur du papier a un effet apaisant sous-estimé, se dit-elle. Elle pensera à prescrire des bonnes doses d'écriture à ses patients anxieux, du moins si elle prescrit de nouveau un jour.

Dans son legging difforme, derrière la baie vitrée, elle regarde le ciel qui s'allège, les nuages qui s'échappent vers l'est. Les premiers rayons illuminent la terrasse couverte de feuilles mortes. Elle aime le soleil d'hiver et sa lumière feutrée mais éblouissante. En cet instant, parce qu'il y a la quiétude du jardin qui s'éveille dehors, et la sensation d'être à sa place à l'intérieur, elle oublie les angoisses, elle n'arrive plus à les compter. Millie aussi apprécie ces matins doux et n'est pas freinée par les températures de plus en plus fraîches pour aller récupérer leur petit-déjeuner chez la boulangère. Décembre s'installe. Déjà. Les jours s'allument et s'éteignent si vite, elle ne sait pas si elle redoute tout à fait cette cadence soutenue parce que finalement, il y a aussi de l'excitation qui traîne dans les coins de la maison, là où elle accumule toujours un peu plus d'affaires pour le bébé. Depuis qu'elle prend des notes dans son carnet, elle arrive à voir les choses sous un autre angle. En définitive, sa personnalité se rappelle à elle, il lui fallait une étude des pour et des contre pour réussir à lâcher prise. Elle n'est pas impatiente mais curieuse de découvrir ce que peut donner un mélange de Vincent et d'elle-même. Elle était pleine de reconnaissance quand le médecin de Vannes lui a dit que tout allait bien et elle ne peut s'empêcher d'espérer voir dans le regard du bébé celui de son mari.

Avant le départ de Millie pour Caen, elle convie Pierre et Suzanne ainsi que Joël à la maison. Elle enfile sa salopette dont elle desserre au maximum les bretelles, et se met aux fourneaux pour concocter un repas aux saveurs automnales. Les narines envahies par les odeurs d'épices, elle chantonne, discute avec Georges qui balance la queue joyeusement, goûte tout et jubile, s'auto-félicitant pour ses préparations.

Lorsque tout le monde arrive en fin de journée, Joël et Millie ensemble, elle est d'humeur joviale. La soirée se déroule dans cette ambiance chaleureuse qui a toujours été celle de leurs dîners depuis qu'elle s'est installée à Locmariaquer. Elle a la sensation de bavarder avec des personnes qu'elle connaît depuis toujours. Voilà, se dit-elle, je suis parfaitement bien, j'ai mal au dos, j'ai des remontées acides, j'ai pris dix kilos, j'ai les chevilles aussi larges qu'un tronc d'arbre, mais je suis bien. C'est toujours quand elle est avec eux que sa tête n'est plus retournée par l'interrogation.

Tout le monde se régale. Suzanne veut la recette du risotto au potiron, Pierre demande à sa femme de lui refaire le gâteau aux noix et aux pommes. Quant à Millie et Joël, ils lèvent leurs pouces en l'air en direction de Joséphine. Quand ils repartent, après avoir récupéré une part supplémentaire de gâteau « pour la route », elle est exténuée. Elle a dévoré tout ce qui lui tombait sous la main durant le dîner. Son ventre est lourd, rempli de bonne nourriture, son esprit de quelque chose qui a à voir avec la sérénité. Ce soir-là, elle s'endort sans mal après avoir senti le bébé remuer, parfaitement délassée.

Millie repasse le lendemain avant d'aller prendre son train pour Caen. Elle a refusé que Joséphine la conduise à la gare.

— Tu ressembles au bonhomme des pneus. Je suis sûre que tu n'arrives même plus à mettre ton ventre derrière le volant tellement tu es grosse, lui dit-elle d'un ton taquin, rehaussé de son accent exquis.

— Comme tu es délicate… Sais-tu que ce n'est pas la chose à dire à une femme enceinte qui se sent déjà énorme ? J'aimerais bien t'y voir, toi !

— Mais je suis déjà passée par là. Une fois m'a suffi d'ailleurs. J'avais l'impression d'être une boule qui roulait, avec mes 26 kilos.

— Vraiment ? demande Joséphine, en détaillant le corps racé de son amie.

— Oui, vraiment, et sache que j'étais heureuse avec ces kilos en plus. J'ai aimé mon corps rond, mes gros seins, mes hanches. Ça fait partie de la grossesse, ça veut dire que tu portes la vie et c'est dur pour un corps de porter la vie. J'ai gardé mes kilos pendant des années et j'adore regarder encore aujourd'hui les vergetures qui datent de cette époque. J'ai de la peine pour toutes ces femmes auxquelles on demande d'afficher un ventre plat après avoir accouché ou qui se sentent mal de ne pas réussir à perdre leurs kilos de grossesse.

Facile à dire pour Millie qui promène son corps à la Kate Moss dans tout le village. Elle fait bien plus jeune que son âge ; même ses rides ajoutent à sa superbe. Joséphine, elle, traîne son corps flasque, comme si elle avait vingt ans de plus. Mais elle aussi se surprend à passer son doigt sur la peau craquelée qui entoure ses hanches, à cajoler son ventre, à prendre de longues minutes pour enduire de crème ses formes nouvellement plantureuses.

— Avant que je parte pour Caen, je voulais te donner quelque chose.

Millie disparaît quelques minutes dans la chambre d'amis et en ressort avec un cadre rectangulaire à la main. Dedans, deux petites toiles. Des aquarelles représentant différentes parties de la maison, avec une couleur en fil conducteur : le vert des volets et le vert du jardin.

— C'est si joli, merci Millie, lui dit Joséphine, totalement remuée par ce cadeau inattendu. Mais je ne t'ai pas vue les peindre, quand as-tu trouvé le temps pour ça sans que je ne remarque rien ?

— Pendant tes siestes. Tu dors si bien sur le canapé que ça me laisse du temps pour mes occupations. Et puis, tu ronfles très fort donc quand tes ronflements s'arrêtent, c'est le signal pour que je range mes pinceaux.

Joséphine éclate de rire. Elle n'avait jamais ronflé avant d'être enceinte. Tout du moins, c'est ce que Vincent lui disait. Peut-être l'aimait-il si fort qu'il lui épargnait ce genre de commentaire. Lui ne ronflait que très rarement, uniquement lorsqu'il avait beaucoup bu. Le reste du temps, c'était un souffle régulier, qu'elle croit ou espère entendre parfois dans la nuit.

— Tu les accroches où tu en as envie ou tu ne les accroches pas du tout, poursuit Millie.

— Tu rigoles, je sais déjà où je vais les mettre. Elles seront dans ma chambre. Et dans la tienne, enfin dans la chambre d'amis, je vais mettre l'affiche en noir et blanc avec Romy Schneider et Alain Delon.

— Parfait ! J'adore le film, et encore plus l'acteur. Nous n'en faisons pas des aussi beaux en Angleterre, excepté Hugh Grant.

— Et Colin Firth !

— *Of course.* Allez, je file et rappelle-toi, à mon retour, j'attends ta réponse pour le cabinet médical, conclut Millie avant d'embrasser Joséphine et passer la porte d'entrée.

Elle a quelques jours à passer seule. Son corps fatigué la tire vers le canapé, mais elle s'est fixé un objectif : commencer à constituer sa valise pour la maternité. Plus le temps avance, plus elle s'essouffle. Elle compte sur des bribes de son énergie pour remplir au moins un sac avec le nécessaire pour son séjour à l'hôpital. C'est la dernière ligne droite et elle sait qu'être bien organisée pourra l'aider à calmer l'angoisse de ne pas savoir quoi faire de ses dix doigts lorsque le bébé sera là. C'est un monde inconnu qui l'attend. Que va-t-il se passer lorsqu'on le lui mettra dans les bras ? Cet enfant, il faudra l'aimer. Aujourd'hui, il est au chaud dans son ventre. Elle lui parle parfois, le câline, mais quand il sera là, parviendra-t-elle à faire mieux que le câliner ? Peut-être sera-t-elle démunie, peut-être aura-t-elle des gestes dépouillés d'amour. Elle s'applique à préparer sa valise pour la maternité. Au moins, ça, elle le fera bien.

Marie, au téléphone, examine avec elle la liste des vêtements et accessoires qu'elle a l'intention d'emporter. Sa meilleure amie tente de la rassurer quand elle lui fait part de ses doutes.

— C'est normal d'avoir peur. Tu ne sais pas à quoi t'attendre mais crois-moi, tout va bien se passer.

— Et si… commence Joséphine, hésitante.

— Si quoi ?

— Si je ne l'aime pas ?

— Jo, ce ne sera pas le cas. Je sais que c'est difficile à imaginer mais quand tu verras ton bébé, tu l'aimeras si fort que tu auras l'impression que ton cœur est en train d'exploser.

— Tu dis ça comme si c'était quelque chose de naturel. Si ça ne vient pas, si ça ne se passe pas comme ça pour moi, je…

Tout en baissant les yeux vers son ventre, elle se tait, Marie aussi. Leurs soupirs se mêlent puis son amie finit par lui dire qu'elle pourra compter sur elle, quoi qu'il arrive, même si elle n'a pas de doute sur le fait que tout ira bien. Marie viendra elle aussi à Locmariaquer juste avant Noël, puis elle rentrera sur Paris pour les fêtes de fin d'année, que le bébé ait montré le bout de son nez ou non.

Joséphine sera entourée à l'approche de l'accouchement. C'est rassurant, réconfortant aussi alors qu'elle se trouve désemparée face à sa valise bien organisée. C'est la cacophonie dans sa tête. Elle se revoit il y a plus de six mois, avec cette même posture face à un sac prêt pour le train vers la Bretagne. Elle attendait le matin, elle appréhendait mais elle ne voyait pas d'autre solution, ça lui semblait évident de s'enfuir de Paris. Elle n'était pas sûre de ce qu'elle allait trouver à destination. Aujourd'hui, elle se dit que ce sera pareil. Elle n'a aucune certitude, excepté celle que le chemin est le bon.

S'offrir un chocolat viennois dans le salon de thé du village, voir les dizaines de bateaux du grand port de La Trinité-sur-Mer, se vernir les ongles, dépasser la page 32 du livre *Accueillir bébé*, acheter la gigoteuse qu'elle a repérée dans une boutique d'Auray, aller jusqu'à l'île de Groix en prenant la navette, s'épiler les jambes, demander à sa mère la recette des financiers à la noisette, renouveler son abonnement au magazine sur les maisons de campagne.

Il y a tant de choses qu'elle aurait voulu faire. Elle n'a rien fait de toutes ces choses qu'elle a notées dans son beau carnet sans lignes, trop occupée qu'elle était à inventorier, analyser ses angoisses successives.

Alors quand un étrange sentiment vient la cueillir, quand son ventre devient douloureux par intermittence, elle évacue les signes toute la journée en jouant avec Georges, en nettoyant la cuisine, en triant quelques bibelots au grenier. Rien n'y fait, rien ne fait cesser ce qui se trame en elle depuis la nuit épouvantable qu'elle a passée. Elle se plonge dans un bain, qui soulage ses reins pendant un moment, mais même l'eau chaude échoue à calmer tout à fait les douleurs qui irradient toujours plus bas.

Au bout de deux heures, la peau flétrie et les paupières alourdies de fatigue, elle se redresse, abasourdie par l'évidence et par sa volonté de vouloir la repousser. À l'aide de son téléphone, elle calcule la fréquence des contractions. Son cœur palpite, ses gestes sont maladroits parce que c'est bien trop tôt, le travail ne peut pas commencer maintenant. Il devait lui rester plusieurs semaines pour se préparer. Elle avait ce temps pour se faire à l'idée d'une vie à deux, pour apprendre comment aimer son bébé. « Je ne suis pas prête », se répète-t-elle alors qu'elle sort de la baignoire.

Dans l'affolement, elle réfléchit aux options qui s'offrent à elle, et il n'y en a pas beaucoup. Millie est à Caen, Pierre et Suzanne sont absents pour le week-end, partis pour deux jours chez des amis de Brest, Joël… Elle ne peut pas appeler Joël. Il lui a refait sa cuisine et sa salle de bains, certes, mais de là à le faire rappliquer parce que le bébé s'est dit qu'il n'y avait aucun souci à se présenter avec un peu d'avance.

— Et puis, merde, soupire-t-elle en composant le numéro de l'entrepreneur sur son téléphone.

Elle tombe directement sur la messagerie. Elle fait défiler d'autres noms dans son répertoire téléphonique mais personne n'habite assez près pour venir.

— Voilà, ça t'apprendra à t'exiler au bord de la mer.

Elle peste contre elle-même, contre ce bébé qui se fiche des dates du calendrier, contre ce gynécologue qui lui a dit nonchalamment « déjà prêt à sortir » alors qu'il aurait dû dire « arrivée imminente ». Elle hésite entre appeler les secours et prendre sa voiture pour se rendre à la maternité. Contrairement à ce que pense Millie, son ventre tient encore derrière le volant. Les contractions sont assez espacées, une vingtaine de minutes entre chaque. Le trajet jusqu'à la maternité est de moins de trois quarts d'heure. Il ne pleut pas, le temps est au beau fixe, mais est-ce bien raisonnable ?

— Rien à foutre d'être raisonnable.

Elle se met au volant de sa voiture, et inspire avant de démarrer. Elle regarde son téléphone : quinze minutes avant la prochaine contraction. La clé tourne, le moteur démarre et elle prend la route, prise d'une euphorie qu'elle n'explique pas. Comme si elle était sur un manège à sensation et elle rit, « *C'est* parti pour un tour ! ». Toute seule dans sa voiture, affolée et exaltée, elle ne comprend plus ce qui se passe en elle. Ce bébé veut la rencontrer. Elle le veut aussi. Sera-t-elle seulement à la hauteur de cette rencontre ?

Vincent

« Pourquoi la Bretagne ? » avais-je un jour demandé à mon grand-père. *L'amour, mon grand, tout a toujours à voir avec l'amour, rappelle-toi qu'il n'y a que ça qui fait tourner le monde et les humains qui y habitent.*

Sous ses airs d'enraciné des côtes salées du Morbihan, mon grand-père était un faux Breton et un Parisien repenti. Il avait si bien aimé la Bretagne, il l'avait aimée d'une si belle façon, sous tous ses aspects, dans tous ses pleins et ses déliés, dans toutes ses configurations biscornues qu'il trompait son monde et faisait oublier que c'était une affiliation par le cœur et pas par le sang. Je ne l'avais connu qu'avec son âme acquise de Breton, mais c'était ma grand-mère Annie qui portait en elle l'origine de ce nouvel ancrage familial sur l'ouest atlantique. C'était elle qui avait encore un peu de famille là-bas, près de Douarnenez, quand ils s'étaient rencontrés. Ils avaient assisté à un baptême et cette journée avait donné une chance à mon grand-père d'entrouvrir la porte d'un univers qui l'avait fasciné des années durant. Il m'avait dit qu'il aurait pu écrire une thèse, peut-être sur les triskells. Il avait finalement insisté auprès de ma grand-mère pour acheter une maison dans cette région qu'il avait aimée sur le tard mais avec un panache doublé de délicatesse. Ils étaient descendus plus au sud, laissant derrière eux le Finistère que ma grand-mère ne voulait pas habiter pour faire éclore le dernier acte de leur vie ensemble à Locmariaquer. Mon grand-père était tombé amoureux de ma grand-mère et de la Bretagne, comme j'espérais alors que tu tombes amoureuse de cette terre objet de passion transgénérationnelle.

J'espérais que tu comprendrais et partagerais cette envie de retourner là-bas continuellement, d'y élever nos enfants face aux éléments qui s'animent. Je te disais souvent que je ne pourrais jamais vivre dans le sud de la France. Ce qui faisait l'intérêt du soleil, c'était de l'attendre puis de le voir apparaître. La Bretagne, et ses journées qui peuvent voir passer les quatre saisons, m'offrait de savourer le vent qui tamponnait mon visage d'embruns marins et ensuite les rayons de lumière qui venaient et repartaient sans politesse aucune.

Tu ne pourrais que l'aimer cet endroit, je le savais finalement parce que tout est question d'amour, et je savais aussi qu'à ce jeu-là, nous étions les plus forts.

Épilogue

Ses yeux, c'est toi. Sa bouche, c'est moi. C'est ce que je me dis en la regardant.

Elle s'appelle Romane, parce que tu adorais Romy Schneider. Romy était si belle, je ne pouvais pas rivaliser avec elle mais tu me regardais comme si tu me découvrais chaque jour. Tu m'aimais si fort, tu l'aurais aimée aussi fort, notre fille. Je l'aime pour deux. Tout le monde dit que la connexion entre une mère et son bébé est immédiate. Jusqu'à ce qu'elle arrive, je n'y croyais pas. J'avais peur de ne pas y parvenir, de ne pas l'aimer immédiatement. C'était requis parce que prétendument naturel. Finalement, c'était vrai. Ils l'ont posée sur moi, j'ai senti sa peau douce et son odeur, elle a accroché ses yeux aux miens. Je l'aimais déjà, sans doute. Sûrement.

En la voyant, j'ai oublié la douleur, celle qui m'a déchirée quand elle a voulu s'offrir au monde, celle qui m'a déchirée parce que tu n'étais pas là. Je n'ai pas hurlé, mais j'ai dit ton nom alors que je poussais de toutes mes forces, de tous mes muscles pour la libérer de mon ventre. J'ai dit ton nom tant de fois que la sage-femme a fini par chuchoter que d'où tu étais, tu m'envoyais des baisers, et puis ensuite, que tu me tenais la main, que tu épongeais la sueur sur mon front, que tu caressais mon menton qui tremblait. J'ai eu si mal, j'ai voulu abandonner parce que c'était trop dur sans toi, j'allais laisser tomber, la laisser tomber, je voulais te rejoindre mais son cœur s'est mis à ralentir. Quand la sage-femme a dit que le bébé était en souffrance, j'ai déplacé mes organes, j'ai détraqué ma respiration, j'ai broyé, tordu, harcelé mon corps.

Maintenant, elle est là, rien qu'à moi, et un peu à toi, parce que tu es tout près, dans mes pensées, dans mes souvenirs. Elle arrive dans un monde de souvenirs. Elle arrive aussi dans un monde que j'ai reconstruit. Tu ne seras pas là, d'autres oui.

Millie est à nos côtés. Elle berce Romane, caresse le velouté de ses joues, emprisonne dans sa main ses pieds minuscules. Nous sommes une famille à trois, à quatre, à cinq, un peu bancale, originale. Mais qu'y a-t-il de normal depuis un an ?

Je me demandais comment faisaient les mères célibataires. Je le découvre chaque jour. On ne fait pas, on fait avec. Je porte les peurs pour deux, je reste éveillée pour deux, je m'agace pour deux. Il n'y a rien de facile, rien d'inné, j'apprends tout le temps. Toute une éducation à revoir parce qu'aucun livre, aucun forum ne prépare à ces choix que je dois faire seule, à ces questions auxquelles je dois répondre seule. La marque de lait en poudre, la température de l'eau du bain, le nombre de couches de vêtements, pourquoi elle ne fait pas son rot, comment lui faire avaler tout le biberon, est-ce qu'elle a chaud, froid. Je réagis plus que je n'agis, dans ce quotidien bordélique, je ne sais jamais quand c'est normal, quand ce n'est pas normal, et je fais avec. C'est moi qui verse des larmes de fatigue, elle, elle ne pleure pas beaucoup, comme si elle voulait me faciliter la tâche, cette tâche immense que tu m'as laissée. Ce sera toujours le cas. C'est moi qui vais l'emmener chez la nounou, moi qui vais lui choisir ses vêtements, moi qui vais la voir se barbouiller le visage de peinture à la crèche, moi qui vais compter ses boutons de varicelle, moi qui vais mettre des petites roues à son vélo. Quand je pense à toutes ces choses que l'on ne fera pas ensemble, la tristesse déferle et puis il suffit qu'elle me regarde, qu'elle gazouille, qu'elle bâille pour que j'arrête de te chercher partout dans les souvenirs. J'ai cru t'entendre si souvent, je t'entends encore. Tu me parles de cette Bretagne que tu aimais tant, de cette maison posée en équilibre sur le bord du golfe du Morbihan et tu avais raison. Je ne nous imagine pas ailleurs. Ces quatre murs qui nous abritent me rappellent que tu n'es pas loin et que finalement, nous avons tout fait à deux, comme tu le voulais. Cette maison, c'est l'amour que tu me portais, c'est l'amour que je te porte et aujourd'hui, c'est Romane qui a l'âme d'une bâtisseuse d'horizons nouveaux.

Elle a trois mois et pour la première fois, je vais la laisser. Je vais aller soigner des gens. Moi, je ne guérirai jamais tout à fait, je le sais, et elle, elle n'oubliera jamais vraiment qu'il lui manque une partie de nous pour grandir, mais mon cœur bat à nouveau, moi qui le pensais devenu inutile quand tu m'as laissée. C'est elle qui a ravivé mes émotions tiédies par la peine. Quand je la regarde, que je plonge mes yeux dans le vert des siens, je te retrouve enfin.

Remerciements

Merci à Louise, mon éditrice, pour nos visions jumelles du manuscrit, pour ses mots, et pour son travail qui fait que le roman est tel qu'il est, à Virginie pour son aide précieuse et à toute l'équipe de Flammarion pour son enthousiasme.

Merci à Andrea et à l'équipe de Librinova, qui ont cru en ce roman, en le sortant de l'ombre après mon opération « ni vu, ni connu ».

Merci à mes ancres bretonnes Hélène, Didier et Valentin, et à Timothée, qui tient le cap pour nous deux même quand je vire de bord trop rapidement.

Cet ouvrage a été mis en pages par

<pixellence>